ESSE É
PRA CASAR

CB021988

ALEXIS HALL

ESSE É PRA CASAR

Tradução
VITOR MARTINS

pa ra le la

Copyright © 2022 by Alexis Hall

A Editora Paralela é uma divisão da Editora Schwarcz S.A.

Grafia atualizada segundo o Acordo Ortográfico da Língua Portuguesa de 1990, que entrou em vigor no Brasil em 2009.

TÍTULO ORIGINAL Husband Material
CAPA E ILUSTRAÇÃO DE FUNDO Elizabeth Turner Stokes
ILUSTRAÇÃO DE PERSONAGENS DA CAPA Vitor Martins
ILUSTRAÇÃO DE MIOLO Julia Sanders/ Shutterstock
PREPARAÇÃO Renata Leite
REVISÃO Renata Lopes Del Nero e Paula Queiroz

Dados Internacionais de Catalogação na Publicação (CIP)
(Câmara Brasileira do Livro, SP, Brasil)

Hall, Alexis
   Esse é pra casar / Alexis Hall ; tradução Vitor Martins.
— 1ª ed. — São Paulo : Paralela, 2023.

   Título original: Husband Material.
   ISBN 978-85-8439-286-5

   1. Ficção inglêsa I. Título.

22-134657   CDD-823

Índice para catálogo sistemático:
1. Ficção : Literatura inglesa   823

Eliete Marques da Silva – Bibliotecária – CRB-8/9380

Todos os direitos desta edição reservados à
EDITORA SCHWARCZ S.A.
Rua Bandeira Paulista, 702, cj. 32
04532-002 — São Paulo — SP
Telefone: (11) 3707-3500
editoraparalela.com.br
atendimentoaoleitor@editoraparalela.com.br
facebook.com/editoraparalela
instagram.com/editoraparalela
twitter.com/editoraparalela

Para Mary.
Obrigado por acreditar nestes livros

PARTE UM

BRIDGET DAWN WELLES &
THOMAS BALLANTYNE

Capela de St. Jude, Kentish Town
22 de maio

1

Nunca vi sentido em despedidas de solteira. Porém, considerando minhas experiências com chás da tarde, jantares e bailes de casal, talvez eu simplesmente não goste de festa nenhuma. O que, parando para pensar, talvez explique por que perdi tanto tempo dos meus anos de garoto festeiro sendo infeliz e me odiando. Crescimento pessoal. Eu estava arrasando.

Eu também estava arrasando na despedida de solteira da Bridge. Que no caso era uma despedida de solteira sem especificação de gênero, já que ela não iria querer que suas comemorações pré-casamento excluíssem metade de seus amigos. Além do mais, como fui chamado para ser "dama de honra" dela, uma despedida de solteira só com mulheres também me excluiria, o que seria meio esquisito. Apesar de que, em segredo, talvez eu tivesse preferido passar a noite em casa com meu namorado advogado maravilhoso.

Meu namorado advogado maravilhoso que continuava sendo um namorado advogado maravilhoso depois de dois anos.

Meu namorado advogado maravilhoso que — mais pela parte do advogado maravilhoso do que pela parte do namorado — estava atrasado no momento.

Então, lá estava eu na área VIP de um bar luxuoso-mas-nem-tanto usando um chapéu de crochê em forma de vulva. Um chapéu de crochê em forma de vulva feito sob medida que encomendei de uma das amigas da Bridget depois de perceber como todos os produtos feitos para despedidas de solteira sempre acabavam indo pro lado do pênis. E, obviamente, eu poderia não ter usado nenhum tipo de decoração genital, mas aí a festa não seria uma verdadeira despedida de solteira sem especificação de gênero, e isso deixaria a Bridge triste. E deixar a Bridge triste era algo que eu queria evitar, tanto no papel de dama de honra como no papel de, sabe, amigo mesmo.

James Royce-Royce pegou um pirulito de piroca de dentro da jarra de pirulitos de piroca. Era a primeira vez em meses que eu me encontrava com ele, ou com o marido James Royce-Royce, sem o filho recém-adotado. O filho recém-adotado que, inevitavelmente, eles chamaram de James. Só que, para evitar qualquer confusão, eles só chamavam o garoto de Baby J.

— Olha, devo confessar, Luc — disse ele —, que estou um pouco ofendido que você preferiu comprar doces fálicos produzidos comercialmente antes de pedir minha ajuda.

Bernadette May, uma autora de livros de receita relativamente famosa com quem Bridge passara tantos perrengues no trabalho que as duas viraram amigas por pura necessidade, ficou vermelha de raiva. Ela era uma dessas pessoas que conseguia ficar vermelha de raiva por qualquer coisa — e geralmente fazia isso mesmo.

— Talvez porque sua ajuda provavelmente viria em forma de um pênis de cavalo de verdade, temperado com açafrão e finalizado com folhas de ouro.

— Já a sua — rebateu James Royce-Royce — seria um pão de ló cheio de pintinhos feitos de marzipã.

— E foi por isso — disse, apertando meu chapéu de vulva com mais força sobre a cabeça — que eu não pedi a ajuda de nenhum de vocês. Esta noite é para comemorarmos com a Bridget, e não para vocês dois se meterem numa competição culinária de pintos.

Bridge estava sentada ao meu lado, com um chapéu de pênis e, assim como todos os convidados, uma camiseta que, devido a um erro de comunicação ao telefone com a estamparia, tinha escrito: *Piranhas da Bridge Não Oliver Acho Que Não Tem Problema Estamos Ressignificando O Termo Além Do Mais Não Dá Mais Tempo De Mudar.*

— Na verdade — disse ela —, acho que uma competição culinária de pintos seria bem legal.

— Uma competição culinária sem associar genitais a gênero — disse Priya. — Eu não quero voltar para casa e dizer para as minhas namoradas que estava num evento falocêntrico de confeitaria.

Namoradas, no plural, era um desenvolvimento na vida da Priya recente o bastante para arruinar a organização dos assentos no casamento da Bridge. Ela e Theresa ainda estavam juntas, mas um ménage experimental durante o Natal acabou se tornando uma série de encontros regulares bem menos experimentais, que acabou se tornando um relacionamento oficial pouco depois de eu ajudar a Bridge a enviar os convites.

— Você sabe, né? — eu disse para ela. — Theresa e Andi seriam super bem-vindas. Fiz camisetas extras para elas e tudo.

Priya deu de ombros.

— Sim, mas a parte boa de estar num trisal é que suas parceiras podem fazer companhia uma pra outra em vez de terem que vir a umas furadas como isso aqui só pra fingir que gostam dos meus amigos cuzões.

Me contorci de leve.

— Vale lembrar que nem todo mundo aqui se conhece, então chamar os outros de cuzões pode acabar soando do jeito errado.

— Não tem problema — disse Jennifer, sentada no colo do marido e bebendo um coquetel com um canudo cem por cento normal, graças a Deus. — Brian fala assim o tempo inteiro.

— Mas até aí — disse Peter embaixo dela —, Brian também é meio cuzão.

Bridget abriu os braços numa tentativa de reunir o grupo inteiro.

— Que tal só aceitarem que eu amo vocês mesmo sendo uns cuzões e deixarmos isso pra lá?

— Pesando bem — disse James Royce-Royce, que continuava inspecionando o pirulito fálico intocado —, nós deveríamos ter umas decorações de cu também.

Fuzilei ele com o olhar.

— Melhor não. Meu histórico de busca já está suspeito o suficiente.

— É mesmo? — Priya me lançou um olhar de "duvido". — Você e Oliver praticamente moram juntos. Aposto que seu histórico de busca só tem umas coisas tipo "como fazer geleia vegana" ou "caminhadas românticas perto de Clerkenwell".

Para o meu pavor, ela até que tinha razão.

— Não tem como você saber disso.

— Semana passada — disse Priya, devastadoramente monótona —

você me mandou um e-mail pedindo opinião sobre uma luminária de mesa.

Todos os convidados suspiraram ao mesmo tempo.

— Luc — gritou James Royce-Royce. — Ai, não. Luminária de mesa, não.

— Cala a boca! — respondi com muita maturidade.

Priya assentiu toda séria.

— Pois é, ele e o Oliver estão ficando loucos por luminárias de mesa.

— Cala a boca! — respondi com muita maturidade.

— Os dois andam mandando ver — continuou ela. — Quase todo fim de semana. Em todos os cômodos. Em todas as mesas.

— Foi numa mesa só! — Balancei as mãos em desespero. — Uma vez!

Me espiando por trás da taça de martíni, James Royce-Royce arqueou a sobrancelha.

— É assim que começa. Quando você se dá conta, já vai estar querendo umas coisas bem mais ousadas, tipo lustres.

— Lustres, não! — gritei. Embora Oliver tenha sugerido que um lustre novo ficaria lindo na minha sala de estar.

— Só espero — disse Peter — que vocês estejam ao menos usando proteção contra choque.

Me levantei na esperança de parecer decisivo, e não emburrado.

— Odeio vocês. Alguém quer mais um drinque?

Por sorte, a maioria das pessoas ainda estava com o copo cheio, mas alguns dos amigos de trabalho da Bridge pediram uma rodada de cosmos. No caminho até o bar, conferi o celular para ver se meu namorado advogado maravilhoso iria aparecer.

Me desculpa, ele escreveu. Fiquei atolado no trabalho. Chego aí assim que possível.

Me desculpa, ele escreveu de novo. Ainda não consegui sair.

Me desculpa, ele escreveu de novo e de novo. Saio daqui a dez minutos.

E depois: Por favor, não se preocupe. Está tudo bem e eu vou sair daqui a pouco.

Depois: Tenho certeza de que você organizou uma festa incrível.

Depois: Me dei conta de que estou sendo um namorado péssimo. Vou dar um jeito de compensar você e Bridget.

Depois: Saindo agora. Chego em vinte minutos.

Depois: Mais trânsito do que eu esperava. Desculpa.

Aquilo era a cara do Oliver. Eu até que estava chateado por ele ainda não ter aparecido. Mas as mensagens apavoradas dele eram, de certa forma, carinhosas e eu o amava. Então, foda-se.

Eu estava no meio de uma resposta meio frustrada, meio compreensiva, quando dei de cara com uma sólida parede formada pelas costas de um casal.

— Merda. — Meu dedão escorregou e, sem querer, enviei para Oliver uma frase sem sentido. — Desculpa, eu não...

E então, a porra do meu ex-namorado se virou. A pior parte é que por um milésimo de segundo, antes de minha cabeça começar a girar e minha garganta se encher de sapos imaginários, eu quase fiquei feliz em vê-lo. Porque nós passamos cinco anos juntos, e a parte do meu cérebro que se acostumou a ser apaixonada por ele ainda não tinha se acostumado com a parte ele-é-um-traidor-fdp da história.

— Ai, meu Deus — disse o homem que no passado eu imaginei ter arruinado a minha vida. — Luc!

— Miles — respondi, com a voz esganiçada. — Quanto tempo. — *Desde que você vendeu detalhes íntimos do nosso relacionamento para um tabloide por cinquenta mil.* Mas sorri mesmo assim porque ele não merecia minha autenticidade emocional.

Ele, por outro lado, sorriu como se estivesse feliz de verdade em me ver. Miles sempre teve um sorriso arrasador, e a nova barba toda arrumada e impecável só deixava o sorriso ainda mais arrasante. *Babaca, babaca, babaca pra cacete.*

— Não é mesmo? — Ele se virou para o jovem ridículo de tão bonito ao lado dele, com olhos de glitter e arco-íris. — JoJo, esse é o Luc. Luc, JoJo.

— Oi. — JoJo ficou na ponta dos pés e me deu um beijo em cada bochecha. — De onde você conhece o Miles?

Se bem que... por que ele falaria? *Aliás, querido, sabia que meu último relacionamento terminou porque eu acabei com a vida do cara?*

— Ah, a gente... já namorou.

Miles deu a volta e estava de pé bem perto de mim. Ele colocou a mão nas minhas costas de um jeito que era em parte amigável, em parte possessivo.

— Velhos tempos, né, Luc? Temos que colocar o papo em dia. Quer tomar um drinque com a gente?

Mesmo se eu não tivesse que voltar para a festa da Bridge, isso estaria bem no fim da minha lista a fazer, em algum lugar entre ter minhas sobrancelhas torradas com um maçarico e passar um fim de semana numa banheira cheia de lulas mortas.

— Eu adoraria — respondi. — Mas, na verdade, estou muito ocupado agora. A Bridge vai se casar e eu sou a dama de honra dela, e meu namorado já deve estar chegando, e... — No momento em que mencionei o Oliver, me dei conta de como soei patético. Só faltou completar com um *Mas você não deve saber quem ele é, porque ele estuda em outra escola.*

— Ah, você e a Bridge ainda são amigos? — perguntou Miles. — Que legal. Eu sei que vocês dois sempre tiveram aquela vibe meio... sabe como é... melhor amigo gay dos anos noventa.

É sério isso? É sério essa *merda*?

— Acho que eu não colocaria exatamente desse jeito...

— E falando em casamentos — JoJo estava radiante feito um sol de desenho animado —, posso contar pra ele?

Miles beijou o namorado no topo da cabecinha minúscula dele.

— Acho que agora não dá mais pra não contar.

— Nós vamos nos casar!

Olhei para a mão esticada de JoJo e, é claro, lá estava uma aliança cintilante de diamantes, escolhida com muito mais bom gosto do que eu jamais teria e, sinceramente, muito mais bom gosto do que eu esperava do Miles. Talvez ele tenha comprado com o dinheiro que ganhou passando a perna em mim.

— Ah — eu disse, e depois, percebendo que ele deveria estar esperando uma reação mais empolgada, completei: — Meus parabéns!

Por um segundo ninguém disse nada, mas o constrangimento do momento falou por si só. Afinal, como eu deveria reagir? Lá estava o Miles, com aquele sorriso de vendedor de sapato, se gabando do noivo como se o cara fosse um daqueles cachorrinhos que cabem numa bolsa de grife e agindo como se não tivesse armado uma traição do caralho para cima de mim.

— Enfim — continuei. — Preciso... eu tenho quê... pois é.

Eu estava tentando me desembaraçar quando a música mudou e "Tartarus" começou a tocar.

"Tartarus". O hit de sucesso do álbum multiplatinado *Pendulum of the World* do Jon Fleming. Como parte da divulgação da segunda temporada de *O Pacote Completo*, meu pai tinha dado uma série de entrevistas profundas e emocionantes sobre como sua luta contra o câncer o fez confrontar a própria mortalidade e descobrir o que realmente importava na vida. De alguma forma, o fato de que ele nunca tinha tido câncer pra começo de conversa — e que ninguém nunca havia dito que ele tinha câncer, muito menos dado a ele qualquer motivo para suspeitar que tivesse câncer — acabou se perdendo no meio do barulho, e ele virou um garoto propaganda para sobreviventes em todo o mundo. Ele estava até fazendo campanhas de conscientização para o Serviço Nacional de Saúde.

Enfim. *Pendulum of the World* foi um álbum sobre como ele era esperto e brilhante pra caralho depois de ter se tornado um velho babaca egoísta, em vez de um jovem babaca egoísta, e "Tartarus" era uma lamúria autocentrada sobre encarar o abismo e voltar mais forte, que deu ao desgraçado um Grammy. Pra ser sincero, eu queria mandar a música se foder. Especialmente porque a última coisa que eu precisava logo depois de um encontro inesperado com meu ex narcisista que tinha me apunhalado pelas costas por ganhos a curto prazo era lembrar do meu pai narcisista que tinha me apunhalado pelas costas por ganhos a curto prazo.

Numa tentativa de me distrair, olhei para o celular. O corretor acabou mudando minha mensagem para o Oliver de **Tudo bem. Até daqui a pouco** para **Tudo bem. Aqui o documento**, o que causou uma série de respostas:

Que documento?

Essa mensagem era pra outra pessoa?

Lucien, aconteceu alguma coisa?

Chego aí o mais rápido que conseguir. Me diz se aconteceu algo de errado

Desculpa pela demora.

Eu deveria ter respondido, mas não consegui. O destino ou o universo ou sei lá quem decidiu esfregar na minha cara o merda do meu ex claramente feliz e bem-sucedido e o merda do meu pai claramente feliz e bem-sucedido, e isso tudo num intervalo de trinta segundos. E embora eu também fosse *em tese* claramente feliz e bem-sucedido, isso me parecia bem mais incerto com meu namorado advogado maravilhoso preso no trânsito enquanto eu era apresentado ao fabuloso, perfeito, olha-só-como--eu-sou-lindo-e-também-noivo JoJo, com seu casaco colorido e sua aliança brilhante.

Especialmente levando em conta que, conforme me lembrei, eu ainda estava usando um chapéu de crochê em forma de vulva.

Os amigos da Bridget estavam contando comigo para mais uma rodada de cosmos, mas naquele momento minhas obrigações de dama de honra pareciam bem menos importantes do que minha obrigação de cair fora dali. O bar estava barulhento e quente demais, e eu precisava de ar fresco. Então, guardei o celular no bolso e fugi para me sentar do lado de fora e sentir um pouquinho daquela boa e velha pena de mim mesmo.

Só que, conforme descobri, até isso era mais fácil de dizer do que fazer, porque nós estávamos na porra de Londres, então sentar do lado de fora exigiria encostar a bunda na calçada onde aproximadamente vinte e sete milhões de pessoas estavam tentando passar ao mesmo tempo, todas vindo correndo em desespero sabe-se lá de onde para ir sabe-se lá aonde, sem a menor vontade de oferecerem o benefício da dúvida para qualquer um que cruzasse seu caminho.

Como eu não estava me odiando o suficiente para deixar a cidade inteira me pisotear, saí para procurar outro ponto para me sentar e, por causa da questão londrina já mencionada, não achei nada que já não estivesse ocupado e acabei caminhando até um parque mal iluminado que, se eu estivesse um pouquinho melhor da cabeça, teria evitado por medo de ser assassinado e/ ou preso.

E foi ali que percebi que minha melhor amiga me chamou para ser dama de honra de um casamento com o qual ela sonhava desde os cinco anos, e eu tinha acabado de fugir da despedida de solteira sem especificação de gênero dela.

Merda.

Merda. Merda. Merda.

Por um lado, era até reconfortante. As pessoas sempre têm medo de mudarem depois que entram num relacionamento, então era bom saber que estar com o Oliver não tinha destruído por completo minha habilidade em ser um amigo de merda. E um namorado de merda. E, no geral, uma pessoa de merda.

Merda.

Por fim encontrei um banco vazio e me joguei nele como um saco de batatas de merda — do tipo que foram deixadas na cozinha por tempo demais e começaram a ficar cobertas com aqueles brotos esquisitos. Porque esse sou eu, né? Uma batata esquisita cheia de brotos em forma de gente. Recebi a missão simples de reunir um monte de gente que se gosta para nos divertirmos num bar cheio de drinques de fruta e petiscos em forma de pênis, e até isso eu consegui fazer errado.

Olhei o celular de novo.

Cadê você?

Porra. Errei mais uma vez.

CADE VC? TD BEM???!

Não era o Oliver, era a Bridge. O que significava que ela tinha percebido minha ausência. O que significava que eu estava transformando a noite especial dela — bom, acho que a noite especial dela seria o casamento em si, mas aquela era uma noite um pouquinho menos especial — numa noite sobre mim.

Arranquei meu chapéu de crochê e o encarei, e a vulva me encarou de volta, acusatória, como um Olho de Sauron sexual.

Merda.

Eu era a pior dama de honra do mundo.

Merda.

Eu era um péssimo amigo e um péssimo namorado, e todo mundo acabava me traindo e me abandonando porque eu era um lixo e merecia isso mesmo.

Merda.

— Esse lugar está ocupado?

Ao me virar, encontrei o Oliver de pé atrás de mim. Ele parecia uma mistura engraçada de cara formal com desgrenhado, a gravata frouxa ao redor do pescoço e a camisa social desabotoada, revelando sua camiseta *Piranhas da Bridge Não Oliver Acho Que Não Tem Problema Estamos Ressignificando O Termo Além Do Mais Não Dá Mais Tempo De Mudar* por baixo. Ele parecia mais preocupado do que irritado.

— Como você me achou? — perguntei.

— A Bridget disse que você tinha desaparecido, então eu saí perguntando se alguém tinha visto um homem alto com uma vagina na cabeça correndo pra longe do bar.

— Vulva — corrigi.

— Como?

— A vagina é interna, a parte externa se chama vulva.

Oliver abriu o sorriso mais aconchegante e tranquilizador de todos.

— De qualquer forma, é um visual peculiar o bastante. Não foi difícil te achar.

Ele deu a volta pelo banco, se sentou ao meu lado e passou o braço ao redor dos meus ombros. Me apoiei nele sem nem pensar. — Bridget me disse que ela viu o Miles lá dentro. Ela acha que foi por isso que você saiu.

Assenti.

— Começou a tocar uma música do meu pai também.

Oliver me apertou.

— Me parece o pior dos mundos. Sinto muito por não estar lá.

— Eu também sinto muito. Merda, desculpa, quer dizer... Seria ótimo se você estivesse lá. Não quis dizer que... eu sei que você precisava trabalhar.

— Eu entendi o que você quis dizer.

— Teria sido ótimo poder dizer: "Oi, Miles, vai se foder, minha vida está ótima".

Oliver soltou uma meia-risada.

— Você poderia ter dito mesmo assim.

— Sim, mas eu precisava de provas.

— *Você* é a prova.

Um dia eu iria parar de me surpreender por Oliver sempre dizer exatamente a coisa certa. Mas esse dia ainda não tinha chegado.

— Puta merda, Oliver. Para de ser tão... tão... incrível pra caramba.

E, por um momento, nós só ficamos ali, e eu me permiti me sentir seguro, abraçado e amado, e ele pegou minha mão e não disse nada porque não precisava dizer.

— Além do mais — eu disse, porque decidi que se sentir bem é superestimado e quis estragar o momento —, o noivo dele tem, tipo, doze anos.

— Não literalmente, creio eu.

— Não, mas ele é... tipo... um garotinho pequenininho e bonitinho chamado *JoJo*. Quer dizer, quem diabos se chama *JoJo*?

— Essa é uma pergunta retórica, creio eu.

— Vou te dizer quem é o tipo de pessoa que se chama JoJo — continuei. — Um babaca. Isso aí.

Oliver continuou ali, parado, e apesar da minha decisão de ofender um estranho inocente, ele não me julgou.

— Pode ser. Embora eu, pessoalmente, ache que o homem que te traiu e te deixou com medo de confiar em qualquer pessoa de novo é um babaca bem maior.

— Ah, sim. Ele é um grande babaca. O que é irônico, já que em outros departamentos ele é beeem pequenininho.

— É verdade? — Oliver sorriu de novo para mim. — Ou você só está tentando fazer com que eu me sinta especial?

— Na real, eu não me lembro. Mas ele *merece* ter um pau pequeno. E se você puder contar pra todos os seus amigos que ele tem pau pequeno, seria ótimo, obrigado.

Aquilo fez Oliver rir.

— Por você, Lucien, eu faço tudo.

Então eu meio que fui obrigado a dar um beijo nele.

E depois meio que tive que beijar de novo. Sabe como é, só pra garantir.

E depois eu me senti... me senti bem. Porque o resto do mundo não importava. Quer dizer, até que importava, porque eu tinha, tipo, amigos, um emprego e coisas importantes para mim. Mas *Miles* não importava e JoJo *com certeza* também não.

— Acho que... Acho que já posso voltar lá para dentro.

Então nós nos levantamos, eu coloquei o chapéu de vulva na cabeça e deixei Oliver Blackwood — meu namorado advogado maravilhoso — me escoltar de volta até a despedida de solteira sem especificação de gênero da minha amiga. E eu sabia, lá no fundo do coração, que tudo ficaria bem.

Afinal, não era como se eu fosse ter que ver o Miles de novo.

2

— Beleza, então — eu disse para Alex Twaddle. Meu estoque de piadas já estava acabando, mas o ritual já fazia parte da minha vida e eu não iria desistir. — Vamos tentar essa aqui. Um homem trabalha como motorista de ônibus, ou seja, como um condutor, e ama o emprego, mas um dia ele perde a paciência com um passageiro, joga o cara pra fora do ônibus e ele cai e um carro passa por cima dele e ele morre.

— Minha nossa — Alex parece revoltado. — Isso é inaceitável. Principalmente para um motorista de ônibus.

— É mesmo — concordo. — É um comportamento terrível e, olha só o spoiler, é bom não se esquecer disso porque pode acabar sendo importante mais pra frente.

— Bom saber. — Por um momento, Alex parece contemplativo. — Digo, isso ajudaria com suas piadas no geral. Dar uma dica ou outra pro seu camarada aqui saber no que deve prestar atenção.

— Anotado. Enfim, ele vai parar no tribunal por ter jogado um passageiro embaixo de um carro.

Alex assentiu.

— Por ser um mau motorista, você quer dizer.

O nível de Alex-estragando-piadas estava aumentando.

— Sim, creio que sim. Mas acho que dá pra chamar de assassinato mesmo. Enfim, o juiz acaba sentenciando o cara à cadeira elétrica.

— Nossa, que irônico.

Abandonar piada. Abandonar piada agora.

— Irônico em que sentido?

— Bom, você sabe, o camarada é um péssimo motorista e é mandado pra cadeira elétrica. Digo, seria muito engraçado se a cadeira elétrica não funcionasse por ele ser um *condutor* tão ruim, não é? Seria meio que um jogo de palavras.

— Sim. — Eu estava preso. Preso numa cadeia absurda de meta-humor com um riquinho esnobe que, secretamente, era um gênio me atormentando por prazer. — Sim, seria *muito* engraçado. Enfim, eles o mandam para a... humm... pra cadeira elétrica e ela... hum... não funciona.

Alex sorriu.

— Ah, porque ele era um mau condutor, né?

— Sim.

— Ah. Na verdade, amigão, não foi tão engraçado quanto eu imaginava. Não na prática.

Deveria existir algum tipo de serviço de emergência para piadas que resgatasse pessoas de situações assim.

— Desculpa.

— A culpa não foi sua. Se bem que, pensando agora, acho que saber da reviravolta antes do fim tornou a piada menos cômica.

— Não me diga!

Alex assentiu.

— Sim! Veja bem, a essência do humor é a surpresa. Então, se você quiser ser um contador de piadas melhor, sugiro que esconda bem as suas cartas.

— Obrigado. Vou tentar me lembrar disso.

Tá bom, isso já é demais, eu estava quase...

— Olha só, vou te mostrar como se faz.

Não havia jeito de aquilo terminar bem.

— Vem cá, Rhys. — Alex enfiou a cabeça na sala de mídias sociais. — Você tem um minuto?

Rhys Jones Bowen surgiu andando de costas e falando no celular, que ele segurava no alto como se estivesse tirando uma selfie.

— Olá, internet — ele estava dizendo. — Aqui é o Rhys Jones Bowen direto da Cê-A-Cê-A, a instituição de caridade dos besouros rola-bosta. Acabei de terminar meu café, e agora Alex da recepção me chamou porque quer alguma coisa, então vou ali ver o que é, e depois...

— Rhys — chamei —, o que você está fazendo?

Ele me olhou como se eu tivesse feito uma pergunta bem idiota, o que, para ser sincero, era o caso.

— O que parece que eu estou fazendo? Uma *live*!

— Esse é o tipo de coisa que as pessoas fazem agora?

— Temos que acompanhar as novidades, Luc.

Dei a ele minha expressão mais incrédula de todas.

— Na verdade, não temos, não. Metade dos nossos computadores continuam rodando o Windows 7, e o mapa do corredor ainda tem duas Alemanhas.

Infelizmente, Rhys ignorou minha tentativa de manter o século XXI fora do escritório.

— Por que você não dá um oizinho para a internet, Luc?

— Me recuso a acreditar que tem alguém assistindo.

— Me desculpa, mas fique sabendo que eu tenho quinhentos e setenta e três espectadores.

Aquilo me pareceu ao mesmo tempo pouca gente e muito mais do que eu esperava.

— Tem certeza?

Ele me mostrou o celular e eu vi o 573 subir para 574 enquanto, embaixo do vídeo, uma série de comentários variavam entre **Quem é esse babaca?** e **Cadê o Rhys?**

— Posso contar minha piada agora? — perguntou Alex. — Embora, só pra deixar claro, essa piada é mais do Luc do que minha.

Girando para enquadrar o Alex, Rhys assentiu.

— Manda ver, isso vai ser um ótimo — ele fez aspas no ar com a mão livre — "conteúdo", como os influenciadores falam.

Alex ajeitou o cabelo para parecer o melhor possível na *live*.

— Certo, tem um motorista de ônibus que é muito ruim no trabalho, é um péssimo condutor, e um juiz o condena à execução.

— Nossa, isso me parece meio exagerado. — Rhys retoma a atenção para o celular. — Viu só, galera? Esse é o problema do sistema de justiça criminal. Os ricos e poderosos, bom, eles se safam de qualquer coisa. Mas para pessoas comuns como eu, vocês e o motorista de ônibus, as regras são outras, não é mesmo?

Se eu tivesse sido mais esperto, poderia ter ido embora enquanto os dois distraíam-se mutuamente. Eu não fui esperto.

— É só uma piada, Rhys.

— Pode até ser uma piada, mas mostra um problema sociopolítico de desigualdade muito real.

Ele tinha razão.

— Na versão original da piada, ele *de fato* matou outra pessoa.

— Mas será que matou mesmo? — perguntou Rhys Jones Bowen, parecendo sério. — Ou será que ele só estava no lugar errado na hora errada? Veja bem, é muito fácil, Luc, pra você ficar sentado aí julgando outro homem enquanto está no seu escritório confortável, mas histórias assim acontecem todos os dias. Um motorista de ônibus como qualquer outro está apenas fazendo seu trabalho, e os anos de abuso por parte dos passageiros ingratos e das condições abusivas do sistema privatizado de transporte público...

— Calma lá. — De repente Alex pareceu interessado. — Conheço muitos camaradas que se deram *muitíssimo* bem com a privatização. Conseguiram umas belas *barganhas*, e hoje em dia ganham *rios* de dinheiro. E são todos muito gente boa.

Ai, meu Deus, o que eu fiz? Um simples trocadilho sobre um trabalho do transporte público se transformou num debate sobre os impactos a longo prazo do thatcherismo.

— Mas olha só, só *eles* se deram bem — respondeu Rhys. — Mas nem todos podem ter tudo, né? Para cada um dos seus amigos lucrando em cima do capitalismo, há um pobre motorista por aí tentando apenas viver a vida, matando um passageiro por acidente porque ele precisa trabalhar num turno triplo já que a filha dele precisa de uma cirurgia e o Serviço Nacional de Saúde não tem nenhum leito disponível e...

— Será que... — perguntei, sem esperanças — eu deveria ter contado aquela do "pontinho marrom no oceano"?

— O que é um pontinho marrom no oceano?

Abri um sorriso arrependido.

— Um camarrom.

— Verdade. — Alex assentiu em aprovação. — Sim, você deveria ter contado essa. As chances de virar um debate político seriam bem menores.

Rhys abriu um sorriso como quem não se ofendeu.

— Ainda assim, um bom debate vez ou outra faz bem, não faz?

Semana que vem a gente fala de religião. — Ele voltou a atenção para o celular. — Enfim, galera, por hoje é só. Preciso voltar ao trabalho. Não deixem de conferir o site da Cê-A-Cê-A e nos sigam no Twitter, no You Tubes, no Instant Gram, no Tick Tocks e no Only Fans. Até a próxima.

Ele encerrou a transmissão e guardou o celular no bolso.

— Humm, Rhys — comecei, meio incerto —, qual foi mesmo essa última plataforma que você mencionou?

— O Tick Tocks? Hoje em dia temos que estar presentes no Tick Tocks, Luc. A parada é conteúdo em vídeos.

— O sucesso do século XXI — concordou Alex.

— Não, não tô falando do TikTok — respondi. — O que você disse depois.

Rhys sorriu.

— Ah, o Only Fans? Sim, eu estava lendo um artigo e as pessoas comentaram sobre como este site vem ficando muito popular, então eu pensei, como diretor de mídias sociais, que devia criar uma conta lá também. Está indo muito bem.

— É mesmo?

— Com certeza. Só que as pessoas vivem me pedindo pra tirar a camisa.

Eu não sabia ao certo o quão longe gostaria de ir naquele assunto.

— E você tirou?

— Bom, nas últimas duas semanas não porque está meio frio, né? Beleza. Cheguei exatamente onde queria, nem um passo a mais.

— Que ótimo. Bom pra você. Legal te ver tomando novas iniciativas. Agora, se me dá licença, tenho muitas... arrecadações de fundos pra fazer.

Eu não saí correndo, mas também não saí andando. A vantagem de possuir uma sala própria é sempre ter um lugar onde se esconder quando você descobre repentinamente que um dos seus colegas de trabalho acabou caindo no mundo da pornografia. O que, certamente, não acontecia com frequência, mas levando em conta o que vivia acontecendo na CACA, ter meu santuário era muito, muito bom.

Meu computador ancestral estava acabando de ligar quando o celular vibrou. A prévia da mensagem dizia Para a sua informação, e eu soube que era o Oliver antes mesmo de ler o nome dele.

Para a sua informação, acho que fomos fotografados voltando para a festa.

Posso te mandar o artigo, caso você queira, mas não tem nada por que se preocupar.

Dois anos atrás eu já teria visto o artigo, porque meus alertas do Google teriam me avisado. Mas esse novo eu, sensível e resolvido, não precisava ler obsessivamente cada menção ao meu nome em todos os blogs de fofoca. **Não precisa**, respondi.

Eu confio em você.

A porta se abriu e Alex Twaddle colocou a cabeça para dentro.

— Luc, meu velho, a dra. Fairclough quer falar com você sobre alguma coisa relacionada a imprensa.

Merda. De novo não.

Na verdade, me manda sim. Talvez eu precise do artigo pra me defender.

Dois segundos depois, um link para a matéria ofensiva surgiu. A manchete era *Nós Sempre Soubemos Que Ele Era Uma Va*ia*, o que me pareceu injusto por dois motivos: primeiro porque eles não sabiam coisa nenhuma, só tinham dito aquilo por causa do chapéu, e segundo porque eu não estava fazendo nada de mais. Estava caminhando pelo parque com meu namorado. Se eu não estivesse com o chapéu de vulva, seria até uma foto fofa. Foda-se, continuava sendo fofa mesmo *com* a vulva.

Mas a dra. Fairclough queria me ver mesmo assim. O que era... bem, o que não era nem um pouco bom. As coisas iam bem fazia quase dois anos. A Corrida dos Besouros mais recente fora um grande sucesso. Estávamos com mais doadores do que nunca. O que mais ela queria que eu fizesse? Que arrumasse um segundo e ainda mais respeitável namorado?

Decidindo que a indignação era melhor que o medo, marchei até a sala da dra. Fairclough e entrei.

— Ah, O'Donnell! — disse ela. — Acabei de ver esta foto. — Ela virou a tela para mim e lá estávamos nós: eu, Oliver e o chapéu de vulva.

Desta vez, não tinha como fugir.

— Sim. Sou eu. E esse é o meu namorado, que eu amo muito, e estou com um chapéu em forma de vulva porque era a despedida de solteira de uma amiga e eu pensei que ter apenas chapéus de pênis seria heteronormativo e/ ou transfóbico, então, sim, eu estava andando pelo parque com um par de grandes lábios de crochê na minha cabeça e não tenho vergonha disso, e se a Cê-A-Cê-A tem algum problema com isso, é bom lembrar que meu namorado é advogado e eu vou meter um puta processo em vocês.

A dra. Fairclough piscou exatamente uma vez.

— Só queria perguntar se você está bem.

— Ah.

Não é como se eu estivesse querendo arrumar briga. Mas de fato me senti como um toureiro que chegasse na arena e encontrasse o touro se oferecendo, com toda a educação, para segurar sua capa.

— Afinal de contas — continuou ela —, é uma manchete bem cruel. Te chamaram de pessoa vazia.

Eles não me chamaram, de fato, de vazia.

— Já ouvi coisa pior.

A dra. Fairclough piscou exatamente uma vez de novo. Às vezes eu achava que parte dela era um louva-a-deus.

— Bom, obrigada pela conversa. Espero que sirva como um suporte emocional.

De um jeito engraçado, serviu. Sim, eu tinha certeza de que a dra. Fairclough acreditava que os sentimentos humanos eram um ponto final na nossa evolução por conta da falta de um exoesqueleto, mas ela estava se esforçando, e merecia créditos por isso.

— Obrigado, dra. F.

— Não me chame de "dra. F".

— Desculpa. Obrigado, dra. Fairclough.

Minha vida estava num momento tão bom que não ser obrigado a mudar de personalidade para não perder o emprego me causou alívio, não euforia, mas continuei relativamente animado quando voltei para a minha sala e comecei a enviar e-mails para pessoas que nos prometeram dinheiro na Corrida dos Besouros.

Mais ou menos uma hora depois, ouvi uma batida na porta. O que era bem incomum, porque a CACA não era o tipo de escritório onde as pessoas batiam na porta. Era um lugar mais de enfiar-a-cabeça-na-porta, entrar-sem-ser-chamado, e derrubar-café-nos-outros.

— Pode entrar — eu disse, sem pensar muito.

E lá estava o Miles. Sem o noivo, mas ainda assim parecendo um homem que sabe que está noivo de uma bolinha de entusiasmo cintilante, e levemente se gabando por isso.

— Oi.

Eu estava chocado demais para ficar bravo, bravo demais para ficar triste, triste demais para ficar chocado.

— Oi? — Tentei fazer soar meio como cumprimento, meio como pergunta.

— Eu... Depois que nos encontramos naquela noite... Conversei com o JoJo e expliquei quem você era, e como o clima ficou meio esquisito...

— Meio esquisito como? — perguntei no meu tom mais casual de eu-com-certeza-não-saí-correndo-para-me-esconder.

— Você sabe do que estou falando. E eu sei que as coisas entre nós terminaram mal.

Eu quase não consegui rebater. Quase.

— Terminaram mal? Você vendeu informações minhas para a porra de um tabloide. Isso não foi *terminar mal*, isso foi *você me destruindo completamente*.

— Eu era jovem, idiota e inconsequente.

— Você era jovem e um cuzão.

— Fala sério, Luc. — Ele abriu um daqueles sorrisos arrasadores. — Você também foi meio cuzão.

— Beleza, então nós dois éramos cuzões. Mas só um dos cuzões foi embora com cinquenta mil no bolso.

De alguma forma, ele teve a coragem de parecer decepcionado.

— Não coloca o dinheiro no meio disso. Isso não é sobre o dinheiro.

— Ah, claro. Então você só quis me magoar por vontade própria mesmo, né? Isso melhora demais as coisas.

Sem ser convidado, Miles sentou na cadeira vazia do meu escritório.

— Não foi isso que eu quis dizer... Eu... Eu acho que estava me sentindo preso e aquilo me pareceu uma saída.

— E o dinheiro foi apenas um bônus?

Por fim, ele teve a decência de parecer envergonhado.

— E então — continuei — você aparece aqui do nada para falar comigo depois de todos esses anos e o quê? Acha que isso resolve as coisas?

Ele abaixou a cabeça.

— Não resolve nada. Eu só queria... JoJo quer... *Nós* queremos te convidar para o casamento.

— Me desculpa. — Eu o encarei. — Por um segundo completamente absurdo e obviamente incorreto achei que você tinha me convidado para o seu casamento.

— Sim.

Não acreditei no que eu estava ouvindo.

— Deixa eu pensar. Que tal... não? Que tal *nem fodendo, que bosta é essa que você está falando, seu merda?*

— Você tem o...

Porra. Estava acontecendo de novo. Me senti o Bruce Willis em *Duro de Matar 2*, com a mesma merda acontecendo comigo duas vezes.

— Nem vem me dizer que eu tenho o direito de estar irritado. Eu *sei* que tenho o direito de estar irritado. A questão é, antes de você se intrometer no meu escritório como um... um... como um sr. Intrometildo... eu não precisava me irritar porque nem sequer tinha que pensar em você. Eu podia pensar em coisas normais tipo o meu trabalho, o meu namorado, e o fato de que um dos meus colegas de trabalho ainda não se deu conta de que se tornou um ator pornô amador.

— Um ator pornô...

— Nem adianta perguntar.

Miles se levantou e ajeitou a jaqueta como quem diz *estou sendo a única pessoa racional nesta situação irracional.*

— Olha — disse ele —, eu sabia que vir até aqui seria arriscado.

— O que você estava arriscando, exatamente? Porque, pra mim, parece que você não tem nada a perder com esta visitinha.

Aparentemente ele não tinha uma resposta para aquilo.

— É só que significaria muito para o JoJo se você aceitasse o convite.

— Eu nem *conheço* o JoJo. Por que ele se importa comigo? Por que *eu* deveria me importar com ele?

— Você foi muito importante na minha vida, então me pareceu certo que você fosse...

Aquilo estava fazendo sentido. Um sentido idiota. Um sentido egoísta. O que era muito, muito a cara do *Miles.*

— Ah, claro, então é uma questão de perdão. Você quer que eu esteja lá pra você poder superar as merdas que fez comigo e começar sua nova vidinha perfeita com seu maridinho perfeito e dizer a si mesmo, *Tudo bem, não precisa se sentir mal, o Luc está de boa, ele até veio para o meu casamento e tal.*

— Pense a respeito. — De dentro da jaqueta, Miles tirou um cartão creme delicadamente impresso e o colocou sobre a mesa, ao meu lado. — Seguir em frente será o melhor para nós dois.

E lá estava o problema. Eu *já tinha* seguido em frente. Já tinha seguido em frente pra caralho.

— Vai embora.

Ele foi, mas parou no meio do caminho, todo enigmático e soltou um:

— A gente se vê.

E eu fiquei sozinho ali, encarando o convite de casamento com letras rebuscadas e prateadas que diziam:

SR. MILES EDWARD GREENE E SR. JOHN JOSEPH RYAN DESEJAM O PRAZER DA VOSSA COMPANHIA NA CELEBRAÇÃO DE SUA UNIÃO. RSVP.

3

Era minha vez de cozinhar. Ou seja, a única noite do mês em que minha esmagadora culpa por nunca cozinhar superava o fato de que tanto eu quanto Oliver sabíamos o quanto eu era um péssimo cozinheiro. Como Oliver tinha concluído, depois de uma longa troca de e-mails com Bronwyn, que era eticamente insustentável dizer que se importava com o bem-estar animal e ser vegetariano em vez de vegano, e por isso decidido cortar por completo os produtos de origem animal, decidi preparar uma torta multicolorida com batata-doce, acelga e aipo. O que me parecera uma ótima ideia quando eu pesquisei *receitas veganas gostosas* no Google alguns dias antes. Depois, pareceu uma ideia um pouquinho ruim quando fiquei perambulando pelo mercado me perguntando onde ficava a porcaria do aipo. Por fim, a ideia se mostrou terrível assim que comecei a preparar.

Para começar, a massa pronta da loja *não era* vegana, então precisei fazer tudo do zero, e acabei descobrindo que preparar uma massa com leite de coco, farinha e óleo de amêndoa era muito, muito difícil. Principalmente quando, de acordo com a receita, você precisa fazer tudo nos vinte minutos em que a beterraba assa no forno, para que as coisas estejam no ponto certo quando chegar a hora de juntar tudo.

Uma hora e dez minutos depois de começar a receita que me prometeu estar pronta em uma hora, eu estava coberto de farinha até os cotovelos, equilibrando três assadeiras diferentes que precisavam entrar no forno em momentos diferentes, tentando entender se a minha massa precisava de mais leite de coco (comprei extra por precaução) ou mais farinha (comprei extra por precaução) ou menos de algum dos dois (e, se fosse o caso, como eu deveria fazer parar tirar da receita), e logo me lembrando, como acontecia todo mês, que eu nunca, jamais, deveria pisar numa cozinha de novo.

Por fim, consegui deixar a massa com uma consistência de massinha de modelar, boa o suficiente para esmagar numa assadeira de bolo e começar a encher com camadas de folhas de acelga e sêmola, que em tese absorveria os molhos, mas até onde eu estava percebendo não iria absorver coisa nenhuma. Joguei a gororoba dentro do forno, liguei o cronômetro, e então fiz um primeiro esforço desesperado para limpar aquela bagunça, quando percebi que nem sabia por onde começar.

Oliver chegou em casa assim que o alarme de incêndio apitou.

— O cheiro está delicioso —, ele gritou do corredor antes de chegar na sala de estar, pegar uma pilha de documentos nos quais ele estava trabalhando, e começar a abanar os papéis freneticamente debaixo do detector de fumaça.

— Obrigado. Era pra ser uma torta.

— E o que *acabou* sendo?

— Sinceramente? — Atravessei a cozinha, peguei os papéis gentilmente das mãos dele e assumi a tarefa de abanar. — Acho que vamos pedir comida.

O som do alarme parou, e Oliver pegou seus documentos de volta antes de me dar um beijo de "querido, cheguei" na bochecha.

— Tenho certeza de que ficou gostoso.

Nunca ficava gostoso. Mas ao longo do nosso relacionamento, eu já havia visto o Oliver engolir com coragem uma abobrinha torrada que parecia lama, uma sopa de espinafre que era praticamente geleia, e tantos cozidos aguados que já tinha perdido a conta.

No fim, servi uma gororoba de vegetais com pedacinhos de massa ou queimados ou crus flutuando por cima como bolinhos de cocô. Oliver temperou o pedaço dele com vontade e mandou pra dentro.

— Você está bem? — perguntou ele depois de conseguir engolir um pedaço particularmente traiçoeiro de acelga. — Ficou bom, mas pela bagunça — ele apontou para a carnificina que ainda dominava a cozinha — parece que você estava mais distraído do que o normal.

Respirei fundo. Aquilo não ia virar uma questão. Eu não deixaria virar uma questão.

— É o Miles.

— Sinto muito. Eu não sabia que ver o Miles te deixaria tão abalado.

— Não, quer dizer, é o Miles *de novo*. Tipo, ele veio me procurar.

Juntando seu treinamento como advogado profissional, uma vida inteira sorrindo e aceitando o julgamento dos pais e dois anos fingindo gostar da minha comida, Oliver sabia esconder as emoções como ninguém, mas acho que vi uma pontinha de ciúmes nos olhos dele.

— Quando?

— Hoje. No trabalho.

Oliver franziu o cenho.

— Isso me parece inapropriado.

— Sim, o Miles nunca foi muito *apropriado*.

Pra ser justo, eu também não.

— O que ele queria?

— Me dizer "eu cometi um erro terrível, foge comigo", e eu disse "claro que fujo, garotão". Vou fazer as malas hoje à noite.

Oliver soltou o garfo e me olhou todo sério.

— Lucien.

— Ele queria me convidar para o casamento.

— Ah.

Ele ficou quieto por um instante.

— E você quer ir?

Fiquei um pouco surpreso com a pergunta.

— Claro que não. Seria esquisito pra caralho.

— Então tudo bem. — Ele se esticou sobre a mesa e pegou minha mão. Pensei que era um gesto de afeto, mas ele provavelmente só queria uma desculpa para parar de comer a torta. — Me parece um problema com uma solução bem simples.

— É só que... — *Merda.* Ele fez aquela coisa de apoiar minhas escolhas e me fazer confrontar o fato de que, na verdade, eu não tinha certeza de nada. — Eu fico pensando que isso possa ser bom pra mim, quem sabe?

O polegar dele desliza gentilmente pelos meus dedos como se nós tivéssemos todo o tempo todo mundo e nada fosse mais importante do que essa conversa.

— Bom de que jeito?

— Sei lá. Seria meio que um... fim? Tipo, talvez me ajude a tomar jeito e dizer "Ei, você me destruiu daquela vez, mas estou bem agora, então desejo que seja feliz". Além do mais, eu queria muito aparecer no casamento dele com meu namorado maravilhoso e bem-sucedido, só pra esfregar naquela cara metida e barbuda dele.

Oliver riu.

— É pra eu me sentir lisonjeado ou explorado?

— Ah, agora você é bom demais pra ser um pouquinho explorado?

— Depende da situação.

Era legal ter um momento desses, sentado com Oliver, flertando de leve, mesmo durante minhas minicrises. Mas aquilo não tornava as minicrises menos crises.

— Eu fico andando em círculos — eu disse a ele. — Num momento fico tipo *Por que você está sequer cogitando isso, foda-se ele*, e depois eu fico tipo *Mas assim você não acaba dando mais poder pra ele?* E depois eu volto a pensar *Ah, mas talvez seja isso que ele quer que você pense*, e... afe.

— Você é um homem complicado, Lucien O'Donnell.

— Obrigado, eu me esforço. — Suspirei. — Acho que a coisa toda de vamos-nos-reconciliar-apesar-de-eu-ter-te-magoado está trazendo muita coisa à tona, e eu não sei se quero... bom... lidar com essas coisas.

Oliver assentiu, me tranquilizando.

— Faz sentido. Mas se quer saber o que eu acho, isso não é tão sobre o seu pai quanto você pensa que é.

Aquilo era exatamente o que eu estava pensando. Mesmo sem ter conseguido traduzir naquelas palavras.

— Será que não? Será que não estou me metendo mais uma vez numa situação onde pessoas cagam na minha cabeça e depois dizem "Ei, lembra aquela vez que eu caguei na sua cabeça? Será ótimo pra mim se você pudesse esquecer tudo e dizer que estamos de boa agora"?

— Acho que, ou melhor, *espero que* — ele me olhou com toda a sinceridade por cima dos restos da tigela de qualquer-coisa-menos-torta — a diferença seja que você não está envolvido com o Miles. Ele não está tentando ser parte da sua vida; ele só te convidou para o casamento. E provavelmente só convidou por motivos bem egoístas. Não duvido que isso seja pra ele e o novo marido poderem se sentir melhor, e não pra fazer *você* se sentir melhor. Mas ele não está te pedindo pra se comprometer com coisa nenhuma.

— Eles vão esperar um presente.

Oliver sorriu.

— Então, compre um escorredor de louças e coloque um bilhete perguntando quando ele vai pagar os cinquenta mil que está te devendo.

Eu gostava de ver o lado cruel do Oliver. Não dava as caras com muita frequência, mas quando aparecia, era sempre na medida.

— Talvez eu faça isso. Se eu for. Será que devo ir?

— Eu não posso tomar essa decisão por você.

— Por que não? Seria superconveniente. Você pode dizer, tipo, "Me desculpe, Lucien, estou morrendo de ciúmes, e me recuso a te deixar ir ao casamento do Miles".

— Me desculpe, Lucien — Oliver repetiu em obediência —, estou *morrendo* de ciúmes, e me recuso a te deixar ir ao casamento do Miles.

— Ah, que palhaçada. — Dei a ele minha melhor expressão emburrada. — Tá na cara que você não está falando sério.

Oliver me olhou com deboche.

— Eu sei, sou um namorado inadequado e nem sei como você me aguenta.

— Mas você deve ter alguma opinião, não?

Oliver pensou a respeito por um momento. Ele nunca dava respostas apressadas para perguntas importantes.

— Bom, eu estaria mentindo se dissesse que ir ao casamento de um total desconhecido seria meu ideal de noite perfeita. E você não deve nada ao Miles, então nem ele nem o JoJo devem ser levados em consideração.

— Sinto quem tem um "mas" vindo aí.

— Até tinha, mas acho que você está sem saco pra me ouvir.

Aquela era uma conversa séria sobre coisas sérias, e Oliver estava dedicando a noite dele a ser um namorado, mas eu não podia deixar de responder àquilo.

— Oliver, meu saco está *sempre* à sua disposição.

— Lucien. — Os olhos dele ficaram delicados, e a boca tentava ao máximo se manter séria. — Eu quero terminar a frase mas você não está facilitando as coisas.

— Desculpa. Desculpa. — Fiz uma pausa. — Manda o seu "mas".

— *Mas* — disse Oliver cuidadosamente —, só porque o Miles está sendo egoísta não significa que ir a este casamento não te faria bem. Se aceitar o convite e passar uma borracha no passado vai te deixar melhor, você não deveria deixar de ir só porque ele vai se sentir melhor também. Faz sentido?

Fazia. Mais ou menos.

— Mas e se saber que ele vai se sentir melhor fizer com que eu me sinta pior?

— Daí, talvez você precise repensar aquele ponto sobre ele-não-ter--mais-poder-sobre-você.

Ah. Beleza. Meus ombros caíram. Eu deveria... não ser mais daquele jeito.

— Por que as pessoas vivem tendo poder sobre mim?

— Bom, uma delas era o seu pai, então o poder já tinha sido dado a ele de antemão. E a outra é alguém que você amou e que te traiu.

— Então eu preciso ir ao casamento pra provar...

Eu não fazia ideia de como terminar a frase, mas, felizmente, Oliver me interrompeu.

— Você não tem que provar nada. Pra ninguém. Nem pro Miles, nem pra mim, nem mesmo pra você mesmo.

Isso era o que ele achava. Mas ele não era eu.

— De qualquer forma — ele continuou — você tem tempo. Pode pensar melhor a respeito. E se quiser ir, é claro que eu vou com você. Se não quiser, eu vou... ficar com você. E nós faremos algo muito mais interessante do que assistir seu ex-namorado e alguém que você só viu uma vez dando uma festa enorme e cara pra celebrar um relacionamento que não significa nada pra você.

Pisquei.

— Nossa. Essa foi uma opinião bem cínica sobre casamentos, até mesmo pra mim, e olha que meu pai era um babaca drogado que abandonou a minha mãe antes mesmo de eu aprender a falar.

— Não me oponho a casamentos no geral. — Oliver abriu um sorriso franzido. — Só não sou o tipo de pessoa que se importa com essas furadas se não me importo com o casal.

Eu acho que eu também não era, de verdade. Só concordei em ajudar na organização do casamento da Bridge porque ela era minha melhor amiga e eu tinha certeza de que ela assumiria toda a parte importante do planejamento. É claro, parte disso era porque durante quase toda a minha vida eu nunca pensei que casamento seria algo possível para mim. E, de certa forma, era legal pensar que se eu ainda fosse uma criança nos dias de hoje, poderia ser daquelas que passa os dias planejando um casamento dos sonhos com o homem dos sonhos. Mas, por outro lado, parecia que eu já tinha perdido a chance.

— Eu entendo. E, só pra deixar claro, eu não *me importo* com o Miles de forma alguma. Tipo, nem um pouco. Nem um pouquinho de nada.

— Muito bem.

Havia uma firmeza naquele *muito bem* que soou mais definitiva do que a coisa toda do eu-te-apoio-haja-o-que-houver no comportamento dele.

— Oliver — eu disse, porque queria deixar registrado. — Você está com uma pontinha de ciúme, não está?

— Não.

A resposta foi rápida demais para ser convincente. Eu sorri em triunfo.

— Tá sim. Ai, meu Deus, você tá com ciúme. Isso é incrível porque significa que você gosta tanto de mim que não quer me dividir com mais ninguém. Ou talvez seja superofensivo, por sugerir que eu sou podre o bastante pra me envolver com um cara que vendeu informações minhas e está se casando com outro.

— Bem, é óbvio que eu gosto de você, Lucien — Oliver murmurou. — No geral. Não só agora. E eu sei que é irracional. Apesar de eu ter um longo histórico de pessoas me abandonando, sempre foi por motivos bem banais, nunca porque decidiram fugir com o ex no próprio casamento do ex com outro.

No passado, essa seria uma oportunidade para provocação e eu teria dito alguma coisa tipo *Prometo que quando eu te deixar, será por algo bem trivial.* Mas Oliver já havia levado muito pé na bunda, e mesmo se ele soubesse que era uma piada, seria uma piada daquelas que machucam.

— Prometo que não vou te deixar. Nem pelo Miles. Nem por você ser vegano. Nem por causa daquela vez que você ficou muito chateado quando eu deixei minhas meias jogadas na sala.

Aquilo o animou. Os olhos dele cintilaram.

— Existe um lugar — disse ele — só para as meias.

E provavelmente tinha algo errado com o meu cérebro, ou com o nosso relacionamento, porque receber sermão do Oliver sobre as minhas meias era um pouquinho excitante.

— Desculpa. — Tentei sem sucesso soar arrependido. — Eu sou apenas um safado de meias imundas.

— Lucien, você está tentando transformar minha irritação com sua mania de bagunça em algum tipo de joguinho sexual?

Lancei um olhar esperançoso para ele.

— Tá funcionando?

— Bom, você deixou uma bagunça terrível na cozinha.

— Eu sei. Mereço ser castigado.

— Você já foi castigado — Oliver apontou. — Teve que comer aquela torta pavorosa.

— Esse não é o tipo de castigo que eu tinha em mente.

Ao se levantar, Oliver recolheu pacientemente as tigelas da mesa.

— Não acho que chamar sexo comigo de "castigo" seja o elogio que você pensa que é.

— Bem, eu não acho que "Vem me pegar já que você gosta muito de mim" tem a medida certa de desejo.

— Mas, Lucien — a voz do Oliver foi de muito grave para muito suave —, eu gosto mesmo de você. Muito, muito mesmo.

Beleza, talvez estivesse funcionando. Só que, mesmo depois de dois anos de namoro e desenvolvimento pessoal e emocional, eu ainda me assustava com a forma como o sexo me deixava vulnerável. Quer dizer, era bem mais fácil dizer *Me bate, papai*, o que nós dois sabíamos que não era literal, do que *Me abraça, eu te amo*, o que nós dois sabíamos que era. E eu só estava tentando arrumar um jeito de articular aquilo — veja acima: desenvolvimento emocional — quando Oliver voltou, sem as tigelas, e me pegou pelo pulso com firmeza.

— O que você tá... — comecei a dizer antes de ser colocado em cima da mesa.

— Estou te mostrando o quanto eu gosto de você.

Afe. Socorro. Meus sentimentos. Tentei bravamente não me derreter todinho.

— Vou me sentir mal se a gente quebrar a mesa.

— Sério? — ele perguntou. — Eu não vou dar a mínima.

E então ele me beijou e eu parei de me importar também. Porque independente do que estivesse acontecendo — apesar do casamento do Miles com o JoJo Ryan, ou do casamento da Bridge, ou da bagunça que era o meu passado e provavelmente da bagunça que eu faria do meu futuro —, Oliver era meu, e eu era dele, e eu estava apaixonado por ele, completamente, vergonhosamente, até dar nojo. Até porque ele sabia ao certo como me tocar, bruto e carinhoso e cuidadoso e infinitamente... Oliver. Sabia como me fazer esquecer das incertezas e das paranoias para que eu não sentisse medo de me agarrar a ele do jeito que eu precisava, e de deixar que ele se agarrasse a mim do jeito que ele precisava também. Nem de dizer o quanto ele era maravilhoso, o quanto ele me fazia feliz, e todas as outras coisas que eu ainda estava começando a aprender a colocar em palavras.

E nem mesmo dizer *eu te avisei* quando quebramos a mesa.

Nos dias que se seguiram, mudei de ideia o tempo todo sobre querer ou não ir ao casamento do Miles. A lista de argumentos contra estava bem extensa, porque seria uma perda de tempo, Oliver teria uma noite de merda, já que não conhecia ninguém e, ah, claro, havia este detalhezinho insignificante de que comparecer seria como admitir que eu estava super de boa com o que houve naquela vez que o Miles fodeu a minha vida.

Mas, por algum motivo, lá no fundo eu ainda queria ir.

Porque tudo estava indo bem. Eu estava — e jamais admitiria isso para qualquer pessoa na CACA — curtindo meu trabalho de verdade. Meu relacionamento com o Oliver estava mais forte do que nunca, se bem que eu não cheguei aos dois anos de relação com o Miles pensando *Nossa, esse cara vai me magoar mais do que qualquer outro ser humano já me magoou na minha vida...* Meu Deus, o que meu cérebro estava fazendo? Por que eu estava comparando aquele otário egoísta que eu namorei há quase uma década com o homem objetivamente melhor que eu estava namorando no momento?

Quer dizer, Oliver era objetivamente melhor, não era? Nosso relacionamento era objetivamente melhor. Estávamos mais velhos, mais maduros, éramos mais sensíveis e... Peraí. Será que éramos apenas sem graça? Um casal comum e previsível e cheio de luminárias de mesa? Claro que, levando em conta os eventos recentes, estávamos chegando num momento em que tínhamos mais luminárias do que mesas. O que, com certeza, não era sem graça. Afinal, se ainda estávamos quebrando os móveis, alguma coisa certa estávamos fazendo.

Beleza. Era exatamente por isso que eu precisava ir ao casamento.

Precisava mostrar ao meu ex-namorado, ao noivo do meu ex-namorado que só vi uma vez na vida, e a um monte de desconhecidos, que eu era livre, feliz, superior e estava seguindo em frente com meu namorado novo e infinitamente melhor. E se eu fizesse tudo direitinho, talvez até meu próprio cérebro acreditasse em mim.

Até lá, porém, eu precisava a) tomar um jeito e b) acordar pra vida. Especialmente porque Oliver e eu iríamos sair esta noite, num desses encontros de gente grande que está num relacionamento. Estávamos indo para um — e era meio difícil dizer sem rir — *jantar seguido de uma peça*. Ele tinha feito uma reserva num lugar chamado Stem & Glory, aparentemente um dos melhores restaurantes veganos de Londres, e *aos poucos* eu estava chegando à conclusão de que os melhores restaurantes veganos da cidade eram lugares muito mais interessantes do que os restaurantes comuns onde me serviriam um pedaço de vaca morta. Depois... bom, foi meio complicado. Oliver queria assistir a *Morte do caixeiro viajante* no teatro Young Vic, mas como eu já iria a um restaurante vegano por causa dele, eu disse que ele teria que assistir a *Uma linda mulher: o musical* por mim. E, sinceramente, eu estava muito empolgado.

Bom, mais ou menos empolgo. Tinha sido um dia longo: a copiadora quebrou e Alex insistiu em consertar, ficando com a mão presa lá dentro, e a Barbara Clench se recusou a me deixar chamar o técnico para extrair a mão dele porque, segundo ela, se Alex fosse visto interagindo com a máquina, nós perderíamos a garantia. Não que fosse possível manter o acidente em segredo, já que Rhys Jones Bowen ficou o tempo todo fazendo uma *live* e pedindo ajuda ao seu exército cada vez maior de seguidores. Ou os *rhystocratas*, como aparentemente eles se autodenominavam.

Enfim, eu estava saindo do trabalho quando meu celular tocou. Era o número da Bridget, mas esta era a única pista que eu tive de que era de fato ela, levando em conta a demora do outro lado da linha para dizer alguma coisa. O que já era um sinal de que havia algo muito errado. Porque, claro, Bridge vivia pulando de um desastre para outro, mas ela lidava com eles gritando em voz alta sobre como tudo tinha sido arruinado enquanto resolvia calmamente o problema ao mesmo tempo. Só que, quando ela ficava quieta, era porque estava mesmo sem rumo, de volta à minha estratégia favorita: fingir que o problema não existe na esperança de que ele desapareça.

— Bridge? — perguntei em meio ao silêncio. — Bridge, o que houve?

— É... — a voz era dela, mas soava engasgada — o Tom.

Merda. Só havia duas possibilidades para aquela situação, e nenhuma das duas era boa.

— Ele está bem?

— Deve estar.

A voz dela estava nervosa. Então aquela era uma ligação de Tom--fez-alguma-coisa, e não uma de alguma-coisa-aconteceu-com-o-Tom. Eu não sabia qual das duas seria pior.

Meu celular vibrou anunciando uma mensagem da Bridget. Era uma foto. Uma foto do Tom com cara suspeita e os braços em volta de uma mulher jovem e bonita. Uma mulher jovem e bonita que não era a Bridget. Uma foto para a qual deveria haver um milhão de explicações razoáveis que uma pessoa que não passou a maior parte da vida adulta desenvolvendo um medo profundo de confiar nos outros poderia articular. Infelizmente, a Bridget tinha ligado para mim.

— Que merda, Bridge — eu disse, por fim. O truque era ficar na fronteira tênue entre apoiá-la e encorajá-la a acabar com o casamento. E eu era capaz disso. Era mesmo. Só precisava ser um cara legal, o mais prudente possível e ignorar a parte do meu cérebro que estava gritando: *Ela está ferrada e você também. Encontrar o Miles foi um sinal, e todas as certezas da sua vida estão erradas.* — Sinto muito. Você já... — O que uma pessoa madura emocionalmente e sem nenhum trauma faria? — Você já conversou com ele sobre isso?

Ouvi um som borbulhante do outro lado da linha e, depois:

— Ele não me atende.

No geral, aquilo até que era normal. O emprego do Tom geralmente o mantinha afastado por alguns dias, às vezes até mais. O que não era lá muito reconfortante. Ou, pelo menos, eu não me sentia reconfortado, e acho que a Bridge também não. Tentei me ater às perguntas neutras.

— Como você achou essa foto?

— A Liz viu os dois.

Se tivesse sido qualquer outro amigo da Bridge, a situação seria menos alarmante, já que a maioria deles era como, bom, como eu. O tipo de pessoa que salta do medo pelo pior para a certeza de que o pior já aconteceu. Mas a Liz era uma vigária de verdade, da paróquia e tal, então, dar o benefício da dúvida para os outros era basicamente a descrição do trabalho dela. E, como seria ela quem oficializaria o casamento, não me parecia provável que ela sabotaria o casório só de maldade.

— Ela disse mais alguma coisa?

— Só que os dois estavam num café juntos e pareciam... muito próximos.

Com certeza existiam outras maneiras de interpretar um homem prestes a se casar com o celular desligado, tomando um café com uma mulher gostosa e misteriosa que não era sua noiva. Eu só não consegui pensar em nenhuma naquele momento.

— Quer que eu vá pra sua casa?

— Você não... — Bridge soltou um soluço contido — vai sair com o Oliver hoje?

Sim. Sim, eu ia. E seria uma noite super-romântica e especial com direito a todas aquelas coisas chiques que um encontro com seu parceiro de longa data pode ter.

— Isso é mais importante.

E o pior — ou, por outro lado, o melhor — era que eu não estava mentindo. Bridge jamais me pediria para cancelar, mas ela nem precisaria. Ela esteve ao meu lado durante um monte de crises ao longo dos anos — o Miles, meu comportamento autodestrutivo depois dele, minha quase-demissão, e tudo o que envolveu o Oliver —, então eu estava meio que devendo uma a ela. Porra, estava devendo umas vinte. E mesmo se não estivesse, eu ainda ficaria ao lado dela porque amigos são para isso, e eu passei tempo demais sem ser um bom amigo.

— Tô chegando daqui a pouco — avisei.

Ela soltou um grunhido triste de gratidão e, depois que eu tentei tranquilizá-la dizendo que tudo ficaria bem de seis formas diferentes, uma menos plausível que a outra, nós desligamos.

O passo seguinte seria meio esquisito. Bom, talvez nem tanto. Porque o Oliver entenderia. Mesmo com nossa reserva feita e com ingressos comprados há meses. *Ai, merda*. Seria esquisito, não seria?

Obrigado, vida, por dar um jeito de me colocar numa situação em que eu teria que decepcionar ou minha melhor amiga ou meu namorado. Era como se, independente do que eu fizesse, independente do quanto eu me esforçasse, o universo fazia questão de me dizer que, de algum modo, eu era um lixo de pessoa. Nesta ocasião, essa verdade se manifestou em parte por eu não querer falar na cara do Oliver — nem mesmo ouvindo a voz dele — que eu iria furar com ele para ficar com uma noiva triste. Eu já estava em dois terços do quarto rascunho da minha primeira mensagem quando percebi que estava fazendo exatamente o que o universo esperava de mim. E, mais importante, não fazendo o que o *Oliver* esperaria. Merda. Esse era o problema de namorar um cara bom. Você acaba sendo ético com ele.

Então, rangi os dentes e liguei para o Oliver.

— Lucien? — Que ótimo. Ele já parecia preocupado. Ou por causa da telepatia de namorado, ou porque eu geralmente só ligava quando botava fogo na cozinha. — Tá tudo bem?

— Na verdade, não — respondi, e depois, percebendo que aquilo poderia significar qualquer coisa desde *Eu acho que nós precisamos terminar* até *Minha perna foi devorada por um tubarão*, completei logo —, quer dizer, eu estou bem, mas a Bridge está passando por um problemão e... Olha, eu sinto muito, mas vou ter que cancelar nossa noite.

Oliver ficou em silêncio por tempo suficiente para que eu pudesse escutar meu relacionamento escorrendo pelo ralo. Então, ele disse:

— Ah.

— Ah?

Mais uma pausa para o barulho do ralo de relacionamentos.

— Desculpa, eu... eu sei que você é padrinho da Bridge, mas não é sempre que eu consigo uma noite de folga, e nós já estávamos planejando isso há um bom tempo.

— Eu sei. É só que... ela é a minha melhor amiga.

— Ela é minha amiga também. — Oliver parecia triste. Pior, ele parecia estar tentando *não* ficar triste, o que só o deixaria ainda mais triste. — Mas você sabe como a Bridge é... Ela está sempre no meio de uma crise ou outra.

— Ela acha que o Tom está traindo ela — botei pra fora.

— Ah — ele repetiu. Para alguém que ganhava a vida falando, Oliver conseguia ser bem monossilábico às vezes.

— Pois é.

Ele ficou em silêncio por mais um tempo.

— E ela... ele está mesmo?

Queria eu ter uma resposta.

— Ela recebeu uma foto. Dele com outra mulher. E... sinceramente, não me parece nada bom, mas isso é a *minha* opinião, e eu não sou exatamente um garoto propaganda de relacionamentos baseados em confiança.

— Obrigado pelo voto de confiança, Lucien.

— Merda. Não, não foi isso que eu quis dizer. Tipo, eu tenho, você sabe, problemas por causa de merdas do passado.

— Desculpa. Sim. Eu entendo. É só que... — a respiração seguinte do Oliver foi tão profunda que quase causou interferência na chamada — bem, deixa pra lá. Você precisa ficar com a Bridge agora.

Estremeci. Não era à toa que eu não queria ligar.

— Eu vou. Me desculpa.

— Tudo bem. — Sendo completamente honesto comigo mesmo, ele não soava nada bem. — Com certeza eu consigo trocar os ingressos para outra noite.

— A gente pode assistir àquela peça de adulto que você queria ver!

— Ah, não. — Eu amava como ele estava se esforçando para parecer de boa com a situação, mesmo não conseguindo cem por cento. — Quero muito assistir a um musical baseado num filme popular dos anos 1990. Só acho uma pena que ele tenha músicas originais em vez de versões levemente inspiradas nas músicas famosas da época.

Aquilo me soou como uma preocupação muito específica, e uma sobre a qual era bem mais fácil conversar, comparada ao fato de eu estar furando nosso primeiro encontro em séculos para segurar a mão de alguém que, eu tinha quase certeza, devia estar fazendo apenas uma tempestade em copo d'água.

— Isso tudo só porque eu te obriguei a assistir *Mamma Mia: Lá Vamos Nós de Novo*?

— Na verdade, eu gostei mais do que esperava. Mas, devo admitir, eu esperava bem pouco. — Por algum motivo, Oliver tentando me deixar melhor só estava me deixando pior. — E embora eu fique grato por você querer se sacrificar por vontade própria no altar de Arthur Miller, eu prefiro remarcar nossos ingressos para *Uma linda mulher*. No fim das contas, para a minha surpresa, minha maior decepção é não poder te ver hoje.

— Sério? — perguntei. — Sério mesmo?

— Sim. Uma grande decepção. Enorme.

— Ah, eu saquei o que você está tentando fazer — respondi com minha voz sarcástica. Mas eu *tinha sacado* o que ele estava tentando fazer. E aquilo só deixou a situação ainda mais difícil. — Por que você não leva outra pessoa? — sugeri, tentando entrar na onda do autossacrifício.

— Ah, claro — disse Oliver, num tom de quem acha aquela a pior ideia do mundo desde a minha torta vegana. Ou seja, minha pior ideia em pouquíssimo tempo. — Vou ligar pra um dos meus amigos casados e dizer: "Alô, gostaria de abandonar sua esposa esta noite para assistir a um musical com críticas medianas no lugar do homem que eu amo?".

— Quero dizer que Ben ou Sophie adorariam a oportunidade de deixar o outro cuidando das crianças.

— Talvez, mas quem do casal ficar em casa me odiaria para sempre e a parte importante da frase era "o homem que eu amo" e não "meus amigos casados".

Eu tremi com uma mistura de felicidade e tristeza.

— Vou compensar você, tá bom? Prometo.

Ele soltou uma risada delicada, mas não totalmente sincera.

— Vou cobrar, Lucien. Agora vá ajudar a Bridge. Eu não... Eu acho que... é a coisa certa a fazer.

— E eu também te amo — acrescentei, levemente atrasado.

— Se safou direitinho.

Desligamos. Então, peguei meu casaco, gritei uma despedida para o Alex, que continuava preso na copiadora, e corri até a porta. Porque eu era um bom amigo. Como dama de honra, estava arrasando. Mas algo não estava certo porque, apesar disso tudo, eu me sentia um babaca.

Eu estava dando uma passada de emergência no mercado para comprar alguma comida do tipo "que-pena-que-você-está-triste" para a minha amiga quando meu celular vibrou de novo.

Felizmente, não era uma foto de infidelidade ambígua desta vez. Era uma foto em preto e branco de um homem com mangas bufantes e um chapéu ridículo. Logo abaixo, Oliver escreveu: **pensando em você.**

Paul Scofield? respondi.

Sim. Estou surpreso que ainda não tínhamos usado ele, mas até conferi aqui e nunca usamos mesmo.

Parei na frente dos refrigeradores com um olho no celular e o outro nos sorvetes. Escolher o tipo certo de sorvete para dar suporte emocional era importante, mas algumas perguntas precisavam de respostas.

Como assim você conferiu? Você tem uma lista?

Não. Era uma mensagem curiosamente curta para o Oliver, então ele estava tentando usar timing cômico por mensagem. É uma base de dados.

Você tem uma base de dados de paus?

Agora estou com medo de você ficar achando que eu tenho mesmo uma base de dados.

Aposto que você tem uma base de dados, digitei, aliviado porque as coisas com o Oliver já pareciam estar voltando ao normal. **Aposto que tem até um estagiário que atualiza pra você.**

Acho que manter um estagiário atualizando uma base de dados de fotos de pau pode configurar assédio moral.

Depende do quão interessantes são os paus.

Isso com certeza não convenceria no tribunal. Era estranho eu sempre ler as mensagens do Oliver com a voz dele? Ou era ainda mais estranho o Oliver escrever exatamente do jeito como ele falava?

Melhor assim. Esse tipo de coisa poderia te fazer perder o registro de advogado.

Se você acredita mesmo nisso, respondeu ele. Você não sabe nada sobre o sistema legal britânico.

Desviando do assunto com uns emojis de risada, voltei a atenção para o refrigerador. **Acha melhor eu levar Häagen-Dazs ou Ben & Jerry's?**

Houve um momento de seja lá qual for o equivalente de mensagens de textos para um silêncio mortal.

Depende da situação, veio a resposta do Oliver, como sempre muito bem pensada. Mas nestas circunstâncias, sugiro que leve os dois.

Como estava lutando para equilibrar as compras e usar o caixa de autoatendimento, só consegui elaborar uma resposta depois de sair do mercado, balançando a sacola cheia de comestíveis calóricos numa mão e digitando todo sem jeito com a outra.

Boa! Com certeza é um problema que exige dois potes de sorvete.

Estou certo de que há uma explicação razoável.

Eu estava torcendo para ter, pelo bem da Bridge e também do Tom. Ele nunca tinha passado a impressão de ser infiel, e eu não queria estar errado a respeito dele. Quer dizer, claro, ele me trocou pela minha melhor amiga, mas foi super-honesto com a situação toda.

Bridge vivia num flat pequeno de um quarto em Plaistow. Ela estava bem o bastante no trabalho para poder pagar por coisa melhor, ou pelo menos maior, porém ela se mantinha firme na decisão de continuar morando no primeiro flat até poder ter sua vida dos sonhos numa casa dos sonhos — coisa que, no mundo dela, inevitavelmente viria com um marido dos sonhos e um casamento dos sonhos. O pior de tudo é que ela estava muito perto de conseguir realizar tudo isso.

Toquei o interfone e ela me deixou subir sem nem conferir quem era. O que era um descuido comum para ela, mas desta vez trazia uma pontada de tristeza.

Ela abriu a porta usando um roupão dois números maior do que ela, pantufas felpudas com metade dos pelos meio detonada, e um olhar de melancolia profunda.

— Eu trouxe bala de caramelo — contei. — E também uma daquelas barras de chocolate ao leite enormes, e um Toblerone, mas acho que foi o pânico falando.

— Entra. — Ela fez o esforço mais fraco do mundo para sorrir.

De certa forma, o flat da Bridge sempre foi tão bagunçado quanto o meu. Só que no caso dela, era uma bagunça que dizia *Eu amo tanto todas as coisas que não seria capaz de me separar delas, já que meu mundo é cheio de lembranças lindas* e não *Eu odeio todas as coisas e minhas calças moram na mesinha de centro agora.* Ela se sentou no sofá antigo detonado que vinha carregando de um apartamento para outro desde os tempos de faculdade e se enrolou num cobertor roxo ainda mais estropiado, que ela carregava havia mais tempo ainda.

Me aninhei ao lado dela.

— Vamos só estabelecer umas regras — eu disse. — Nós odiamos ele e achamos que ele é do mal, ou confiamos nele e achamos que é tudo um mal-entendido?

Bridge soltou uma risada chorosa.

— Não sei. Ambos? Nenhum dos dois? Como ele pôde fazer isso comigo?

Achei que investir nas duas opções seria uma péssima decisão, então escolhi um lado. E com uma imparcialidade que não tinha nada a ver comigo, escolhi o lado do benefício da dúvida.

— Talvez ele não tenha feito nada. A Liz pode ter se enganado.

— A Liz é muito esperta. Além do mais, é uma vigária.

— Eu não acho que isso a torna infalível.

— Não, mas eu me sinto mal de chamá-la de mentirosa. — Bridge partiu um triângulo de Toblerone. — Eu estava precisando disso, valeu. Não sei por que só compramos Toblerone no Natal.

Peguei um pedacinho da barra de chocolate ao leite. Havia certa arte nisso de oferecer apoio comendo horrores com alguém — uma arte que aprendi por estar, na maioria das vezes, do outro lado da história, o de quem recebia o apoio. Você precisa comer o bastante para não ficar só observando a outra pessoa comer, mas também não pode pegar muita coisa a ponto de limitar o acesso da pessoa à comida gostosa.

— Não acho que ela esteja mentindo, só que há muitas razões para o Tom ter levado uma mulher aleatória para tomar café.

— Cite cinco.

Quase engasguei com o chocolate.

— Assim não é justo. Cinco é demais.

— Beleza. — Bridge puxou o cobertor para mais perto do corpo. — Cite três.

— Amiga dos tempos de colégio, uma irmã que ele nunca mencionou...

— Eu já conheci a irmã dele — Bridge interrompeu. — E a mulher da foto é branca.

— Irmã adotiva da qual nós nunca ficamos sabendo.

Ela me encarou, decepcionada.

— Você só chegou na segunda, e já está parecendo o roteiro de uma comédia ruim.

— Ei, esse clichê funcionou muito bem em algumas comédias.

— Eu até te pediria para citar três, mas foi assim que chegamos até aqui.

— Beleza. — Encarei o Toblerone em busca de inspiração e não encontrei nenhuma. — E se ele estiver contratando a mulher para fazer uma surpresa fofa no casamento, e quando te contar o que é você vai ficar tão feliz que até vai esquecer que isso tudo aconteceu?

Bridge olhou para as balas de caramelo, intrigada.

— Que tipo de surpresa?

— Talvez ele esteja... preparando um *flash mob* de "All You Need Is Love".

Por cerca de dezoito milissegundos Bridge se deixou acalmar pela ideia.

— Tá, eu adoro *Simplesmente amor*.

— Porra, talvez ele esteja até planejando algo mais bizarro, com uma câmera te filmando a noite inteira.

Os dezoito milissegundos passaram.

— *Ou* talvez ele esteja me traindo que nem o Alan Rickman. E se ele comprou um colar para aquela mulher? E se ele ofereceu *sexo e um colar* para ela? E se...

— Opa, opa, opa! — eu disse, levantando as mãos. — Sei que fui eu quem começou, mas não podemos repassar todas as subtramas desse filme. Se for assim, você vai acabar com medo de ele abandonar o casamento pra ficar bêbado e assistir pornô com o Bill Nighy.

Bridge se jogou no sofá de novo.

— Será que tudo vai piorar daqui pra frente?

Se a estratégia do *Simplesmente amor* foi um plano, deve ter sido um bem ruim, já que nos levou para um lugar bem desesperançoso. De qualquer forma, me senti mal porque eu era ruim demais naquilo tudo.

— Não — tentei. — Tom não é o Alan Rickman, você não é a Emma Thompson, e aquela mulher com certeza não é a... Beleza, confesso que não sei quem interpreta a secretária.

— Heike Makatsch — respondeu Bridge de imediato.

E, por um segundo, me perguntei se o melhor jeito de deixá-la animada seria dando oportunidades para que ela me corrigisse em curiosidades sobre comédias românticas.

— Como você sabe disso?

— É o meu *filme favorito.*

— Mesmo sabendo que metade das histórias são superproblemáticas?

— Sim. — Ela me lançou um olhar desafiador. — Agora me passa o outro sorvete.

Passei e, por um momento, nós ficamos sentados ali, embolados no sofá comendo laticínios congelados e assistindo a filmes românticos do começo dos anos 2000. A cada meia hora, pausávamos para que Bridge tentasse, sem sucesso, ligar para o Tom.

— Como a gente veio parar aqui, Luc? — perguntou ela enquanto assistíamos aos créditos finais de *Enquanto você dormia.* — Achei que finalmente tínhamos entendido tudo, sabe? A vida e tal. Quer dizer, nós dois estávamos com caras incríveis...

— Em vez de os dois estarem tentando ficar com o mesmo cara incrível — completei.

— Exato. E agora, cá estamos nós: tomando Häagen-Dazs de cheesecake de morango e assistindo a filmes antigos da Sandra Bullock como se nada tivesse mudado.

Havia uma sensação estranha de nostalgia naquela noite. E aquilo me deixava desconfortável em muitos níveis.

— Você quis dizer que nada mudou porque você está numa crise de relacionamento e eu estou com alguém que parece ótimo mas vai acabar fodendo com a minha vida?

Porque era assim que as coisas funcionavam no passado.

— Não, quer dizer... Merda. Desculpa, Luc. Eu acredito realmente que você e o Oliver são pra vida toda.

— E eu acredito que você e o Tom são pra vida toda também. Mas até aí, eu namorei ele primeiro e meu gosto pra homens é péssimo então talvez ele seja *mesmo* um lixo humano traidor e comprador de colares e você está muito melhor sem ele.

Bridge fez uma bolinha com a embalagem do Toblerone e atirou em mim.

— Ei, era pra você estar me ajudando a ficar bem.

Merda, era mesmo, não era? E eu vinha fazendo um trabalho decente até aquele momento.

— Desculpa. Deixei o Luc que se odeia no controle por um segundo. Voltei agora.

— Tudo bem. É só que... Me acostumei a não me sentir mal assim, e agora estou passando por tudo isso e não tô gostando nem um pouco.

Coloquei o Ben & Jerry's sobre a mesinha e me virei para dar meu olhar mais sincero para a Bridget.

— Beleza, já que estamos num momento direto do túnel do tempo — coloquei a mão sobre o coração —, como seu amigo gay, é minha obrigação dizer que você é uma mulher arrasadora, babadeira, uma diva poderosíssima e que quando você encontrar um homem que te mereça, ele vai fazer você se sentir uma princesa todos os dias da sua vida de um jeito não reforce estereótipos problemáticos de gênero. E se no fim das contas o Tom não for esse cara, quem perde é ele, não você. E você deveria fazer o casamento mesmo assim, só para comemorar o quão incrível você é.

Bridget se esticou sobre o sofá e me abraçou. Como ela *não colocou* o sorvete na mesinha, foi uma experiência bem mista: eu estava certo de que meu cabelo estava agora cheio de Häagen-Dazs, mas feliz por saber que tinha sido um bom amigo.

— Obrigada, Luc — disse ela. E depois, numa voz levemente mais baixinha. — Você se importaria de passar a noite aqui, caso eu não consiga falar com o Tom?

— Sem problemas. O Oliver vai entender. — Ele não iria *gostar* de ter que entender, mas entenderia.

Se virando de lado, ela deitou com a cabeça no meu colo.

— Eu tenho certeza de que vocês dois vão dar certo.

— Mesmo com meu gosto horrível para homens? — eu perguntei.

— *Por causa* do seu gosto horrível para homens. Você passou tanto tempo se recusando a sair com o Oliver que agora ele está destinado a ser o homem certo pra você.

Eu não entendi muito bem como aquilo fazia sentido, mas era um pensamento reconfortante.

— Tá bom — cedi. — Mas, neste caso, você precisa aceitar que eu ter deixado o Tom ir embora prova que ele é um cara legal também. — Fiz uma pausa. — A não ser que ele não seja, claro.

Bridge conseguiu soltar uma meia risada.

— Veremos. Não quero mais pensar sobre isso hoje.

Então, não pensamos. Emendamos *O casamento de Muriel* com *Vestida para casar* e nos permitimos não pensar em nada.

No intervalo entre um filme e outro, fugi para o corredor para ligar para o Oliver e explicar a situação.

— Desculpa mesmo — eu disse. — Acho que não vou voltar pra casa hoje. As coisas não estão muito bem, e é melhor eu ficar aqui com a Bridge.

Mais uma vez, pude ouvir o Oliver respirando daquele jeito de eu-vou-manter-a-calma que eu tanto odiava.

— É claro... Eu... Quer dizer, se você acha que... Tem certeza de que você está ajudando?

— Como assim, se eu estou ajudando?

Aquela não era a resposta que eu esperava dele.

— É só que, bom, às vezes é melhor deixar as pessoas se reerguerem sozinhas.

Eu sabia que o havia decepcionado. Sabia que ele estava tentando ser racional. Mas aquilo estava se tornando o tipo de razão que era pior do que estar com raiva.

— Ela acha que está sendo traída pelo noivo. Isso não é o tipo de coisa que se resolve sozinha.

— E você vai largar tudo e sair correndo pra ajudar toda vez que ela e o Tom estiverem com problemas?

— Sim. Porque ela é minha melhor amiga e sempre me ajudou, e eu sempre vou ajudá-la.

— Uma coisa é ajuda — o tom do Oliver estava ficando cada vez mais contido e menos amigável a cada frase —, outra coisa é ser codependente.

— Estar ao lado dos amigos não é codependência.

— O que eu quis dizer foi...

— Você quis dizer que está puto comigo por eu ter furado hoje à noite, e tudo bem. Mas você está descontando isso na Bridge, o que não é *nada* legal. Além do mais, você está fazendo tudo isso de um jeito esquisito que mais parece o seu pai.

— Eu *não pareço* com o meu pai. Ele jamais usou a palavra "codependente" na vida dele. Deve achar que é um tipo de baboseira psicopata.

Aquilo estava começando a parecer um buraco terrível que eu deveria parar de cavar.

— Você sabe o que eu quis dizer. Aquele papo todo de "Deixe as pessoas se resolverem sozinhas, pare de paparicar os outros" é cem por cento David Blackwood.

— Eu também nunca disse "paparicar".

Era verdade. Ele nunca havia dito. E talvez eu só estivesse projetando. Depois de eu ter mandado todos os Blackwood se foderem dois anos atrás, nós raramente nos falávamos, mas, vez ou outra, Oliver precisava ir a algum evento de família e, quando retornava, passava uns dois dias distante e irritado até voltar ao normal.

— Beleza, talvez tenha sido injusto da minha parte. Mas *nossa* amiga está passando por um problemão agora, e você *sabe* que ficar com ela é o certo. Desculpa por ter te decepcionado. Desculpa por ter estragado nossa noite, mas eu precisava fazer uma escolha, e escolhi ser um bom amigo em vez de um bom namorado.

Houve um longo silêncio. Dava para ouvir o cérebro do Oliver matutando do outro lado da linha.

— Me desculpe. Você tem razão. Estou sendo egoísta. É só que... Você tem ficado muito distraído ultimamente e eu vivo ocupado, e isso tudo saiu do controle e... Vai cuidar da Bridget. Eu vou ficar bem.

— Tá bom — respondi.

Porque não havia mais nada que eu pudesse dizer. E porque eu precisava voltar para a Bridge. E, acima de tudo, porque eu queria acreditar nele.

Pela manhã, ainda não havia notícias do Tom. Nem do Oliver. Mas, até aí, eu não tinha mandado mensagem para ele. E não foi por falta de vontade. Era mais porque eu não sabia se nós tínhamos brigado ou não e, se sim, de quem tinha sido a culpa. Quer dizer, eu meio que furei com ele num encontro superespecial. Feito um babaca. Mas só fiz isso porque precisava cuidar da minha amiga. Zero babaca. *Merda*. Era meio que um empate.

Ainda assim, era melhor do que estar na situação da Bridge. Que era dormir mal, acordar chorando e estar cada vez mais convencida de que está sendo traída pelo noivo. Nós dois faltamos ao trabalho porque ela estava sem condições de trabalhar e eu não a deixaria sozinha sem condições de trabalhar. E então, levamos uma caixa de sucrilhos para a sala e nos amontoamos no sofá.

— Cara, eu não entendo — disse Bridge com a boca cheia de cereal com açúcar demais. — O casamento é semana que vem. Ele não pode ter desaparecido. Desaparecido com uma mulher estranha. Não pode ter desaparecido com uma mulher estranha e jogado o celular fora.

— Tenho certeza de que ele não fez isso — eu disse a ela, embora não tivesse certeza de nada, nem nunca tivesse tido; a cada minuto, ficava com menos certeza ainda. — Deve ter rolado algum imprevisto no trabalho.

— Alguma coisa que, por acaso, envolve colocar os braços em volta de uma mulher que não sou eu?

Achei que uma noite de sono deixaria a situação melhor, mas não tinha adiantado. Tudo estava ainda pior.

— Como... como você quer lidar com isso? — perguntei. Porque ela tinha me escolhido como dama de honra, e era meu trabalho ajudá-la a planejar o casamento ou a tacar fogo em tudo, o que ela precisasse.

Bridge soltou a tigela de sucrilhos e se enrolou de novo no cobertor.

— Sei lá. Eu só queria conversar com ele.

A essa altura, eu não sabia dizer se estava dando apoio ou sendo inútil. Sinceramente, um pouquinho das duas coisas.

— A gente pode... Você quer... Não seria melhor contar... para as pessoas? Quer dizer, pros nossos amigos. Não para, tipo, um desconhecido no meio da rua...

Por um bom tempo, Bridge encarou o celular.

— Acha que eles podem ajudar a encontrá-lo?

Dei de ombros, bem incerto. O problema do nosso grupo de amigos — e eu me incluo nisso — é que nós éramos muito prestativos, mas raramente úteis.

— Não custa nada.

— Acho que... Acho que vale a pena tentar.

Não mandei mensagem direto no nosso grupo do WhatsApp de sempre — que, no momento, tinha o nome "Bi-Bi Baby, Baby Bi-Bi" — porque Tom estava nele e, independente da verdade, não era justo mandar um Tom-pode-estar-traindo-a-Bridge num grupo do qual ele, tecnicamente, fazia parte. Era como falar mal pelas costas, só que na frente dele.

Em vez disso, enviei uma mensagem para a lista "Piranhas da Bridge (O Termo Ressignificado)".

Miniemergência casamentística, escrevi. **Parece que o Tom desapareceu, ajudem pfvr.**

Momentos depois, Bridge mandou um E ELE FOI VISTO COM OUTRA MULHER E EU TO TRISTE

Dali em diante, a conversa foi ficando bem complexa, como sempre acontece com grupos cheios de gente. Priya chegou primeiro com um Luc, isso é sério? e James Royce-Royce mandou um Nossa, mas que desgraçado, presumindo que isso não seja um mal-entendido. Então teve Liz, provavelmente respondendo à Priya, com Parece ser sério mesmo, eu o vi com outra mulher, me parecia bem suspeito, seguido de Mas não tenho certeza de nada, só que antes disso a Bernadette já tinha mandado um Tudo o que você precisar, minha querida, estamos aqui pra você e Priya então enviou um Não sei se isso ajuda no momento, provavelmente em resposta ao James Royce-Royce, que acabou respondendo com Bom, desculpa se eu me importo, claro enquanto o outro James Royce-Royce respondeu com um Acho que podemos encontrar o Tom se partirmos do último local onde ele foi visto. E tudo isso foi respondido pela Bridge com um VCS SÃO UNS AMORES MAS EU NÃO SEI O QUE FAZER??

Ninguém sabia o que fazer, então convocamos um encontro presencial de emergência para aqueles que conseguissem ir, e quem não conseguisse poderia continuar acompanhando pelo grupo. Meio-dia, o apartamento minúsculo da Bridge estava lotado, comigo, Liz, Priya e James Royce-Royce, que passara dez minutos manobrando um carrinho de bebê inacreditavelmente complicado escada acima, e depois mais dez minutos tirando Baby J do carrinho e o atando num sling junto ao peito.

— Isso aqui vai acabar com vocês precisando da minha caminhonete de novo, não é? — disse Priya, se servindo com o que sobrou do Toblerone.

Liz — uma mulher pequena e loira que no momento não estava usando seu colarinho clerical, provavelmente porque não estava trabalhando — se apoiou na parede.

— Não acho que sair dirigindo por Londres seja a coisa mais útil a se fazer.

— Acha melhor deixarmos tudo nas mãos de Deus? — perguntou Priya.

— Na minha experiência — respondeu Liz. — Deus odeia quando fazem pouco caso dele.

James Royce-Royce estava se balançando de um lado para o outro, acho que por motivos de bebê.

— Vamos lá, Baby J. Temos que ajudar a tia Bridget.

Priya observou a cena com certa incredulidade.

— Ele não sabe falar nem andar. Vai ajudar em quê?

— Ele está aqui para dar apoio moral — disse Bridge com lealdade. — Sendo o mais fofo.

— O que foi, Baby J? — disse James Royce-Royce, fazendo um gesto teatral para ouvir o bebê. — Ele estava pensando aqui e, Bridget, meu bem, você já falou com os amigos do Tom? Com certeza algum deles o viu.

O fato de que, mesmo no meio de uma crise pessoal, Bridge não queria que Baby J se sentisse excluído da conversa dizia tudo sobre ela.

— Nossa, que boa ideia, Baby J. Mas eu não sei muito bem o que dizer. Não posso chegar tipo, "Você sabe onde o Tom se meteu? Acho que ele está me traindo".

— Que tal... — sugeriu Priya — "Você sabe onde o Tom se meteu? Eu sou a porra da noiva dele".

— Talvez um *tiquinho* menos — James Royce-Royce pressionou o polegar e o indicador, no gesto universal para *pequeno* — de palavrão? Além do mais, nada disso na frente do bebê.

Priya lançou um olhar frio.

— Porra, James! Ele é um bebê. Não vai se ofender.

— Sim, mas se você não se importa, eu não quero que as primeiras palavras do meu filhinho lindo sejam — ele colocou as mãos gentilmente sobre os ouvidos do Baby J. — *Vai se foder.*

— Fala sério — Priya respondeu. — É bem mais interessante do que "papai".

— Aliás — quando ele entrava no modo bebê, era difícil recalibrar James Royce-Royce —, acho que esses dias ele quase disse "papai". Bom, foi uma coisa meio... uáuá, mas ele está quase lá.

Felizmente, meu celular vibrou com uma atualização do outro James Royce-Royce. Se a Liz viu o Tom em Harrow, a mulher provavelmente mora por lá. Seguido de: Isso significa que nossa melhor chance de encontrar os dois seria na hora do almoço ou na hora do rush, naquela área. E depois: Caso queiram um plano mais sólido, vou precisar de mais informações.

Levantei a cabeça.

— James sugeriu que déssemos uma olhada em Harrow na hora do almoço, ou seja, meio que agora.

Bridget estremeceu.

— Mas e se eu encontrar algo que não quero encontrar?

— Aí você terá todos os seus amigos ao seu lado — respondi, torcendo para ter soado esperançoso em vez de grosso. — Bom, vários dos seus amigos.

Naquele momento o interfone começou a tocar e outra madrinha apareceu. O nome dela era Melanie, e ela trabalhava com Bridge havia anos.

— Desculpa o atraso — disse ela, jogando a bolsa no chão. — Não consegui sair a tempo do trabalho. Uma baita crise. Estamos prestes a lançar um livro infantil muito fofo, de uma autora nova muito promissora, sobre um cãozinho aventureiro que perde seu osso favorito, mas alguém do departamento de arte só percebeu agora que na última ilustração do livro, onde o cãozinho recupera o osso numa cena enquadrada pelo pôr do sol, mostrando meio que a silhueta dele...

— Parece que o cachorro está com uma ereção enorme?

— Como você adivinhou?

— Sexto sentido.

Melanie atravessou a sala e deu um abraço demorado em Bridge.

— Sinto muito, amore — disse ela. — Vamos dar um jeito nisso, você vai ver.

— Acho que... — Bridge relaxou dentro do abraço — bem, acho que vamos resolver indo até Harrow?

Priya soltou um suspiro demorado e sofrido.

— Beleza. Todo mundo pra minha caminhonete. Um dia, algum de vocês vai precisar comprar um carro, seus sacanas.

Todos corremos até a caminhonete e nos espremos lá dentro como palhaços, só que ao contrário, mas tivemos que sair imediatamente porque James Royce-Royce precisava encaixar a cadeirinha de bebê. Ou, pelo menos, transformar o carrinho em uma cadeirinha. Porque é óbvio que os James Royce-Royce não tinham simplesmente comprado um carrinho. Eles compraram um transportador infantil multifuncional que parecia uma nave espacial. Era um troço dobrável esquisito com rodas e uma cápsula com uma área acolchoada onde dava para colocar um bebê tipo o Super-homem sendo ejetado de Krypton. Foi uma bateção de ferro, muitas partes se movendo de um jeito que não parecia ser o certo, e um berro de James Royce-Royce quando ele prendeu o dedo numa coisa que não parecia ser feita para acolher dedos.

— Talvez — sugeriu Priya — seja mais fácil fazer isso sem um bebê preso no seu peito?

— Não. — James Royce-Royce balançou a mão machucada. — Não. Eu consigo fazer isso. É só que nós nunca usamos a função de cadeirinha para o carro porque geralmente andamos a pé ou de metrô.

Bridge se aproximou para ajudar-barra-apressar.

— Deixa ele comigo.

Com o tipo de relutância que só se vê em pais recentes e pessoas lutando contra vícios sérios, James Royce-Royce desatou Baby J do peito e o entregou para Bridge.

— Segura a cabeça, segura a cabeça.

— Ah, nem vem, até *eu* sei disso — respondi. — E sou a última pessoa indicada para segurar um bebê.

Logo Bridge já estava balançando Baby J daquele jeito instintivo e tranquilizador que algumas pessoas têm e eu, certamente, não tinha.

— Mas, Luc, você e Oliver seriam pais *tão* fofos.

— Sério mesmo? Ele trabalha o tempo todo e eu nunca tive um peixinho dourado que viveu mais que dois dias.

— Bebês não são peixinhos dourados — insistiu Bridge.

— Eu aposto que, sei lá, esqueceria de dar comida ou deixaria a criança no ônibus ou qualquer coisa assim.

James Royce-Royce tirou seu foco do mecanismo impossivelmente complexo que deveria se tornar uma cadeirinha de bebê para falar.

— Bem difícil de acontecer. Eles fazem muito barulho. — Algo tilintou de repente e um par de rodas abaixou. — Nossa, isso não deveria ter acontecido. É o James quem sempre faz isso.

— Chega pra lá — Priya disse, dando uma cotovelada para tirar James Royce-Royce do caminho. Então ela apertou um botão, puxou uma alavanca e fez a cápsula espacial de corrida se comprimir até virar um cesto pequeno com alça que parecia, sem erro, uma cadeirinha de bebê. — Como você sobrevive?

James Royce-Royce conseguiu parecer ao mesmo tempo furioso e orgulhoso.

— Tenho um marido muito prendado.

Baby J foi colocado no assento, o assento foi posto na caminhonete, e preso com segurança por pessoas que sabiam o que estavam fazendo. Então, nos esprememos de novo e estávamos prestes a sair, como se estivéssemos num *road movie* de meia-idade bem decepcionante, quando Bridge começou a chorar. E, abruptamente, descobri que era muito difícil reconfortar alguém que está sentada atrás de você em uma caminhonete.

— Bridge — Melanie se aproximou e fez o contato físico mais carinhoso possível, dada a situação de aperto do carro —, vai ficar tudo bem, querida. Vamos dar um jeito.

Bridge soluçou.

— Eu sei. Quer dizer, não sei. É só que, da última vez que eu estava enfiada nessa caminhonete fazendo algo bobo, estávamos levando o Luc para Durham porque ele estava apaixonado pelo Oliver, e o Tom estava comigo e tudo parecia tão maravilhoso.

— Aquele dia não foi maravilhoso — eu e Priya dissemos juntos.

— Porque meu relacionamento estava indo pelo ralo — continuei.

— E também — continuou Priya — porque tive que quase atravessar o país com um bando de merdinhas ingratos.

— E o Oliver nem estava lá.

— E ninguém me ajudou a pagar pela gasolina.

— Daí vocês me largaram na frente da casa dele no meio da noite.

— Mesmo com vocês sempre dizendo que vão ajudar.

Naquele momento, Baby J começou a chorar, e James Royce-Royce precisou desafivelar o bebê e fazer coisas paternas para acalmá-lo, e nós ainda estávamos parados na frente do apartamento da Bridge.

— Meus queridos — disse James Royce-Royce —, eu amo vocês, mas se continuarem gritando, vão chatear o Baby J, e se chatearem o Baby J, ele vai chorar a tarde inteira.

— Sinto muito, Baby J. — Bridge se virou de lado numa tentativa de ajudar a acalmar o bebê. — É só que, naquela época, nós éramos tão jovens e cheios de esperança.

— Foi há dois anos — disse Priya. — E eu não estava cheia de esperança. Eu estava puta.

— Eu nunca tive esperança no geral — completei.

— Bom, *eu* era jovem e cheia de esperança. — Curiosamente, Bridge parecia ter parado de chorar. Talvez por ser difícil chorar e argumentar ao mesmo tempo.

Liz se esticou na direção do banco de trás.

— Que tal botarmos o pé na estrada? Pode te ajudar a se sentir melhor. E a juventude e esperança podem voltar pra você com força total.

— Peraí — James Royce-Royce começou a amarrar e afivelar. — Preciso acomodar o Baby J de novo.

Bati minha cabeça com força no painel do carro.

— Estamos com pressa, James.

— Beleza. Vou deixar meu filho sem o cinto para que ele saia voando pela janela na primeira freada brusca.

— Eu só acho que — tentei argumentar — resgate emergencial de casamento e bebê não são duas coisas compatíveis, sabe?

Eu só quis dizer que deveríamos focar em ajudar a Bridge porque era ela quem estava em crise, mas de repente todo mundo estava olhando pra mim como se eu tivesse comido a última bolacha do pacote sem pedir desculpas.

— Luc — disse Bridge, certamente sem chorar. — Que coisa *horrível* de se dizer.

— É o *seu* noivo que nós estamos procurando — apontei.

— Mas não sem o Baby J. — Bridget se apoiou no recosto do banco com os braços cruzados. — Ele é parte do grupo agora.

— Eu só pensei que seria mais eficiente se...

James Royce-Royce me fuzilou com o olhar.

— Se o *quê*? Se eu deixasse meu filho sozinho num apartamento vazio com uma faca de cozinha e uma caixa de fósforos? Ou eu não sou mais bem-vindo no grupo agora que sou *pai*?

— Claro que você é bem-vindo, James — tentei responder. — É só que... Só que...

A caminhonete deu partida e Priya foi nos conduzindo pela estrada.

— Deixa pra lá. Luc. Você tá parecendo um babaca.

Deixei pra lá. Porque quando Priya te diz que você está parecendo um babaca, significa que você já passou muito dos limites da babaquice.

A magia de ter todo mundo levemente sem paciência comigo deixou um clima estranho no carro enquanto corríamos — bem, não exatamente, já que estávamos viajando numa velocidade responsável com um bebê a bordo — rumo ao norte. E embora eu admitisse ter sido um pouco insensível ao sugerir que ter um filho tornava James Royce-Royce um fardo muito maior para o nosso grupo de amigos do que, digamos, eu, não dá para negar que se fôssemos avaliar nosso resgate emergencial de casamento de zero a dez, estaríamos em algum lugar entre quatro e dois. Bridge havia parado de chorar então, provavelmente, aquilo nos renderia um ponto. E também tinham os pontos por esforço, pelo menos um. Mas em termos do que estávamos de fato conseguindo, o resultado era... meio que nada.

Chegamos em Harrow com cerca de uma hora de atraso, ou seja, se Tom e a mulher misteriosa tivessem saído para almoçar, já teriam comido, tomado café, dado a gorjeta para o garçom, e voltado para o ninho de amor antes mesmo que pudéssemos estacionar. O que nos deixou sentados na frente de um café aleatório, com Bridge mais uma vez à beira de lágrimas, todos incertos do que fazer em seguida.

— O que faremos agora? — perguntei, na esperança de manter a adrenalina rolando para que ninguém tivesse tempo para emoções.

Bridge jogou as mãos para o alto.

— Vou aceitar que o amor é pra todo mundo no universo menos pra mim e morrer sozinha cercada por gatos, mesmo sem gostar de gatos. Só serei encontrada quando os fluidos do meu cadáver purulento e solitário começarem a infiltrar o apartamento de baixo, enquanto um casal estiver no meio de um lindo jantar de domingo com os filhos.

Zero ponto para a adrenalina, então.

— Isso nunca vai acontecer — disse Priya. — Seus gatos vão te devorar bem antes de você começar a soltar fluidos.

— Me desculpa — comentou Liz, se afundando cada vez mais no banco de trás. — Sinto que isso tudo é culpa minha.

— Não é culpa sua! — Bridge se virou para trás. — Não é você que está me traindo.

— Não sabemos se ele está te traindo. Eu nunca deveria ter te mandando aquela foto. Jesus não teria mandado a foto.

Melanie ergueu os olhos dos dedos dos pés de Baby J, que ela estava puxando enquanto brincava de "este porquinho foi passear".

— O apóstolo Paulo teria mandado. Tenho certeza de que ele enviaria direto para os Efésios.

— Isso não ajuda em nada — resmungou Liz. — Eu sou uma vigária. Não deveria fazer fofoca. Mas você é minha amiga e eu sou péssima em guardar segredos.

Assoando o nariz num lenço, Bridge fez um esforço visível para manter a compostura.

— Você fez a coisa certa. Não quero me casar com um homem em quem não posso confiar.

— Nem tudo está perdido, meu docinho de coco — anunciou James Royce-Royce e, por um momento, ficamos genuinamente em dúvida se ele estava falando com Bridge ou com o bebê. — Meu marido maravilhoso acabou de nos enviar algumas instruções. É uma aposta e tanto, mas se continuarmos circulando pela região em modo espiral, de dentro para fora, podemos aumentar nossas chances de encontrar o Tom, se ele estiver aqui.

— E se ele *não estiver* aqui? — perguntei.

James Royce-Royce parecia arrependido.

— Daí nós passaremos uma tarde bem longa numa van bem abafada.

— Caminhonete — corrigiu Priya.

Mas ela seguiu as instruções de James Royce-Royce mesmo assim, dirigindo em espiral pelos arredores de Harrow, e depois voltando, e indo mais uma vez e voltando de novo. Então, paramos em um pub para que James trocasse a fralda do Baby J e o resto de nós pudesse beber alguma coisa, antes de voltarmos para a caminhonete e continuarmos a ronda em espiral.

O problema de passar horas e horas preso numa caixa de metal com outras seis pessoas, sendo uma delas um bebê, é que você começa a pensar muito em todos os momentos da sua vida em que você estava fazendo literalmente qualquer outra coisa. Tipo, por exemplo, a briga-não-briga com um homem que, de alguma forma, você conseguiu continuar amando pelos dois últimos anos. E que, milagrosamente, conseguiu seguir te amando também.

De repente, não me parecia mais tão importante de quem era a vez de mandar mensagem.

Estou com saudades, enviei.

Não recebi resposta nenhuma, o que, racionalmente, significava que Oliver estava no tribunal, mas emocionalmente significava que eu havia destruído nosso relacionamento com a falta de comprometimento com *Uma linda mulher*.

— Isso é inútil — disse Bridge, pela nona vez.

— Nada é inútil — respondeu James Royce-Royce, também pela nona vez.

Bridge pressionou o nariz contra a janela, toda dramática, enquanto observava um grupo de moradores passando.

— *Algumas coisas* são inúteis. Como isso aqui. Quer dizer, o que estamos fazendo agora. E eu também. Porque estou condenada a... Ai, meu Deus, é ele.

— Quê? — Saltei no banco em alerta. — Tem certeza?

— Sim. — Bridge já estava tirando o cinto de segurança. — Ele entrou naquele mercadinho ali. *Desgraçado.*

Priya parou bruscamente — sem levantar *nenhuma* suspeita, claro — na frente do mercadinho, e Bridge saiu pela porta do passageiro. Eu fui atrás dela, e Mel veio atrás de mim. Liz ficou para trás com James Royce-Royce porque eles estavam sentados juntos e mexer no Baby J que finalmente havia pegado no sono parecia uma péssima ideia.

Nos aproximamos da porta daquele mercadinho 24 horas na maior inocência, como se fôssemos um esquadrão de agentes secretos. Beleza, como um esquadrão de agentes *de merda*, com Bridge gritando para que ficássemos vigiando a porta e Mel contra a parede e, juro, prestes a fazer arminha com os dedos, enquanto eu — tomado pela empolgação ou pela paranoia — tentava me esconder atrás de uma placa anunciando promoção de pizza congelada.

Tão discretos como, bom, como três pessoas que não sabiam ser sorrateiras tentando entrar escondidas num lugar público coberto por janelas enormes, nós entramos correndo. Bridge pegou uma daquelas revistas com matérias do tipo *Meu marido matou meu cachorro... Mas depois me trocou pela minha irmã* em uma prateleira e a segurou na frente do rosto.

— O que você tá *fazendo*? — perguntei na voz mais silenciosa que consegui, mas, ainda assim, sendo escutado pelo casal ao meu lado que estava comprando coca zero.

Ela espiou pelo canto da revista.

— Bom, eu não quero ser *reconhecida*.

— Você é noiva do Tom, Bridge. Aposto que ele te reconheceria mesmo assim.

— Atenção! — Mel se escondeu atrás de uma pilha bamba de caixas de bombom. — Tem gente vindo.

A gente em questão era um homem comprando uma garrafa de leite, três adolescentes comprando nada, e uma pessoa cujos planos para a noite eu não queria adivinhar, e que estava carregando uma cesta cheia de esponjas de louça, rolos de plástico filme e chocolate.

— Lá! — Bridge apontou. E ela estava, em sua defesa, completamente certa. Era o Tom, parecendo supercalmo e discreto, passando alguns itens essenciais no caixa de autoatendimento.

Nós três nos posicionamos para o ataque, mas como, diferente da gente, ele era um espião profissional, quando *chegamos* na posição, ele já havia desaparecido de novo.

Seguimos Tom pela rua, onde Bridge o avistou de novo, subindo a College Road e passando por uma cafeteria. Quase conseguimos nos enganar achando que ele não havia nos visto por conta das nossas técnicas de espionagem superefetivas, mas então ele fez uma virada brusca rumo à estação de trem com o ar de alguém que sabe exatamente como encontrar uma multidão quando preciso.

— Ele está fugindo — gritou Bridge. — Meu noivo está fugindo!

Ela começou a correr, perdendo um sapato no caminho. Eu recuperei o sapato e a segui. Melanie veio atrás de nós. E então, aniquilando os últimos resquícios de sutileza, a caminhonete da Priya se aproximou e começou a nos acompanhar.

— O que você está fazendo? — questionei, só um pouquinho histérico, enquanto Priya abaixava o vidro.

— Como assim o que estou fazendo? Nós estamos seguindo o Tom.

— Sim, mas — eu estava ficando sem fôlego muito rápido — é pra ser discretamente.

— Cara, a Bridge está atravessando Londres com um sapato só, e eu estou dirigindo uma caminhonete preta enorme. Discrição nunca foi uma opção.

— Beleza, mas ainda precisamos alcançá-lo.

Priya continuou dirigindo.

— Tá bom. Vou aproximar minha caminhonete ali na faixa de pedestres.

A porta se abriu e Liz saiu aos tropeços, percebendo tarde demais que o que era devagar para um veículo motorizado significava rápido demais para um ser humano.

— Anda logo! — Ela apressou James Royce-Royce, que estava tirando Baby J da cadeirinha.

— Cuidado — ele brigou, enquanto saía da caminhonete e passava Baby J para Mel, que havia se juntado a nós na maratona de andar-devagar--do-lado-de-uma-caminhonete. — James teria um treco se descobrisse que eu dei nosso garotinho nas mãos de alguém estando em um veículo em movimento.

Depois que Baby J foi entregue com segurança e James Royce-Royce chegou na calçada, pegando seu filho de volta, subimos correndo a escadaria da estação para ir atrás de Bridge. Ou, pelo menos, eu e Mel subimos correndo. James Royce-Royce seguiu o mais rápido que conseguia, levando em conta seu "embebezamento", e Liz mantinha seu ritmo de vigária ao lado dele.

Dentro da estação, como chegamos bem na hora do rush, mal dava para saber onde um rosto começava e outro terminava. Como eu não era a Bridge, não havia desenvolvido sentidos apurados para reconhecer o Tom. Ela, por outro lado, o viu atravessando uma catraca e correu atrás dele, se espremendo pelo portão em vez de tentar encontrar seu cartão — e chamando a atenção de um guarda de transporte de Londres que imediatamente saiu correndo atrás dela. O que me deixou com duas opções: ficar para trás mantendo um ar digno de quem está ajudando à distância ou sair correndo feito um pateta no meio de uma estação de trem lotada.

O pateta venceu.

Tom estava abaixado atrás de uma pilastra, falando às pressas no celular enquanto Bridge — agora sem nenhum sapato — corria para alcançá--lo e o guarda correndo atrás dela e o resto de nós, bom, sinceramente, a maioria de nós não estava no clima para correr, mas pelo menos apertamos o passo de leve para acompanhar o ritmo.

— Tom! — disse Bridge.

— Bridge? — disse Tom.

— Te peguei! — disse o guarda de transporte de Londres.

Bridget se virou.

— Me pegou coisa nenhuma. Eu não fiz nada.

— Você pulou a catraca, senhorita.

Ela lançou um olhar desafiador para o homem.

— Sim, mas não vou entrar no trem.

— Isso não faz diferença.

Talvez ter um namorado advogado tenha me subido à cabeça.

— Acredito que faz sim — interrompi. — O crime é não pagar a tarifa, mas se você não for a lugar nenhum, não há tarifa a ser paga.

Isso não fez o guarda do transporte de Londres gostar muito de mim.

— Quem trabalha aqui, você ou eu?

A essa altura, o exército de convidados do casamento de Bridge já tinha chegado e cercado o Tom, com expressões variando entre traição e exaustão. Exceto por Baby J, que era, sabe como é, um bebê, e estava parecendo o que todos os bebês parecem: emburrado e um pouquinho amassado.

Aparentemente com remorso por ter sido pego, Tom guardou o celular e disse:

— Desculpa. Ela é minha noiva...

— Ah, *sou mesmo?* — perguntou Bridge.

O que, se ele ainda precisasse de uma, era a pista para o Tom saber que nem tudo estava perfeitamente bem.

— E, como o senhor pode ver — continuou ele —, temos muito o que conversar, então, que tal se fingíssemos que nada disso aconteceu?

O guarda parecia incerto. Mas, enfim, ele parecia incerto desde o momento em que chegou.

— Não sei se posso fazer isso. Acho que preciso dar uma multa por um ato em flagrante.

— Eu sinto muito mesmo — tentou Bridge. — Eu jamais teria pulado a catraca se não fosse uma emergência romântica.

— Peraí, que emergência romântica? — A postura inabalável de Tom se abalou um pouquinho.

— Sim, que emergência romântica? — perguntou o guarda de transporte de Londres, de repente interessado.

Bridge adotou uma postura de indignação suprema.

— Vamos nos casar daqui a uma semana e ele está andando por aí com outra mulher.

— Nem ferrando! — protestou Tom.

— Eu tenho provas — disse Bridge ao guarda de transporte de Londres.

O guarda de transporte de Londres lançou um olhar de decepção para o Tom.

— Meu amigo, se você está deixando esse passarinho solto por aí, seja homem e admita.

— Não estou — Tom protestou de novo.

— Olha isso! — Bridge esfregou o celular na cara do guarda de transporte de Londres. — O que é isso senão um homem com o passarinho solto por aí?

O guarda conferiu a evidência com desgosto.

— É, isso não me parece nada bom. Mas deve haver uma explicação.

— Eu estou há dias atrás dele querendo uma explicação — lamentou Bridge. — Ele me deu um perdido.

O rosto de Tom ficou muito, muito impassível.

— Eu estava *trabalhando*, Bridge. Você sabe, *trabalhando*.

— Com o quê? — O guarda de transporte de Londres zombou na cara dura. — Você por um acaso é algum tipo de espião?

Bridge soltou a risada mais falsa que eu já ouvi na vida.

— Não. Claro que não. — A voz dela subira pelo menos um oitavo. — Ele é um... — ela pausou, por muito mais tempo do que uma mulher deveria antes de dizer o que o noivo faz da vida — ele é um bombeiro.

Houve um silêncio arrastado.

— Eita. — O guarda de transporte de Londres arregalou os olhos. — Isso é tipo... Tipo *Missão Impossível 5*? Aquela mulher é tipo uma agente secreta?

— Sim — disse Tom de imediato. — Ela é uma desertora de uma potência estrangeira, e é de extrema importância que a minha *noiva* — ele fez aspas no ar — e eu possamos discutir a situação sozinhos.

O guarda de transporte de Londres assentiu e parou de se meter.

— Claro. Não vou abrir a boca. Pode contar comigo, agente.

Quando o momento passou, Bridge encurralou Tom e esfregou o celular na cara dele.

— Olha. Eu sei que ela não é uma espiã, então quem é ela? O que você está fazendo? E por que está me trocando por alguém de Harrow?

Tom parecia mais envergonhado do que eu jamais havia visto, o que, sendo justo com ele, era bem menos envergonhado do que eu ficava na maioria das situações.

— Eu te disse, é trabalho. Ela não é de Harrow. É por isso que estamos aqui.

— Isso não faz o menor sentido — rebateu Bridge.

A agitação dele se intensificou, e Tom olhou ao redor para a plataforma cada vez mais lotada.

— Podemos ir para outro lugar?

— Não. — Bridge, ainda brandindo o celular, agora estava eriçada também. — Eu estou desde ontem tentando te ligar, Tom. *Desde ontem.* Onde você estava?

Tom respirou fundo e se aproximou. O resto do grupo "Piranhas da Bridge (O Termo Ressignificado)" se aproximou.

— Eu estava — sussurrou ele — numa casa secreta com uma informante.

Bridge se deseriçou um pouquinho.

— Ah.

— Agora, será que podemos terminar esta conversa num lugar que não seja tão público? — sugeriu Tom.

Tentando não chamar a atenção do guarda de transporte de Londres na nossa saída, voltamos para a caminhonete e nos espremermos lá dentro.

— Acharam ele, é? — observou Priya.

— Sim. — Bridge estava sentada no colo do Tom no banco da frente, e ainda assim não parecia totalmente tranquila. — E ele vai explicar tudo, não vai?

Tom analisou o grupo de semidesconhecidos.

— Você entende que isso aqui é o oposto de segurança operacional, né?

— Me conta logo! — Bridge conseguia ser bem firme quando queria.

— A mulher na fotografia é casada com um traficante de drogas que estamos investigando. Eu estava levando a mulher para uma casa secreta. E agora precisamos levá-la para outra casa secreta, e vou me retirar do caso já que, de alguma forma, você conseguiu uma foto de nós dois juntos.

— Desculpa — disse Liz. — Fui eu. O Senhor trabalha de formas misteriosas e tal.

Por trás dos olhos dele, dava para ver Tom fazendo uns cálculos bem complicados.

— E você enviou para a Bridge?

— E eu enviei para o Luc — completou Bridge.

— E eu... enviei para... o grupo inteiro do nosso WhatsApp...

Tom bateu a testa no ombro de Bridge.

— Todo mundo. Deletem. A foto. É importante. Desculpa, Bridge. Eu deveria ter tirado a semana de folga.

Ela o beijou na testa.

— Tudo bem. Eu sabia que você atuava na Inteligência. Só não sabia que era o James Bond.

— Não sabia? — Tom arriscou um sorriso. — Eu achei que era por isso que você queria casar comigo.

James Royce-Royce se inclinou entre os bancos.

— Ah, essa seria uma decisão terrível! James Bond só se casou uma vez, e a mulher morreu no filme.

— James — disse Tom —, pare de ajudar.

— E... — Bridge parecia estar com muitos sentimentos — ela era mesmo uma informante? E não, tipo, uma assassina sexy internacional?

— Ela é uma informante, Bridge. Não existem assassinas sexies internacionais. Assassinos internacionais geralmente são caras normais que te esfaqueiam com um guarda-chuva ou te entregam um charuto explosivo.

— E você não comprou um colar para ela?

Levei um tempo para lembrar o que ela estava querendo dizer, mas Tom sacou na hora.

— E nem um CD da Joni Mitchell.

— E nós ainda vamos nos casar?

Tom a encarou, com uma expressão adorável de cansaço que às vezes o Oliver fazia para mim.

— Tomara que sim, né, caramba! Senão você acabou de comprometer uma missão antidrogas importantíssima a troco de nada.

Eles se beijaram, e continuaram se beijando o suficiente para todos decidirem conferir seus celulares. O que foi bem conveniente, já que o meu escolheu aquele exato momento para tocar.

E, graças a Deus, era o Oliver.

— Lucien — disse ele. — Recebi sua mensagem e só quis ligar para saber se está tudo bem. Não pude responder na hora porque estava no tribunal.

— Eu com certeza sabia disso — respondi. — E de forma alguma estava preocupado que você iria terminar comigo.

Ele tossiu, envergonhado.

— Tenho me comportado mal porque sinto saudades e quero passar mais tempo do seu lado. Dar o troco terminando com você seria extremamente contraprodutivo.

O Oliver lógico e carinhoso estava no meu top cinco versões favoritas do Oliver.

— Também estou com saudades. Mas encontramos o Tom. No fim das contas, ele não estava traindo a Bridge, e nós acabamos causando um pequeno incidente para a segurança nacional.

— Isso me parece algo que vocês fariam.

— *Pequeno incidente para a segurança nacional* é o nome do meu vídeo pornô.

— Bom, isso arruinou qualquer resposta possível que eu poderia te dar, mas quando você volta pra casa?

— Acho que agora, a não ser que... — A tela do meu celular acendeu de repente. — Merda, a igreja do casamento está ligando. Preciso atender.

Então, encerrei a ligação com o namorado que estava começando a ficar de boa comigo de novo e fui cuidar um pouco mais do casamento da minha amiga. Cinco minutos depois, me dei conta de que precisaria cuidar muito mais do casamento.

— Hm, gente? — fiz meu melhor para chamar a atenção da Bridge.

— Sim, Luc? — Ela estava toda sorridente de novo. — E obrigado por estar aqui comigo. Você é o melhor.

— Sim, falando nisso... sabe a igreja?

Bridge ficou séria.

— A igreja onde vamos nos casar?

— Essa mesma. Era o vigário de lá no telefone, e... Bom, pelo que eu entendi, hummm, parece que o lugar meio que... Bom, parece que a igreja pegou fogo...

7

— Beleza — eu disse. — Entendi. Basicamente o que eu imaginava, obrigado.

Era a quadragésima quinta locação para a qual eu ligava em dois dias, e a resposta tinha sido igual às outras quarenta e quatro. *Não, pode parecer engraçado, mas não podemos realizar o casamento luxuoso dos seus sonhos com menos de uma semana de prazo. Nossa agenda está meio lotada, sabe?*

Lancei a expressão de más notícias para Bridge. Estávamos de volta ao apartamento dela com Tom, que estava tirando uns dias de folga para ficar com a noiva e evitar o assassinato de algum informante, e Liz, que estava em busca de igrejas.

— Sinto muito — eu disse a eles.

— Não, sem problemas. — O rosto de Bridget gritava não-está-nada-bem. — Vamos continuar tentando. Podemos continuar tentando, né?

Liz ergueu os olhos do celular. Ela estava num dos cantos da sala e tinha um fichário de couro enorme aberto sobre o colo, cheio de anotações e pedaços soltos de papel.

— Acho melhor desistirmos das igrejas. Eu teria que encontrar alguma com a qual vocês tenham uma certa conexão e que não esteja realizando outro casamento, depois me encontrar com o vigário responsável super em cima da hora e dar um jeito em um monte de coisas teológicas complexas. E isso *também* significa que eu não posso oficiar o casamento de vocês.

Aquele era o último item de uma longa lista de más notícias, e Bridge caiu no choro involuntariamente.

— Mas nós *prometemos* a você — disse ela. — Quando você foi ordenada.

— Na verdade — disse Liz —, combinamos que meu *primeiro* casamento seria o seu, e isso não deu certo também.

As duas encararam o Tom.

— Ei! — Ele levantou as mãos. — Vocês queriam mesmo que eu fizesse o pedido antes de estarmos prontos só para cumprirem uma promessa que fizeram uma para a outra quando tinham vinte e poucos anos?

— Sim — resmungou Bridge. — E teria sido muito romântico e perfeito mas, como decidimos esperar, estamos *amaldiçoados* e tudo está desabando.

Liz estremeceu, desconfortável.

— Acho que, como vigária, eu deveria ser a favor de encarar o casamento como uma coisa séria, talvez?

— Traíra. — Bridge não estava com raiva de verdade, mas levando em conta as altas emoções dos dois dias anteriores, ela estava por um fio.

— Acho que uma cerimônia civil pode estar fora de questão também — acrescentei. — Todos os cartórios que tentei ligar já estão com a agenda lotada pelos próximos meses.

Encarando a tela do laptop, Tom balançou a cabeça.

— Ele tem razão. Não vamos encontrar nenhum.

— Eu *acho* — Liz se levantou e passou as mãos pelo cabelo — que vocês precisam decidir se querem um *casamento* ou uma *cerimônia* de casamento.

— Qual é a diferença? — perguntou Tom, erguendo a cabeça.

— Um casamento tem status legal. Uma cerimônia de casamento é só uma festa, e depois vocês fazem a parte legal discretamente, mais pra frente.

— Não quero que meu casamento seja *só uma festa* — grunhiu Bridget. — Esse deveria ser o dia mais importante da minha *vida*.

— Bom — tentei —, acho que depende do que você acha que torna o dia importante.

Devo ter feito um bom trabalho com minha voz calmante, porque Bridge pareceu tranquila de verdade.

— Como assim?

Afe. É isso que acontece quando se diz umas coisas nebulosas para acalmar alguém sem pensar direito antes. Você precisa sustentar o argumento. E eu tinha sérios problemas para conseguir sustentar meus argumentos.

— Acho que... Se eu fosse me casar com o Oliver, o que eu iria querer de verdade, o que seria importante pra mim, seria eu e ele dizendo o quanto nos amamos e queremos ficar juntos na frente de todas as pessoas importantes pra gente. Nossos amigos, nossa família. Bom, minha família... minha mãe.

Eu não sabia ao certo por que decidi me usar como exemplo, porque eu e Oliver estávamos bem longe da conversa sobre o "até que a morte nos separe". Mas era difícil não ficar pensando em casamento quando todo mundo ao seu redor — incluindo o otário do seu ex — estava se casando. Ainda assim, depois que joguei a possibilidade no ar, ela não me pareceu... totalmente horrível. A ideia de ter uma coisa e compartilhar com todo mundo de um jeito que, tipo, vira uma coisa oficial.

De qualquer forma, pressionei o botão de distração da Bridge correto porque ela se esticou no sofá e me abraçou.

— Ai, Luc, que lindo. Mas vocês vão?

— Vocês quem?

— Você e o Oliver. Vão se casar?

Ah. Essa era a outra parte desse estágio da vida quando-todo-mundo-se-casa. Acho que eu nunca iria me acostumar com aquela pergunta.

— Na verdade, ainda não conversamos sobre isso.

— Bridge. — Tom fechou o laptop. — Podemos voltar para o *nosso* casamento? Sabe, aquele que não tem como acontecer daqui a cinco dias?

Ela deu de ombros.

— Tá bom. Beleza. Acho que... acho que se conseguirmos chamar todo mundo, e se for um lugar bacana, e... — O celular dela vibrou. — Ai, Jesus, ainda estão ajustando o vestido. Era para eu ir buscar hoje, agora não posso mais. Qual é o problema comigo? Por que eles não conseguem fazer um vestido caber nas minhas proporções esquisitas de ET?

— Você não tem proporções esquisitas — disse Tom, com uma rapidez que eu acho que vinha da prática. — E mesmo se tivesse, eu te amaria e te acharia gostosa.

— Então por que meu vestido não vai ficar pronto até amanhã?

Tom não parecia saber os motivos pelos quais um ajuste de vestido poderia demorar mais do que o esperado.

— Provavelmente algum problema técnico deles.

— Problema técnico. — Bridge ergueu a voz. — É um vestido, não um ar-condicionado.

Deu para ouvir um som surdo quando Liz enfiou o fichário enorme na bolsa.

— Que tal darmos uma volta? Uns drinques, talvez?

— São duas da tarde — apontou Bridge.

— Você fala como se isso fosse algo ruim.

Bridge tremeu os lábios.

— No momento, tudo parece ruim.

Ser a dama de honra da Bridget me ensinou muita coisa sobre como casamentos funcionavam, e não necessariamente num bom sentido. Porque, claro, era a celebração feliz de um relacionamento, mas também um pesadelo de logística com o qual só alguém como James Royce-Royce gostaria de lidar. E, pra ser sincero, o casamento deles foi foda.

— Concordo com a Liz — eu disse. — Por que você não faz um resumão do que seria sua locação dos sonhos, e eu e Tom tentamos arrumar alguma coisa enquanto vocês duas saem e... e... dão uma relaxada?

— Talvez até *duas* relaxadas — acrescentou Liz. — Se ficarmos até o happy hour.

Por um momento, Bridge pareceu resistente, depois relaxou os ombros.

— Obrigada, gente. Acho que eu só queria um lugar... sei lá... lindo?

— O bom de fazer só a cerimônia é que dá para ser ao ar livre, se você quiser. — Liz também usava uma voz calma, e muito melhor que a minha, em parte porque aquele era literalmente o trabalho dela, em parte porque eu sempre fui péssimo em acalmar os outros.

Aquilo pareceu animar a Bridge de verdade, e ela estava precisando mesmo disso.

— O que você acha, Tom? Podemos fazer o casamento em algum parque? Ou num jardim?

— Ou num campo? — sugeri.

— Num campo *não* — Bridge foi bem incisiva quanto a isso.

— Acho que num jardim seria ótimo — disse Tom. — Se conseguirmos arranjar um.

Duas horas depois, no fim das contas, não conseguimos. Locações públicas eram tão concorridas quanto as privadas, e cerimonialistas não regulamentados eram tão ocupados quanto pastores e juízes de paz. Enquanto Liz e Bridge davam várias relaxadas num bar, eu e Tom tentamos contato com todo parque, hotel e mansão que encontramos no Google.

— Isso não está nada bem — concluí, por fim. — Sou uma dama de honra de merda.

— E eu — acrescentou Tom — sou um noivo de merda.

— Não vamos conseguir uma locação em tão pouco tempo. Teríamos que fazer parte da realeza.

Tom riu. Ele sempre tivera uma risada irritante de tão sexy, coisa que eu me sentia confortável em admitir agora que ele estava se casando e eu, num relacionamento estável.

— Sim, realeza ou celebridades superfamosas.

Puta merda.

— Famosas quanto? — perguntei, sufocando.

— Eu estava só brincando — disse Tom.

— Beleza, entendi, mas famosas quanto?

Acho que Tom ainda não tinha entendido onde eu estava querendo chegar, mas se deixou levar mesmo assim.

— Sei lá. Tipo, algo no nível segundo lugar num programa de namoro da tv aberta?

— Ou no nível... roqueiro-dos-anos-oitenta-que-acabou-de-lançar--um-disco-multiplatinado-e-tem-um-reality-show?

Tom me olhou com desconfiança.

— Você não precisa fazer isso.

— Eu sei. Mas... Quer dizer, de que adianta ter um pai babaca e famoso se você não pode usar o cara pra ajudar os amigos?

— De que adianta ter amigos se eles só vão te usar por causa do seu pai babaca e famoso?

Tá, ele tinha razão, mas em se tratando dos meus amigos, minha balança de *sacrifícios que fiz* versus *merdas que cometi* estava pesando com tudo para o lado das *merdas*.

— Não posso prometer nada — eu disse. — Porque, bom, ele *ainda* é um babaca. Mas espero que ele adore essa oportunidade para se exibir.

— Não custa nada tentar — Tom concordou. — E... sem pressão, ok?

Sem pressão era, como sempre, uma das coisas mais pressionantes que uma pessoa poderia dizer, mas Tom parecia sincero.

— Sim. Eu vou... fazer a ligação lá fora, tudo bem por você?

Tom assentiu e eu desci as escadas com o celular. Eu não sabia ao certo para quem iria ligar. Da última vez que falei com o empresário do meu pai ele me dispensou com um *Tá legal, conta outra, garoto* e meu pai só entrou em contato comigo porque, na época, ele achava que estava morrendo de câncer. Já que agora ele definitivamente não estava, eu não achava que usar os meios oficiais iria funcionar muito bem.

Encolhido nos degraus do lado de fora da casa antiga que fora reformada para se tornar o prédio da Bridge, mandei mensagem para o Oliver. Sabe quem? Aquele namorado maravilhoso que eu não via fazia dias.

Ainda não conseguimos achar uma locação. Vou tentar ligar para o meu pai.

Por um instante, não recebi nada. Mas depois, veio um Você quer que eu te apoie ou te convença a desistir?

Como diabos eu deveria saber? **Me apoie, eu acho?**

Mais um silêncio por mensagem. É um gesto muito carinhoso.

Aquele era o código do Oliver para "Eu estarei ao seu lado mesmo quando nós dois sabemos que isso não vai acabar bem". **É uma péssima ideia, não é?**

Mais um silêncio sinistro. Não necessariamente. Pausa. Você precisa de algo e ele pode te ajudar. Outra pausa. Contanto que você não vá com qualquer expectativa.

Ah, pode crer, eu vou com zero expectativa.

Por um tempo, continuei sentado, me preparando mentalmente para começar a fazer as ligações.

Leve o tempo que precisar, Oliver enviou. Vou fazer pimentão ao missô hoje à noite, é bem rápido. Então consigo deixar pronto assim que você chegar em casa. Mais uma pausa. Presumindo que você volte para casa. Pausa. Mas se não voltar, eu entendo.

Meu Deus, como eu queria voltar. Aquilo tudo já estava sendo demais, e eu esperava que fosse demais, mas não estava preparado para o quão demais seria. E, por mais que eu estivesse aceitando aos poucos que o casamento da minha melhor amiga não iria acabar com o meu relacionamento, seria bem mais fácil se eu pudesse de fato passar um tempo com o Oliver. O que, se eu arrumasse uma locação para Bridge, talvez fosse possível.

Respirei fundo e liguei para a minha mãe.

Ela atendeu rápido, como sempre.

— Alô, *mon caneton*.

— Oi, mãe. — Às vezes eu me sentia mal por não entrar em contato com ela o tanto quanto antes mas, em compensação, era porque minha mãe deixara de ser meu contato de emergência para situações de pânico. E, levando em conta que eu estava com quase trinta anos, aquilo provavelmente era saudável. — Como você está?

— Ah, Luc. Coisas muito ruins aconteceram.

Parte de mim ficou preocupada na hora. Outra parte suspeitou que ela iria falar sobre algo bobo.

— O que houve?

— Eu e Judy, acho que vamos dar um tempo de *Drag Race*. São muitos episódios ultimamente. É tipo quando você compra alguma coisa na internet, e a internet pensa: *Bom, ela comprou essa coisa, ela deve gostar dessa coisa, então eu vou mostrar anúncios desta mesmíssima coisa que ela acabou de comprar até ela morrer.*

— Sinto muito que você e *Drag Race* estejam passando por um momento complicado.

Ela suspirou fundo.

— É muito triste. Tem o *Drag Race Reino Unido*, e o *Drag Race Canadá*, e o *Drag Race Down Under*, e o *Untucked*, e o *All Stars*. E tem drag queens no *All Stars* que participaram da última temporada do programa principal. Isso não faz delas estrelas. Elas só são pessoas que perderam um reality show muito recentemente. Além do mais — ela fez uma pausa sinistra —, seu namorado está incorreto e a Bimini foi roubada.

Para mim, era um bom sinal saber que Oliver estava disposto a discutir de maneira intensa com a minha mãe sobre *Drag Race*. Aquilo não mostrava apenas que ele se importava comigo o bastante para assistir a um reality regularmente com a minha família, mas também mostrava que ele estava confortável o suficiente para ser ele mesmo na casa dela, em vez de tentar ser a visita perfeita como certamente fora criado para ser. Ele até parou de comer o curry especial dela. Safado sortudo.

— Mãe, eu não vou discutir se as performances consistentes e fortes da Lawrence Chaney deveriam contar tanto quanto a confiança crescente da Bimini na reta final.

— Mas é claro que não deveriam! — minha mãe rebateu. — Ela não tem arco narrativo. O sentido de qualquer programa é apresentar um arco para que o público pense "Ah, eu pensava que essa pessoa era um lixo mas agora ela é ótima!".

— E é por isso que é sempre um dançarino medíocre que vence o *Dança dos famosos*.

— São programas de entretenimento, Luc. Eu vou votar a favor de quem me entretém. Se fosse para ver só pessoas dançando bem, eles tirariam os famosos de uma vez.

Ela meio que tinha razão. Mas eu não ia admitir isso porque havia ligado com uma missão.

— Hum — eu disse. — Olha, não tem jeito melhor de perguntar isso, mas você tem o número particular do papai?

O silêncio do outro lado da linha começou a emanar preocupação.

— Luc, achei que você já tivesse decidido que seu pai era um merdinha miserável, careca e velho, com um pênis minúsculo, e que nunca mais queria falar com ele.

Ela tinha razão nisso também.

— Ele *é* um merdinha miserável, careca e velho, com um pênis sobre o qual eu não me sinto confortável de falar, mas acho que... — engoli em seco — eu preciso dele.

— Pra que você precisaria dele? — Ouvi uma pontada de mágoa na voz da minha mãe, e eu não podia culpá-la por isso. Ela tinha me dado tudo a vida inteira, enquanto tudo o que meu pai fez foi brincar com meus sentimentos e me magoar.

— A locação do casamento da Bridge deu cano na gente, e eu estava esperando que o papai pudesse fazer algum truquezinho de celebridade pra conseguir alguma coisa pra ela.

Tentei manter o clima leve, mas minha mãe ainda não parecia feliz.

— Sabe, Luc, eu também sou uma celebridade.

Tecnicamente, era verdade. E se Bridge quisesse se casar num estúdio de gravação independente, o nome Odile O'Donnell provavelmente abriria muitas portas.

— Eu sei disso, mas no momento o pai tem aquela... energia de estou-na-TV-me-dê-coisas, e eu preciso muito de coisas grátis.

— Entendi — disse ela num tom que deixava claro que entender não a impedia de se ressentir. — E Bridget tem te aturado por um bom tempo, então ela precisa de algo em troca.

Assenti, o que era meio inútil numa chamada só de voz.

— Sim, se não fosse por isso eu não estaria pedindo. É só que, você sabe, uma dama de honra precisa fazer seu papel de dama de honra, né.

— Entendi — ela repetiu, mas desta vez soava mais genuína. Ela me deu o número que meu pai usava apenas para chamadas que ele iria atender e, depois de reviver o debate Lawrence/ Bimini mais uma vez, nós desligamos.

Então, com as mãos tremendo um pouquinho, liguei para o meu pai.

De primeira, fiquei aliviado por ele não ter atendido, mas depois me senti mal por ter me sentido aliviado, já que eu estava fazendo aquilo para salvar o casamento da Bridge e eu amava a minha amiga e queria que ela fosse feliz. Então, tentei de novo. E de novo. E de novo.

Por fim, Bridge e Liz voltaram para casa, depois de várias relaxadas.

— Você e Tom brigaram? — perguntou Bridge, fingindo estar preocupada.

Olhei para cima com o que eu esperava ser uma expressão não traumatizada.

— Não, só não quero que ele me veja antes do casamento.

— Sério agora, o que você está fazendo sentado na entrada do prédio?

— Ligando pro meu pai. Acho que ele pode dar uma forcinha pra conseguirmos um lugar.

Bridge olhou para mim com os olhos mais arregalados do mundo.

— Ai, Luc, você não precisa fazer isso.

— Eu sei. Mas eu quero. Pense nisso como um presente de casamento adiantado.

Ela se agachou e me abraçou.

— É o melhor presente. — Depois de um momento, ela completou: — Mas só pra deixar claro, quero um presente de verdade também, tá?

— Claro.

Bridge abriu a porta, ela e Liz se espremeram ao passar por mim e entraram. Dei mais uma chance para o meu pai. O que era meio que a história da minha vida.

E, de novo, tocou, tocou e ning...

— Alô? — A voz era inconfundível. Como uma garrafa de uísque da prateleira mais cara. Pra quem gosta de uísque. E se o uísque fosse um babaca.

Parte de mim, a mesma que achou aquela ideia horrível desde o começo, queria desligar na cara dele. Mas eu já havia ido muito longe, e dar para trás no último segundo teria sido o pior a fazer em todos os mundos.

— Pai, é o Luc. — Me senti pequeno, com medo de soar menor ainda. — Eu queria saber se você poderia me ajudar numa coisa.

Ele soltou aquela risadinha grave e narcisista que, no passado, cheguei a acreditar que era afeição.

— Tá precisando do seu velho então, é? Como posso te ajudar?

— Eu... eu queria saber se você tem algum contato que possa conseguir pra gente... um lugar legal para um casamento, mas pra ontem. Estávamos pensando num parque ou numa casa com jardim... se não souber de ninguém, sem problema.

— Não, não, isso me parece algo bem simples. Afinal de contas, de que adianta ser famoso se você não puder ajudar a própria família?

Tinha sido fácil. Fácil *demais*.

— Precisamos saber o mais rápido possível porque é nesse fim de semana e temos que dar um jeito de comunicar o novo lugar para todos os convidados.

— Eu disse que darei um jeito, Luc. — Tecnicamente, ele não disse nada. — Confia em mim.

E, por um momento, contra todas as possibilidades e evidências, eu confiei.

— Obrigado.

— Deixa comigo — disse ele. — Não precisa se preocupar com nada.

E então, ele se foi.

Sinceramente, a coisa toda começou a parecer mentira três segundos depois que desligamos. Em parte, aquela era a imagem que meu pai sempre se esforçou para projetar. Aquela sensação de poder e magia, como se ele fosse um anjo vindo do céu que talvez você tivesse a sorte de encontrar brevemente na vida antes de ele sumir. Por outro lado, eu sabia por experiência própria que confiar no Jon Fleming para fazer qualquer coisa para qualquer pessoa que não se chamasse Jon Fleming era a maior burrice.

Toquei o interfone, Bridge me deixou subir e eu contei as boas notícias.

— Você não parece muito animado — observou Liz.

— Eu sei. — Me sentei no sofá. — É só que... que...

— Ele tem uma relação complicada com o pai — Bridget explicou. — Por isso que foi tão fofo ele ter feito essa ligação pra gente.

— Provavelmente não vai dar em nada — contei ao grupo. — Ele não é muito confiável.

Mas aquilo não me impediu de acreditar. E acreditar não me impediu de ficar surpreso quando, três horas depois, meu celular tocou.

Só que não era meu pai; era minha mãe.

— Só queria saber como foi a conversa com o seu pai — disse ela.

— Dentro do esperado. — Apoiei o celular no ombro e fiz "é minha mãe" com a boca para todos na sala, antes de levar o aparelho de novo ao ouvido.

— A questão, *mon caneton*, é que depois que você ligou eu falei com a Judy e ela disse que caso seu pai não possa te ajudar ou se você, hum, se você quiser mandá-lo à merda, pode fazer o casamento no jardim dela.

Apoiei o celular no ombro de novo.

— Já temos um plano B, Bridge! — anunciei. — Parece que podemos fazer o casamento no jardim da amiga da minha mãe.

— Eu ouvi isso — disse minha mãe do meu ombro. — E saiba que é um jardim bem bonito.

— Parece que é um jardim bem bonito — esclareci.

— Luc, acho que você está menosprezando demais o jardim adorável da Judy.

Levei o celular de volta ao ouvido.

— Desculpa, mãe, foi um dia longo, uma semana longa, e eu aposto que o jardim da Judy é lindo, mas quero que isso seja especial para a Bridge.

— Dá uma olhada na internet e me diz se você gosta.

Era o mínimo que eu poderia fazer.

— Tom — eu disse. — Pode pegar o laptop e pesquisar uma coisa no Google pra mim?

Tom obedeceu e abriu o navegador.

— Ela tem Facebook ou algo assim? — perguntei. Me parecia improvável mas, até aí, todo mundo estava em pelo menos uma rede social ultimamente.

— Não, eles têm um site. Bom, a Herança Inglesa tem.

Soltei um barulho de acho-que-não-ouvi-direito.

— Herança Inglesa?

— Pfaffle Court é uma construção muito antiga. De acordo com Judy, o labirinto vivo existe desde os tempos da Restauração.

Passei as palavras *Pfaffle Court, não, Pfaffle, com P* e *Herança Inglesa* para o Tom.

— Peraí, então quando você disse "no jardim dela", você quis dizer "nos terrenos da propriedade palaciana dela"?

— Eu *avisei* que era um jardim bem legal.

Bridget observava a tela por cima do ombro do Tom com uma expressão de pura alegria.

— Nossa, Luc — disse ela. — É *perfeito*.

— Foi a Bridget que disse isso? — perguntou minha mãe, que nunca conseguia ficar de fora da conversa dos outros. — Ela gostou do jardim?

— Sim — contei a ela. — Sim, ela gostou muito do jardim. Mas por que você não me falou dele mais cedo?

— Você não perguntou nada. E me parecia muito determinado a falar com o seu pai, então achei que, talvez, ele fosse importante pra você.

— Mãe, ele nunca será importante para mim. Ele é um bunda-mole.

— Com um pênis pequeno — acrescentou ela. — Na verdade, é grande, mas podemos fingir que não é. Posso avisar à Judy que vocês irão aceitar a ajuda dela?

Olhei para Bridge e Tom para confirmar, e os dois assentiram com empolgação.

— Meu Deus, sim, por favor. Muito obrigado. Você é a melhor mãe do mundo.

— Eu sei. Tente se lembrar disso antes de ir atrás do bunda-mole do seu pai quando precisar de um favor. De qualquer forma, Judy ficará muito feliz. Ela disse que não oficia um casamento desde 1987.

Peraí, só um minutinho.

— Oficia?

— É claro, o jardim é dela. Ela terá que participar.

Eu estava prestes a protestar, mas as coisas estavam ficando complicadas demais, e ainda havia todo o trabalho logístico de mudar um casamento enorme e meticulosamente planejado, com mais de cem convidados, de West London para algum lugar em Surrey.

— Sei disso — eu disse. — Aposto que vai dar tudo certo.

Depois de tudo aquilo, acabei perdendo o pimentão ao missô do Oliver. Mas o Oliver também perdeu, porque ele foi para o apartamento da Bridge, onde nos ajudou a reenviar convites para toda a lista de convidados, organizar transportes e acomodações para todos que já haviam reservado transportes e acomodações em outro lugar.

Quando terminamos de resolver tudo, ou quase tudo que dava para resolver dadas as circunstâncias, estávamos exaustos — de um jeito bom, quando se termina de fazer algo difícil porém recompensador. E eu quase não percebi que meu pai nunca me ligou de volta.

8

No fim das contas, não perdi só o pimentão ao missô, mas também o espaguete de aspargos e limão com ervilhas, a abobrinha recheada com xarope de bordo e freekeh, e a berinjela temperada com molho Szechuan. E Oliver nem fez muito caso — já que, sendo advogado, ele já estava meio acostumado com imprevistos de última hora —, mas eu me senti mal mesmo assim. Sim, estávamos bem um com o outro, tão bem que se adaptar à vida um do outro era uma parte de estar juntos que os dois já havíamos aceitado. Só que eu estava começando a me preocupar que ele se adaptasse melhor que eu. Tinha sido quase uma semana chegando em casa depois de uma noite intensa de planejamento do casamento e encontrando Oliver já na cama — e não de um jeito sexy tipo "Eu estava te esperando, gatão", mas sim tipo "Coloquei meu pijama e li um livro".

Era algo temporário. Eu sabia que era temporário e tinha certeza de que Oliver também sabia. Ou, ao menos, eu esperava que ele soubesse porque, caso contrário, ele me parecia calmo demais para quem estava num relacionamento em que os dois nunca estavam conscientes ao mesmo tempo no mesmo ambiente. A mudança do casamento para Surrey só dificultava as coisas, já que Bridge e suas madrinhas (e eu!) iriam passar a noite na casa gigantesca da Judy numa noite de pessoas sem gênero específico, o que eu imaginava envolver trançar o cabelo uma das outras, beber champanhe e falar sobre garotos.

O que, falando sério, eu normalmente adoraria fazer. Só que o *meu* garoto estaria em casa sem mim, assim como passara todas as noites daquela semana. Ainda assim, era o que faziam os melhores amigos. O que faziam as damas de honra. E, a não ser que algo desse muito errado, eu nunca mais precisaria fazer aquilo de novo.

Meus planos para a noite envolviam chamar um táxi até meu apartamento, onde eu pegaria meu terno, depois para a casa do Oliver onde eu pegaria basicamente todo o resto das minhas coisas e, por fim, de volta ao apartamento da Bridge para nos enfiarmos às pressas numa limusine alugada e começarmos a festa. E, talvez, em algum momento no meio disso tudo, fechar meus olhos por tipo dez segundos, só para não chegar ao casamento parecendo o primo maconheiro da Bridget.

Eu estava esperando o táxi, certamente sem ter conseguido fechar os olhos por tempo nenhum, quando Bridge se aproximou de mansinho com uma expressão arrependida.

— Ai, meu Deus — eu disse. — O que foi agora?

Ela se encolheu.

— Nada. Mas... — Ela fez uma pausa. — Sabia que eu te amo, Luc?

— Depois dessa semana, acho bom me amar mesmo.

— Eu amo. Mas eu estava pensando... Você ficaria magoado se eu dissesse que queria uma noite só com as garotas?

Eu não estava magoado, só um pouco confuso.

— Bom, não. Só que isso não me parece algo que você diria na vida real. Eu sou uma das garotas há uma década.

— Droga. — Ela fechou os punhos. — Agora você me pegou. Eu estava falando com a Liz, e ela comentou que você está acabado e eu deveria te dar uma noite de folga. Mas eu também sabia que, se dissesse isso, você ficaria todo na defensiva, fingindo que está bem.

— Eu não ficaria... — Comecei e depois parei. — Tá. Beleza. Um pouco, talvez.

Bridge me encarou com sinceridade no olhar.

— Isso não fará de você um amigo ou uma dama de honra ruim. Na verdade, uma boa dama de honra deveria descansar para não arruinar o dia mais importante da minha vida.

Nossa, eu queria tanto ir para casa.

— Sério? — perguntei, tentando soar como se eu não estivesse implorando.

— Sério.

Ela assentiu, decisiva.

— Você sabe que eu também te amo, né?

— Você ligou para o seu pai por mim. Se antes eu não sabia, agora eu sei.

Eu estava podre demais para demonstrar um pingo de resistência que fosse.

— Bridge. Muito obrigado.

Ela deu um tapinha no meu ombro.

— Vai pra casa. A gente se vê amanhã. Que, caso você tenha se esquecido, será o dia mais importante da minha vida.

Então, eu fui para casa — ou melhor, para a casa do Oliver, que naqueles dias era o que *casa* significava para mim. Embora eu não gostasse de pensar muito naquilo, pois temia que, se eu reparasse muito, tudo iria desaparecer. De qualquer forma, eu seria uma companhia péssima porque estava exausto, vendo mapas de assentos toda vez que piscava e ainda meio abalado por ter falado com meu pai que, adivinha só? Não me ligou de volta, apesar de o casamento ser amanhã. Acho que eu era no mínimo consistente quando se tratava de ser um namorado. Assim como eu era consistente com esportes no colégio. Ou seja, péssimo em todos os aspectos.

Fui para Clerkenwell por volta das sete da noite, saí do táxi e abri a porta com a chave que eu tinha de verdade. Eu não vivia um relacionamento com troca de chaves desde o Miles, e aquele não contava porque nós dividíamos apartamento, então nós recebemos a chave ao mesmo tempo. Enfim, mandei mensagem para que Oliver me esperasse. Mas o que eu não esperava era encontrá-lo de pé no corredor de terno e gravata, segurando uma caixinha de joia de veludo azul.

Ai, merda. Eu esqueci algo importante. Com certeza não era nosso aniversário de namoro, porque apesar de não termos decidido uma data oficial por causa daquela coisa toda de namorar-de-mentira-antes-de--namorar-de-verdade, concordamos que foi antes da Corrida dos Besouros, que já havia passado. E não era aniversário do Oliver porque, embora eu tivesse esquecido a data, sabia que não era em maio.

— O que está acontecendo? — perguntei com a voz preocupada de um homem sentindo que deveria saber de alguma coisa mas não sabia.

Oliver ficou meio corado.

— Bom, eu me senti mal por não ter dado mais apoio quando a Bridget precisou da sua ajuda. E já que perdemos *Uma linda mulher: o musical*, eu decidi trazer *Uma linda mulher* para você.

Meus olhos saltaram da caixa de joia para o terno do Oliver, indo e voltando.

— É melhor você não me levar para a ópera. Você sabe que eu odeio ópera.

— Não vou te levar para a ópera — disse Oliver. — Não consegui os ingressos e meu jatinho particular está no conserto.

Graças a Deus. Eu faria de tudo pelo Oliver, mas o limite era assistir a pessoas cantando com emoção em idiomas que eu não entendia. Um pouco mais relaxado, lancei um olhar confuso para ele.

— Eu devo usar um vestido vermelho, então?

— Pode usar se quiser, mas acho que não é muito seu estilo. Porém — ele estendeu a caixa de joia. — Tem algo faltando.

— Acho que nada mais vai caber nessa... — olhei para baixo, para meu corpo — calça jeans?

— Você usa jeans muito apertados, de fato — concordou Oliver. Ele abriu a caixa, revelando um colar feito com aquelas balinhas de coração com mensagens escritas. — Eu não quero que se empolgue demais — continuou ele. — Porque a joia é só emprestada.

Fiquei boquiaberto.

— De quem?

— Bom, eu não podia dizer "Eu não quero que se empolgue demais, eu comprei isso por menos de duas libras numa loja de doces".

— Você poderia dizer "Eu não quero que se empolgue demais, essas balas são nojentas". O que seria verdade. Minha regra é nunca comprar um doce que é mais famoso pela aparência do que pelo sabor.

Oliver franziu as sobrancelhas.

— Só pega a porra do colar, Lucien.

Estendi o braço, mas hesitei.

— Você vai fechar a caixa nos meus dedos, não vai?

Ele fez a menor pausa de todas. Então, Oliver sorriu.

— Pela verossimilhança.

Então, estiquei os dedos, ele fechou a caixa, e eu tentei fazer uma cara fofa como a da Julia Roberts, mas acho que só fiquei parecendo alguém que teve os dedos esmagados por uma caixa de joias.

— Ah, nem vem — disse Oliver. — Não doeu. Eu fechei com muito cuidado.

— Não é a dor. É o choque.

— Você sabia que eu ia fechar. Você literalmente me disse que sabia.

Eu o encarei com uma expressão de "não exatamente".

— Tenta você então.

Nós trocamos de papel e eu tentei oferecer o colar para ele como se eu fosse um multimilionário com traumas familiares em vez de um cara completamente normal com traumas familiares. Ele tentou pegar e eu fechei a caixa.

— Ai! — Oliver protestou, balançando as mãos.

— Desculpa. Foi mais rápido do que eu imaginei que seria.

— Você precisa controlar a descida. — Oliver massageou a linha vermelha que se formava nos dedos dele. — Senão a gravidade toma conta.

— Desculpa — repeti. — Você com certeza tem mais experiência em fechar caixas de joias do que eu. Por que você tem experiência em fechar caixas de joias, aliás?

Ele tossiu.

— Talvez tenha ensaiado no espelho algumas vezes. Não queria te machucar.

— Ai, não. — Peguei a mão dele e a cobri com beijos delicados. — Eu sou péssimo.

— Eu deveria saber que confiar em você com uma caixa de joias perigosa não seria uma boa ideia.

— Não vou mentir. — E o beijei de novo. — Essa foi uma péssima decisão. Nós dois deveríamos saber disso.

O beijo deslizou das mãos para a boca, e terminou com Oliver pressionado contra a parede e eu pressionado contra o Oliver enquanto segundos... minutos... escorregavam pelo torpor do calor e da sensação de estar de volta em casa e do prazer de estarmos juntos de novo.

Por fim, Oliver — todo desgrenhado num smoking impecável — se afastou.

— Sob circunstâncias normais, eu adoraria levar isso para a conclusão lógica...

— Por *conclusão lógica* — perguntei — você quer dizer *sexo no corredor?*

— Talvez. Mas, infelizmente, deixei umas velas acesas lá em cima e é melhor não deixá-las queimando sozinhas por muito tempo.

Eu o encarei.

— Você arrumou velas também?

— Foi uma semana bem longa sem você.

Aquilo não estava deixando o sexo no corredor menos tentador. Por outro lado, Oliver já tinha passado por muita coisa, e queimar a casa dele seria um péssimo jeito de agradecer. Apontei para a caixa de joias.

— Você não deveria colocar em mim?

No filme, Richard Gere fica atrás da Julia Roberts, olhando para ela todo apaixonado no espelho enquanto fecha a corrente delicada ao redor do pescoço igualmente delicado dela. Oliver teve que... esticar um pedaço de elástico em volta da minha cabeça, quase arrancando minhas orelhas.

— Me sinto muito sexy e desejado agora — eu disse.

Oliver cerrou os olhos para mim, ansioso.

— Você consegue respirar? Acho que esse colar foi feito para crianças.

— Sim. — Cocei o pescoço. — Está apertado mas não chega a me enforcar.

— Ah, que bom. Porque enforcamento não negociado não era o que eu tinha planejado para hoje.

— Que alívio ouvir isso — respondi. — Mas agora eu quero saber quando faremos o enforcamento negociado.

— Talvez depois do filme.

— Peraí. Você escolheu um filme também?

Ele me pegou pela mão e começou a me guiar para a escada.

— Sim, e levei a tv lá para cima. Na minha cabeça, era tudo muito romântico.

— E *é* muito romântico — admiti. — É provavelmente uma das coisas mais românticas que alguém já fez por mim. Mas, sabe como é, sentimentos me deixam meio tenso. E quando fico tenso, fico na defensiva. E quando fico na defensiva, fico sarcástico.

— E eu te amo de qualquer jeito, Lucien.

— Sim, sim — murmurei. — Eu também te amo.

Apesar de eu me esforçar com minhas meias e brinquedos sexuais, Oliver conseguia manter o quarto impecável. E continuava impecável. Só que com a TV lá de baixo equilibrada em cima da cômoda, velas organizadas perfeitamente em cada superfície livre e — com uma atenção aos detalhes típica do Oliver — um novo jogo de cama de linho, vermelho com detalhes dourados. E, o pior de tudo, eu nem consegui arrumar uma palhaçada para dizer.

— A questão de *Uma linda mulher* — começou Oliver — é que quando as pessoas veem o filme pela primeira vez, elas ou amam ou odeiam. E as que amam sempre irão...

— Ai, cala a boca, Oliver.

Eu o empurrei na cama e me joguei em cima dele. Por um momento, só conseguia olhar para aquele homem ridículo, gentil e lindo que fazia gestos ridículos, gentis e lindos e era ridiculamente e lindamente meu. Ele me encarava de volta, os olhos como veludo cinza sob a luz baixa, as marcas de expressão no rosto dele que não conseguiam — em momentos assim — esconder muito bem o quão vulnerável ele ficava quando sabia que, honestamente, havia se esforçado demais e esperava ser rejeitado ou virar motivo de riso. Me deitando, eu o beijei de novo, do jeito que só beijamos quem encheu o quarto de velas pela gente.

Com toda a certeza, mas com toda a certeza *mesmo*, nós iríamos assistir a *Uma linda mulher*.

Talvez só demorasse um pouquinho.

9

— Como profissional do direito — disse Oliver enquanto saíamos para Surrey num horário absurdo de tão cedo no carro que ele alugara para a ocasião — devo apontar que o Edward tem uma séria responsabilidade fiduciária com sua empresa e seus investidores. Sendo assim, desistir de um acordo de bilhões de dólares em favor de um contrato de construção naval é um pouco antiético.

Terminei o último pedaço de rabanada caseira no pote plástico que estava no meu colo.

— O filme é super sobre isso, Oliver.

— Sei que isso não faz parte da fantasia romântica central, mas eles deixam *claro* no começo que ele não trabalha com o próprio dinheiro. Então, ao decidir de última hora que vai fazer barcos com uma figura paterna substituta em vez de fazer o que ele disse aos outros que iria fazer, ele está, tecnicamente, cometendo uma fraude e tanto.

— Mas não fica implícito que ele vai ganhar mais dinheiro a longo prazo fazendo navios?

— É um negócio de bilhões de dólares. O contrato com a construção naval é só de alguns milhões. Ainda existem mais de novecentos milhões de dólares para serem contabilizados. Não é à toa que o Stuckey é tao tarado. Mas devo acrescentar — disse Oliver às pressas — que isso não justifica os assédios sexuais que ele cometeu.

— Você vai ficar assim quando a gente for assistir ao musical? — perguntei.

Ele me lançou um olhar malicioso.

— Só se tiver uma música sobre ética profissional.

— Tenho quase certeza de que vão ter músicas sobre... compras? E talvez, sei lá, trabalho sexual?

— Ah — disse Oliver. — Então você acha que a pessoa vai começar com a Vivian saltando pela janela com botas de cano alto cantando — ele cantou — *As leis que deveriam me proteger só pioram tudo na prática. E regras bem-intencionadas podem ter consequências ne-* — ele tamborilou o volante — *ga-ti-vas. Se a minha profissão fosse descriminalizada, não seria tão julgada injustamente. E eu não teria que me preocupar com ofensas sexuais...* — Ele pausou e concluiu com a voz normal. — Código Civil, 2003.

Eu estava sentado num carro com um homem que poderia e, pensando bem, conseguiria improvisar uma peça musical medíocre sobre as complexidades da indústria sexual no Reino Unido. E, por algum motivo, eu estava de boa com isso.

— Você — eu disse — é um trouxa que se importa demais.

— E você demorou dois anos para entender isso?

— A coisa do se-importar-demais eu peguei rapidinho. A parte do trouxa que só estou notando agora.

Oliver corou bem de leve.

— Sim, eu tento guardar isso dentro de mim.

— Oliver, o único trouxa que deve ficar guardado dentro de você sou eu.

— Você sabia que em certas partes do mundo as pessoas chamam o pênis de *trouxa*?

— Pode guardar isso dentro de você também, se quiser.

— Não sei se seria seguro dirigir assim.

— Beleza então — eu disse, com uma bufada de brincadeira. — Se é assim, eu vou dormir.

A mão do Oliver soltou a marcha por um instante para acariciar meu joelho.

— Melhor mesmo. Hoje será um dia longo para você.

E como. Eu estava certo de que, apesar de longo, o dia valeria a pena, mas provavelmente ia precisar de um mês de recuperação pós-casamento-de-alguém. Ou melhor, eu ficaria de recuperação pós-casamento-de-alguém até a próxima vez em que eu precisasse ir a outro casamento.

— Mas como eu vou te entreter e te divertir se eu estiver inconsciente?

— Vou colocar um podcast pra tocar.

Soltei um grunhido exagerado.

— *The Magnus Archives* não!

— Qual é o problema de *The Magnus Archives*?

— Eu vou tentar dormir. Vai me dar pesadelos. Sobre minhocas. — Parei para pensar. — Ou aranhas. Ou desconhecidos. Ou o mar. Ou o céu. Ou carne. Ou Edimburgo.

— Ou é *Magnus* — disse Oliver com firmeza — ou *The American Life*.

Soltei outro grunhido exagerado.

— Beleza. Coloca *Magnus*.

Então, Oliver colocou *Magnus*, e nós andamos ou corremos — dependendo do tráfego — em direção a Surrey. E, felizmente, eu estava exausto o bastante para, independente do tipo de coisa horrorosa que estivesse acontecendo com os funcionários do Instituto Magnus, eu conseguir dormir o tempo inteiro.

Quando me virei no banco, nós tínhamos chegado. Ou melhor, chegado ao estacionamento. E, levando em conta o jeito como aquelas casas pomposas da Inglaterra eram, ainda tínhamos uma longa caminhada pela frente até chegarmos na propriedade em si. Num exemplo inesperado de casal eficiente — levando em conta que cinquenta por cento do casal era eu —, pegamos as peças de roupa que estavam no banco de trás e revezamos para ajustar a gravata e alisar a lapela um do outro. Não que a lapela do Oliver precisasse ser alisada. Eu só queria um pretexto para tirar uma casquinha dele. Porque, apesar de Oliver usar terno para trabalhar todos os dias, aquele era um terno para ocasiões especiais, e Oliver com terno para ocasiões especiais era diferente do Oliver com terno de advogado de uma forma que só dava para reparar se você passasse um bom tempo olhando para ele.

Ele estava vestido de cinza perolado, que ressaltava seus olhos prateados. E tinha escolhido uma daquelas gravatas que diziam eu-sou-bem--mais-extravagante-do-que-me-permito-ser, com uma estampa sutil de espirais, e flores cor-de-rosa. Por um acaso, minha gravata também era rosa, mas isso porque azul meia-noite e rosé-gold eram as cores do casamento, e como minhas escolhas variavam entre terno azul e gravata rosa ou gravata azul e terno rosa, eu decidi não ficar parecendo um flamingo perdido.

— Tem algo de errado com as minhas lapelas? — perguntou Oliver. Continuei alisando.

— Sim, estão horríveis. Cheias de pó.

— Por mais empolgado que eu esteja para ser alisado por você num estacionamento, não tem nenhuma tarefa de dama de honra te esperando?

Estiquei a cabeça e me aninhei no pescoço dele, todo carente.

— Eu sei. Quer dizer, acho que só preciso ficar de pé oferecendo apoio moral enquanto terminam de fazer o penteado da Bridge ou qualquer coisa assim. Mas... suas lapelas. E se ficarem cheias de pó de novo?

— Se isso acontecer — a voz dele era delicada e sorridente — eu te procuro imediatamente.

— Por favor. Passar o casamento inteiro sem você seria horrível.

— Prometo fielmente, Lucien, que você só precisará passar partes do casamento longe de mim.

Mais ou menos tranquilizado, deixei as lapelas do Oliver em paz e nós dois começamos a descer pelo caminho longo de cascalho em direção à construção no horizonte que, aparentemente, era a casa da Judy.

— Sabe — Oliver pegou minha mão enquanto caminhávamos, um hábito que adquirimos depois de muitos passeios levemente constrangedores pelos parques de Clerkenwell —, estou pensando aqui, um dia você terá que admitir que é pelo menos um pouquinho burguês.

Engasguei com a saliva.

— Não sou burguês nada! Só tenho um sobrenome e venho de uma família desfeita.

— O príncipe Harry também. E, geralmente, pessoas que fazem drama dizendo que são normais demais para gostarem de ópera não conseguem pegar emprestado os aposentos de uma baronesa do dia para noite.

— Não são os *aposentos* dela, é só...

— Suas propriedades? — completou Oliver.

Beleza, aquilo soava ainda pior. E, pior ainda, Oliver tinha razão.

— Ai, que delícia — eu disse a ele. — Até me lembrei de quando saímos pela primeira vez e eu não gostava de você.

E a prova do quão longe havíamos chegado era poder dizer uma coisa daquelas e ele rir. E Oliver rindo num terno para ocasiões especiais era um Oliver gostoso demais.

Por fim, chegamos na parte da "corte" contida no nome Pfaffle Court. E embora eu não soubesse muito sobre história, aquele era com certeza o tipo de lugar em que o tipo de pessoa que gostaria de se casar num desses lugares gostaria de se casar. Ou seja, grande, chique, cheio de janelas e com uma escadaria imponente entre duas pilastras ornamentadas.

— Minha nossa — disse Oliver. — Que mansão Tudor adorável.

E, mais uma vez, a prova do quão longe havíamos chegado era a minha minivontade de empurrá-lo numa vala.

— Para de se exibir.

— Mas eu sempre senti que meu pouco conhecimento sobre estilos de arquitetura muito conhecidos e altamente característicos era parte essencial da minha imagem de bad boy.

Me senti mal ao rir da ideia de o Oliver ter uma "imagem de bad boy", sabendo que ele conseguia ser um bad boy quando precisava.

— Devo te perguntar como você sabe que a mansão é do estilo Tudor ou vou me arrepender?

Ele deu de ombros.

— Tem uma optativa de reconhecimento de casas na faculdade de direito.

— Sei que você está brincando, mas mesmo que não estivesse, essa não seria a coisa mais esquisita sobre o seu trabalho.

— Meu trabalho — começou Oliver com a seriedade de um profissional legal — é...

Antes que ele pudesse insistir que o trabalho dele não era esquisito e eu pudesse insistir que qualquer carreira que envolvesse usar uma peruca sem nunca precisar dublar uma música num palco era esquisita por si só, Melanie veio voando em nossa direção numa velocidade impressionante para uma mulher de vestido rosé-gold e salto agulha combinando.

— Luc! — ela gritou. — Que bom te ver. Diz pra Bridge que eu volto em dois minutos? Emergência no trabalho. Não tenho tempo de falar sobre isso — ela respirou fundo —, mas um dos nossos autores está começando uma turnê nos Estados Unidos segunda. E, acidentalmente, nós agendemos eventos em Nova York, Los Angeles e Las Vegas.

Aquilo me parecia uma crise bem pequena, comparada com o que acontecia no trabalho da Bridge e da Melanie.

— E esses não são lugares *bons* para a turnê de um livro?

— Não quando são Nova York, Texas; Los Angeles, Texas; e Las Vegas, Novo México. É por isso que geralmente não deixamos o escritório de Londres agendar os eventos nos Estados Unidos.

Oliver estava fazendo sua cara de estou-muito-interessado.

— E creio que nenhuma dessas cidades seja grande para o mercado literário?

— Nova York, Texas — respondeu Melanie, tirando uma trança da frente do rosto — tem vinte habitantes e Los Angeles, Texas, fica a menos de dois quilômetros de distância, mas até que existe uma biblioteca legal em Las Vegas, Novo México, então... talvez ele goste. Enfim, preciso resolver isso. Bridge está num quarto de hóspedes pequeno na cabana... daquele lado.

E, com isso, ela saiu correndo para decepcionar uma dúzia de texanos.

— Você deveria monetizar suas habilidades de dama de honra — Oliver disse, desatando nossas mãos gentilmente. — Vou ver se posso ser útil em algum outro lugar. Se precisar, me liga... se não precisar, também.

Óbvio que eu não era meloso o bastante para ficar parado observando o Oliver caminhar até a casa. E óbvio que eu não era superficial o bastante para reparar no efeito que alguns passos e um terno sob medida causavam na bunda dele. Então, depois de não fazer nenhuma dessas coisas, fui procurar a cabana e a Bridge.

Encontrei as duas mais ou menos na direção que Melanie indicara. O quarto de visitas parecia a cena da festa do pijama em *Grease*, embora eu tivesse certeza de que as madrinhas estavam trocando ofensas enquanto cantavam. Havia roupas jogadas por literalmente toda parte, e todas as superfícies livres estavam cobertas ou com maquiagem, ou com mimosas. Bridge, com uma mimosa ao alcance, estava sentada na frente de uma penteadeira com um espelho enorme enquanto uma pessoa (que eu esperava ser uma profissional) fazia coisas misteriosas no cabelo dela.

— Luc! — O reflexo dela sorriu para mim. — Pega uma mimosa.

Por um lado, eu queria muito uma mimosa. Por outro, eram nove da manhã e eu mal conseguia ficar de pé.

— Que tal daqui a umas seis horas?

— Daqui a seis horas eu vou estar casada e já teremos estourado o champanhe. — A expressão dela mostrava que a ficha havia caído de um jeito maravilhoso, mas ainda assustador. — Ai, meu Deus, eu estarei casada em seis horas. Serei a sra. Bridget Welles.

Todos nós a encaramos.

— Bridge — disse Jennifer, surgindo do que eu imaginava ser uma suíte. — Esse já é o seu nome.

— Sim, mas eu serei a sra. Bridget Welles que é casada.

Liz me entregou uma mimosa mesmo assim.

— Acho que você vai precisar — sussurrou ela.

Olhei ao redor, procurando um lugar para sentar e não achei nada que não fosse um colo, e aquilo já era melhor-amigo-gay demais até mesmo para mim. Acabei apoiando o cóccix nas gavetas abertas de uma cômoda, o que acabou sendo bem próximo de ficar em pé mesmo.

— Entããão — começou Liz num tom que parecia provocativo demais para uma mulher de Deus —, como foi sua noite? Foi romântica?

Por um momento, não entendi muito bem do que ela estava falando. Então, fuzilei Bridge com o olhar através do espelho.

— Ah, então foi ideia sua, é?

Ela me olhou de volta com cara de vencedora.

— Oliver disse que estava com *saudades* de você. E você foi tão legal comigo que estava merecendo uma noite de folga.

— Foi ótimo — respondi, oferecendo a versão livre para todos os públicos/ semiconhecidos. — Assistimos filmes antigos e dormimos muito bem.

— Isso me parece ótimo *mesmo* — Jennifer concordou. — Talvez seja porque já cheguei nos trinta, mas uma noite bem dormida está no meu top cinco fantasias para realizar no quarto.

Bernadette olhou em volta do lugar onde ela estava ajustando a bainha do seu vestido de madrinha azul-marinho.

— E quais são as outras quatro?

— Novas estantes de livros, um marido que saiba dividir o edredom, um daqueles travesseiros que são bons pra dor nas costas e o Dwayne "The Rock" Johnson coberto com *sorbet* de limão.

— *Sorbet* de limão? — perguntou a cabeleireira que, até aquele momento, estivera observando a conversa com muito profissionalismo.

— Eu gosto de *sorbet* de limão.

Liz cerrou os olhos como quem está resolvendo um problema de matemática muito difícil.

— Mas não iria arder?

— Eu não quero ele *totalmente* coberto com *sorbet* de limão — protestou Jennifer.

— Ah, entendi. — O rosto de Bridge no espelho também tentava resolver um problema de matemática muito difícil. — Porque isso sim seria estranho.

— Além do mais — acrescentei —, não iria acabar estragando seu travesseiro novo?

Vendo, assim como eu, que o lugar não tinha nenhum assento disponível, Jennifer se apoiou na parede.

— Levando em conta que eu sou casada, ele é casado, nós vivemos em países diferentes e ele é o cara mais eletrizante de toda a indústria do entretenimento, não acho que a questão do *sorbet* seja o maior empecilho para a minha noite de paixão ardente com o bonitão de *Jumanji*.

— Na verdade — Bernadette se serviu com mais uma mimosa —, se você for usar uma sobremesa num contexto sexual, *sorbet* é uma ótima escolha. É basicamente água e açúcar, então não mancha e não azeda, e não é tão grudento quanto muitos imaginam.

Jennifer fez um gesto de vitória.

— Viu só? Parece que eu tenho instintos sexuais incríveis. Vocês cobririam o Dwayne "The Rock" Johnson com todo tipo de condimento errado.

— Uma amiga quer saber — disse Liz, a amiga —, Bernadette, que outras comidas são boas ou ruins para lamber no corpo de alguém?

Bridge ficou boquiaberta.

— Você pode lamber coisas em outras pessoas?

— No momento, não — admitiu Liz. — Mas dentro do confinamento matrimonial, a igreja não tem nenhuma regra a favor ou contra lamber coisas em outras pessoas.

— Acho que cheguei na hora errada — disse Melanie, retornando ao quarto —, mas quem está lambendo o que de quem?

— Jennifer — disse Liz. — *Sorbet* de limão. The Rock.

A expressão confusa de Melanie era, dentro do contexto, compreensível.

— Johnson? Ou Rock of Gibraltar?

— Não vou nem perguntar — Jennifer deslizou devagar pela parede — por que você acha que eu gostaria de lamber uma pedra?

Melanie deu de ombros.

— Sei lá. Coisa de gente branca?

— Se eu tivesse que lamber um lugar geográfico — disse Bridge com ar de alguém que já havia bebido mimosas demais e estava levando aquela questão muito a sério —, eu escolheria o Assento de Artur.

A discussão subsequente sobre quais partes dos nossos corpos nós colocaríamos em quais partes do país durou tempo o bastante para que a cabeleireira fosse substituída pela maquiadora. E eu me peguei pensando em como seria este maldito ritual se, digamos, eu me casasse com o Oliver. Será que eu ficaria sentado com meu terno, bebendo coquetéis com Priya, Bridge e os James Royce-Royce enquanto uma profissional altamente treinada passava um pente pelo meu cabelo uma única vez? É claro, talvez isso diga mais sobre o meu cabelo do que sobre a instituição do casamento.

Porém, devo admitir que quando as especialistas terminaram o trabalho, Bridge estava absolutamente linda. Não é como se algum dia na vida ela não tenha parecido linda. Mas ela parecia ainda *mais* linda. Toda feliz e reluzente, com o cabelo cheio de flores emoldurando o rosto de jeitos que eu conseguia admirar mas não conseguia entender.

— Ai, meu Deus. — Bridge se levantou, tremendo de nervosa. — Ai, meu Deus. Vou me casar em... menos de seis horas.

Conferi meu celular.

— Em duas horas. Então, a não ser que você queira caminhar até o altar num roupão macio, é melhor ir colocando o vestido de uma vez.

Ela soltou um ganido.

— Ai, meu Deus. O vestido. Jennifer, pode pegar pra mim?

— Claro. — Jennifer se colocou de pé cuidadosamente. — Onde está?

Houve um silêncio num momento em que não era para haver silêncio.

Bridge girou lentamente no lugar.

— Bernadette, cadê o vestido?

— Eu achei — disse Bernadette — que a Jennifer estava cuidando disso.

Bridge não parava de girar.

— Melanie, cadê o vestido?

— Concordo com a Bridge — disse Melanie —, achei que era função da Bernadette.

— Ai, meu Deus. — O sentido dos *ai, meu Deus* da Bridge mudaram drasticamente. — Liz, me diz que você pegou o vestido.

Liz levantou as mãos para o ar.

— Ei, eu nem sou sua madrinha! Sou apenas uma vigária redundante. Estou aqui pela bebida e pelas dicas de sexo.

— Tenho certeza — eu disse, sem nenhuma certeza —, de que está aqui, em algum lugar.

— É um vestido de casamento — gritou Bridge. — É enorme. Não vai estar embaixo do batom de alguém.

Numa mistura de esperança e negação, comecei a procurar dentro, atrás e embaixo de todas as coisas onde um vestido enorme poderia estar dentro, atrás ou embaixo.

Bridge se jogou de novo na cadeira.

— Não acredito que isso está acontecendo. Hoje é meu dia perfeito e especial. Não posso ter um dia perfeito e especial sem meu vestido perfeito e especial.

Troquei olhares horrorizados com as outras madrinhas, porque estava na cara que não daria para resolver o problema. E, como sua dama de honra, era meu trabalho dizer isso a ela.

10

— Não chora — Jennifer estava ajoelhada na frente da Bridge. — Vai estragar a maquiagem.

— E qual é o problema de estragar a maquiagem? — Bridge chorou. — Eu não tenho um vestido.

Eu desisti de continuar procurando o vestido e estava tentando achar literalmente qualquer coisa que Bridge pudesse colocar no corpo.

— A gente vai conseguir arrumar alguma coisa.

Bridge levantou a cabeça.

— Ah, claro, posso me casar com meu pijama de hipopótamos e o moletom da Liz.

— Ei! — disse Liz. — Eu ganhei esse moletom num retiro eclesiástico. Ele é praticamente sagrado.

Peguei meu celular e chequei as horas. Era meio-dia e dez.

— Tá tudo bem. Temos tempo para mandar alguém buscar em Londres.

— Eu vou — ofereceu Melanie.

— A cerimônia começa às duas. — Bridge tentava sinalizar seu desespero sem tocar no cabelo ou no rosto, o que acabava a deixando parecendo um emoji. — Você não vai conseguir voltar a tempo, daí eu terei que me casar com pijama de hipopótamo, moletom e uma madrinha a menos.

Liz já estava correndo em direção à porta.

— Tudo bem. Eu posso ir.

— Hum. — Bernadette lançou um olhar preocupado. — Quantas mimosas você tomou?

Liz parou de correr.

— Ah. O bastante para precisar de um tempo até entender que essa seria uma péssima ideia.

Um zumbido emanou da minha região "celulônica". Era uma foto de um homem branco, calvo e de barba grisalha. Um segundo depois, Oliver enviou: Paul Giamatti e sua cara de fuinha.

Meu coração afundou. Não porque Oliver estava sendo o mais Oliver possível, mas porque eu teria que mandá-lo para longe. Liguei para ele.

E, como sempre, ele atendeu depois de dois toques.

— Lucien?

Ai, meu Deus.

— Eu... eu sinto muito — disse. — Mas talvez eu precise que você volte para Londres.

— Estou querendo acreditar que, se você estivesse terminando comigo, teria feito de um jeito menos bizarro. Porém, te conhecendo, nem sei por que eu pensei isso.

Queria provocar de volta mas não havia tempo e aquilo não era sobre mim.

— O vestido da Bridge ficou para trás. Você pode... hm, ir buscar? Dirigindo bem rápido para conseguir voltar antes das duas, mas não tão rápido a ponto de acabar preso ou morto?

— Posso tentar, com certeza. — Ele usou aquela voz de não-acho--que-essa-seja-uma-boa-ideia-mas-vou-fazer-porque-te-amo. Por acaso, a mesma voz que ele usou ao comprar os ingressos para *Uma linda mulher: o musical.* — Mas vai ser em cima do laço.

— Te encontro lá fora. — Desliguei e me virei para Bridge. — Me passa as chaves, por favor. O Oliver vai buscar.

Todos nós sabíamos que ele não iria conseguir, mas o fato de que alguém estava tentando fez com que a gente se sentisse um pouquinho melhor — foco no *pouquinho*. Porque, quando voltei da minha corrida até a casa principal, de onde mandei Oliver correr até o estacionamento, o clima estava oscilando entre sombrio e inconsolável.

— Não quero soar pessimista — começou Melanie —, mas acho que precisamos de um plano B. Porque mesmo se o Oliver conseguir, você não terá tempo para se trocar.

Bridge soltou um barulho que parecia uma mistura tenebrosa de soluço, lamento e choro.

— Beleza, vou pegar meu pijama.

— Deve haver algo que possamos fazer! — Jennifer estava com uma mimosa em cada mão. — E se você usar um dos nossos vestidos?

— Daí — a voz de Bridge subiu meia oitava —, eu estaria vestida de madrinha no meu próprio casamento. Sempre serei a madrinha, e nunca a noiva *no meu próprio casamento*.

Todos nós andamos de um lado para o outro, bebendo e pensando. Sinceramente, a parte da bebida não ajudava com a parte das ideias. Mas ajudava a não surtar.

De repente, Melanie levantou a cabeça, que estava apoiada nas mãos.

— Peraí! Nós estamos na casa de uma senhora rica. Ela deve ter alguma coisa chique que você possa usar.

— Tem uma armadura de cavaleiro no corredor principal — disse Bridge. — Eu acabei de tropeçar nela.

A grande maldição da vida da Bridge era que ela tinha uma habilidade e tanto para resolver os problemas dos outros. Mas quando se tratava dos próprios problemas, ela era meio — e eu digo isso com todo o carinho — inútil, às vezes.

— Não, não. — Dei um tapinha encorajador nas costas dela. — A Judy já se casou umas vinte vezes. Aposto que ela tem uma dúzia de vestidos de noiva dando sopa por aí.

Bridge fez uma pausa enquanto ponderava.

— Então, minhas opções são: pelada, pijama e moletom, madrinha ou qualquer coisa que a amiga da sua mãe consiga arrancar da última gaveta.

— Acho que sim — admiti, me sentindo a pior dama de honra da história das damas de honra. — Mas creio que a opção quatro seja a menos pior.

— Pelada seria bem impactante — sugeriu Bernadette.

— Vou... — eu disse, indo em direção à porta — ver se consigo arrumar alguma coisa.

A resposta de Bridge foi meio que um resmungo, mas soava como um resmungo agradecido, então — esperando que todo aquele vaivém não me transformasse numa bola de suor nada atraente — voltei até a casa principal. É claro que eu não sabia onde a Judy estava, mas se eu ligasse para a minha mãe, esperava poder encontrar Judy não tão longe.

Ela demorou mais do que o Oliver para atender, não por que se importasse menos, mas porque levava a vida de um jeito mais relaxado, no geral. Na verdade, parando pra pensar, eu não conseguia imaginar duas pessoas mais diferentes em termos de jeito-relaxado-de-levar-a-vida do que minha mãe e Oliver.

— Alô, Luc. — Ouvi o tilintar das panelas pelo celular.

— Oi, mãe.

— Você parece ofegante. Está se exercitando direito?

Naquele momento, com certeza estava.

— Tenho um pepino para resolver.

— Aposto que sim, mas você é um jovem rapaz. Um pouquinho de drama de casamento não deveria te deixar tão cansado.

— Estou correndo de um lado pro outro.

Ela soltou um barulho gálico de desprezo.

— Quando eu tinha a sua idade, eu também corria de um lado pro outro. Era nosso trabalho. Esse que é o problema. Você passa o dia inteiro numa mesa de escritório, nunca pega ar fresco nem a luz do sol.

— Eu vou pro trabalho andando.

— Isso não conta. O ar de Londres não é nem um pouco fresco.

Entrar num debate sobre a qualidade do ar na capital não parecia ajudar em muita coisa com meu problema do momento, então deixei passar.

— A Judy não está com você, está?

— Está sim. Comendo um croissant.

— Um croissant?

— Estamos tomando café da manhã.

— É meio-dia.

Ouvi o som de uma faca sendo colocada na mesa.

— É claro! Quem toma café da manhã antes do meio-dia?

Uma voz abafada e sofisticada disse alguma coisa do lado da minha mãe da chamada.

— Parece que a Judy toma, porque ela precisa acordar cedo para alimentar as galinhas, mas acho que isso não conta. Galinhas acordam cedo demais.

Mais comentários abafados que eu não conseguia ouvir.

— Elas não podem ficar nervosas, senão não deixam que os outros as comam. Enfim, *mon caneton* — ela parecia estar falando comigo de novo —, pra que você precisa da Judy?

— Não tem vestido.

Por um momento, minha mãe ficou quieta.

— Como assim não tem vestido?

— De alguma forma, as madrinhas se esqueceram de trazer o vestido de Londres. Daí pensamos que talvez a Judy tenha alguma coisa?

Ouvi minha mãe explicando a situação e Judy respondendo, e as duas continuando num papo sobre — até onde eu entendi — o estado deplorável em que a geração mais jovem tinha se colocado.

— Vou passar pra ela — disse minha mãe por fim, e então ouvi um som de celular sendo passado antes que Judy assumisse o controle.

— Luc, meu garoto! Que situação com o maldito vestido, hein?

— Pois é. Não temos um. E queríamos saber se você tem.

— Capaz. Essa casa velha é cheia dessas velharias.

Aquilo me tranquilizou de alguma forma, mas não de todas.

— Será que conseguimos algo que não seja uma velharia?

— Xiiiu, foi só jeito de falar. Seguinte, deixa eu dar uma revirada aqui e qualquer coisa eu te aviso.

Pedi para que ela devolvesse o celular para minha mãe, mas Judy já havia desligado, então voltei o mais rápido que pude para a casa principal e torci para que elas tivessem descido para me encontrar.

E elas tinham. O pátio já estava cheio de garçons — que, felizmente, foram muito de boa com a mudança de local — e agora era agraciado com a presença de duas mulheres de certa idade desfilando sob o peso de mais seda branca que qualquer pessoa normal poderia carregar de um jeito normal.

Corri para ajudar a minha mãe, que liberou o peso jogando meia tonelada de vestidos nos meus braços despreparados. Judy, que sempre se orgulhara de aguentar qualquer carga, apenas acompanhou meu ritmo.

— Não posso prometer nada — disse ela entre uma cascata de tule.

— Mas pelo menos temos muitas opções de escolha aqui. Sabe, eu sinto *muita falta* de casamentos. Talvez eu deva me casar de novo. — Ela se virou para a minha mãe. — O que me diz, Odile? Seria mais difícil para os meus parentes desgraçados contestarem sua presença no meu testamento.

— Por favor, me digam que vocês estão brincando. — Olhei para as duas. — Mãe, você não pode simplesmente se casar com sua melhor amiga só pela piada.

Ela me lançou um olhar de desaprovação.

— Não me diga o que eu posso ou não fazer, Luc. — Então, para o meu grande alívio, ela se virou para Judy. — Mas acho que ele tem razão. Além do mais, ser casada com você seria horrível.

Judy deu uma bufada de não-vou-aceitar-uma-ofensa-dessas.

— Oi? Se casar comigo é uma experiência maravilhosa. É por isso que tantas pessoas quiseram.

— Estou do lado da minha mãe nessa — eu disse. — Casamentos são como idas ao tribunal: você ter tido muitos deles não significa que você fez tudo direito.

Aquilo não pareceu ajudar.

— Quem perde é você, Odile.

— Pode ser. Mas eu não iria querer arruinar nossa amizade. E, de qualquer forma, acho que não gostei muito de ser casada da última vez.

Eu até entendia, mas não gostava muito do que aquela afirmação implicava.

— Você não acha que o papai foi meio que um ponto fora da curva? Tipo, ele é basicamente a pior pessoa com a qual você poderia ter se casado.

Minha mãe deu um tapinha para me acalmar.

— Tem razão, *mon caneton*. E aposto que se você e Oliver quiserem se casar, vocês serão muito mais felizes do que eu fui com seu pai. Mas, para mim, acho que já se foi o tempo.

Não havia melancolia no jeito como ela dizia aquilo, mesmo que, de certa forma, aquele fosse um sentimento melancólico. E minha mãe sempre fora muito clara sobre o orgulho que sentia da vida que vivia e das escolhas que fizera. O que era bom, porque eu também sentia orgulho. E eu não me importaria *de verdade* se ela quisesse se casar com a Judy. Mesmo sabendo que aquilo me colocaria na fila de sucessão para me tornar o Barão Pfaffle, e eu teria que admitir que o Oliver estava certo e eu era bem mais burguês do que imaginava.

Chegamos no quarto de visitas e espalhamos todas das opções em cima das peças de roupa que Bridge já havia decidido que *não* iria usar para se casar.

— Bom — disse Judy —, aqui estão os vestidos. Tecnicamente, nem todos são meus. Esse aqui é da minha irmã. — Ela apontou para um vestido longo e esvoaçante com estilo dos anos 1980. — Aquele era da minha tia, e *aquele ali*, se não em engano, acabou ficando comigo depois de uma noite de muita bebedeira em Mônaco. Nem pergunte.

Bridge se aproximou hesitante para dar uma olhada.

— Ah — disse ela com a voz trêmula que deve ter causado arrepios até nas mimosas —, eles são... adoráveis!

— Não precisa ser educada — insistiu Judy, para quem *Não precisa ser educada* era quase um lema da família. — Sabemos muito bem que metade dos vestidos é medonha e a outra metade é pior, mas eles são *usáveis*. E com certeza é melhor vestir um deles do que não vestir nada. E eu falo isso por experiência própria.

As madrinhas lançaram um olhar de interrogatório coletivo.

— Eram os anos sessenta, ele era americano, muita lama e flores — explicou ela. — Tudo muito harmonioso, claro, mas teve gente que levou muita *picada*.

Bridge estava segurando os vestidos na frente do corpo e se olhando no espelho.

— Esse aqui eu achei curto demais.

— Anos sessenta também — comentou Judy. — Uma época fabulosa.

— E esse aqui — ela pegou outro vestido — talvez tenha babados demais.

— Minha irmã. Uma mulher cheia dos babados.

— E esse aqui... — Bridge experimentou um vestido de manga longa, meio conto de fadas com uma cauda que se arrastava pela cama enquanto ela levava a peça para o outro lado do quarto. — Luc, me convença do contrário porque isso aqui é exatamente o vestido que eu queria quando eu tinha nove anos, e garotas de nove anos não têm bom gosto.

Judy estava com uma expressão distante.

— Agora, *esse aqui* é de quando eu me casei com meu marido de 1980. Rico como um rei, fabuloso na cama, e um merda em todo o resto.

— Bom — minha mãe deu de ombros —, um belo resumo dos anos oitenta.

— Sim, eu não sei se teria sobrevivido se não tivesse cocaína.

Olhei para o vestido. Com certeza era bem... de época. De um tempo em que se você quisesse mostrar aos amigos o quão melhor e mais feliz você era, o melhor jeito era torrar muito dinheiro com uma coisa vulgar e cara, em vez de só postar uma foto no Instagram na frente de alguma coisa que não é sua, como fazíamos nos nossos tempos mais iluminados.

— Acho que... é a melhor opção?

Bridge estava se encarando no espelho com uma expressão profunda de sentimentos misturados.

— Você vai me julgar se eu disser que amei?

— Hoje você pode tudo — disse Bernadette. — Essa é a alegria de ser noiva.

Jennifer soltou sua mimosa e chegou mais perto para ver melhor.

— Eu gosto de verdade. Tem uma vibe meio princesa Daiana.

— É um sinal dos tempos — explicou Judy. — Todos os vestidos de casamento tiveram uma vibe princesa Diana por uma década inteira.

— Mas o casamento dela não foi exatamente um modelo, né? — apontou Melanie.

— Não por culpa do vestido — protestou Bridge, do nada ficando superdefensiva em relação à honra de um vestido de tafetá com quarenta anos de idade.

Judy bateu uma palma.

— Bom, se você gostou, é seu. Talvez a gente precise fazer uns *pequenos* ajustes, mas foi por isso que Matron me ensinou a costurar anos atrás.

Então, Bridge se trocou. E apesar de não estar usando o que havia escolhido a princípio e de o vestido não servir perfeitamente, mesmo depois de Judy atacá-lo com alfinetes, eu tive que admitir que Bridge estava deslumbrante. Claro, era um pouco datado, mas a deixava com cara de princesa. E como ela sempre fora uma, lá no fundo, eu achei que ela merecia se parecer com uma também.

Quando o comitê da noiva já estava se espalhando pelo jardim murado onde a cerimônia iria acontecer, ainda não havia sinal algum do Oliver, ou seja, o vestido substituto seria *o* vestido, e eu teria que ser dama de honra sem meu namorado por perto. Eram quase duas da tarde, eu já estava destruído e toda a corrida tinha deixado sua marca. Uma marca suada, muito suada. Então, por um lado, a ausência do Oliver era até boa porque ele nem poderia me ver nem, o mais importante, me cheirar.

Eu estava apenas refletindo sobre o quão nojento eu estava quando a "Marcha nupcial" começou. Bridge soltou um gritinho de eu-passei-a- -vida-toda-esperando-por-isso e, apoiando o braço no do pai dela, flutuou com triunfo pelos arcos na direção do Tom. E, dando os devidos créditos a ele, Tom parecia muito menos chocado do que poderia estar ao ver sua futura esposa aparecendo num vestido que a fada madrinha da Cinderela teria recusado por ser um pouquinho exagerado demais.

A música foi aumentando e Bridge foi deslizando, e a cauda do vestido... não. Nós sabíamos que havia tecido demais, mas eu e as madrinhas conseguimos carregar em grupo sem nos darmos conta da magnificência tenebrosa da cauda. Agora, porém, ela se desdobrava como uma cobra num filme apelativo de baixo orçamento. E como não pensamos em estender tudo numa linha reta para fora da porta, a cauda fazia uma curva, se arras- tando com força pelo corredor e atacando agressivamente os convidados. Uma prima infeliz precisou puxar o filho para abrir caminho.

Ao menos, Bridge estava no altar e as madrinhas estavam a oito metros de distância, lidando com uma cascata de seda que já havia engo- lido três cadeiras.

— Caríssimos amados — começou Judy com sua voz sofisticada mais poderosa, que era poderosa pra caramba —, ah, que divertido, não é mesmo? Não digo isso há anos. Estamos aqui reunidos para celebrar a união desta mulher, Bridget Dawn Welles, com este rapaz, Thomas Sem Nome do Meio Ballantyne. E depois, assim que a festa acabar, eles irão assinar a papelada legal num cartório de verdade.

Eu mal conseguia ver porque estava longe demais, mas Bridge parecia feliz o suficiente, apesar do sermão nada ortodoxo. E Tom tinha o mesmo olhar de contentamento meio tonto que todo noivo demonstra desde o início dos tempos.

Judy também parecia estar se divertindo demais.

— Agora, eu deveria dizer algo sobre casamento, e como vocês deveriam levar isso muito a sério. Mas, sinceramente, sempre achei que a coisa funciona melhor quando há sorrisos e gargalhadas. Meu casamento mais bem-sucedido foi, de longe, o meu quinto marido. Nós brincávamos um com outro o tempo todo. Então, certa noite, estávamos juntos no iate e ele começou a rir tanto que caiu no mar e foi devorado por um tubarão. E, conforme eu disse para todos os homens que já foram para a cama comigo, não importa como você começa ou como termina, o importante é mostrar os dentes. Tudo isso para dizer que: espero que este casamento seja um começo maravilhoso para a vida conjunta de Bridget e Tom. — Ela pausou por meio segundo. — Agora. Os votos.

Eles haviam escrito os próprios votos, claro, e foram terrivelmente fofos e terrivelmente sinceros e — isso talvez faça de mim um ser humano horroroso — eu esqueci de tudo assim que eles pararam de falar. Mas, até aí, os votos não deveriam ser importantes para mim, e sim para Tom e Bridge. Oliver chegou na metade da cerimônia, ficou preso na entrada com o comitê da noiva por causa da megacauda e, sendo uma pessoa muito melhor do que eu, encarou toda a situação de maneira impecável e até pareceu achar os votos comoventes de verdade. Depois vieram as alianças, entregues com habilidade pelo padrinho-barra-irmão do Tom, Mike, que, diferente do resto dos convidados homens, escolheu *sim* um terno rosé-gold e acabou botando todo mundo no chinelo.

— E assim — concluiu Judy —, pelo poder investido em mim por absolutamente ninguém, eu vos declaro marido e mulher sem nenhuma ligação legal. Pode beijar a noiva se quiserem ser completamente nojentos feito os americanos.

Para a surpresa de ninguém eles, de fato, quiseram ser completamente nojentos feito os americanos. Olhei para o lado e avistei Oliver secando uma lágrima do olho, o que era injusto porque ele nem era tão próximo da Bridge quanto eu e nunca tinha ido para a cama com o Tom. Pelo menos eu achava que não. E, para meu choque e para minha felicidade, meu cérebro não entrou em pane se perguntando com quem Oliver *tinha* ido para a cama antes de começarmos a namorar e, em vez disso, concordou em continuar ficando feliz de verdade por Tom e Bridge de um jeito muito direto. Era quase nauseante ter um sentimento positivo que não possuía nenhum toque de insegurança ou neurose, mas acho que toda a coisa de Tom-sumindo, igreja-queimando, vestido-perdido já havia desgastado boa parte da minha psique, deixando apenas a parte que gostava da Bridge e do Tom e ficava alegre ao vê-los se casando.

O casal feliz se virou para os convidados e estava prestes a fazer sua alegre procissão pelo jardim murado quando se deparou com o problema da cauda. Ela ocupava todo o corredor, já havia tentado se enrolar na perna de Bridge quando ela se virou e, naquele momento, se arrastava pela multidão de um jeito bem sinistro.

— Todos para trás, por favor — tentei. — Acho que vamos ter que... levantar e girar. Família da Bridge, por favor, todos abaixem a cabeça.

Não era a saída mais digna da história dos matrimônios, principalmente porque um grupo pequeno de pajens e daminhas de honra insistiu em nos cobrir com confete enquanto tentávamos fazer o equivalente casamentístico de manobrar um caminhão de dezoito rodas numa rua residencial.

Tudo o que aconteceu em seguida foi um borrão. Lembro da mão do Oliver nas minhas costas me guiando de um aperto de mãos para outro, de uma foto para outra, onde tenho certeza de que meu medo de parecer o primo maconheiro da Bridge se realizou com sucesso. Depois, ele me guiou até o galpão do século dezesseis surpreendentemente chique da Judy para o café da manhã do casamento. E lá, Oliver ficou sentado ao meu lado e tomou o controle de seis conversas idênticas com convidados tagarelas que eu mal conhecia.

Até consegui aproveitar um pouco a comida antes de me lembrar que em breve teria que fazer um discurso. E, na verdade, eu até era bom em discursos. Era parte frequente do meu trabalho. Só que aquele era diferente porque era sobre a Bridge, sobre o dia especial dela, e ela se lembraria das minhas palavras pelo resto da vida. Então eu dera duro, muito duro, até demais, porque ainda tinha parte de mim que estava acostumada com a desculpa do beleza-tirei-nota-baixa-porque-não-estudei.

E, por fim, eu tinha chegado a um discurso do qual eu de fato gostava. Escrevi bonitinho num papel e tudo, porque achei que olhar a tela do celular no casamento da minha melhor amiga pegaria meio mal, e o papel estava dobrado em segurança no bolso do peito.

No bolso da camisa que eu passei as últimas sete horas enchendo de suor. Um fato que eu só notei quando Tom chegou ao final do discurso dele e disse:

— Agora, a dama de honra.

Me levantei. O papel estava... direitinho, digamos. Um pouco amassado. Porém, me arrependi de ter escrito com a caneta tinteiro chique do Oliver. Na hora me pareceu coisa de adulto, mas uma caneta normal teria lidado com a atmosfera — bom, a atmosfera úmida do meu corpo estressado — de um jeito muito melhor. O discurso virou um rio de suor azul e eu só conseguia entender fragmentos das coisas de que me lembrava, sobretudo dos momentos comoventes-barra-hilários da minha longa amizade com a Bridget. Só que eles estavam reduzidos a "—sde que nos conhecemos na fac—dade" e "—obriu no mo—an—o s—vete".

Merda.

Respirando fundo, cogitei seguir com a estratégia de ficar respirando até terminar de compor um discurso novo e ainda mais brilhante do zero, mas meus pulmões desistiram rápido demais.

— O que... eu poderia dizer sobre a Bridget? — perguntei para o salão cheio de convidados vidrados em mim e, depois, pausei por tempo demais na esperança de que alguém me respondesse. — Bom... eu que o diga — continuei. Por algum motivo, ninguém estava se levantando para me ajudar.

Senti um tapinha delicado no meu braço, abaixei a cabeça e encontrei Oliver me encarando com uma expressão que, para a minha surpresa, estava bem mais perto de dizer *Você consegue* do que *Por que você está me envergonhando em público?*

— Acho que... posso dizer... que ela é minha melhor amiga. — *Começou bem, Luc. Agora é só continuar contando alguns fatos e logo logo você termina.* — E, na verdade, isso é... Tudo? Ela é... a melhor. Está sempre ao meu lado, mesmo quando eu não estou ao lado dela. É boa para lidar com crises, mesmo achando que não é. Ela é gentil, generosa e enxerga o lado bom das pessoas, e eu queria ser mais parecido com ela. — Porra, eu estava começando a chorar? *Manda uma piada agora!* — Eu ia contar uma história bem vergonhosa — tentei. — Mas me dei conta de que eu poderia parecer amargurado por causa daquela vez em que ela roubou meu namorado. O que seria bem mesquinho, já que ela está se casando com ele. — Me virei para o noivo. — Tom... pois é, mandou bem, amigo. Você tem bom gosto.

Pronto. Concluí. Me sentei. E estava me parabenizando pelo bom trabalho, ou pelo menos por um trabalho não tão horrível, quando me lembrei de que ainda faltava uma coisa. Então, como um boneco de mola, me levantei de novo.

— Hum — eu disse —, acho que eu também deveria agradecer um monte de gente mas, como vocês devem ter notado, perdi minhas anotações, então acabei esquecendo a quem eu deveria agradecer e por quê. — Por um segundo imaginei-barra-sonhei que aquilo fosse um sonho ansioso de casamento. Mas, não, eu certamente estava ali, certamente acordado, certamente acabando com meu discurso de dama de honra. — Seja lá quem você for — continuei com um otimismo insano —, muito obrigado. Você é uma pessoa ótima. — Quase me sentei de novo antes de perceber que precisava fazer um brinde também. — Ao Tom e à Bridge. Que também são ótimos!

Houve um daqueles silêncios que nunca se quer ouvir durante um discurso.

— Ao Tom e à Bridget — disse Oliver com firmeza. — Que também são ótimos!

— Ao Tom e à Bridget, que também são ótimos — os convidados ecoaram em obediência.

Me sentei o mais rápido que já havia me sentado em toda a minha vida.

— Muito bem. — Oliver se inclinou para beijar minha bochecha.

Graças a Deus havia acabado. Agora eu poderia só ficar sentado e aplaudir educadamente enquanto a próxima pessoa... *Merda*. Me levantei de novo.

— Merda. Com vocês, hum, o padrinho do noivo.

Depois de ser apresentado, Mike se levantou, conforme eu notei, com cartões nada suados nas mãos. Embora eu soubesse que o discurso dele seria excelente, não consegui me manter consciente para escutar. Em vez disso, apoiei a cabeça na mesa, por pouco não acertando o resto do meu suflê. E depois senti Oliver alisando minhas costas para me tranquilizar.

— Eu arruinei tudo — sussurrei. — Queria que a Bridge soubesse o quanto ela é importante pra mim, e ferrei com tudo.

Oliver puxou meu rosto com carinho.

— Lucien, você passou os últimos três meses ajudando a Bridget com tudo. Você organizou a despedida de solteira sem gênero definido com camisetas levemente ofensivas. Você a ajudou a encontrar o noivo quando ele desapareceu. Você encontrou um novo lugar pra cerimônia e, não só isso, um novo vestido de noiva. E embora seu discurso tenha sido — ele fez uma pausa delicada — despreparado, ele foi claramente muito emocionante.

— Sim, mas...

Colocando a mão no meu queixo, ele virou minha cabeça na direção da Bridge, que estava nos olhando da outra mesa, de olhos marejados e fazendo um coraçãozinho para mim.

— Te amo — fiz com a boca.

— Também te amo — ela fez de volta.

E eu super não chorei.

Depois disso, as coisas voltaram a ser um borrão — não que tenham parado em algum momento. Assim que terminamos com os discursos e o café, a dança começou e, em algum momento, Bridge desapareceu e voltou usando o vestido que deveria ter passado o dia inteiro usando. Era simples, quase minimalista, o que não parecia em nada com a Bridge até você perceber que era a cara dela: cetim branco e liso com uma gola redonda e uma saia cheia. E ela ficou deslumbrante — quer dizer, ainda mais deslumbrante — e eu fiz questão de dizer isso a ela. Pelo menos eu acho que disse, mas a música estava alta naquele momento, ela e Tom fizeram a primeira dança, depois uma terceira dança e uma nona dança e por aí vai, o que não era o tipo de coisa que eu gostaria de interromper.

Em algum momento perto do pôr do sol, enquanto o menu da noite estava começando a ser servido, dei uma breve recuperada no meu pique. Peguei Oliver pela mão e o arrastei até a pista de dança, onde meus amigos já estavam amontoados. E, de repente, era como ver uma década inteira sendo exibida bem na minha frente. Lá estavam os James Royce-Royce, inseparáveis como sempre, só que desta vez James Royce-Royce estava com Baby J amarrado na cintura. E lá estava a Priya, marchando feito uma gótica ao som de uma música que não tinha sido feita para se marchar feito uma gótica, a não ser que você seja a garota que não namora sério mas de repente começou a namorar com duas mulheres. E lá estava a Bridge, só que do outro lado do salão, nos braços do homem com o qual ela passaria o resto da vida. O que me pareceu ruim por um momento, depois bom, e depois algo que não era nenhuma das duas coisas. Uma dorzinha suave cheia de nostalgia por um tempo para o qual você não quer particularmente voltar, mas por causa do qual se sente meio ressentido por não poder voltar.

Então, reparei que Oliver estava sendo um pouco resistente.

— Lucien, você sabe que sou um péssimo dançarino.

— Você é bom em tudo — gritei por cima da música. — Essa é uma das coisas sobre você de que mais gosto e que mais me intimidam.

— Existem inúmeras coisas que eu não sei fazer direito, Lucien, e dançar é uma delas.

Continuei arrastando meu namorado.

— Você dançando não pode ser tão ruim quanto eu cozinhando.

Esperei por uma resposta mas não veio nada.

— E aí?

— Não consigo pensar numa resposta. Você cozinhando é bem ruim mesmo.

— Então dança comigo.

— Lucien...

— Sério. — Parei de arrastá-lo e me aproximei. — Dança comigo.

Ele soltou um suspiro arrastado de sofrimento.

— Se for te fazer feliz, sim, mas fique avisado de que eu *não* estou exagerando. Se estivéssemos no *Dança dos Famosos*, me colocariam com Anton Du Beke.

— Você sabe que eu adoraria ver isso, né? — respondi.

Entramos na pista de dança assim que a playlist mudou de "Thinking Out Loud" para "I Wanna Dance With Somebody (Who Loves Me)" e quem diria! Eu queria mesmo dançar com alguém que me amasse. E foi isso que eu fiz. O que foi legal pra caramba.

Porém, conforme descobri, Oliver dançando era, de fato, tão ruim quanto eu cozinhando. Altas cotoveladas, balançando o corpo de um lado para o outro como um paizão na discoteca, o que, parando pra pensar, era a faixa etária em que nós estávamos entrando cada vez mais rápido. Um pensamento que caía como um balde de água fria.

O balde de água fria dos meus pensamentos deve ter transparecido no meu rosto porque Oliver parou na mesma hora e ficou imóvel no meio do emaranhado de corpos.

— Eu te avisei que eu era péssimo nisso. Se está com vergonha, a culpa é toda sua.

— Eu jamais sentiria vergonha de você.

Passei os braços ao redor do pescoço dele e o beijei. E por um breve momento aquele não era mais o dia da Bridge — era meu, dele e nosso.

Então, a falta de sono, a correria e o cansaço bateram todos de uma vez, e eu me apoiei no corpo dele. Oliver, sendo o Oliver, me guiou até uma mesa vazia na lateral do salão sem precisar perguntar o que havia acontecido ou do que eu precisava.

Eu estava certo de que só tinha apoiado a cabeça no ombro do Oliver por um momento ou dois, mas quando abri os olhos de novo, já estava escuro e Tom e Bridge estavam fazendo as despedidas finais. Ou seja, ir embora já não seria mais uma fuga da minha obrigação.

Então, Oliver me guiou pela última vez, me levando até todas as pessoas que eu precisava abraçar e para quem devia acenar e dizer boa-noite antes que ele pudesse finalmente, misericordiosamente, me colocar dentro do carro e me levar para casa.

Quando chegamos, ele me ofereceu suporte enquanto eu me arrastava escada acima e me ajudou a tirar a roupa antes que eu caísse na cama.

Depois, ele deitou com os braços ao redor de mim enquanto eu murmurava qualquer coisa que me viesse a cabeça.

— Talvez a gente não devesse se casar — sugeri para o nada, para a noite. — Dá taaaanto trabalho, e taaaanto sono.

Oliver beijou minha nuca.

— O que você quiser. Mas agora, descansa. Você merece.

Eu não sabia se merecia mesmo. Mas estava exausto demais para protestar. Fechei os olhos e deixei a escuridão de algodão me engolir.

PARTE DOIS

SR. MILES EDWARD GREENE & SR. JOHN JOSEPH RYAN

Archways, Shoreditch
26 de junho

12

— Você conhece a história do não-nem-eu? — perguntei ao Alex Twaddle.

Alex piscou.

— Não.

— Nem eu.

— Ah. — Alex piscou de novo. — Que decepção. Achei que era uma piada. — Ele abriu o Bing no computador. — Vamos jogar no Google?

Puta merda.

— Não, Alex. Foi uma piada. Você diz "não", eu digo " nem eu". Não-nem-eu.

— Não tem um pássaro com esse nome? É parente do bem-te-vi, se não me engano.

— Alex, a piada é...

— Vejamos — gritou Alex com uma empolgação fatal. — Rhys? Você conhece a história daquele pássaro não-nem-eu?

Rhys desfilou para dentro do escritório como um influencer, com o celular no ângulo ideal para fazer *lives*.

— Não sei se esse pássaro de fato existe.

— Não existe! — berrei. — É uma piada. Não. Nem eu.

Ele considerou por um momento. E dentre todas as possibilidades disponíveis, ele se agarrou à mais errada.

— Então você quer saber de outro pássaro, Luc? Está pensando em adotar um bichinho?

— Não, Rhys, não vou adotar um pássaro. Onde eu enfiaria um pássaro?

— Que tragédia. — Alex parecia estar prestes a chorar. — Pobre passarinho. Enjaulado no seu apartamento minúsculo. Se não conseguir mantê-lo na sua casa, Luc, tenho espaço na minha casa de campo, mas o outro pássaro que mora lá não vai gostar muito da ideia.

Quando eu achei que a situação não poderia sair mais ainda do controle, Rhys Jones Bowen começou a falar com seu público cada vez mais numeroso.

— Alô, rhystocratas. Novo desafio chegando na área. Meu amigo Luc irá adotar um pássaro que vai morar na casa de campo do Alex. E precisamos de um nome para ele. Ou seria ela? — ele olhou para mim. — Ou algum tipo de pássaro não binário?

Balancei os braços como se eu fosse o Oliver dançando.

— Não é um pássaro não binário. Ele nem existe, na real.

— Até o momento — Rhys disse para mim —, os nomes que estão vencendo são Piu-Piu, Bicudo, Penoso e Steve.

— Acho que vou de Steve — sugeri, torcendo em vão para que uma rendição repentina desse fim ao meu sofrimento.

Rhys continuava conferindo a tela do celular.

— Alguém sugeriu "Passarinho", mas acho o nome bem ruim, sem nenhuma individualidade. É como um ser humano chamado Ser Humano.

Eu estava prestes a voltar correndo para a minha sala quando a dra. Fairclough veio do andar de cima.

— Ouvi uma comoção — disse ela. — Aconteceu alguma perturbação?

— Acho que esse lugar *é* uma perturbação — respondi.

— Ah, professora. — Alex se levantou todo empolgado. — Como devemos chamar o primo de bem-te-vi que o Luc vai adotar?

— *Pitangus sulphuratus.* — Ela deu de ombros. — Nenhum animal precisa de um nome diferente do seu nome científico.

Ai, meu Deus. Por que eu continuava fazendo aquilo comigo mesmo?

— Não. Existe. Passarinho. Nenhum.

Todos me encararam num estado de pura confusão.

— Se é assim — disse Alex, parecendo genuinamente magoado —, não sei por que você me perguntou sobre a história dele.

— Quer saber? — Joguei as mãos para o alto. — Nem eu.

Antes que a situação pudesse piorar, fugi para a minha sala. "Fugi" daquele jeito, né? Porque, assim que me sentei, vi um e-mail não lido da Barbara Clench.

Querido Luc,

Infelizmente, sua solicitação viola a nova política da CACA em relação às copiadoras. Para evitarmos que o incidente do mês passado envolvendo o Alex, a bandeja de papel e o motor se repita, ficou acordado pela direção que nenhuma mudança pode ser feita nas copiadoras sob nenhuma circunstância sem a aprovação de um técnico qualificado. Não vejo razão para abrir uma exceção para você.

Atenciosamente,
Barbara

Já fazia um tempo que eu estava nesse troca-troca de mensagem com a Barbara e, em defesa dela, era *mesmo* uma boa ideia a regra de não deixar ninguém mexer nas máquinas quando Alex estivesse por perto. Embora uma regra do tipo "Alex não pode encostar nas máquinas" resolveria o problema de vez. Mas aquilo estava começando a atrapalhar meu trabalho.

Querida Barbara,

Apesar de compreender o valor desta nova política em termos gerais, a copiadora está sem papel. Se precisarmos ligar para um técnico toda vez que o papel da copiadora acabar, isso pode acabar sendo desnecessariamente custoso.

Atenciosamente,
Luc

Eu não esperava que aquele fosse o fim da conversa, e não foi.

Querido Luc,

As políticas atuais foram estabelecidas pela direção, e eu não tenho autoridade para alterá-las. As regras são claras: não se deve mexer nas copiadoras de forma alguma.

Atenciosamente,
Barbara

Querida Barbara,

Se é assim, você poderia por gentileza chamar o técnico? A copiadora está sem papel.

Atenciosamente,
Luc

Querido Luc,

Conversei com nosso fornecedor gráfico, e me disseram que os técnicos só podem ser enviados em caso de defeitos genuínos.

Atenciosamente,
Barbara

Querida Barbara,

Maravilha. Sendo assim, tenho permissão para repor o papel?

Atenciosamente,
Luc

Querido Luc,

Não. A política continua clara, e eu não tenho autoridade para alterá-la.

Atenciosamente,
Barbara

Querida Barbara,

Consegue ver como isso é um problema?

Atenciosamente,
Luc

Querido Luc,

Se você não concorda com as regras, pode falar a respeito na próxima reunião com a direção em setembro.

Atenciosamente,
Barbara

Querida Barbara,

E não poderemos usar as copiadoras até setembro, então?

Atenciosamente,
Luc

Querido Luc,

Um escritório no Reino Unido imprime, em média, 10000 folhas de papel por ano, sendo 6800 apenas desperdício. Isso equivale a 4,8 árvores por pessoa. Enquanto uma empresa de caridade ecológica, CACA deveria se esforçar ao máximo para reduzir o número de impressão e cópias, e não incentivar isso.

Atenciosamente,
Barbara

Querida Barbara,

Concordo que devemos reduzir o desperdício, mas não consigo deixar de imaginar que podemos chegar a uma solução mais elegante do que transformarmos nossa copiadora na peça de arte moderna mais sem graça do mundo.

Atenciosamente,
Luc

Querido Luc,

A política atual foi estabelecida pela direção, e eu não tenho autoridade para alterá-la.

Atenciosamente,
Barbara

Eu já estava prestes a aceitar que trabalharia num escritório sem papel pelos próximos três meses, e sem nenhuma das tecnologias que faziam escritórios sem papel funcionarem de verdade, quando a porta se abriu e Alex Twaddle colocou a cabeça para dentro.

— Se isso for sobre aquele passarinho... — comecei.

— Não, não. Já entendi que o não-nem-eu foi apenas uma pegadinha de mau gosto.

Soltei um grunhido frustrado do fundo da garganta.

— Não foi uma pegadinha. Só uma piada.

— Luc. — Alex cruzou os braços. — Não acho a menor graça de quem tira sarro de um pássaro inocente.

— Não. Existe. Pássaro. Nenhum.

— É exatamente esta a questão. E se você continuar sendo tão insensível, não vou te convidar para o meu casamento.

O eu do passado teria pensado que se eu precisasse de encorajamento para ser insensível, aquela era a oportunidade perfeita. E sinceramente, o eu do presente pensava a mesma coisa.

— Você vai se casar? — perguntei.

Os olhos sonolentos de Alex me olharam em choque.

— Como você sabe?

Ai, puta merda.

— Você acabou de ameaçar não me convidar para o seu casamento, e isso seria algo estranho de se fazer caso você não fosse se casar. Além do mais, você já está noivo há uns dois anos.

— Pois é. Boa dedução. A esperteza do seu namorado deve estar passando pra você.

— Com certeza.

— Enfim, eu e a Miffy achamos melhor, sabe como é, fazermos a coisa certa. Noivado é legal e tudo mais, mas no fim das contas a gente precisa se casar. Além do mais, não posso deixar a garota esperando pra sempre. E nós dois estamos ficando velhos.

Merda. Eu havia chegado ao ponto da minha vida onde pessoas mais novas que eu estavam preocupadas por serem velhas demais para certas coisas.

— Quer dizer — eu disse —, vocês têm tempo de sobra, não têm? Sério mesmo?

O que eu estava fazendo? Por que eu estava tentando convencer o Alex a não se casar com sua noiva linda e herdeira com quem — embora, conhecendo Alex, não necessariamente — ele já estava junto havia anos.

Ele deu de ombros.

— É, talvez. Mas nunca se sabe o que pode acontecer. Você pode ser pisoteado por um cavalo amanhã.

— Em Londres?

— Não, mas ao voltar pra casa. Aconteceu com meu tio Freddie. Três dias antes de se casar, ele não estava prestando atenção. Foi parar no meio de uma partida de polo. Ficou esticadinho no chão. Ou meu tio Simon. Dois dias depois de se casar. Festa de tiro comemorativa. A esposa o confundiu com um faisão.

— Confundiu mesmo? — Eu o encarei com cuidado. — Porque isso me parece assassinato mesmo.

— Ah, não — exclamou Alex. — Ela ficou profundamente triste, pobrezinha. Tão triste que meu tio Timothy precisou ir morar com ela pra reconfortá-la. E depois de um ano, como ela ainda não estava se sentindo melhor, eles se mudaram pra Tóquio.

— Ela era fã da cultura japonesa?

Alex franziu o rosto.

— Curiosamente, acho que foram atrás de algo que eles *não* tinham.

— Um tratado de extradição? — sugeri.

— Isso mesmo. Enfim, uma moça destemida. Espero que volte pra poder ver eu e Miffy juntando as escovas de dente.

— Eu não apostaria nisso.

— O caminho é longo mesmo. — Ele fez uma pausa. — Mas você vai, né?

— Tecnicamente, ainda não fui convidado.

— O convite de verdade chegará em um dia ou dois. Desculpa te chamar tão em cima da hora. Detalhe: um número surpreendente de pessoas não possui aulas de etiqueta. — Ele me lançou um olhar de repreensão. — Você deveria correr atrás disso, meu rapaz.

— Pode deixar, vou estudar sim — eu disse. — Logo depois de conseguir meu lugar entre os lordes.

— Eu nem me daria ao trabalho. Hoje em dia é tudo política.

Decidi parar de dar corda.

— Obrigado pela dica.

Alex sorriu.

— Sempre ao seu dispor. Bom, nem sempre. Não quando eu estiver dormindo, por exemplo. Ou quando estiver no banho. Um camarada nunca deve falar de política com outro camarada no banho.

— Sobre o que — por que eu estava perguntando aquilo? O que havia de errado comigo? — um camarada deve falar com outro camarada no banho?

— Rugby.

— Anotado.

Alex me ofereceu um daqueles olhares vagos e amigáveis.

— De qualquer forma, deixa a data reservada, certo? Quer dizer, quando eu te passar a data. Eu até te diria agora, mas não lembro de cabeça.

— Pode deixar — respondi. — Obrigado.

E então, Alex foi embora, me deixando nebulosamente inquieto. É óbvio que eu estava feliz por ele — o máximo de felicidade que eu poderia sentir por um homem que, pensando bem, era a personificação de tudo o que havia de errado com o sistema de classes britânico —, mas eu também estava... sei lá.

Era demais... né?

Como se eu estivesse na estação e todo mundo estivesse pegando trens, ou como se eu estivesse num restaurante, e todos já estivessem no prato principal, enquanto eu só ficava olhando os horários de partida... ou o cardápio... ou...

Merda.

Aquilo não fazia sentido. Nunca em minha vida eu estive tão feliz. Então, por que eu me sentia como se estivesse fracassando?

— Ainda dá tempo de mudar de ideia — disse Oliver enquanto saíamos do trem em Shoreditch, sem mudar de ideia.

A ideia, no caso, era comparecer ao casamento do homem que destruiu a minha vida. Bom, destruiu um pedacinho da minha vida. Um pedaço que, naquele momento, nem parecia ter tanta importância.

Segurei a mão dele com convicção e sem nadinha de desespero.

— Nós temos que ir. Quer dizer, eu tenho. Quer dizer, só pra fechar um ciclo e tal. Olha, eu acho que preciso disso, tá bom?

E Oliver, sendo Oliver, apenas disse:

— É claro.

O problema é que eu não sabia exatamente o *porquê* daquela necessidade. Eu tinha definido aquilo como "fechar um ciclo" porque me parecia um termo saudável e vago ao descrever para outras pessoas. E talvez fosse *mesmo* o fechamento de um ciclo. Talvez, no fim da noite, aquela caixa dentro da minha cabeça com o nome do Miles finalmente seria fechada, e eu nunca mais precisaria pensar nele — ou no que nós tínhamos sido um para o outro, ou no que ele tinha feito comigo.

Além do mais, se não fosse para fechar um ciclo... O que mais seria? O que eu estava tentando provar? Ou, se eu não estivesse tentando provar nada, o que eu estava procurando? Ou, se eu não estivesse procurando nada, que merda eu estava indo fazer naquele casamento?

Merda.

No fim das contas, Miles, como era de esperar, decidiu se casar num túnel ferroviário abandonado coberto de grafites artesanais. Poderia até ser um lugar descolado e diferentão, se o túnel ferroviário abandonado coberto de grafites artesanais em questão não fosse uma locação licenciada com um bar próprio. Naquele momento, a parede de tijolos exposta estava coberta com luzes nas cores do arco-íris porque seria um *daqueles* casamentos gays.

— Ainda dá tempo de mudar de ideia — disse Oliver. E, daquela vez, eu estava certo de que não era para me proteger.

— Desculpa — sussurrei. — Pelo menos umas doze pessoas que eu conheço já me viram. E não aparecer no casamento do seu ex é de boa, mas aparecer e ir embora não é.

Felizmente, Miles e JoJo eram descolados demais para dar lugares marcados aos convidados — por mais que eu tenha me divertido com o recepcionista confuso no casamento dos James Royce-Royce perguntando se eu era convidado "do noivo ou do noivo" — ou seja, eu e Oliver nos escondemos bem no fundão, como quem não faz o dever de casa na escola. Não larguei a mão do Oliver, em parte porque era bom, em parte para me desculpar.

Ele se aproximou de leve.

— Aposto cinquenta pratas que eles chamaram uma drag queen pra fazer a cerimônia.

Beleza, aquilo seria bem mais divertido já que eu havia levado o Oliver fofoqueiro comigo sem querer.

— Nunca que eu aceitaria uma aposta dessas.

Então, parei e pensei. Eu havia evitado o máximo possível, mas não aguentei e tive que stalkear na internet o cara com quem meu ex estava se casando. E aquilo me levou para um buraco sem fim, porque ele era uma porra de um youtuber com milhões de inscritos. JoJo tinha vários canais dedicados a áreas diferentes da vida, incluindo um mais recente só para os preparativos do casamento, mas a parte principal da "influência" dele girava em torno de vídeos onde ele parecia fabuloso e afirmava que você poderia ser fabuloso também se seguisse as dicas dele e comprasse os produtos que os patrocinadores o pagavam para recomendar. A questão era: JoJo jamais deixaria alguém chamar mais a atenção do que ele em seu grande dia.

— Na verdade — eu disse —, aposta aceita.

E meus instintos se provaram corretos; só que, sendo justo, os do

Oliver também. Ou mais ou menos. Depois de uma salva de palmas repentina, o pastor entrou e tomou seu lugar num palco que fora meticulosamente decorado para parecer improvisado às pressas. Eu disse *pastor* mas, o que realmente queria dizer era "um drag king pequenininho vestido de couro da cabeça aos pés e com uma camiseta na qual, mesmo lá do fundo, eu conseguia ler a frase *O Gênero Acabou*".

— Porra — sussurrei para o Oliver. — É o Roger More.

— Ele está bem para um homem morto de noventa anos.

Eu o encarei.

— Não tô falando do quarto melhor James Bond da história. É outro Roger More, que era um dos nossos melhores amigos antigamente.

Oliver parecia prestes a fazer uma pergunta quando Roger começou sua introdução tipicamente bombástica.

— Queridos e amados — começou ele. — Caso não tenham notado, esta não será uma cerimônia tradicional. Não estamos numa igreja e eu, com certeza, não sou padre, mas, moças, se quiserem ir para o céu e ver estrelas e tal, podem me chamar depois da cerimônia. — Ele aproveitou a risada dos convidados por um tempo antes de continuar. — Estamos aqui reunidos para celebrarmos o amor de duas pessoas incríveis pra caralho...

Minha mente meio que desligou porque eu estava tendo sentimentos. Sentimentos complicados. Porque por mais que eu criticasse a locação pedante e as luzes de arco-íris e o pastor drag, aquilo fora o meu mundo por anos até que uma *pessoa incrível pra caralho* que estávamos celebrando ali arruinou tudo.

— E aqui estão eles — concluiu Roger, estalando os dedos numa pose teatral.

Todos os olhos se viraram para o fundo do salão, onde Miles e JoJo surgiram de lados opostos do arco do túnel, entrelaçaram os braços com a precisão de quem ensaiou pelo menos cento e doze vezes, e caminharam até o altar. Um sistema de som muito bem escondido começou a tocar "Slip Away" do Perfume Genius, enquanto dois operadores de câmera profissionais capturavam tudo para o que eu poderia apostar que era — e confirmei depois de uma rápida espiada no canal do JoJo na Twitch — uma transmissão ao vivo.

E eu precisava admitir que os dois, de jeitos ridículos de tão diferentes, estavam muito bonitos. Chegava a irritar. Miles vestia um terno bem tradicional, típico de um noivo perfeito, e até conseguiu deixar aquela barba hipster dele menos risível. JoJo estava completamente maquiado, com sombra de arco-íris até as têmporas, e um fraque de seda por cima de uma camisa jeans, e uma saia preta esvoaçante de organza.

Merda. O homem que destruiu minha vida estava parecendo a realeza britânica gay.

A cerimônia do casamento foi irreverente, animada e meio vulgar, mas muito comovente. Estava na cara como Miles e JoJo eram caidinhos um pelo outro, e os convidados — tirando eu e meu namorado cínico — estavam caidinhos por eles e pela felicidade que os aguardava no futuro.

— JoJo — disse Miles, com os olhos marejados de verdade enquanto começava a troca de votos cafona que te deixa com vontade de *amar, honrar e obedecer*. Quer dizer, claro que era datado e misógino, mas pelo menos era breve. Ele engoliu em seco e continuou — JoJo — ele tentou de novo —, quando nos conhecemos, eu estava num... momento muito difícil.

Ah, coitadinho. Me dá cinquenta mil e eu te compro uma caixa de lenços pra você chorar.

— Mas — continuou Miles com firmeza — você me ensinou a ser feliz de novo. Você entrou na minha vida como um raio de sol. Você fez com que eu me sentisse seguro, amado e compreendido, e eu sei que sou uma pessoa melhor quando estou ao seu lado.

Considerando o tipo de pessoa que ele foi comigo, o nível já estava bem baixo.

— Você me deu tanta coisa: seu espírito generoso, seu coração destemido. Você encheu meus dias com alegria e minhas noites com uma coleção absurda de lubrificantes chiques.

Pausa para risadas. Revirei os olhos.

Miles continuou olhando para o futuro marido com devoção intensa.

— Eu te amo, JoJo. E sempre vou te amar.

Dei uma espiada em Oliver. Ele estava com a maior cara de paisagem de todas. E, curiosamente, aquilo me deixou mais tranquilo.

— Miles — JoJo o encarou de volta —, você é minha fortaleza. É o melhor de todos. O homem mais gentil que eu já conheci. Depois, é claro, dos meus apoiadores no Patreon... Brincadeirinha.

Outra pausa para risadas. Embora eu gostasse de imaginar que aquilo não fosse uma piada. Miles merecia se casar com um homem que tem votos patrocinados.

— Eu estava perdido quando nos conhecemos — continuou JoJo. — Mas você me encontrou. Eu havia esquecido como acreditar em mim mesmo, mas você me lembrou de como acreditar em mim.

Oliver Fofoqueiro se aproximou de mim e sussurrou o mais baixo possível:

— Eu acabei de desenvolver afasia espontânea ou eles só estão dizendo palavras aleatórias?

— Você deveria fazer uma objeção — eu disse a ele.

— Você sabe que não é assim que funciona. — Ele pausou. — Principalmente porque isso aqui é um casamento.

— Eu estava solitário. — JoJo continuou mais uma vez. — E agora não estou mais. Porque eu tenho você, e sei que você sempre estará ao meu lado, e você me fez mais feliz do que qualquer outra pessoa já fez.

Jesus amado. Ele estava chorando e não de um jeito bonitinho para sair bem no vídeo. Ele estava falando sério e, como de costume, eu estava sendo um babaca.

Ele secou os olhos com os braços, borrando o arco-íris um pouco, mas permanecendo tão radiante que nem fazia diferença.

— Eu te amo, Miles. E sempre vou te amar.

Pausa para um "óóóóóóóó".

Por mais ou menos noventa segundos eu senti a bile subindo do meu estômago porque as pessoas estavam fazendo "óóóóóóóó" para o cuzão do meu ex e o namoradinho chave de cadeia dele. Perdão, maridinho chave de cadeia. Eu já havia me convencido de que o casamento provaria para mim que Miles não passava de um hipster cansado correndo atrás de um marido youtuber e que a cerimônia seria uma roda de punheta narcisista para acobertar o casamento de interesses. Só que, no fim das contas, a cerimônia foi uma roda de punheta narcisista muito... fofa e emocionante. E em vez de estarem condenados para sempre, ficou claro que Miles e JoJo sentiam alguma coisa um pelo outro.

E eu estava, mais uma vez, abandonado e sem nada.

Peraí. Não, nada disso. Eu não era essa pessoa fazia anos, apesar de ter achado que era por um bom tempo. A jornada havia sido difícil pra cacete, mas pouco a pouco eu estava compreendendo que valia muito mais do que as merdas que aconteciam comigo. E uma das melhores coisas que tinham acontecido comigo estava sentada bem ali, me ajudando a zombar dos votos de casamento do meu ex.

Que — ok, talvez eu fosse alguém que levasse tudo a sério demais, ou só fosse um lixo humano mesmo — não passavam de um monte textos cafonas, dessas bostas que se publicam no Instagram.

Apertei a mão do Oliver. Eu ia conseguir passar por aquilo. Super-conseguiria. Eu estava bem.

Hum. Benzinho.

Meio bem.

Certamente indo numa direção do bem.

Talvez.

14

Assim que a cerimônia terminou e o novo casal parou de se beijar — o que levou muito mais tempo do que deveria —, a festa pulou direto para a parte onde todo mundo liga o foda-se e começa a dançar. A comida era servida em um bufê nas laterais do salão, discursos eram feitos um atrás do outro no microfone no palco principal. De muitas formas, se o contexto fosse outro, teria sido uma noite ótima. Eu tinha amado o casamento da Bridge porque eu amava a Bridge, mas ficar sentado enquanto parentes mais velhos fazem piadas ruins diante de um prato que, por ser chique demais, você nunca pediu num restaurante, não era exatamente o jeito que a maioria das pessoas que eu conhecia escolheria para passar um sábado. Já uma festa gigantesca num túnel de trem com música ao vivo e discursos feitos em grande parte por artistas de cabaré, por outro lado, era sim.

Ou melhor, costumava ser. Agora eu passava meus sábados fazendo coisas de namorado, como ficar de boa na sala, frequentar galerias de artes e/ ou lojas de móveis, vez ou outra receber uma ligação dos James Royce-Royce porque o Baby J tinha feito alguma coisa tão fofa que eles precisavam contar para todo mundo imediatamente. E não é como se eu sentisse falta dos meus dias de festa — pelo menos não do jeito como eles sempre terminavam, comigo bebendo, dançando e trepando para esquecer os problemas. Mas por um tempo foi bom e, parando para pensar, esses tempos não me pareciam algo que eu tinha superado, e sim algo que havia sido tirado de mim.

Então, observei o salão com uma mistura esquisita de nostalgia e... Na verdade, talvez fosse só nostalgia mesmo, mas num sentido meio dolorido por algo que perdi. Depois, olhei para o Oliver. E a reação dele não

tinha *nem um pingo* de nostalgia. Era o oposto de nostalgia. Tipo um foda-
-se-essa-merdalgia ou qualquer coisa assim. Acho que eu teria me sentido mais confortável numa luta contra um touro.

— Você está odiando isso aqui? — perguntei.

Ele precisou aumentar a voz por causa da música alta.

— Em qual escala?

— Hum... Qualquer escala.

— Acredito que posso dizer honestamente — ele gritou com aquela
voz de boate tipo ninguém-vai-me-ouvir-porque-ninguém-está-ouvindo-
-nada — que não consigo imaginar um cenário em que eu conseguiria
aproveitar o casamento de duas pessoas que eu não conheço num túnel
abandonado cheio de música eletrônica repetitiva e luzes piscantes mais
do que já estou aproveitando.

Tentei levar de boa. Ou até mesmo me sentir lisonjeado — afinal, teria
sido meio estranho se meu namorado ficasse superfeliz no casamento do
cuzão do meu ex. Mas a verdade era que o cuzão do meu ex não era o
único problema. O problema era que Oliver estava... de boas com aquilo.

Beleza, isso era complicado. Porque o motivo que me fez arrumar
um namorado como o Oliver era me distanciar de certas partes da cultura queer que não pegavam bem para um certo tipo de pessoas héteros
e ricas. E apesar de ter descoberto que o Oliver era muito mais do que
alguém com um trabalho de respeito e um terno bonitão, eu ainda achava
esquisito como ele enxergava tão pouco valor no que, instintivamente,
eu sempre considerei *nossa* comunidade.

— Você não se sente, tipo, conectado com nada disso? — perguntei,
apesar de já saber a resposta.

Ele estremeceu.

— Até queria e sei que deveria. Mas não.

— Pode até ser legal, sabia? Quer dizer, não é demais estar num lugar
onde você sabe que ninguém vai te julgar por ser quem você é?

Houve um momento do que daria para se chamar de silêncio num
lugar cheio de barulho de casamento. Tive aquele sentimento pesado que
não sentia fazia um bom tempo, onde eu sabia que dissera algo errado
mas não sabia como.

— Lucien. — Oliver tinha uma expressão magoada e sincera, e eu queria ter ficado de boca fechada. — Eu amo que você se sente aceito por este mundo, e eu nunca tiraria isso de ninguém. Mas eu nunca senti que nada — ele fez um gesto qualquer — disso aqui é pra mim.

— Poderia ser pra você — aquilo provavelmente não estava certo —, ou melhor, é pra você. — Provavelmente, errei de novo.

Ele se aproximou do meu ouvido para que pudesse parar de gritar coisas complexas sobre como se relacionava com políticas identitárias por cima da música de casamento.

— Eu entendo que você está tentando fazer com que eu me sinta incluído, mas acho que está fazendo o contrário.

Porra. Como eu estava fazendo o contrário?

— Não foi minha intenção — eu sussurrei-berrei. — Eu só quis dizer que, você sabe, é seu direito ser parte disso aqui.

— Isso não é tão reconfortante quanto você acha que é.

Merda, aquilo estava virando mais uma das nossas discussões sobre *Drag Race*.

— Você não pode só se soltar? — tentei. Era a tentativa errada.

— Lucien. — Ele estava usando *bastante* o meu nome, o que nunca era um bom sinal. — Eu não quero menosprezar os valores de ninguém. Mas lugares como esse aqui são... Bom, estou certo de que isso não vale para pessoas que gostam de se expressar desse jeito, o que é muito empoderador, mas, pra mim... — ele passou a mão pelo cabelo, também um péssimo sinal — é como se o evento inteiro estivesse me dizendo que estou expressando minha identidade de maneira errada se não me cobrir de arco-íris em qualquer oportunidade. Ironicamente, acabo me sentindo julgado.

Não era nada que ele já não tivesse me dito antes. Só era mais esquisito ouvi-lo dizendo aquilo no casamento do meu ex-namorado, cercado pelos meus ex-amigos. Porque havia uma parte de mim que ainda pertencia àquele lugar e odiava que ele não pertencesse.

— Acho que isso é coisa da sua cabeça.

Ele piscou friamente.

— Estou ciente. Mas também estou ciente de que já te disse em mais de uma ocasião que não me sinto especialmente representado por esse tipo de coisa e você, todas as vezes, não acreditou em mim. Então, eu fico pensando que talvez isso não seja só coisa da *minha* cabeça.

Merda, a gente estava brigando? Aquilo era uma briga? Eu tentei exibir meu namorado advogado maravilhoso para o cuzão do meu ex e acabei tendo uma briga embaraçosa no meio do casamento gay e fabuloso do dito ex?

— Ai, meu Deus, Oliver! — eu o abracei para acalmar o clima —, não queria te deixar assim... Merda, sou um namorado lixo e você é incrível por ter vindo comigo, e não precisa gostar de nada de que não gosta, e nós podemos ir embora se você...

— Luc? Luc O'Donnell?

Me virei e encontrei um homem com um terno obsceno de tão caro e nenhum senso de timing caminhando pela beirada da pista de dança em nossa direção.

Levei um momento para reconhecê-lo.

— Jonathan?

Nós não nos abraçamos. Até mesmo na faculdade, Jonathan nunca fora do tipo que abraçava. Pra ser sincero, a gente nem se dava tão bem assim. Já que ele era motivado pelo desejo ardente de ter sucesso, e eu, pelo desejo ardente por sonecas. Ele era uma daquelas pessoas que envelheciam devagar, e mantinha quase a mesma aparência de quando tinha vinte anos. De alguma forma, ele tinha uma única mecha grisalha no cabelo, numa vibe meio lobisomem — não de um jeito sexy —, mas, tirando isso, continuava o mesmo cara magrelo e emburrado do qual eu me lembrava vagamente.

Ele me encarou por um bom tempo.

— Preciso dizer, você é a última pessoa que eu esperava encontrar aqui.

— Eu digo o mesmo. Você nem gosta do Miles.

— E desde quando *eu não gosto de você* é uma desculpa para faltar a um casamento? — A voz dele, que já era naturalmente meio debochada, ficou mais debochada ainda. — Quer dizer, você se sentiu na obrigação de vir e o Miles literalmente te vendeu para o *Daily Express*. Que desculpa eu teria de não vir?

A questão do Jonathan era que ele sempre ocupara uma posição estranha no nosso grupo de amigos. Certa vez alguém me disse que a piada do pavê é ruim porque foi feita para ser compartilhada em momentos familiares, e é mais fácil fazer todo mundo concordar que a piada é horrível do que todo mundo concordar que a piada é engraçada. Jonathan era a versão humana da piada do pavê. Todos nós o odiávamos, tínhamos certeza de que ele também nos odiava, mas de alguma forma ele nos mantinha unidos. Infelizmente, sem este contexto, ele não passava de um homem mais ou menos desagradável. Mas, até aí, eu também.

— Enfim — abri um sorriso amarelo —, este é Oliver Blackwood, meu namorado. Oliver, este é o Jonathan... — E... eu não lembrava o sobrenome dele. — Este é o Jonathan, que eu conheci na faculdade, mas a gente não se gostava muito.

— Bom saber que você continua sendo um metido, Luc — disse Jonathan.

Curiosamente muito mais à vontade agora que eu pedia para que tratasse com educação um babaca de terno, Oliver estendeu a mão.

— Prazer. Se te consola, o Luc também não gostava de mim.

— Agora eu gosto! — protestei.

Oliver riu.

— Acho bom mesmo. Já se passaram dois anos!

— Então... — Jonathan sempre teve as sobrancelhas de um desenho animado bravo, e agora elas estavam franzidas e unidas. — O que ele não gostava em você?

— Ele me achava sem graça.

— Mesma coisa comigo — disse Jonathan.

Oliver, eu não achava nada disso — menti. — Só te achava... sei lá, caxias e um pouco sério. — E bom demais para mim, mas nem fodendo eu admitiria aquilo na frente do Jonathan.

— Ser caxias e um pouco sério são qualidades muito subestimadas. — Nunca dava para saber se Jonathan estava brincando. Ele falava tudo com a mesma voz monótona num sotaque sei lá de onde.

Por algum motivo, Oliver concluiu que nós dois estávamos brincando e que ele iria se juntar à brincadeira.

— Talvez possamos trocar alguns detalhes. Marcar uma reunião para discutirmos nossos tons favoritos de bege e compararmos nossas planilhas financeiras.

Jonathan olhou para mim.

— Vê se não vai perder esse, Luc. Ele é ótimo. Enfim, o que você tem feito da vida?

— Trabalho numa instituição de caridade que protege insetos comedores de bosta. — Dois anos atrás, eu teria me encolhido. Mas agora eu gostava de imaginar que eu estava mandando bem. Tá, mandando *um pouco* bem. — E você?

— Eu tenho uma loja.

Abri a boca mas fechei logo depois.

— Você... tem uma loja.

— Sim, um espaço grande, as pessoas entram e compram coisas. Sei que seus pais são astros do pop, mas o conceito é bem simples de entender.

Nunca vou entender como eu passei dez anos sabendo que aquele cara existia e nunca dei um soco nele. Acho que o espaço de sete anos no meio ajudou.

— Eu sei o que é uma loja, cabeção. Só que eu te imaginava trabalhando na área financeira, ou algo do tipo. E não vendendo... comida?

— Eu não vendo comida. Vendo móveis para quartos e banheiros, porque as pessoas sempre precisam disso. Tenho três lojas, abrindo a quarta em breve. E, sim, eu provavelmente estaria ganhando mais no mercado financeiro, mas teria que trabalhar para algum babaca com um *hedge fund*.

— Até onde eu sei — eu disse —, você ainda trabalha para um babaca. — Parando pra pensar, nós não éramos tão íntimos para eu fazer aquele tipo de piada, mas eu estava um pouco nervoso por conta do Miles e de como eu e Oliver não conseguimos encerrar aquele papo de eu-não--gosto-de-arco-íris.

— Vai se foder, O'Donnell. — Ele se virou para o Oliver. — Prazer em te conhecer.

— O prazer é todo meu — Oliver respondeu, porque era uma pessoa melhor do que eu e não insultava os outros do nada em casamentos.

— Desculpa — eu disse, depois que Jonathan desapareceu no meio da multidão. — Eu até diria que não sei o que deu nele, mas Jonathan sempre foi assim.

Oliver olhou para mim como se me repreendesse de leve, coisa que eu teria achado sexy caso tivesse acontecido na cama.

— E você, como eu suspeito, também.

— Não, eu só *finjo* ser um cuzão. Ele é de verdade.

— Eu diria que o cuzão está nos olhos de quem vê, mas isso resultaria em algumas imagens perturbadoras.

Pisquei involuntariamente.

— Sim, eu com certeza não quero pensar em botar meus olhos no cuzão do Jonathan.

Me esforçando para ser um bom namorado, perguntei ao Oliver mais uma vez se ele queria ir embora, mas ele me disse que estava bem, e não tipo aquele meme do cachorro no meio do incêndio falando que está bem. Eu ainda não estava pronto para dar um fim àquela noite — ainda havia algo nebuloso que eu esperava entender e não conseguia muito bem descrever, mas estava cada vez mais certo de que, quando o momento chegasse, eu saberia o que era. Então nós ficamos lá e, por um tempo, andamos de um lado para o outro entre semiconhecidos., repetindo o ritual de como-você-está-o-que-tem-feito de novo e de novo. Durante as duas horas seguintes, conversei com pelo menos meia dúzia de indivíduos que eu não via fazia uma década, e descobri que quase todos eram ou banqueiros ou artistas performáticos, sem muito em comum. A maioria delas também era casada. E eu não sabia ao certo como me sentir em relação àquilo.

Estávamos em nossa segunda ou terceira volta na festa quando quase bati de frente com o Roger. Ou Heather, imaginei, já que ela não estava se apresentando. E como ela havia tirado o bigode, eu estava confiante de que havíamos voltado aos pronomes ela/ dela.

— Porra, Luc — disse ela. — Eu não esperava te ver aqui.

Eu estava ouvindo bastante aquilo, em tons que iam da surpresa agradável à surpresa desagradável. Heather, porém, parecia chocada de verdade. Nós tínhamos sido bem próximos no passado. Mas ela era uma das melhores amigas do Miles, e deixou bem claro que estava do lado dele naquela época. O que, por algum motivo, não me desceu muito bem.

Dei de ombros, meio desanimado.

— Pois é, mas... águas passadas, sei lá.

Ela cerrou os olhos. Eu havia esquecido de como ela era boa para captar conversa fiada.

— Eu não caio nessa nem por um segundo. O que o Miles fez contigo foi foda, e você tem todo o direito de não querer perdoá-lo.

— Você perdoou bem rapidinho — apontei. Ao meu lado, Oliver se encolheu silenciosamente para o cantinho do eu-não-sou-parte-dessa--conversa.

Ela enfiou as mãos com firmeza nos bolsos da jaqueta de couro, projetando um tipo de confiança desafiadora.

— Eu *fiquei do lado dele* porque era mais amiga dele do que sua, e todo mundo erra alguma vez na vida. Até mesmo erros enormes que machucam outras pessoas. Mas eu entenderia se você nunca mais quisesse olhar na cara dele. Ou na minha, inclusive.

Um dia, alguém iria ferrar com a minha vida e eu não cairia no papo de você-tem-todo-o-direito-de-ficar-puto para me culpar por eu estar puto.

— Aposto que isso teria sido bem mais fácil pra você.

— É por isso que você veio, então? — O olhar dela ainda era oitenta por cento suspeita e vinte por cento arrependimento. — Para dar uma de fantasma de Banquo?

E aquilo magoou um pouquinho. Porque eu ainda não estava pronto para admitir que tudo o que acontecera entre mim e o Miles havia afetado outras pessoas também. Pessoas que tinham sido importantes para mim e se importavam comigo.

— Sinceramente — eu disse —, não tenho muita noção das coisas, mas acho que foi só o começo de uma tentativa sincera de superar tudo.

Oliver mantinha o silêncio respeitoso, mas apoiou a mão com delicadeza no meu ombro.

— E você está conseguindo superar? — perguntou Heather.

Eu não tinha uma resposta.

— Posso te responder depois do casamento?

— Só pra esclarecer — ela me disse —, eu sinto muito que as coisas tenham terminado daquele jeito.

Suspirei.

— Não foi culpa sua.

— Não, mas ainda assim foi uma bagunça e eu poderia ter lidado melhor. Só que naquela época... sei lá. Parecia que o Miles estava aguentando várias merdas, e...

— Calma lá. Eu tive minha vida sexual exposta no Noticiário de Qualquer Bosta. Como que o *Miles* estava aguentando várias merdas?

Ela me lançou um olhar fulminante.

— Ah, nem vem. Você sabe como a Priya é. Sabe como a Bridget é. Sabe como o James Royce é. Eles podem ter bons motivos, mas foram cruéis pra caralho. Não só com o Miles, mas com todo mundo que não ficou diretamente do seu lado de maneira explícita como eles ficaram. Então, sim, eu defendi o Miles, disse um monte de coisas que não deveria, e — ela respirou fundo — sinto muito por isso.

Eu nunca havia olhado por aquele ângulo antes. Não é como se eu tivesse a obrigação, já que eu continuava sendo a vítima daquela situação. Mas apesar de Miles ter ficado com a custódia da maioria dos nossos colegas e conhecidos — os Jonathans do mundo —, eu *levei* boa parte dos nossos amigos próximos e verdadeiros comigo. Por mais sozinho que eu me sentisse, por menos que eu demonstrasse minha gratidão a eles por isso, eu sempre tive as pessoas importantes ao meu lado.

Merda, eu teria que analisar as *nuances* daquilo tudo? Analisar nuances era um saco.

— E-e-eu acho que entendi que foi complicado. E... e provavelmente muitos de nós poderíamos ter nos comportado melhor.

— Obrigada. — Do nada, ela me abraçou. — Isso deve ser superesquisito pra você.

— E como — eu disse, mas a abracei de volta na esperança de estar comunicando algo mais ou menos como *Isso é estranho e complexo mas, no geral, acho que é positivo, e fico feliz por termos tido a oportunidade de nos reconectar, mesmo sendo em circunstâncias pouco ideais, e queria que nosso passado envolvesse menos problemas, apesar de nem eu nem você sermos diretamente responsáveis pelo problema em questão.*

Quando nos despedimos, com aquela promessa costumeira de manter o contato de verdade, real oficial, sem brincadeira, Oliver passou o braço em volta de mim.

— Espero não ter sido tão inútil — ele sussurrou enquanto nos afastávamos. — Aquilo me pareceu bem intenso, e eu não quis me intrometer.

— Sim, foi mesmo. Intenso e... — acenei para lugar nenhum — meio blé.

— Ah, sim. — Oliver concordou. — O blé sempre te pega de jeito.

— Acho que... — aparentemente minha boca tinha mais palavras para dizer — eu ainda não tinha pensado sobre como essa coisa toda com o Miles foi *grande*. Quantas pessoas saíram afetadas além de, você sabe, além de mim. Eu estava ocupado demais enchendo a cara e me sentindo traído.

— Imagino que encher a cara e se sentir traído tenha sido um resumo dos seus vinte e poucos anos.

Lancei um olhar cético para ele.

— E você deve ter passado os seus estudando direito e, sei lá, desenvolvendo um profundo senso de altruísmo.

— Não fale besteira, Lucien. — Ele tremeu os lábios. — Eu *sempre* tive um profundo senso de altruísmo.

O mais irritante é que aquilo provavelmente era verdade.

— Sim, e eu aposto que se seu namorado tivesse vendido sua vida sexual para um jornal, você ficaria todo tipo "Tudo bem, você me magoou mas todo mundo erra".

— Não acho que algum jornal pagaria pela minha vida sexual.

— Ei! — Cutuquei ele no ombro. — Não se diminua assim. Você é um homão gostoso da lei e não deixe ninguém te dizer o contrário.

Ele pensou por um momento.

— É claro, e antes de 1967 eu era um hominho gostoso fora da lei.

— Muito fora da lei. Você teria menos vinte anos.

— Eu estava falando sobre minha orientação sexual, não sobre a minha idade.

Bom, eu fiquei envergonhado.

— Ah. Sim. Claro. — Pausando nossa ronda pelo casamento, levantei o queixo dele com a ponta do dedo e beijei seus lábios de leve. — Beleza. Você é um gay melhor do que eu.

— Não é uma competição, Lucien — disse ele delicadamente. — Mas, sim. Sim, eu sou.

Eu o beijei de novo.

— Acho que você é melhor do que eu em um monte de coisas.

— Você sabe que isso não é verdade.

— Cite... — Eu estava prestes a dizer três, mas me lembrei de como a Bridge me engambelou — cinco.

— Só cinco? — perguntou ele. — Muito bem. Você consegue comer sobremesa sem se sentir culpado à toa.

— Peraí. — Na minha cabeça, Oliver só estava de brincadeira. Mas na verdade ele estava levando aquilo a sério. E era a cara dele levar aquilo a sério. — Você não precisa...

— Você tem um bom relacionamento com a sua mãe. Você não cospe insultos nas pessoas de quem você gosta.

— Você me conhece? Esse aí não conta.

— Justo. Você não precisa de um namorado morando na sua casa para te lembrar como equilibrar a vida pessoal com a profissional.

— Acho que você vai descobrir que preciso sim. Só que de outro jeito.

— Você sempre foi bom no seu trabalho, Lucien. Às vezes finge que não, mas é sim.

Eu sorri.

— Estamos contando isso como uma ou duas?

— Como nenhuma. Eu só estava justificando o fato anterior.

— Sim, senhor.

— Xiu! — exclamou ele, todo sério e empolgado —, até agora já foram três. Você tem mais disposição para fazer coisas que te assustam. E, conforme já confirmamos, você sabe dançar.

— Beleza. — Cerrei os olhos. — Cite sete.

Ele nem titubeou.

— Você é um pouquinho mais alto e mais chato.

— Ah, vai se foder — murmurei. — Eu te amo demais. E obrigado por ter vindo hoje. Sei que isso é, tipo, o oposto do seu tipo de rolê.

— Tudo bem. — Ele me encarou daquele jeito sincero, com seus olhos prateados e oliverescos. — Eu até diria que faço qualquer coisa por você mas, como advogado, eu nunca usaria uma afirmação tão imprecisa. Porém, fico feliz de te acompanhar neste casamento extravagante de uma pessoa desagradável. Você conseguiu o que precisava?

Suspirei.

— Sinceramente, nem sei o que eu estava procurando. A não ser ver o Miles se cagando no caminho até o altar.

— Isso não seria meio perturbador pra todo mundo?

— Bom, sim, mas daqui a alguns anos eu poderia dizer "Tá, ele acabou comigo e transformou minha vida numa mentira mas, ainda assim, ele se cagou todo no próprio casamento".

— Acho que tem até um ditado que diz: *A melhor vingança é ser feliz, ou assistir alguém se borrar nas calças.*

— Quer dizer — admiti —, eu não preciso *ver de verdade* ele fazendo cocô.

Oliver espiou o casal feliz.

— Tem certeza? Posso dar um jeito.

— Como?

— Laxante no champanhe. Tem uma farmácia vinte e quatro horas aqui perto.

Eu tinha ouvido pessoas dizendo que o segredo de um bom relacionamento é continuar sabendo surpreender um ao outro. Mas acho que o segredo talvez seja a disposição inesperada de causar uma defecação pública.

— É... é melhor não. E, de qualquer forma, já superei o Miles. Não, tipo, romanticamente. Quer dizer, romanticamente eu já superei faz tempo. Mas também o-que-ele-fez-não-me-atinge-mais-mente. E não sou um terapeuta, mas acho que tentar fazer ele se cagar nas calças não é o melhor jeito de mostrar que segui em frente e sou um ser humano mais completo.

Oliver abriu um sorriso conspiratório.

— E se eu fizesse isso só para termos uma desculpa para irmos embora?

— Que tal só irmos embora? — sugeri. — Porque já cansei disso aqui, e está na cara que você está odiando cada minuto, e eu prefiro passar tempo com você do que com um monte de pessoas que não falam comigo há uma década.

— Não vejo falhas neste plano. Porém, acho que devemos dar os parabéns para o Miles e o JoJo antes de irmos.

— Ai, meu Deus. Você não consegue nem fugir de uma festa sem ser educado.

— Oito — disse Oliver. — Você foge de festas melhor do que eu.

No mundo ideal, eu não teria dado parabéns para Miles e JoJo. Só que não. *Foda-se.* Eu decidi ir até lá e estava — conforme repeti para mim mesmo — mandando bem demais. Beleza, nem tanto. Talvez mandando mais ou menos bem? Só um pouquinho bem? Enfim, eu estava sendo maduro e evoluído e tudo mais, prestes a seguir a tradição que me mandava beijar aquelas bochechas presunçosas e barbudas do Miles e dizer que ele e JoJo estavam lindos e que a festa tinha sido ótima. E eu daria conta do recado. Daria conta com um sorriso no rosto. Porque nada daquilo importava mais.

— Miles, JoJo — eu disse, chegando na área entre o aperto de mão e o beijo na bochecha —, *meus parabéns*.

— Fiquei tão feliz que você veio. — Miles me deu um abraço fraco e desengonçado.

JoJo assentiu.

— Sim, foi muito importante pra nós dois.

— Eu não perderia por nada — menti. — Esse é meu namorado, Oliver Blackwood.

Oliver os cumprimentou com a formalidade amigável de um homem que era profissionalmente formal e amigável.

— É um prazer.

— Fico feliz que você tenha encontrado alguém — disse Miles para mim. — Sei que as coisas não foram fáceis pra você depois do nosso término.

As coisas, de fato, não tinham sido *nada fáceis* depois do nosso *término*. Ou, de forma mais realista, foi tudo um *inferno do caralho* depois que ele *me traiu*. Mas, não: eu seria calmo, centrado, maduro. Quem procurasse o termo *maduro* no dicionário encontraria uma foto minha.

— Pois é, não vou mentir, foi bem complicado por alguns anos.

— Mas — continuou Miles todo animado —, que ótimo saber que somos amigos agora.

Peraí. *Quê?*

A festa estava barulhenta, mas senti tudo parando bruscamente.

Pisquei. Depois, ao abrir os olhos descobri que os últimos três minutos não tinham sido um sonho sobre um absurdo descarado. Daí pisquei de novo. E como o mundo não estava decidindo se dissolver em pó mágico e nuvens de algodão-doce, me dei conta de que estava preso naquela realidade.

Me aproximando, dei um tapinha amigável no ombro do Miles.

— Vamos deixar uma coisa clara — eu disse, tentando imitar o tom casual e meio debochado dele. — Que bom que você está feliz. Você e JoJo parecem ótimos juntos. Mas nós *nunca* seremos amigos porque você *sempre* será o cara que me traiu pelo valor de um Toyota Supra.

Então me inclinei, beijei a bochecha barbuda dele, dei meia-volta e fui embora do casamento.

15

Por mais maduro, adulto e (não muito) superior que eu tivesse sido no casamento do Miles, a volta para casa foi de longe a melhor parte da noite. Sem sentir a pressão de ter que apoiar o escroto do meu ex e o novinho dele, pude me juntar ao Oliver e zombar dos votos dos dois (já sacamos, vocês se gostam pra caramba, beleza), e do local escolhido para a festa (já sacamos, vocês são bem diferentões) e também da lista de convidados (sacamos, vocês conhecem um monte de gente metida a artista e de ricos desgraçados).

Porém, olhando em retrospecto, me deixou um pouquinho mal quando, dois dias depois, JoJo apareceu no meu trabalho.

— Tem um cara aqui te procurando — explicou Alex. — Bom, eu disse "cara" mas ele está usando muita maquiagem e, assim, temos que ser cuidadosos com essas coisas, não temos?

A lista de quem poderia ser era bem curta, mas eu não tinha a menor ideia do que JoJo Ryan estava fazendo na CACA.

— Se for quem eu acho que é, Alex, então você acertou. Ele é um cara.

— Bom saber. Não quero chamar um cara de cara quando o cara na verdade é uma dama. Não pega bem sair por aí trocando as bolas, né?

— Ah, é péssimo — eu disse a ele antes de sair para descobrir o que diabos estava acontecendo.

Infelizmente, Rhys Jones Bowen tinha chegado lá antes.

— Olá — ele estava dizendo, apontando o celular para JoJo. — Não se preocupe, só estou criando alguns conteúdos para as nossas redes sociais. Você se importaria de dizer para os rhystocratas quem você é e por que está visitando a Cê-A-Cê-A hoje?

JoJo parecia um pouco perplexo, mas foi mais paciente do que eu teria sido naquelas circunstâncias.

— Me chamo JoJo Ryan. — Ele abriu um sorriso feito para as câmeras. — E vim conversar com alguém que trabalha aqui.

— Eu trabalho aqui — ofereceu Rhys. — Que tal conversar comigo?

— Não, eu estava falando de uma pessoa específica.

— Ah, que tal eu? — perguntou Alex. — Eu sou muito específico.

Tive a sensação aterrorizante de que aquilo se tornaria mais um *daqueles* momentos no trabalho.

— Alex, você *sabe* que ele veio aqui me ver. Ele já te disse.

— Ele pode ter mudado de ideia — apontou Alex. — Não é proibido, sabia?

— Alex, você nem sabe quem é esse cara.

Aquilo provocou uma expressão indignada em Alex.

— Sei sim. Ele é o JoJo Ryan.

— E...? — questionei.

— E ele está aqui pra ver alguém que trabalha na CACA, e sinceramente, Luc, eu acho muito egoísmo da sua parte querer ficar com o visitante só pra você.

Rhys tirou os olhos do celular e observou ao redor. Aparentemente, ele estava sendo atualizado pelo chat.

— De acordo com os rhystocratas, JoJo Ryan é algum tipo de youtuber. — Sorrindo, ele estendeu a mão. — Que prazer te conhecer, JoJo. Sempre bom encontrar outro colega influenciador.

Suspirei.

— Você não é influenciador, Rhys.

— Perdão, mas eu tenho novecentos e setenta e quatro seguidores. — Ele fez uma pausa. — Bom, novecentos e setenta e dois, na verdade, porque um deles é minha tia Margery e outro é a cobra píton da minha tia Margery.

Eu não ia perguntar. Eu não ia perguntar. Eu não ia perguntar.

— Por que sua tia Margery tem uma cobra píton e por que a cobra te segue no YouTube?

— Ela tem uma píton — disse Rhys e eu me arrependi imediatamente da minha falta de autocontrole — porque é alérgica a gatos, e porque ficou acostumada com cobras na época em que foi uma dançarina exótica. E o bicho me segue no YouTube porque tia Margery acredita que ele acha minha voz relaxante.

Tanta coisa para processar ali.

— Sua tia era uma dançarina exótica?

— Ah, sim. De muito bom gosto, pouquíssima nudez.

Eu não ia perguntar. Eu não ia perguntar. Eu não ia perguntar.

— Como assim pouquíssima nudez?

— Sinceramente, Luc — Rhys me lançou um olhar repressivo —, perguntar a um homem sobre a pouquíssima nudez da tia dele é baixo nível até mesmo pra você.

— Eu não... — Mas não havia sentido em protestar. Só iria me enterrar num buraco mais fundo.

— Na verdade — JoJo finalmente conseguira se pronunciar —, eu vim aqui falar com o Luc mesmo. Sobre algo pessoal.

Alex se desculpou com o olhar.

— Ah, parece que ele não mudou de ideia mesmo. Você venceu, meu garoto.

— Isso nunca foi um jogo. — Fiz meu melhor gesto de bem-vindo--à-CACA para JoJo e o levei até a privacidade relativa da minha sala.

Para ser sincero, eu não estava empolgado em levá-lo para a privacidade relativa da minha sala, mas depois de já ter causado uma cena no casamento dele, não queria piorar as coisas causando uma cena no meu local de trabalho.

Ao me sentar atrás da mesa, tentei me preparar para pedir desculpas. O que seria bem difícil já que, em muitos aspectos, eu não estava nem um pouco arrependido. Já havia feito muito mais do que devia naquela palhaçada de reconciliação aparecendo no casamento, para começo de conversa. Esperar que eu agisse tipo "sim, somos amigos agora" já era demais. E até o pedir de menos já não era um mar de rosas. Era um mar cheio de "não fode" e "vai se foder".

Calma, Luc. Você é melhor que isso.

— Sinto muito se eu estraguei seu grande dia — tentei. Eu sabia todas as regras da internet sobre não começar um pedido de desculpas com *Sinto muito se*, mas era aquilo que eu estava disposto a oferecer.

JoJo riu. Parecia uma risada sincera, o que já era mais do que eu esperava.

— Meu querido, eu estava casando com o homem que eu amo, numa festa enorme com todos os meus amigos e mais um monte de pessoas que não são meus amigos mas, ainda assim, ficavam me dizendo o quão lindo eu estava. Uma conversinha cruel não iria estragar nada daquilo.

Ah. Tá bom.

— Então por que você está aqui?

— Só pra dizer... — JoJo abaixou a cabeça, encarando as unhas perfeitamente pintadas. — Só pra dizer que... eu acho... eu acho que te entendo...

Será que eu estava ofendido com aquilo? Achei que estava pelo menos um pouquinho ofendido com aquilo. Porque aquele cara tinha doze anos e estava tentando me dizer que sabia como era ser traído e abandonado pelo filho da puta com o qual tinha acabado de se casar. Porém, pensando melhor, JoJo não era tão mais velho do que eu quando comecei a namorar o Miles. É claro. Miles agora era significativamente mais velho do que na época em que namoramos, o que me dava argumentos para ficar puto. Porém, a questão era: eu não me *sentia* jovem naquela época. Me sentia muito adulto. E ali estava o JoJo, me encarando com a confiança de um jovem rapaz que ainda não entendia como ele parecia novo para as outras pessoas.

Então, *aquele* era o problema de tentar ser um ser humano melhor para impressionar seu namorado. Você acabava tendo que ser um ser humano melhor para todo mundo.

— Entende o quê, exatamente? — perguntei com cautela.

Ele continuou com sua expressão sincera de vinte e poucos anos.

— Eu estou na internet desde os dezesseis anos. Sei que você recebeu toda aquela atenção por parte dos paparazzi e da mídia de antigamente, e aposto que é tudo a mesma merda só que um pouquinho diferente. Eu tive que ver milhões de desconhecidos me dizendo o que acham de mim todos os dias desde o ensino médio.

Beleza, aquilo parecia péssimo. Porém, o Luc do passado teria apontado que a pessoa ganhando dinheiro com o assédio moral constante sofrido pelo JoJo era o próprio JoJo, e não o cara que terminou com ele.

— Então — JoJo continuou —, eu entendo como o que o Miles fez contigo foi terrível. Foi por isso que eu quis te convidar para o casamento.

Quando Miles me disse que estava me convidando em nome do JoJo, achei que ele só estava envergonhado de como soaria egoísta se aquele não fosse o caso.

— Peraí. Você queria *mesmo* que eu fosse ao casamento?

— Sim — murmurou ele, acanhado. — Acho que eu só queria ver... sei lá. Se você estava bem, eu acho?

— Só pra poder dizer a si mesmo que não estava casando com o Rei dos Cuzões? — Aquele provavelmente era um comentário injusto, mas eu estava tentando economizar minha bondade.

Ele se encolheu de um jeito que não combinava muito bem com a persona estrela do YouTube.

— Pra poder dizer a mim mesmo que eu também ficaria bem.

Ah. Aquilo era... mais complicado do que eu estava preparado...

— Quer dizer, se ele fizesse a mesma coisa contigo?

Aquele era meio que o elefante no meio da sala e agora eu... sei lá? Será que eu tinha dado um tiro no elefante? Ou dito *Ei, isso aqui é um elefante?* O elefante estava andando pela sala e pisoteando coisas? Eu não achava que aquela era uma atmosfera pisoteante. Além do mais, estávamos os dois encarando o elefante e pensando *Putz, isso é mesmo um elefante.*

Houve um silêncio muito, muito demorado. E ao final do silêncio muito, muito demorado, JoJo disse:

— Talvez?

E lá se foi minha última esperança de odiá-lo. Porque — e aquilo não era uma questão de autoestima — JoJo devia valer muito mais do que cinquenta mil, mesmo levando em conta a inflação. E no mundo dele tudo acontecia na velocidade do Twitter, e não na velocidade dos tabloides.

— E e-eu não acho que ele *vai fazer* isso — continuou ele. — Óbvio que eu não teria casado com ele se achasse que iria.

Àquela altura, eu não sabia se ele estava tentando convencer a mim ou a si mesmo.

— Imaginei.

JoJo cutucou uma das unhas perfeitas, descascando o esmalte na ponta.

— E nós já conversamos sobre isso, conversamos *horrores* sobre isso, e Miles sente muito *mesmo* pelo que houve, apesar de não saber demonstrar.

— Ou dizer — o Luc do Passado comentou.

E JoJo ficou sem reação, fosse por educação, indiferença ou receio de parecer triste de verdade no escritório de um semiconhecido.

— Nós quase terminamos quando eu descobri. Eu não sabia ao certo como confiar em alguém capaz de fazer uma coisa dessas.

— Provavelmente é meio tarde demais — eu disse a ele. — Levando em conta o casamento que nós dois presenciamos, mas acho que *não se deve* confiar em alguém capaz de fazer uma coisa dessas, quem sabe?

JoJo deu de ombros.

— Provavelmente não. Mas Miles foi a primeira pessoa que eu conheci que pareceu gostar de mim por quem eu era, e não pelo que eu fazia.

Eu tentei de verdade acreditar naquilo e não presumir que mesmo se o Miles não estivesse interessado na fama de youtuber do JoJo, ele com certeza estava interessado em se casar com um twink novinho e gostoso.

— E a questão — continuou JoJo — é que, se eu tivesse desistido de tudo, sei que teria me arrependido depois. Então — ele deu um peteleco numa lasca de esmalte com glitter e me encarou novamente — decidi arriscar.

O que ele queria? Uma medalha? Parabéns: Você Deu Uma Segunda Chance Para Um Cuzão.

— Melhor você do que eu.

— Melhor eu do que você — concordou JoJo num sussurro. — E ele... Eu... Já faz tanto tempo. Eu nunca imaginei que você iria perdoá-lo. Também não imaginava isso dele, na verdade. Acho que ele fez no calor do momento.

O Miles era assim. É claro, a última coisa que ele fez no calor do momento foi vender... *Ai, puta merda, esquece isso. Não é mais sobre você.*

— Que bom, porque e-eu não. Sei que eu pedi desculpas sobre o que rolou no seu casamento, mas mantenho minha opinião sobre tudo o que eu disse a ele.

— E tá tudo bem. — JoJo sorriu para mim. E era agradável de um jeito esquisito ser reconfortado por um homem sem nenhum senso de ironia. — Você não foi ao casamento por ele. Você foi por mim. E me mostrou que mesmo se o pior àcontecer, tudo pode... ficar bem. — Ele fez uma pausa. E depois, acrescentou numa voz bem vulnerável. — Você parece muito feliz, Luc.

— E estou feliz *mesmo* — respondi, um pouquinho agressivo demais. — E, olha... — será que eu iria mesmo dizer aquilo? Tá bom, parece que sim — Por mais que eu odeie admitir isso, eu realmente acho que você não precisa se preocupar. Como você disse, já faz muito tempo e Miles é uma pessoa diferente agora.

É claro, ele continuava sendo um otário. Mas isso era um detalhe.

— Sério? — JoJo me encarou com uma esperança devastadora no olhar.

— Queria poder dizer "Uma vez filho da puta, sempre filho da puta", mas... — Suspirei. Ter que enxergar seu ex como um ser humano era uma droga. — Passei os últimos dois anos namorando um cara incrível, e ele gostaria que eu dissesse que todo mundo erra. E às vezes esses erros machucam outras pessoas. Mas isso não significa que devemos julgar os outros pelos erros o resto da vida. — Respirei fundo. Aquilo era quase um desabafo. — Mas até aí — acrescentei —, não se ensina truque novo a cachorro velho, então a decisão é sua.

JoJo soltou uma risada meio... triste. E aquilo me deixou mal, porque alguém cintilante como ele não deveria ficar triste.

— Creio que já decidi — disse ele. — E acho que, quando se trata de amor, vale a pena arriscar.

Eu estava prestes a tentar dizer algo inteligente — ou pelo menos inventar algo inteligente para dizer —, mas a porta se abriu e Rhys enfiou a cabeça na sala.

— Salve, JoJo, eu estava pensando aqui. Você não toparia fazer uma parceria, toparia?

De alguma forma, JoJo conseguiu não mandar o Rhys se foder.

— Que tipo de parceria?

— Bom. — Rhys tinha um olhar de "Eureca!" na cara. — Eu tenho um canal no YouTube. Você tem um canal no YouTube. Podíamos youtubear juntos.

— Tipo o quê? — perguntou JoJo, que parecia estar dando muito mais confiança para aquela proposta do que ela merecia.

— Não sei. Você youtuba sobre o quê?

JoJo apontou para o próprio rosto.

— Maquiagem.

— Ah, certo. Acho que nem todo mundo é tão sortudo quanto eu. — Rhys apontou para o próprio rosto. — Acredita que eu acordei assim?

Mais uma vez, JoJo demonstrou ser uma pessoa muito mais educada do que eu ao não comentar nada.

— Eu acredito — respondi.

— Quer saber? — continuou Rhys, muito destemido. — Que tal trabalharmos em umas dicas de maquiagem relacionadas com besouros rola-bosta?

— Isso me parece um desafio bem interessante — JoJo abriu um sorriso surpreendentemente amigável.

Para a minha alegria, JoJo Ryan pegou o contato do Rhys e prometeu voltar a falar com ele sobre a parceria. É claro que *prometer* e *fazer* eram duas coisas bem diferentes — olha só o meu pai e os votos de casamento dele, ou qualquer outra promessa que ele fez na vida —, mas tive uma sensação ingênua de que JoJo talvez acabasse cumprindo a sua promessa.

Naquela noite, saí do trabalho não necessariamente confuso, mas um pouco balançado, com algo que JoJo disse e que ficou martelando sem parar na minha cabeça no ritmo de uma música dos anos oitenta que eu não conseguia lembrar o nome.

Vale a pena arriscar.

O que não chegava a ser tipo uma frase da Oprah. Mas significava alguma coisa.

16

O negócio é o seguinte: eu amava o Oliver, muito mesmo. Mas não dava para ignorar o fato de que nossos conceitos de sábado eram absurdamente diferentes. No meu mundo, sábados eram feitos para dormir até meio--dia, transar até as duas da tarde — ou, sabe como é, meio-dia e meia dependendo do quão próximo dos trinta anos eu estivesse me sentindo — e depois encontrar os amigos, visitar minha mãe ou, se eu estivesse num clima superdoméstico, ficar agarradinho vendo filme no sofá. O sábado ideal do Oliver envolvia "ficar deitado" até as nove no máximo, depois sair para correr ou para a academia, seguido de um café da manhã nutritivo antes de fazer algo terrivelmente produtivo. Em alguns dias, eu até conseguia persuadi-lo com meu charme para fazermos algumas atividades que eram mais a minha cara. Tipo ficar de dengo ou trocando boquetes.

Infelizmente, hoje não era um desses dias. E quando eu me arrastei escada abaixo pouco depois da uma da tarde, encontrei Oliver de joelhos no chão da cozinha — e não de um jeito divertido. A coqueteleira de proteína estava no escorredor de louças e o cabelo dele ainda estava molhado e bagunçado do banho pós-corrida, dois sinais de que Oliver estava supercomprometido com a produtividade. Além do mais, ele estava vestindo uma calça de moletom cinza e a camisa velha-demais--para-usar-no-trabalho-porém-sou-ético-demais-para-jogar-coisas-no--lixo dele, que ele sempre deixava reservada para faxinas. As luvas de borracha também entregavam tudo.

Grunhi.

— Boa tarde, Lucien — disse ele com empolgação.

Grunhi de novo.

— O que você está fazendo?

Ele me olhou com o que eu esperava ser decepção de mentirinha. Porém, considerando o quanto ele levava limpeza a sério, não dava para ter certeza.

— Vai me dizer que esqueceu que dia é hoje?

— Hum, sábado? E com certeza não é... Merda, é seu aniversário?

— Sim — respondeu ele. — É meu aniversário. É isso que eu sempre faço no meu aniversário.

— Acho que você está brincando. Mas não me surpreenderia.

Ele soltou um suspiro de quem cansou de brincar.

— É o primeiro sábado de julho.

— E? — perguntei.

— E eu estou limpando os armários. Assim como fiz no ano passado, caso você tenha esquecido.

— Oliver, você limpa muitas coisas, eu não sabia que deveria estar anotando tudo num calendário.

Ele bateu o frasco de limpador multiuso no chão com uma força condenadora.

— Conforme eu esperava que você já soubesse a esta altura, a limpeza fica muito mais fácil quando é feita com frequência, ou seja, é mais fácil quando se tem um cronograma.

— Não tenho ideia do que você está falando. — Me ajoelhei ao lado dele. — Claramente, é muito melhor deixar tudo pra lá até as colheres começarem a ficar pegajosas e você começar a se odiar, daí você arruma um namorado legal e se muda para a casa dele sem que ele perceba.

— E o que acontece — ele arqueou a sobrancelha para mim — quando as *minhas* colheres começarem a ficar pegajosas?

— Nós dois arrumamos um novo namorado e nos mudamos para a casa dele.

Ele ajustou as luvas de borracha, meio incerto.

— Não sei se essa é uma estratégia sustentável. E apesar de não ter nada contra poliamor na teoria, acho que não combina comigo na prática.

Me aproximando, dei um beijo no nariz dele.

— Se é assim, eu juro que não importa o quão pegajosas as suas colheres fiquem, eu vou continuar querendo ficar com você e só com você.

— Não sei se quero perguntar... — começou Oliver. Aparentemente eu conseguira com sucesso desviar da ansiedade de relacionamento e ativar a ansiedade de higiene — Mas como as colheres chegam ao ponto de ficarem pegajosas?

— Não tem nada a ver com sexo — protestei de imediato.

— Eu não achei que tivesse, mas ficaria menos preocupado se fosse o caso.

Meu Deus. Eu era nojento. Eu era a criatura da lagoa nojenta.

— Acho que é porque a maioria das coisas que eu cozinho precisa de óleo. Daí se você não esvazia a pia, acaba lavando tudo numa água oleosa e que vira meio que... você sabe. Uma capa de óleo? Que seca? Daí tudo fica...

Oliver ficou pálido.

— Acho melhor parar por aí.

— Você vai terminar comigo agora?

Ele pensou por tempo demais.

— Infelizmente, Lucien, eu vou te amar mesmo se você deixar minhas colheres pegajosas. — Pausa. — Dito isto, não deixe minhas colheres pegajosas.

— Não é um estilo de vida. É só... Uma consequência de outros estilos de vida.

Rindo, Oliver espalhou limpador sobre o armário de novo e voltou a esfregar a superfície com uma esponja específica para superfícies. Eu sabia que era específica porque ela ficava num pote separado c lcvcmcntc diferente das outras esponjas de lavar louça, e certa vez cometi o erro de tentar limpar um prato com ela. Por mais vergonhoso que pareça, o resultado foi uma das nossas piores discussões até hoje.

Enquanto ele esfregava, a cabeça e os ombros desapareciam dentro do armário, me deixando com uma ampla oportunidade para admirar a bunda dele, que — com moletom ou sem — estava meio que empinada, se movendo para a frente e para trás durante a limpeza minuciosa.

— É isso que você vai fazer? — perguntou ele de dentro do armário.

— Ficar encarando sua bunda?

— Ah, você está fazendo isso? Mas, não, eu estava falando de... se mudar pra cá de mansinho.

Sinceramente, eu estava torcendo para que ele não tivesse prestado atenção naquela parte.

— Bom, sua casa é maior que a minha, melhor que a minha, você lava os lençóis e... tem você dentro dela.

— Fico feliz de estar no meio dessa lista de vantagens.

— Pra ser sincero, você pode até ir pro meu apartamento, mas sua lava-louças fica.

— Você deveria comprar uma lava-louças, Lucien — disse ele, como eu previ que diria. — Elas são muito mais eficientes para o meio ambiente do que lavar à mão.

— Eu até poderia, mas acabei escolhendo uma estratégia ainda mais ecológica que é usar a lava-louça de outra pessoa, evitando o impacto ambiental imediato da instalação e o impacto ambiental a longo prazo de usar duas lava-louças separadas.

Oliver se sentou sobre os pés.

— Mesmo antes de nos conhecermos, eu nunca usei a lava-louça com metade da carga.

— Eu fiz isso *uma vez*. E já pedi desculpas. — Eu não sabia dizer se aquela conversa estava indo no rumo certo ou errado. — Mas isso meio que prova meu argumento. Se eu tivesse uma lava-louças no meu apartamento, usaria com metade da carga o tempo todo. Eu teria que... sei lá, eu só tenho dois pratos.

— Você pode comprar mais pratos?

— Verdade. Ou eu posso ficar aqui e usar os seus.

Trocando a esponja específica por um pedaço cuidadosamente racionado de papel toalha, Oliver voltou para o armário.

— Acredito que essa seja *mesmo* a melhor estratégia se quisermos diminuir nossa pegada de carbono. — Ele continuou esfregando. — E, bom, já que você comentou sobre como preferiria morar aqui de qualquer forma, se quiser... Bom, acho que faz sentido transformar isso numa coisa oficial.

A parte de mim que morria de medo de comprometimento, traição, e me ver dez anos depois mandando Oliver se foder no casamento dele soltou um minigritinho. A parte de mim que morria de medo de arruinar uma coisa boa soltou um gritinho diferente. Deixei as duas partes gritarem uma com a outra por um tempo e tentei me distrair olhando para a bunda dele.

— Quer dizer — continuou ele —, isso se você não... se não achar muito... E, é claro, você não precisaria largar seu apartamento de vez se não quisesse. É só que... eu não acho que você goste do seu apartamento tanto assim.

— Como eu me mudei pra lá com o Miles, não, eu não gosto mesmo. — Meu cérebro ainda estava em modo crise, ou seja, eu só conseguia pensar numa variedade infinita de cenários horríveis. — Mas isso pode acontecer com você também. E se alguma coisa der errado entre a gente e você começar a odiar sua casa, que você ama tanto e limpa a toda hora, só porque dividiu o lugar com um cara que acabou te traindo?

Saindo de dentro do armário de imediato, Oliver me encarou de olhos arregalados.

— Lucien, você está tentando me dizer que está me traindo?

— Quê? — gritei. — Não. É o tipo de coisa que eu faria. Quer dizer, não é o tipo de coisa que eu faria. É o tipo de coisa que o tipo de pessoa que eu sou faria se eu tivesse que destruir um relacionamento com o tipo de pessoa que você é.

Oliver respirou fundo.

— Você não é esse tipo de pessoa. Você só tem medo de acabar sendo esse tipo de pessoa toda vez que alguém gosta de você.

Aquilo era, ao mesmo tempo, tranquilizante e humilhante.

— Para de me conhecer tão bem! — resmunguei.

— Tarde demais. Como você bem observou, estou morando com você há pelo menos um ano e meio. — Ele fez uma pausa. — E quanto a esta casa, se for o caso, eu compro outra. E eu teria mais dinheiro para a entrada porque você estaria pagando a hipoteca.

Eu o encarei meio em choque.

— Ai, meu Deus, você está falando sério, não está? Você quer que, tipo, eu me mude pra cá e traga minhas coisas e tal...

— Você já trouxe um monte de coisas suas pra cá.

— Não — respondi decisivo. — Eu *deixo* coisas aqui. É uma vibe totalmente diferente.

— Você vem deixando coisas aqui, em quantidades cada vez maiores, faz quase dois anos.

— Isso não tem nenhum peso emocional. Eu deixei um par de sapatos sociais na casa da Priya depois da minha formatura que estão lá até hoje.

Oliver estava fazendo aquela coisa com a boca, quando tentava fingir que não estava sorrindo.

— Isso é bem fácil de acreditar. Mas não acho que você tenha uma gaveta inteira cheia de cuecas sensuais na casa de nenhum dos seus amigos.

Ele estava certo. Eu não tinha mesmo. Aquilo não era intencional mas era real. Real demais, real por muito tempo. Não dava para ficar mais real do que uma gaveta de cuecas.

— E você... confia em mim para... — Fiz um gesto que, francamente, poderia englobar qualquer coisa.

— É claro que eu confio em você, Lucien. Pra começo de conversa, como eu já disse milhões de vezes, você já... — Ele imitou meu gesto.

Soltei um barulho. Porque meus gritos internos decidiram sair do meu cérebro através da garganta.

Removendo as luvas de borracha com todo o cuidado, como se estivesse ali para satisfazer um fetiche superespecífico mas muito comum, Oliver segurou minhas mãos.

— Sei que isso parece assustador, um grande passo. Mas não é. É exatamente o que já estamos fazendo.

Soltei outro barulho.

— É a mesma coisa — continuou ele com a voz mais gentil do mundo — de quando começamos a namorar. Nada mudou de verdade. Só entramos num acordo e demos um nome diferente para a coisa.

As mãos dadas começaram a se tornar mãos agarradas.

— Isso... é verdade.

— Você continua me fazendo feliz, Lucien. Continua sendo tudo o que eu quero e muitas outras coisas que eu nunca me imaginei querendo...

— Obrigado.

— De um jeito bom. Não precisamos fazer isso. Podemos seguir no ritmo que você preferir. Mas quero que você saiba que eu sou todo seu, mais do que já fui de qualquer outro. Porque quando estou com você, me sinto eu mesmo. Não alguém que eu achava que gostaria de ser. E eu vou continuar ao seu lado do jeito que você quiser, enquanto você me quiser.

Só Oliver poderia dizer uma coisa dessas no meio de uma faxina nos armários da cozinha. E talvez fosse por isso que eu o escutava, quando por muitas vezes eu mal conseguia escutar a mim mesmo. Com ele eu me sentia seguro, esperançoso e precioso, mesmo tendo um monte de motivos para não me sentir assim.

Não vou mentir, era meio irritante.

Porque ele estava certo mais uma vez.

Eu poderia fazer aquilo. Nós poderíamos. Já estávamos fazendo. Tínhamos uma relação forte, certeira e especial, e eu seria mais idiota do que o normal se não aceitasse aquilo. Se não cuidasse daquilo. Se não me apegasse àquilo.

Abri a boca para dizer que sim, é claro que eu iria morar com ele, não conseguia imaginar nada melhor.

Só que, em algum lugar no fundo da minha mente, estava aquele garoto purpurinado e todo maquiado dizendo: *Vale a pena arriscar.*

Então, o que saiu da minha boca foi:

— A gente devia se casar.

Marquei de encontrar o James Royce-Royce — o outro James Royce--Royce — durante meu horário de almoço em uma joalheria vergonho-samente meia-boca no centro de Londres. Ele apareceu pontualmente com Baby J atado ao peito, parecendo o sequestrador mais tranquilão do mundo.

— Vocês dois nunca colocam esse bebê no chão? — perguntei.

Ele piscou exatamente uma vez.

— Sim. Só não no centro de Londres.

Justo. A última coisa que alguém poderia querer é colocar o filho no chão por cinco minutos e depois descobrir que ele foi detonado pelo esquadrão antibombas.

— E como vai o... — me peguei apontando para o Baby J.

Eu não sabia como falar com ou sobre crianças, e sempre conseguia me safar porque geralmente as encontrava com um grupo maior cheio de pessoas menos horríveis que faziam toda a conversa fiada por mim. Mas ali, éramos só eu e Baby J. Para piorar, Baby J era um garoto difícil de se conversar a respeito porque quando os James Royce-Royce o leva-ram para casa pela primeira vez, ele parecia algo que o Jim Henson teria construído com espuma e bolinhas de pingue-pongue. E, nem preciso comentar, James Royce-Royce vivia dizendo coisas tipo *Ele não é lindo? Não é a coisinha mais linda que você já viu?* E eu dizia coisas tipo *Bom, ele é bem suado. Todos os bebês são suados assim?*

— Ele está bem — disse James Royce-Royce, que, em se tratando do assunto bebês, era sem dúvidas meu James Royce-Royce favorito.

Redirecionei meu olhar desengonçado da criança para a joalheria.

— Hm, obrigado por ter vindo.

— Sem problemas.

Havia passado pouco mais de uma semana desde que eu, sabe como é, pedi o Oliver em casamento sem querer num momento de sabe Deus o que eu estava pensando. É claro que ele disse sim, já que, caso tivesse dito não, eu teria mudado meu nome, ido morar em Plutão e me alistado na Legião Estrangeira Francesa. Desde então, a gente tinha tido uma ou duas conversas breves, a maioria puxada pelo Oliver e focada no fato de que casar era uma escolha delicada por conta dos benefícios conjugais e declarações de imposto de renda. O que era de se esperar quando, em vez de pedir alguém em casamento de joelhos na Torre Eiffel, você propunha isso na cozinha enquanto seu parceiro estava com a cabeça enfiada no armário. Ou seja, eu devia a Oliver... não um novo pedido, eu jamais faria aquilo de novo, mas pelo menos uma aliança decente.

Bom. A aliança mais decente que eu poderia comprar com o meu orçamento.

A aliança mais decente que eu poderia comprar com o meu orçamento, dado que cerca de oitenta por cento das alianças de noivado eram uma merda total.

— Vamos entrar? — perguntou James Royce-Royce.

Sim. A resposta era sim. Eu não conseguiria uma aliança se não entrasse.

— Talvez?

— Se você não gostar da loja, tem outras três aqui perto, duas delas na mesma faixa de preço.

— O problema não é a loja. É só que... Sei lá. Acho que estou nervoso.

— Isso é porque você tem comprometimentofobia.

— E com razão.

— Motivos péssimos — disse James Royce-Royce com firmeza. — Pessoas que têm medo de cachorro têm mais chances de serem mordidas por cachorros.

— Quê? Eu vou me casar, não vou adotar um pet.

Ele olhou para o Baby J, que, naquele momento, estava distraído com todas as coisas cintilantes na vitrine.

— Você teve uma experiência ruim e tem medo de que aconteça de novo. Mas comportamentos do passado não garantem os resultados do futuro.

Acho que a intenção dele era me tranquilizar. E se eu estivesse interessado em investir numa carteira de ações, teria funcionado. Ou talvez eu só estivesse intranquilizável naquele momento. Afinal de contas, um dos motivos pelos quais eu tinha chamado James Royce-Royce era que eu sabia que poderia contar com ele para me dar opiniões que não fossem insuportáveis de tão românticas (como as da Bridget e do James Royce-Royce) ou esmagadoras de tão cínicas (como as da Priya e, bom, as minhas).

— Vamos lá, então — eu disse com o máximo de convicção que consegui juntar. — Vamos meter uma aliança nele. Quer dizer, comprar uma aliança que eu possa dar pro Oliver, e ele possa usar se quiser. Talvez. Se eu não levar do tamanho errado, coisa que com certeza vou acabar fazendo.

Ao empurrarmos a porta da loja, entramos no meio daquele sussurro de igreja que joalherias pareciam sempre cultivar, como se estivessem tentando instaurar uma sensação de inadequação que só passa se você gastar mais do que tem.

Eu estava tomado por uma sensação de inadequação.

E meu limite do cartão não era alto o bastante para fazer a sensação passar.

Para conter meu pânico cada vez maior, examinei um dos balcões, como se soubesse o que estava fazendo. Só que eu não sabia. O balcão que eu estava encarando nem tinha alianças.

— Posso ajudar, senhor?

Levantei a cabeça e dei de cara com um homem esguio de rosto pálido vestindo um terno de três peças que parecia ao mesmo tempo ter um bigode fininho e ser completamente barbeado.

— Hum — eu disse. — Hum.

O atendente inexplicavelmente intimidador colocou as mãos para trás.

— O que o senhor está procurando?

De alguma forma ele fazia *senhor* parecer um insulto.

— Acho que — tentei —, hum. Um anel?

— De formatura? De casamento? Ajustável? De compromisso? Signet? Com pedra? Sem pedra?

Ai, meu Deus, eu estava no covil das charadas sobre joias. A qualquer momento ele diria *Meu primeiro é de diamantes, mas não está no coração*.

— De noivado — exclamei.

— Ah. — Em uma sílaba ele conseguiu expressar mais decepção do que todos os meus professores da escola e orientadores da faculdade já haviam conseguido.

Me encolhi visivelmente.

— Algum problema?

Sem dizer mais nada, ele se agachou e colocou uma bandeja de veludo na minha frente do nada, como alguém conjurando pérolas diante de um suíno.

O que, com certeza, era o caso. Porque, olhando as etiquetas de preço, eu não poderia pagar por nada daquilo.

— Por um acaso — perguntei, com uma quantidade desproporcional de vergonha para alguém que, no fim das contas, iria gastar uns quinhentos paus na loja daquele cara —, você não tem nada mais... barato?

O homem pigarreou e levou um bom tempo para substituir a bandeja de coisas pelas quais eu não podia pagar por uma bandeja de cacarecos de vinte e cinco libras feitos de zircônia.

— Ah, por favor. — Fiz um gesto de *Ah, por favor* para entonar meu *Ah, por favor* verbal na esperança de articular o quão *Ah, por favor* aquela situação era. — Algo mais na média.

— A primeira bandeja já era na média, senhor.

Tentei me lembrar de como trabalhar com o público era frustrante e como as pessoas se divertiam como podiam.

— Tudo bem, algo um pouquinho abaixo da média, então. Porque eu sou uma pessoa abaixo da média, como você parece já ter notado.

— Perdão, senhor? — disse o desgraçado do outro lado do balcão.

James Royce-Royce interveio.

— Queremos ver a seleção de alianças de noivado masculinas entre quinhentas e oitocentas libras.

Não sei como James Royce-Royce, apesar de ter um bebê Muppet pendurado no peito, conseguiu ter mais compostura do que eu, mas ele conseguiu. E cerca de quarenta segundos depois, estávamos observando uma bandeja cheia do tipo exato de alianças que eu estava procurando na faixa de preço exata pela qual eu poderia de pagar. Os anéis eram, em vários aspectos, muito parecidos. Porque aquela era uma das áreas em que a moda masculina seguia regras bem estritas, porém, por sorte aquelas regras combinavam mais ou menos com o que eu sabia que Oliver gostaria de usar. Ou seja, algo clássico, masculino e nada chamativo.

Me virei para James Royce-Royce.

— Como você... — fiz um gesto vago com a mão — para o James?

Ele deu de ombros.

— Foi fácil. Comprei a maior e mais brilhante aliança que consegui. Mandei fazer sob medida.

— Ah, claro. Porque você é rico pra caramba.

Ele deu de ombros mais uma vez.

— Não é minha culpa se você não tem um diploma em matemática, Luc.

Bom, ele tinha razão. Mais uma vez, me inclinei para inspecionar os anéis na minha frente. Juntando meu orçamento com a estética do Oliver, consegui afunilar rapidamente as opções. Estava entre um anel de ouro, um de ouro escovado, um de ouro branco, outro de ouro branco só que um pouquinho diferente, e um de ouro branco com uma listra de ouro rosé no meio. Havia também um com uma pedra de diamante, outro com três diamantes, e um com uma imitação de símbolos celtas, mas descartei as opções de imediato porque Oliver teria odiado todas elas demais. Depois de pensar por um tempo, também descartei a de ouro liso e de ouro escovado, porque pareciam casamentísticas demais, e como Oliver era meio tradicional, eu não sabia se ele gostaria de uma aliança de noivado que fosse de ouro.

— Beleza. — Me virei para James Royce-Royce. — Quais desses anéis idênticos você acha menos bosta?

— Com todo o respeito, senhor — protestou o vendedor inexplicavelmente intimidador —, posso garantir que nossos produtos são da mais alta qualidade.

Olhei para ele com raiva.

— Ai, nem vem, isso aqui não é a Tiffany's. Você deixou bem claro que eu sou um cara abaixo da média, mas, sejamos sinceros: essa loja é abaixo da média também.

— O senhor parece ter ficado ofendido com meus modos — rosnou o vendedor. — Peço perdão ao senhor.

Obviamente ele estava certo de que esse *senhor* era preguiçoso demais para andar por oito minutos até outra loja onde esse *senhor* poderia ser tratado com mais educação. E ele estava certíssimo. O *senhor* aguentaria muito mais abuso se fosse necessário para evitar uma caminhada rápida e uma fila longa.

Depois de se distrair limpando a baba do queixo do Baby J, James Royce-Royce deu uma olhada nos produtos.

— Acho que esse aqui — Ele apontou para o anel com o detalhe em ouro rosé. — É mais a cara do Oliver. Mas, até aí, você o conhece bem melhor do que eu.

Eu conhecia, mas ele estava completamente certo. É claro, a competição era entre dois anéis bastante sem graça e sem nenhuma decoração, mas Oliver com certeza era o tipo de cara que gostaria de uma linha sutil em ouro rosé.

— Vou levar — eu disse. — E se meu namora... noivo precisar vir até aqui para ajustar o tamanho, quero que você seja mais gentil com ele.

Apesar de ser bem mais baixo do que eu, o vendedor conseguiu me olhar de cima a baixo.

— Seu desejo é uma ordem, senhor.

Embora, pensando melhor, Oliver não teria nada a temer com aquele cara. Porque o vendedor daria de cara com uma Julia Roberts de roupa branca e chapéu bacana, enquanto eu era mais uma Julia Roberts de botas-de-cano-alto-presas-com-alfinetes. De qualquer forma, desembolsei a facada de setecentas libras, botei a caixa de veludo assustadora no bolso e caí fora daquela loja.

A caixa de veludo continuava tocando o terror no meu bolso quando nossa noite chegou num ponto em que eu estava no sofá assistindo a uma temporada antiga de *American Horror Story* e Oliver estava no chão com o laptop e a papelada do caso que estava tocando, sendo todo gostoso e trabalhador.

— Oliver — eu disse.

— Lucien — ele disse ao mesmo tempo.

Então, eu disse:

— Não, pode falar.

E ele:

— Você primeiro.

E ficamos nesse vaivém por um tempo até Oliver conseguir soltar um:

— Acho que precisamos conversar sobre o casamento.

E eu respondi com um:

— Também acho.

Então, ficamos em silêncio por mais ou menos um milhão de anos.

— Posso... — tentei começar.

Mas ao mesmo tempo ele disse:

— Você quer...

E, desta vez, eu segui rapidamente com:

— Beleza, deixa eu falar primeiro.

Daí eu não falei nada.

Por fim, Oliver pigarreou.

— Você sabe que pode dizer o que quiser, não sabe? Está tudo bem.

— Acho que... — por que eu era tão ruim naquilo? — eu... não pensei direito nas coisas.

Oliver fechou o laptop de um jeito meio agora-a-conversa-ficou-séria.

— Tudo bem, Lucien. Eu entendo.

— Sei que entende. Mas isso não quer dizer que... foi certo da minha parte te pedir em casamento quando você estava com a cabeça enfiada no armário.

— Confesso — confessou ele — que fui pego de surpresa.

— Sim. Então. Hum. — Revirei meu bolso em busca da caixa assustadora, não encontrei, revirei outro bolso, me joguei de joelho no chão rápido demais para parecer que eu tinha caído do sofá, o que já havia acontecido mais de uma vez, e então concluí com — Quer dizer...

— Você tá bem?

Muito preocupado, Oliver ficou de pé para me ajudar e então ele encarou, com uma quantidade preocupante de confusão, a caixa de veludo amaldiçoada que eu lhe entregava com as mãos trêmulas.

— Bom, eu bati a perna mas, hum, Oliver David Blackwood, agora que você não está limpando o armário, quer casar comigo?

Oliver passou por uma série de expressões, nenhuma que eu conseguisse identificar de imediato, mas pelo menos algumas me pareciam positivas.

— Creio que já aceitei o pedido quando eu *estava* limpando o armário. Achei que você estava querendo cancelar o pedido.

— Quê? Não. — Eu o encarei apavorado, com a aliança mais ou menos barata flutuando entre nós dois. — Por que você achou isso?

— Por vários motivos, Lucien. Foi algo bem impulsivo para começo de conversa, e desde então nós mal nos falamos, e você literalmente disse que cometeu um erro.

Me encolhi.

— Beleza, falando assim eu consigo entender por que te passei essa impressão. Mas — respirei fundo —, quando eu disse que tinha cometido um erro, estava falando de não ter te pedido em casamento de um jeito muito romântico, ou de uma forma que expressasse como... como você é incrível e como... tipo... eu sinto coisas por você.

Parecendo só um pouquinho como quem acabou de receber uma cobra viva de presente, Oliver pegou a caixa e a abriu. Por um momento ele encarou o anel simples.

— É lindo — disse ele. — Obrigado.

Então, ele colocou no dedo e...

— Ai, meu Deus! — gritei. — Coube!

Oliver olhou para a própria mão, meio em choque, quase como se não a reconhecesse.

— Sim, coube.

— Além disso — completei. — Não ficou horrível.

Ele deu uma piscadinha.

— Não. Não, ficou lindo.

E ficou mesmo meio... lindo, e ele ficou lindo usando o anel. Porque era como se aquele pedacinho de Oliver Blackwood fosse visivelmente todo meu.

Por fim, percebemos que eu ainda estava ajoelhado e Oliver ainda estava de pé, o que criava uma dinâmica meio esquisita. Então, Oliver se sentou no sofá e eu me sentei ao lado dele, espiando toda hora o...

— Belo anel — comentei.

Ele geralmente não descia ao meu nível, mas naquele momento, abriu um sorrisinho safado.

— Nunca reclamaram. — Então, ele ficou quieto. — Sobre o... o... — ele pigarreou — casamento. Eu falei com os meus pais hoje.

Minha nossa. Por algum motivo, os pais do Oliver nunca gostaram de mim. Eu não sabia se era por causa do jeito como eu me vestia, ou porque meus pais eram astros do rock, ou se tinha alguma coisa a ver com aquela vez em que eu mandei eles se foderem no meio da festa de bodas de rubi dos dois. Eu tinha encontrado os dois mais algumas vezes depois do ocorrido, e me comportado bem melhor, mas aquela nuvem de vão-se-foder me seguia como um peido na saída de um elevador. Durante o primeiro ano eles claramente ficaram esperando o momento em que Oliver tomaria juízo e terminaria comigo — honestamente, eu também. Mas conforme foi ficando claro que eu não iria embora tão cedo, eles começaram a me aceitar como quem aceita o espinafre no dente de uma visita durante o jantar. Eles sabiam que eu estava lá mas, só para não estragarem o momento, fingiam que eu não estava.

— E como foi? — perguntei, nervoso.

— Eles disseram que me apoiam em qualquer decisão que eu tomar. Estremeci.

— Foi ruim assim, é?

— Pois é.

— Quer dizer... — Eu nem sabia o que eu estava tentando dizer. Queria apoiar o Oliver, mas também não queria passar os próximos sei lá quantos meses pisando em ovos com David e Miriam enquanto a presença ou a ausência dos dois tornava meu casamento com o Oliver um evento que dizia respeito a eles. — Nós podemos... Quer dizer... Eles podem...

Para o meu alívio, Oliver me interrompeu.

— Não precisamos pensar nisso por enquanto.

Só que eu não achava que aquilo melhorava as coisas. Principalmente porque o Oliver era péssimo em tentar não pensar nas coisas. Já minha habilidade de "não pensar nisso por enquanto" ficava cada vez maior dependendo do quão importante era a coisa a se pensar. Ou seja, eu era ótimo em ignorar boletos e incapaz de ignorar coisas cruéis que as pessoas diziam para mim na internet.

— Você sabe que eu sou sempre a favor de me esconder dos problemas esperando que eles desapareçam...

— Não é isso que eu estou fazendo, Lucien — disse Oliver afiado.

Era mais ou menos o que ele estava fazendo. Mas Oliver estava se consultando com um especialista havia quase dois anos por causa dos pais dele, então eu me esforcei para ser sensível e não cutucar com vara curta nenhum equivalente emocional a uma onça — que, no meu caso, seria uma onça que te ataca e em seguida explode. Levantei as mãos de um jeito meio não-me-ataque-nem-exploda.

— Beleza. É só que... esse momento deve ser sobre a nossa felicidade. Então é nisso que você deveria focar. Em vez de, sabe como é, a opinião dos seus pais.

Um pouco da tensão desapareceu do maxilar do Oliver.

— Eu vou. Obrigado.

Bem, aquilo foi superconvincente. Mas eu sabia que era tudo o que eu conseguiria naquele momento.

— De qualquer forma — continuou ele, fazendo um esforço visível para sorrir, acredito que Odile tenha ficado muito mais animada.

Ai, alguém por favor poderia me dar na cara com uma frigideira quente? Eu havia esquecido de contar para ela! Minha mãe iria me matar. Oliver iria... Tá, ele não iria me matar. Mas talvez pudesse interpretar como um sinal ruim, independente da aliança, eu ter esquecido de mencionar a coisa mais importante da minha vida para a pessoa mais importante da minha vida. *Uma das* pessoas mais importantes. Segunda pessoa mais importante?

— Sim — tentei convencer. — Ela ficou muito empolgada.

Sabe-se lá por quê — talvez porque ele ainda estava com a cabeça cheia de rejeição —, Oliver não reparou que eu estava falando como quem lê um roteiro.

— Que bom. Vamos ver a Odile amanhã, certo?

Ai, alguém por favor poderia me dar na cara com uma frigideira quente suja de molho apimentado? Nós dois visitávamos mamãe e Judy umas duas vezes por mês, então eu deveria ter pensado naquilo antes de fingir para o Oliver que já havia contado para ela, e eu precisava contar pessoalmente, e não iria vê-la sozinho antes de estar diante dela com o Oliver.

E tudo o que eu precisava dizer era *Na verdade, eu estava esperando nossa próxima visita para podermos contar a novidade juntos.*

Mas, em vez disso, meu noivado já tinha começado se afogando em mentiras.

18

No dia seguinte, estávamos parados na frente da porta da casa da minha mãe e eu ainda não tinha decidido o que fazer a respeito da mentira que havia contado para o Oliver.

A porta se abriu.

— Oi, Luc, *mon*... — foi tudo o que minha mãe conseguiu dizer antes que eu me jogasse em cima dela com um abração.

— Mãe! — gritei. E depois, sussurrei desesperado no ouvido dela: — Eu e Oliver vamos nos casar e ele acha que eu já te contei.

Ela soltou um barulho de *ah, entendi* e, me soltando, abraçou Oliver imediatamente.

— Parabéns pelo casamento. Fiquei tão feliz quando o Luc me contou dias atrás.

— Obrigado, Odile — disse Oliver.

— Ah, você vai ter que parar de me chamar assim, agora que vocês vão se casar. Vai ter que me chamar de *maman*.

A noite seria longa.

— Mãe, nem *eu* te chamo de *maman*.

— Isso — ela me encarou, toda gaulesa — é porque você não tem o menor respeito pelas suas origens.

Eu estava prestes a dar uma resposta superesperta e engraçadinha quando um som de latidos ecoou de dentro da casa e quatro Cocker Spaniels eufóricos surgiram no corredor. Eu digo eufóricos mas, na verdade, eles estavam eufóricos pelo Oliver, que levava muito jeito com cachorros, e nem um pouco interessados em mim, que eles conheciam a vida toda.

Olhando pelo lado positivo, Oliver ficava muito fofo ajoelhado para receber aquela montanha de pelos e olhos de cachorrinho.

— Charles — disse ele, oferecendo coçadinhas, carinhos e cafunés. — Camilla, Michael de Kent. Oi, Euginie, minha garota; quem é a minha garota? Isso mesmo, é você, é você.

Eu nunca entendi como o Oliver, ou qualquer outra pessoa, devo dizer, era capaz de diferenciar os cachorros.

Quando Oliver terminou de cumprimentar todos os peludos, nós sete fomos para a sala de estar.

— Judy! — exclamou minha mãe — Olha quem chegou! O Luc e o noivo dele, Oliver, com quem, como você já sabe, afinal ele nos contou, ele irá se casar.

Eu meio que gostava de como minha mãe era péssima para enganar os outros. Judy, entretanto, como resultado de... de... muitos aspectos da história de vida tumultuada dela, não tinha o menor problema em mentir.

— Ah, é claro. — Ela sorriu. — Parabéns, meus garotões. Eu ia trazer um presente, mas ele ainda está engordando lá no pasto.

— Você sabe — disse Oliver com muita gentileza. — Que eu *continuo* sendo vegano, certo? — Não chegava a ser um protesto, mas era bem mais do que ele conseguiria ter protestado dois anos atrás.

— Não se preocupe. — Judy raramente desistia de alguma ideia quando ela já estava plantada na cabeça. — Vocês podem deixar no jardim. É bom para a grama.

Eu não sei por que estava interessado nos detalhes, levando em conta que aquele animal não especificado em questão com certeza era fictício, mas não consegui me segurar.

— Você sabe que eu moro num apartamento de último andar e que o jardim do Oliver tem, tipo, uns dois metros e meio de largura, não sabe?

— Bom, isso muda tudo. — Se sentando, Judy coçou o queixo pensativa. — Vou ter que dar uma cabra para vocês, então.

Eu estava começando a me sentir em uma daquelas brincadeiras de improviso em que você precisa ficar dizendo "sim, e..." para qualquer coisa que sua dupla inventar.

— Acho que não temos espaço para uma cabra também.

— Não seja bobo — disse Judy, implacável. — Todo mundo tem espaço para uma cabra. Elas são pequenininhas. Praticamente empilháveis.

Por sorte — e eu digo isso com cautela —, minha mãe veio ao resgate.

— Judy, pare de falar sobre o presente de casamento maravilhoso que você irá dar aos dois no dia do casamento do qual você com certeza sabia a respeito. Estamos aqui para comer o curry vegano superespecial...

— Mãe! — interrompi. — Se esqueceu que queijo gruyère continua não sendo vegano?

Ela deu de ombros.

— Eu achei um queijo vegano. Hoje em dia dá pra comprar a versão vegana de qualquer coisa. Tem até bacon vegano. Eu estava até comentando com a Judy esses dias, mas eu acho que veganos não gostam de bacon. Pra que fazer bacon para pessoas que não gostam de bacon?

— Não é sobre gostar ou desgostar. — Eu estava torcendo para que meu sucesso em apoiar as escolhas alimentares do meu namorado compensasse meu fracasso em contar para a minha mãe que estávamos noivos. — É uma questão ética. Tipo quando você protestou contra armas nucleares nos anos oitenta.

Uma expressão preocupante de compreensão tomou conta do rosto da minha mãe.

— Ah. Então ele faz isso pra poder transar?

— Sim — disse Oliver, espantando os cachorros do sofá. — Eu não como nada de origem animal só pra poder comer *outras coisas*.

— Bom — rebateu minha mãe. — Agora que, como eu já sabia, você está noivo, só vai precisar comer *uma coisa*.

Foi naquela altura que a incapacidade do Oliver de contradizer figuras de autoridade bateu de frente com a incapacidade da minha mãe de mentir. Ele se virou para mim.

— Seria um absurdo da minha parte pensar que você não tinha contado pra sua mãe que nós vamos nos casar?

— Quê? — minha mãe gritou com firmeza. — Não. Isso seria ultrajante. Por que eu teria dito tantas vezes que o Luc me contou sobre o casamento se ele não tivesse me contado? Como eu poderia saber?

Oliver não parecia convencido. Mas além disso, e essa era a parte importante, também não parecia furioso.

— E a cabra? — Minha mãe estava decidida a afundar com aquele navio. — Como Judy teria arrumado uma cabra para o casamento se ela não soubesse do casamento?

Criando um pequeno oásis num mar de cachorros, Oliver se sentou e foi imediatamente afundado pelos cães de novo.

— Pode me chamar de cínico, mas cheguei a pensar que a cabra pudesse ser imaginária.

— Não seja bobo, Oliver. Como pode se presentear alguém com uma cabra imaginária?

Me sentei no chão, ao lado das pernas do Oliver e afundei o rosto nas mãos.

— Tá bom, mãe. Obrigado por me acobertar, mas pode parar de tentar ajudar.

A atitude da minha mãe mudou num milésimo de segundo.

— Sendo assim, Luc, saiba que eu estou muito ofendida.

— Desculpa por não ter te contado — murmurei. — Eu queria contar, mas foi algo meio repentino, e eu queria fazer isso pessoalmente, mas aí sem querer eu disse pro Oliver que já tinha te contado e...

— Sim — interveio Oliver. — Por que você fez isso, Lucien?

Minha cabeça continuou afundada nas mãos. Parecia o melhor lugar para ela.

— Bom, você contou para os seus pais e eu fiquei com medo de você achar que eu não ter contado pra minha mãe significava, sei lá, alguma coisa.

— Significa — disse minha mãe — que o Oliver é um filho melhor do que você.

Levantei a cabeça.

— Então, ótimo. Porque agora ele é seu filho também.

Minha mãe refletiu por um tempo.

— Bem pensado. — Ela se sentou no sofá e colocou o braço ao redor do Oliver. — Luc, esse é o Oliver, ele é meu filho. É um rapaz muito bom, tem um bom emprego e sempre liga para a mãe. Oliver — ela apontou com desdém para mim usando a mão livre —, esse é um merdinha ingrato que às vezes vem para a minha casa, come meu curry e reclama.

— Mãe — protestei, sem parecer nem um pouco com um adolescente —, me desculpa. Tem muita coisa acontecendo recentemente e...

Ela jogou a cabeça para trás.

— E como você espera que eu saiba? Você nunca conversa comigo.

— Eu converso com você o tempo todo. Só não mencionei essa coisinha em específico.

— Honestamente — disse Judy —, é uma coisa bem importante. Eu contei sobre quase todos os meus casamentos para os meus pais.

— Viu só? — exclamou minha mãe. — E a Judy é uma péssima filha. Ela causou três ataques cardíacos no pai dela.

Suspirei.

— Tá bom. Eu sou um filho horrível.

— Você *era* um filho horrível — minha mãe corrigiu. — Meu filho agora é o Oliver.

Oliver tinha uma pitada de pânico no olhar que, pouco a pouco, foi se espalhando pelo resto do rosto. O que ele ainda não havia entendido sobre meu relacionamento com a minha mãe era que nós chateávamos um ao outro o tempo todo, às vezes por causa de coisas enormes tipo, hum, eu não contar que ia me casar, às vezes por coisas menores, tipo se o homem que morava na casa ao lado quando eu tinha doze anos se chamava Jim ou John. Só que nada daquilo nunca importava porque ela era minha mãe e, apesar do que ela estava dizendo naquele momento, eu era o filho dela e nós nos amávamos e sempre nos amaríamos.

— Eu não acho que seja uma troca — disse ele. — Pra mim, é mais uma questão de junção de todas as partes.

Minha mãe sorriu, se fazendo de santa.

— Ai, como é bom ter um filho advogado. Ele sempre diz coisas inteligentes em vez de insistir que nosso ex-vizinho se chamava John.

— Peraí — eu interrompi, de fato ficando de pé num salto no calor do momento. — Eu nunca disse que ele se chamava John. Foi *você* quem disse isso.

— Eu não disse que ele se chamava John — minha mãe insistiu. — Eu disse que ele se chamava Jim, porque esse era o nome dele. Mas além de nunca me contar nada, você também nunca me escuta.

— Nada disso. Você disse que o nome dele era John, e que se lembrava disso especificamente por causa dos Beatles.

Minha mãe balançou a cabeça.

— Não, esse era nosso outro vizinho, o sr. Starkey. Enfim — ela se levantou majestosamente do sofá. — Melhor eu servir o curry vegano superespecial antes que a alcachofra fique borrachuda.

Aquela era a deixa para o Oliver ir até a cozinha e ajudar, para o Eugenie segui-lo, e para eu ficar na sala tendo uma conversa bizarra com a Judy.

— E aí — comecei. — Como vão as... coisas?

Ela tirou um Cocker Spaniel de dentro da lareira com a naturalidade de quem fazia aquilo o tempo inteiro.

— Nada mal. Não posso reclamar. Fui encontrar um camarada esses dias pra ver se o pinto dele servia de alguma coisa.

— E... como foi?

— Bem frustrante. Ele me mandou uma foto, mas no fim das contas o pinto não era dele. Era de outro cara. E eu reparei na hora: muito menor, a cabeça com um formato diferente, balançando para cima e para baixo.

— Acontece — eu disse.

Judy soltou um grunhido de indignação.

— Comigo não acontece. Por que quando você chega numa certa idade, os camaradas acham que você vai aceitar qualquer pinto? Quer dizer, eu disse pra ele: "Senhor, já lidei com muito pinto na vida, e este é de longe o espécime mais magricela, esquelético e decepcionante que eu já...".

E foi naquele momento — para o meu alívio — que minha mãe enfiou a cabeça pela porta.

— Ah, aliás, *mon caneton*, apesar de ainda estar muito brava contigo, preciso dizer que estou muito feliz por você e pelo Oliver. É claro que o meu casamento foi uma zona regada a cocaína e meu marido foi um merda que comeu três madrinhas, mas aposto que as coisas serão diferentes pra você.

— Assim espero — eu disse. — Teremos menos cocaína e eu tenho quase certeza de que o Oliver não vai querer transar com nenhuma das madrinhas...

Minha mãe assentiu com seriedade.

— É uma das vantagens de ser um gay.

Deixei passar.

— Acho que é também uma das vantagens de não se casar com um completo cuzão.

— Acho que isso também é parte do problema. Mas você tem *certeza absoluta* sobre a cocaína? Porque se quiser um pouco, eu consigo arranjar.

Havia poucas coisas na vida das quais eu tinha tanta certeza.

— Nada de cocaína. Além do mais, você não precisa arranjar nada.

Por um momento, fiquei com medo de ter ofendido minha mãe de novo.

— Mas é claro que eu vou arranjar coisas. Você é meu filho, e é dever de toda mãe planejar o casamento do filho. E também pagar pelo casamento do filho.

— Tecnicamente, só fazem isso pelas filhas — apontou Judy. — O que foi um pouquinho complicado para o meu velho, já que casei tantas vezes. Mas até aí, aquele caduco era dono de metade do condado, então ele tinha como pagar.

— Eu não *tenho* nenhuma filha — respondeu minha mãe. — E, de qualquer forma, o Luc é um gay, então...

— Será que *precisamos mesmo* ter a conversa do gay-como-substantivo de novo? — perguntei.

Minha mãe balançou a cabeça.

— Agora não, Luc, isso aqui é muito importante.

Levei um tempo para perceber que a coisa muito importante era ela apresentando argumentos para poder controlar meu casamento com o Oliver.

— Calma. É muita generosidade sua, mãe, mas nós não precisamos que você pague por nada.

— Bom, eu estava conversando com o Oliver, e ele disse que seria muita gentileza da minha parte.

— Sim, porque no mundo dele dizer "isso é muita gentileza da sua parte" significa "eu sou educado demais para dizer não".

Equilibrando quatro tigelas de curry vegano superespecial com uma destreza impossível para qualquer um que nunca tenha trabalhado como garçom profissional, Oliver chegou da cozinha.

— Ouvi o meu nome?

— Eu estava explicando para o Luc — disse minha mãe antes que eu pudesse abrir a boca — que você ficou muito feliz com a minha oferta para pagar pelo casamento.

— Na verdade — disse ele, distribuindo as tigelas —, acho que o Luc tem razão. Eu disse que era gentileza da sua parte, o que é verdade. Mas isso, tecnicamente, não significa nenhum sinal de aprovação. Viu só? Ter um filho advogado também tem suas desvantagens.

Minha mãe suspirou.

— Tô vendo. Bom. Vou destrocar vocês então.

— Isso continua não sendo uma situação de troca — fiz questão de relembrar.

Ela me ignorou.

— Pare de mudar de assunto. Por que você não quer que eu pague pelo casamento? Sou velha, rica e quero ser parte do seu dia especial.

— Você será parte do meu dia especial — avisei. — Você pode me levar até o altar ou alguma coisa assim. Mas eu não me sentiria confortável pegando seu dinheiro, e você não vai comprar cocaína pra mim.

Ela cruzou os braços em teimosia.

— Luc, se alguém nesse mundo vai comprar cocaína pra você, melhor que seja sua mãe. Eu conheço os melhores tipos, as melhores pessoas. É claro, muitas delas já morreram porque... bom, traficantes de cocaína geralmente têm estilos de vida muito prejudiciais. Trabalham muito, se alimentam mal. E é um mercado bem estressante.

— Nós temos nossas economias — disse Oliver, cutucando o curry vegano superespecial. — Pelo menos eu tenho economias. Lucien cometeu o erro de trabalhar no setor de caridade.

— Nossa, pior ainda — exclamou minha mãe. — Isso significa que o Oliver vai pagar por tudo sozinho como se você fosse uma daquelas noivas que se encomenda pelo correio.

Analisei aquela analogia por todos os ângulos tentando encontrar um que fosse lisonjeiro para mim.

— Eu não sou nada disso. É só que o Oliver tem um pouco mais de dinheiro que eu, e... — beleza, eu estava soando um pouquinho como uma noiva que se encomenda pelo correio — enfim — concluí, tentando mudar o rumo da conversa —, será uma cerimônia pequena. Só amigos e família, e eu não tenho muitos amigos e não gosto de metade da minha família.

Parando para pensar, nós dois ainda não havíamos conversado sobre o tamanho da cerimônia. Ou sobre a data da cerimônia. Ou a locação da cerimônia. Ou qualquer outra coisa sobre a cerimônia.

— Então — continuou minha mãe, incansável —, se for para ser muito pequena, não tem problema eu pagar.

Deixando o curry vegano superespecial de lado, que sempre conseguia ser pior do que o curry especial normal porque minha mãe o usava como licença poética para ser criativa, tentei ter um debate intenso com Oliver para decidirmos se iríamos aceitar aquilo ou não. Só que, como eu não poderia falar, fui forçado a usar somente as sobrancelhas e o nariz. Como era de esperar, não conseguimos chegar a uma conclusão.

— Podemos pensar a respeito? — perguntei.

— Mas é claro que podem — respondeu minha mãe. — Eu não sou um monstro. Pra ser sincera, só comentei sobre isso agora para poder contar ao Oliver antes de te contar, só pra você ver como machuca. — Ela fez uma pausa. — Dói, não dói, Luc?

Suspirei.

— Sim, mãe, dói. Me desculpe.

— Está desculpado. — Ela ocupou o lugar no sofá ao lado do Oliver. — Mas eu tenho certeza que aquele vizinho se chamava John.

PARTE TRÊS

ALEXANDER ANTONY FITZROVIA
JAMES TWADDLE & CLARA ISABELLA
FORTESCUE-LETTICE

Capela de Coombecamden, Coombecamden
4 de setembro

Quando Alex me convidou para o casamento dele, eu não fiquei... saltando de felicidade, porque casamentos são um saco, mas fiquei um pouquinho animado. Afinal de contas, era legal saber que um colega de trabalho gostava de mim a ponto de me colocar na lista de pessoas que ele queria por perto no dia mais feliz da sua vida. Só que, considerando o círculo social de Alex e Miffy, eu suspeitava que a lista não era exatamente pequena.

Então, alguns meses depois, quando Rhys Jones Bowen sugeriu que, como o escritório inteiro fora convidado, faria sentido alugarmos um micro-ônibus que levasse todos juntos, fiquei um pouquinho animado também. E quando ele acrescentou que um amigo havia emprestado uma casa para passarmos a noite anterior à cerimônia, de modo que não precisássemos acordar supercedo, fiquei aliviado. Porque era muito bom quando outra pessoa cuidava da logística. Aquele me parecia o casamento menos estressante que eu poderia imaginar. Tudo o que eu precisava fazer era aparecer com o Oliver depois de um dia de trabalho e entrar no ônibus como se estivéssemos a caminho de uma viagem escolar. Me senti, como o próprio Alex costumava dizer, serelepe.

Só que, quando chegamos ao meio do percurso, me lembrei de como eu *odiava* viagens escolares. Elas envolviam colocar um monte de gente que se conhecia num contexto bem específico dentro de outro contexto muito diferente e esperar que tudo desse certo. E nunca dava.

Até que começamos bem, com todos animados, amigáveis e ajudando uns aos outros com a bagagem, mas o clima esfriou rapidinho depois de percebermos que cada um tinha levado alguém que conhecia melhor do que o resto do grupo, ou seja, não havia motivo para interagirmos *como grupo*. Então, o clima esfriou ainda mais conforme cada dupla foi percebendo que a maioria das coisas sobre as quais conversariam a dois não deveria ser abordada num veículo cheio de pessoas, as quais eram desconhecidas para uma metade do casal ao passo que eram colegas de trabalho da outra metade.

Até daria para aguentar o climão. Mas aí, Rhys Jones Bowen insistiu em ficar cantando.

— Vamos, galera — tentou ele com o tipo de empolgação que leva brigadas de soldados para dentro das trincheiras. — Vocês estão sendo uns bobalhões. Todo mundo comigo: *A roda do ônibus roda, roda, roda, roda, roda, roda...*

— Isso não é uma música de criança? — perguntei.

— Bom, sim, mas eu não vejo problema algum nisso. — Rhys manteve os olhos na estrada mas me mandou um olhar bem expressivo com os ombros. — A não ser que você tenha esquecido a letra.

E vamos de me meter numa conversa impossível de sair depois.

— Eu só acho meio constrangedor.

— E *eu* acho que isso diz mais sobre você do que sobre a música — Rhys insistiu.

Do banco de trás, Barbara Clench parou brevemente de beijar Gabriel, seu marido absurdamente atraente e muito mais novo.

— Concordo com o Luc. Somos adultos, não deveríamos estar cantando cantigas de ninar; é inapropriado.

— Só se você cantar para atrair criancinhas indefesas pra dentro da sua van — disse a convidada do Rhys. O nome dela era Ana com um *n*, e ele comentou que os dois tinham se conhecido "nas redes sociais". Considerando que, assim como muitas das namoradinhas do Rhys, ela era bizarramente gata e se portava como quem tinha muita autoconfiança no próprio corpo, eu suspeitava de que ele havia conhecido a garota em uma rede social específica. — Caso contrário, é só uma música.

Ao meu lado, Oliver tinha aquele brilho no olhar que aparecia toda vez em que ele entrava no modo fico-feliz-em-opinar.

— E se você estiver só cantando, mas uma criança escutar e se atrair por acidente?

— Você é o advogado — apontou Rhys Jones Bowen. — Me diga você.

— Bom, acho que seria bem difícil provar a intenção criminosa, mas ainda assim você teria que responder algumas perguntas bem desagradáveis.

— Nada de música de criança — repetiu Barbara Clench.

— E se cantarmos a versão safada? — perguntou Rhys. — Aí não seria mais uma música de criança.

Eu estava sendo sugado. Mais uma pergunta e eu ficaria preso em um vórtex de idiotice do qual não conseguiria fugir.

— *Existe* uma versão safada?

— *Sempre* existe uma versão safada — respondeu Rhys com a certeza de um homem que conhecia a maioria delas.

Ploft, eu tinha caído no vórtex.

— Mas... a roda do ônibus? Como seria? Tipo, o pênis do ônibus sobe e desce?

Rhys assentiu balançando os ombros.

— Sim, por aí.

— Eu *me recuso* a cantar a versão *safada* de qualquer música infantil. — Barbara Clench estava rangendo os dentes e, normalmente, aquele era o tipo de situação em que eu sairia do caminho dela. Só que não dava, porque estávamos presos num veículo em movimento.

A dra. Fairclough ficara encarando a janela, em boa parte nos ignorando — ou processando tudo que estávamos dizendo com certo desprendimento. Agora, ela girou a cabeça em nossa direção como um louva-a-deus.

— Eu acho que não sei a letra, na verdade.

— Como assim você não sabe a letra da roda-do-ônibus? — perguntei.

— Como assim você não sabe o nome em latim da mosca de fruta comum? — rebateu a dra. Fairclough.

Oliver chegou pertinho de mim e sussurrou no meu ouvido:

— *Drosophila melanogaster.*

— Drops Filha Mela No Pasto? — tentei, arrancando uma bufada da professora.

— Para ser *sincera* — disse Ana com um *n* —, a letra é um pouquinho controversa.

— Por que? — perguntei em voz alta. — Existe algum significado escondido para "A buzina faz bi, bi, bi, bi" que eu passei a vida inteira sem perceber?

Ela riu. Honestamente, acho que ela riu mais do que a piada merecia, mas aquilo era muito um comportamento de parceira-de-casamento.

— Não, é só que muitas crianças hoje em dia aprendem essas musiquinhas em vídeos do YouTube, então elas só escutam a versão americana.

Eu não sabia se queria saber.

— E qual é a versão americana?

— Em vez do ônibus fazer as coisas "o dia inteiro", ele faz "pela cidade" — explicou ela.

Por um momento, aquilo ajudou porque, embora não conseguíssemos entrar em acordo sobre o tema da conversa, sobre o que cantar, ou se cantar era uma boa ideia, concordávamos cem por cento que colocar as palavras *pela cidade* na música "A roda do ônibus" era uma puta blasfêmia.

— E como você sabe tanto sobre isso? — perguntou Barbara Clench, num momento raro de humanidade.

Ana com um *n* virou o pescoço, olhando para todos nós.

— Eu já fui professora de escola primária.

— Já foi? — Vindo de Barbara Clench, aquela pergunta tinha um teor de isso-não-vai-acabar-bem.

— Sim, hoje em dia eu fico pelada na internet.

Para uma mulher que, considerando a aparência do marido, tinha uma vida sexual bastante ativa, Barbara Clench conseguia ser bem cabeça dura para aquele tipo de coisa. Ela cerrou os lábios.

— Você não acha isso meio degradante?

— Mais ou menos — admitiu Ana com um *n*. — Quer dizer, parando pra pensar, tem algo bem degradante em saber que eu fiz faculdade, consegui dois diplomas e um curso profissionalizante, passei três anos trabalhando setenta horas por semana com crianças carentes, e no final das contas não terminei com nada além de um monte de dívidas e uns cartões de agradecimento. — Ela respirou fundo. Parecia que ela fazia aquele discurso com frequência. — Então, decidi que entre ser material de punheta para desconhecidos ou ser fodida pelo Ministério da Educação, era melhor escolher a opção que pagava mais.

O ônibus ficou em total silêncio enquanto Barbara radiava o tipo de reprovação abafada que só se conseguia radiar depois de uma vida inteira sem nunca parar para analisar uma única preconcepção sequer. O silêncio persistiu até Oliver, com sua melhor voz de pacificador, sugerir:

— Que tal tentarmos "Fulano roubou pão na casa do João"?

Passadas duas horas de uma viagem de quatro horas, paramos numa loja de conveniência para que Rhys pudesse comprar "um refri e um sanduba", e eu aproveitei a oportunidade para esticar as pernas e pegar um daqueles pacotes de Skittles tamanho família que eles, por algum motivo inexplicável, estavam vendendo com desconto. Depois do descanso merecido, voltamos para dentro do micro-ônibus para a segunda e, conforme descobrimos, mais complicada parte da viagem.

Coombecamden, que era tecnicamente-uma-cidade-porque-tinha-uma-catedral-porém-muito-pequenininha, onde o pai da Miffy aparentemente era um conde, ficava situada ao sul de Liverpool, bem na fronteira com o País de Gales, mas a casa do amigo do Rhys ficava um pouquinho a oeste de lá, a uma distância considerável e já dentro da área rural. Ou seja, nós passamos um bom tempo em estradas estreitas e cheias de curvas, ocasionalmente bloqueadas por ovelhas, tentando navegar com um GPS capenga, mapas complicados e muito achismo.

A chuva não ajudava em nada. Começou a garoar quando passamos de Birmingham. Quando chegamos em Stoke-on-Trent, virou uma chuvinha. E, assim que saímos da rodovia M40 e entramos naquela parte do país onde tem mais mato do que calçada e todos os lugares têm nomes tipo Muclestone ou Wetwood, estava chovendo tão forte que era como se o limpador de para-brisa fizesse ondas numa lagoa.

Por fim, Rhys estacionou num gramado que eu não sabia ao certo se poderia ser usado para estacionar, mas eu era muito menino de apartamento para questionar, e anunciou:

— Chegamos! — Com uma empolgação minuciosamente desmerecida.

— Onde, exatamente? — perguntei.

— Na casa do Charlie.

Olhei pela janela, mas juntando a chuva com a falta de sol, não dava para ver nada além de mato molhado.

— Tem certeza?

Rhys apontou para o celular, que mostrava um pequeno círculo azul dentro de um grande círculo azul.

— Google Maps nunca mente.

— Não — admiti. — Mas às vezes ele é *bastante* econômico com a verdade. Oliver deu um tapinha delicado na minha perna.

— E se um de nós sair para dar uma olhada?

"Um de nós", conforme todos sabíamos, significava Oliver. Eu com certeza não iria, e Rhys também não parecia muito a fim. Além do mais, ser proativo depois de uma jornada de micro-ônibus parecia muito mais uma habilidade do Oliver do que minha, já que era uma característica útil e não uma besteira qualquer como as que eu geralmente oferecia.

Passando por cima de mim em direção à porta do ônibus, Oliver desapareceu noite adentro, e voltou momentos depois com o cabelo grudado na testa, a jaqueta molhada e as calças encharcadas até a altura da canela.

— Tem *sim* uma casa lá — confirmou ele. — Mas é do outro lado de um campo bem grande.

— Ah, deve ser essa. — A aura de empolgação do Rhys nunca desaparecera de fato, mas havia murchado um pouquinho quando parecia que estávamos presos na escuridão sem termos onde passar a noite. Agora, ela voltava com vingança. — O Google Maps faz isso às vezes no interior. Te manda para o lugar certo de modo geral, mas não consegue mostrar a rota. Deve ser difícil enxergar lá do espaço.

Ana com um *n* estendeu uma mão afetuosa.

— Acho que não é bem assim que satélites funcionam, querido.

— De qualquer forma, parece ser nossa melhor opção — disse Oliver. — Acho melhor pegarmos nossas coisas e irmos.

Do fundo do ônibus, Barbara Clench grunhiu.

— Essa excursão *não foi* bem planejada.

Rhys continuava sorrindo.

— Não. Mas tem sido uma aventura e tanto, não foi?

— Não sei se "atravessar o campo andando" conta como aventura — apontei.

— Sabe a diferença entre mim e você, Luc? — perguntou Rhys. E, antes que eu pudesse responder, ele disse: — Atitude. Se eu quiser viver uma aventura, eu vou viver uma maldita aventura!

Enquanto todos desembarcavam e Rhys trancava o micro-ônibus, dei uma olhada nos arredores. Havíamos estacionado próximo a uma cerca viva onde havia um portão *muito* bem fechado com uma corrente. Dos dois lados da estrada, eu não via nada além de água e escuridão. Do outro lado do portão, dava para ver... Quer dizer, eu tinha achado que era um campo. Mas pelo jeito como a luz do luar cintilava na superfície, parecia quase um lago. Um lago grande e quadrado com uma casa de campo do outro lado.

— O plano — gritei por cima do barulho cada vez mais intenso da chuva — não pode ser atravessar *aquilo* — e apontei para o campo de água — até chegarmos *lá* — então apontei para a casa de campo.

— Concordo com o Luc — disse Barbara Clench. Ela concordava comigo mais ou menos uma vez por ano. Acho que ela só fazia para me irritar. — Melhor ficarmos no ônibus.

Ana com um *n* deu de ombros.

— O *pior* plano, com certeza, é ficar aqui discutindo. Vamos!

Com a jaqueta por cima da cabeça e a bolsa debaixo do braço, ela saltou por cima da cerca e se mandou. Para o meu alívio, ela não foi imediatamente engolida por um pântano escondido — a água parecia bater na altura do tornozelo — mas eu não estava particularmente a fim de segui-la. Diferente do Rhys, é claro, e eu suspeitava que não era apenas porque os dois estavam juntos mas porque ele era o tipo de pessoa que curtia de verdade fazer aquele tipo de coisa.

Lancei um olhar suplicante para o Oliver.

— É tarde demais para voltarmos pra casa?

— Infelizmente, acho que sim.

Segurando minha mão, Oliver pulou a cerca todo elegante, e depois esperou eu fazer o mesmo. Quer dizer, fazer o mesmo no sentido de pular a cerca, e não no sentido de ser todo elegante.

Andando com os calçados encharcados do outro lado, deixei Oliver passar o braço livre em volta de mim, apoiei a cabeça nele e tentei acreditar que Rhys estava certo e aquilo era mesmo uma aventura. Não apenas uma palhaçada.

20

Rhys não estava certo. Aquilo não era uma aventura. Meus pés estavam molhados. Eu estava me esforçando para não pensar no que acontece quando se está num campo parcialmente alagado cheio de bosta de vaca, e assim como na maioria dos lugares no interior durante a noite, a casa estava muito mais longe do que parecia. Ou eu andava muito mais devagar do que imaginei. Das duas, uma. Provavelmente a segunda. Eu estava cansado e fora de forma.

Rhys encontrou a chave embaixo do tapete porque aparentemente estávamos numa parte do mundo onde ainda era possível fazer aquilo sem ter sua TV roubada, e todos corremos para dentro, agradecidos. Bom, quase todos.

— Daqui a pouco eu entro — disse a dra. Fairclough. Ela estava tão molhada quanto o resto do grupo, mas aquilo não parecia perturbá-la. Na verdade, parecia deixá-la com cara de uma protagonista no fim de uma comédia romântica, à espera de que um babaca aparecesse para uma cena grandiosa de desculpas. — Grandes áreas de água empoçada atraem mosquitos, e estou interessada em observar como o clima afeta o comportamento deles.

— Se divirta, então — disse Rhys, parecendo ter decidido que, como era amigo do dono da casa, isso o tornava anfitrião por proximidade. — Ao resto do grupo, quem gostaria de uma xícara de chá?

Xícaras de chá foram preparadas. Uma vantagem dúbia de se trabalhar com um grupo de desajustados por mais de cinco anos era que todo mundo sabia como todo mundo gostava do próprio chá. É claro, nenhum de nós nunca se deu ao trabalho de pôr aqueles conhecimentos em prática, mas eu preferia acreditar que era tipo um pacto silencioso que tínhamos, como o oposto de pagar uma rodada de drinques num bar. Eu não vou reclamar se colocarem leite demais se você não reclamar que eu deixei a infusão na água por muito tempo.

Deixamos nossos casacos no corredor e nossas malas embaixo da escada, e nos sentamos na sala para secar. Quem quer que fosse o amigo do Rhys, era bem de vida, porque aquela era uma bela duma casa de campo aconchegante na fronteira, com lareira, vigas expostas e móveis de bom gosto. Me joguei numa poltrona com Oliver sentado na minha frente, as costas apoiadas no meu joelho.

— Devo admitir — eu disse — que foi difícil chegar aqui, mas o lugar é bem legalzinho.

— Você precisa saber — disse Rhys para Ana com um *n* — que "bem legalzinho" é o mais perto que o Luc chega de ser gentil a respeito de qualquer coisa.

Ana com um *n* soltou um barulho de ah-faz-sentido que até me deixaria ofendido se não fosse verdade.

— O que esse tal de Charlie faz, afinal de contas? — perguntei.

— Ele ajuda os outros, na verdade — explicou Rhys, de um jeito bem pouco explicativo.

— Médico? — sugeriu Barbara Clench, que estava ocupada com Gabriel. Até onde eu entendia, o papel do Gabriel no casamento era basicamente ficar parado, todo decorativo, sendo desproporcionalmente apaixonado pela Barbara e deixando que ela falasse a maior parte do tempo.

Rhys balançou a cabeça.

— Consultoria, eu acho.

Bebi meu chá e me esforcei para aproveitar o ambiente. Estávamos, afinal de contas, numa casa bacana, e ouvir a chuva batendo nas janelas sempre era relaxante.

— Enfim — eu disse —, que pena que o pai da Miffy não é conde em um lugar mais conveniente.

Barbara assentiu. Se ela continuasse ficando ao meu lado a respeito de todas as coisas, eu precisaria procurar um médico porque alguma coisa devia estar errada comigo.

— Sim. Espero que vocês tenham mais consideração na hora de escolher o lugar do casamento *de vocês*.

— Nosso casamento? — perguntei.

Rhys revirou os olhos.

— Ai, você também? Achei que era só o Alex que vivia se esquecendo do próprio casamento.

— Não, eu lembro muito bem que vou me casar — comecei, e então caiu a ficha de que aquela conversa estava prestes a tomar um rumo bem desconfortável. — Eu só não entendi direito o que você disse sobre ter mais consideração na hora de escolher o local.

— Bom, temos que admitir, Luc — disse Rhys —, que a viagem foi ótima, mas foi *sim* um pouco estressante.

Rumo desconfortável confirmado.

— Sim, e-eu concordo. É só que nosso casamento não será necessariamente... Nós não iremos necessariamente...

— Vocês dois são locais, não são? — observou Rhys. — Quer dizer, de Londres, não daqui. Então, presumo que vocês escolherão um lugar de fácil acesso pra todo mundo.

— Simmm... — Aquilo não iria terminar bem. — Para todos os *convidados*. Mas...

— Mas ainda não discutimos a lista de convidados — disse Oliver, sempre melhor em ser diplomático do que eu. — E muitas das locações que vimos até agora são bem pequenas.

Apesar de ter sido Oliver quem disse — ou melhor, quem jogou uma indireta que todo mundo pegou de tão direta que foi —, eles se viraram para mim.

— Espero — havia um tremor genuíno na voz de Rhys Jones Bowen — que você não esteja querendo dizer o que eu acho que você está querendo dizer.

Me contorci.

— Hummm...

Rhys já havia sacado o celular.

— Alô, rhystocratas — disse ele. — Novidades um pouco... bem, um pouco chocantes. Como todos vocês sabem, meu amigo e colega de trabalho Luc O'Donnell vai se casar em breve...

— Você... — usei a oportunidade para dar uma lição de moral — acabou de anunciar meu casamento nas redes sociais sem me consultar antes?

— Não tente mudar de assunto. Os rhystocratas querem saber por que você acha que nós não somos bons o suficiente para o seu casamento.

— Eu não colocaria desse jeito... — tentei.

Barbara Clench me fuzilou com o olhar, o que, pelo menos, era familiar.

— Como você *colocaria* então?

Aquilo me parecia uma pergunta simples.

— Bom, no seu caso, eu provavelmente diria "Nós dois nos odiamos então eu não achei que você gostaria de ir".

Um silêncio mortal tomou conta da sala. Havia uma chance bem pequena de que *nós dois nos odiamos* não fosse a coisa mais sensível a se dizer depois de passar horas viajando com alguém para o casamento de um colega de trabalho.

— Eu... — Por um momento Barbara não conseguiu dizer mais nada. Por fim, ela soltou: — Eu nunca pensei que...

— Não foi isso que eu...

— Eu sei que... — ai, meu Deus, ela parecia abalada de verdade — às vezes nós somos um pouco... ríspidos, mas sempre achei que fosse uma rivalidade amigável.

Merda.

— Não foi isso que eu quis dizer... Só achei que você *me* odiasse, e eu estava meio que... contando com isso?

— Não me *pareceu* que era isso — disse Barbara, agarrando a mão de Gabriel.

— Ela tem razão — concordou Rhys. — Não pareceu mesmo.

Os dois tinham razão.

— Ajudaria de alguma forma se eu dissesse que sinto muito?

Barbara Clench se levantou.

— Acho que preciso dar uma volta.

O marido dela se levantou e saiu com ela, deixando Oliver e a mim sozinhos com Rhys e Ana com um *n*.

— Não é possível que... Como ela...?

— Nem olhe para mim — disse Rhys. — Eu sempre achei que vocês dois se davam bem.

Aquilo não fazia o menor sentido.

— De onde você tirou isso?

— Bom, vocês são muito parecidos.

Era hipocrisia da minha parte ficar ofendido por ser comparado com uma mulher que eu acabara de negar veementemente que odiava?

— Parecidos o cacete.

— Os dois são grosseiros e acham que são melhores que todo mundo.

— Ei, isso não é... — Parei. Melhor refrasear. — Não sou *nem de longe* tão ruim quanto eu era uns dois anos atrás.

Rhys deu de ombros.

— Ela também não, mas os dois continuam sendo péssimos na maior parte do tempo.

Claramente as palavras não estavam trabalhando ao meu favor, então soltei um grunhido.

— Oliver? Me dá uma mãozinha aqui. Eu não sou um cuzão.

Com uma gentileza que as pessoas só usam com crianças furiosas e cachorros assustados, Oliver acariciou minha perna.

— Você é uma pessoa maravilhosa e eu te amo. Mas, às vezes, você é um *pouquinho* cruel.

Traidor. Traidor de marca maior.

— Você também.

— Isso não é sobre ele. — Rhys parecia tão sério quanto era capaz de parecer, o que era beeem sério. — Foi você quem decidiu não nos convidar para o seu casamento.

— O casamento é dele também — apontei.

— E eu nunca disse que você não poderia convidar seus amigos do trabalho — murmurou Oliver, o traidor. — Só achei que tínhamos concordado em fazer uma cerimônia pequena.

Eu não ia deixar o Oliver se safar dando uma de advogado.

— Como podemos manter a cerimônia pequena se eu convidar o escritório inteiro?

— Não é um escritório tão grande — apontou ele.

Desesperado, voltei a apelar para o Rhys.

— Por que você quer ser convidado, afinal? Duvido que você goste de casamentos. Nenhuma pessoa em sã consciência *gosta* de casamentos.

— A Bridget gosta de casamentos — disse Oliver, continuando a me apunhalar pelas costas.

— A Bridget não é sã. Não quando se trata de coisas românticas.

Oliver abriu um sorriso que quase me fez esquecer de como eu estava puto com ele.

— Verdade, ela sempre achou que nós dois seríamos um ótimo casal.

— Viu só? — Apontei meu dedo para ele com triunfo. — Ele é cruel também. Somos um casal cruel. Um casal de homens cruéis que dizem coisas cruéis e são cruéis um com o outro.

— Se isso ajuda — disse Ana com um *n*. — Eu concordo que a maioria dos casamentos é um saco.

Me recostei na poltrona com um alívio inesperado.

— *Obrigado.* Por que a única pessoa do meu lado aqui é uma mulher que eu nunca vi na vida?

— Porque... — Oliver se virou de joelhos para me encarar. Ele ainda tinha aquele olhar maquiavélico que dificultava demais eu continuar puto com ele — ela é nova e está tentando causar uma boa impressão.

— E além disso — acrescentou Ana com um *n* —, casamentos são um saco mesmo.

Rhys estava balançando a cabeça.

— Ah, não. Eu amo um bom casamento. Todo mundo se veste bem, as pessoas ficam felizes. Só um completo cabeça de ovo teria problema com isso.

— E agora — apontei o dedo para o Rhys — *você* acabou de chamar sua namorada de cabeça de ovo. Por que eu sou o vilão?

Com a cabeça no colo do Rhys, Ana com um *n* deu de ombros.

— Acho que é porque muitas vezes eu sou uma completa cabeça de ovo.

— Viu só? — Rhys assentiu, vingativo. — Um bom relacionamento é baseado em honestidade.

De alguma forma, eu continuava em desvantagem.

— Olha — eu já tinha desistido —, se isso significa tanto assim pra você... É claro que está convidado para o nosso casamento.

— Alex e Miffy e Barbara e Gabriel e a doutora também? — perguntou Rhys.

Alex e Miffy nós meio que tínhamos a obrigação de convidar, já que fomos convidados para o casamento deles. Para ser sincero, eu estava cada vez mais convencido de que casamentos não passavam de um ciclo de vingança elaborado que acabou saindo do controle. Um casal de desgraçados egoístas forçou os amigos a irem para uma festa chata dois mil anos atrás, e os amigos desgraçados e egoístas deles decidiram dar o troco obrigando *o primeiro casal* a ir numa festa chata, e depois um grupo totalmente independente de desgraçados egoístas construiu uma indústria ao redor da situação e lá estávamos nós. Uma situação de olho por olho que deixou o mundo inteiro pagando caro demais por lembrancinhas de mesa.

— Sim! — Lancei um olhar de confirmação rápida para o Oliver, apesar de àquela altura já estarmos presos a um casamento cheio de CACAS por culpa minha e ele meio que ter perdido o direito de discordar. — Todo mundo pode ir. Será ótimo. Quanto mais gente, melhor.

— Ouviram só, rhystocratas? — disse Rhys para o celular. — Finais felizes por aqui. Para mais conteúdos de derreter o coração, não se esqueçam de curtir, compartilhar, se inscrever no canal e seguir a Cê-A-Cê-A em todas as redes sociais.

Ana com um *n* levantou a cabeça do colo dele.

— E eu sou arroba-não-essa-ana-a-outra-ana em todas as redes, e posto conteúdos todo dia quando não estou brigando com os colegas do meu namorado.

— E caso vocês estejam se perguntando — acrescentou Rhys —, sei que parece esquisito o meu canal mostrar pra vocês como encontrar fotos dos peitos da minha namorada, mas eu estou de boa com isso. Ela é uma garota ótima e é o trabalho dela. — Ele pausou por um momento antes de completar: — Além do mais, são peitos muito bonitos, então se você ainda não deu uma olhada, não perca tempo!

Eu não sabia o que dizer depois daquilo, mas, felizmente, uma batida na porta fez com que eu não precisasse dizer nada.

— Deve ser a doutora.

— Ou a Barbara — acrescentei, apreensivo. — Neste caso, melhor eu ir pedir desculpas.

Relutante, me levantei da poltrona e, quando a batida na porta ficou mais intensa, tentei não achar que provavelmente *era* a Barbara, já que aquela impaciência era a cara dela. Ainda assim, não valia a pena adiar mais, então apertei um pouco o passo.

Não era a Barbara. Eram um homem e uma mulher que eu não conhecia, ambos na casa dos quarenta anos. Eles estavam acompanhados por uma policial.

— Desculpe interromper — disse ela. — Mas este casal acabou de ligar para a delegacia dizendo que vocês invadiram a casa deles.

21

— Repita por favor, sr. O'Donnell — disse a policial depois de levar todos para dentro, o que demorou um tempinho, já que estávamos em sete e ela era só uma, e dos sete, três estavam no jardim sendo tristes ou examinando insetos. — Como você e seus amigos vieram parar na casa do sr. e da sra. Plastowe?

Expliquei tudo de novo, e eu estava certo de que nossas histórias seriam relativamente coerentes, porém não sabia se dava para confiar nos meus colegas para conversar com a policial sem que ninguém embarcasse num monólogo sobre mosquitos, seguidores nas redes sociais ou, muito possivelmente, sobre como eu era um babaca.

— Então, depois — ela olhou para baixo — você tomou uma xícara de chá e discutiu com seus colegas de trabalho sobre não convidá-los para o seu casamento?

Assenti.

— Sim.

— E por que você não irá convidá-los para o seu casamento?

— Isso faz parte da investigação? — perguntei.

A policial deu de ombros.

— Não. Mas eles parecem pessoas muito legais. Um deles até *te* convidou para o casamento dele.

— Você convidou toda a delegacia de polícia para o seu casamento?

— É claro.

As coisas provavelmente eram diferentes no interior.

— Olha, muito legal te conhecer e tal, mas será que podemos ir embora agora? Já passou muito tempo e nós precisamos acordar cedo amanhã.

— Eu adoraria — disse a policial com um tom levemente arrependido. — Mas o problema é que vocês não apenas invadiram uma casa...

— Nós não invadimos. A chave estava embaixo do tapete.

— Ainda conta como invasão. Mas depois vocês também disseram que estão na área porque foram convidados para um dos eventos sociais mais exclusivos da região noroeste em anos, e isso acabou subindo o nível do caso.

Aquilo não me soava bem.

— Subindo o nível?

Ela fez um barulho de "creio que sim".

— O casamento Twaddle-Fortescue-Lettice é um evento importante. A segurança do local está mobilizando toda a polícia de Coombe Valley, Merseyside e Northwest Motorway... É um trabalho e tanto.

— O que significa...?

— Significa que precisamos nos certificar de que você e seus amigos não estão planejando nada... disruptivo.

— Disruptivo?

— As pessoas fazem todo tipo de coisa em casamentos da alta sociedade.

Apoiei a cabeça no tampo da mesa.

— Você não pode só ligar para o Alex ou para a Miffy? Eles irão te dizer quem somos.

Provavelmente. Embora o Alex nunca tenha sido muito confiável quando se tratava de se lembrar de pequenas coisas tipo quem é quem, que dia era ou o que estava acontecendo.

— Sinto muito — disse ela. — Não depende de mim.

Voltei para a... não era uma cela exatamente porque nós não estávamos presos. Era mais como uma sala de espera. Lá, Oliver estava ocupado numa conversa intensa com alguém que parecia ser importante, e como ele era um advogado de verdade, presumi que sabia o que estava fazendo e fui me sentar com o resto do grupo. Mais especificamente, fui me sentar com Barbara Clench.

— Oi — eu disse.

Ela olhou para mim.

— Olá.

— Eu... — Não consegui mais nada além daquilo.

— Você não tem obrigação de gostar de mim, Luc — disse ela.

Eu não sabia como responder. Meu instinto inicial dizia *que bom, porque eu não gosto*, mas aquilo parecia escroto até mesmo para mim.

— Não é que... — comecei, mas não soava sincero. — Quer dizer, eu não... Você não me convidou pro seu casamento.

Barbara Clench me encarou.

— Eu já era casada quando a gente se conheceu.

— Beleza, mas você não teria me convidado.

Por um momento ela não respondeu. E então ela riu. Barbara tinha uma risada muito boa, fria na medida certa para mostrar que era verdadeira.

— Você tem razão, não convidaria mesmo. — Ela olhou ao redor da sala e depois se aproximou de mim para contar um segredo. — Falando sério, eu não teria convidado ninguém deste grupo.

— Pois é.

— E pra ser sincera — acrescentou ela —, acho que não quero ir ao seu casamento.

Soltei um dos maiores suspiros de alívio da minha vida.

— Ai, graças a Deus. Não me leve a mal, mas é que...

— Nós não somos amigos — disse ela com uma expressão de pelo-menos-alguém-me-entende. — Eu tenho amigos. Acredito que você também tenha. Não sei por que não podemos aceitar que a única coisa que temos em comum é que nosso salário inadequado é pago pela mesma pessoa.

— Exatamente. — Aquela estava se tornando, de fato, uma das minhas melhores conversas de trabalho. — Olha só, que tal fazermos um acordo? Eu não te convido pro meu casamento e, em troca, você não precisa me contar nada sobre a sua vida nem se importar com a minha.

Ela estendeu a mão.

— Combinado.

Selei o acordo e fiz um esforço para abrir um sorriso.

— Mas eu não te odeio — acrescentou ela.

— Eu também não te odeio.

Ela soltou minha mão.

— E... vamos deixar como está.

Oliver tinha terminado de falar sabe-se lá com quem mas, pelo olhar um pouquinho frustrado — ele entrara no modo profissional, então "um pouquinho de frustração" era o máximo que ele poderia demonstrar —, a conversa não dera em nada.

— Eles estão sendo teimosos — explicou Oliver.

— Nós seremos presos? — perguntei. — Vamos pra cadeia por invasão de propriedade? Nós invadimos uma propriedade a caminho do casamento?

Oliver puxou uma cadeira de plástico azul e se sentou ao meu lado.

— O quão detalhadamente você quer que eu explique?

Caramba, como ele ficava sexy naquela pose de advogado.

— Todos os detalhes.

— Se você insiste... — Ele sorriu, e todo mundo (confundindo minha tentativa de flerte com uma simples pergunta) se reuniu ao nosso redor. Bom, todo mundo exceto a dra. Fairclough, que estava olhando para uma aranha, embora (e eu senti um orgulho esquisito por me lembrar daquilo) aranhas não fossem tecnicamente insetos.

— Pra começar — continuou Oliver, surpreso por ter uma plateia do nada —, não seremos presos por invasão de propriedade porque isso não é um crime descrito no sistema penal do Reino Unido. Arrombamento é um crime, invasão é uma infração civil. Nós *invadimos*, mas só se torna arrombamento se a justiça provar que invadimos com intenção de roubar, ou cometer atentados corporais ou danos ilegais graves.

— Nós roubamos chá — apontou Barbara Clench, com aquela atenção pedante aos detalhes que a tornava tão boa no trabalho.

— Tecnicamente, não roubamos — disse Oliver. — Nós bebemos chá que não nos pertencia, mas roubar é se apropriar desonestamente de propriedade que pertence a terceiros com a intenção de privá-los daquele bem para sempre. Desses cinco elementos...

— Como você tirou cinco elementos de uma única frase? — perguntei, em parte porque eu gostava daquele jogo de leis-são-legais-e-você-é--legal-por-saber-de-tudo-isso e em parte porque eu estava confuso de verdade.

— Desonestidade — Oliver contou nos dedos —, propriedade, apropriação, pertencer a terceiros e intenção de privar. — Ele levantou a mão aberta. — Cinco.

— Além do mais — acrescentou Rhys, que estava sentado do outro lado do círculo com a cabeça apoiada no colo da Ana com um *n* —, é só chá.

Oliver lançou para ele um olhar de queria-que-fosse-simples-assim.

— Infelizmente, essa defesa do "é só chá" não funciona no tribunal. Nossa defesa em específico é a desonestidade.

— Porque... — tentei — nós achávamos que tínhamos a permissão do dono para bebermos o chá?

Se virando para mim — Oliver estava girando a cabeça na direção de todos do grupo —, ele mais ou menos assentiu.

— Curiosamente, o consentimento em si não seria uma defesa boa o bastante também.

— Quê? — Ana com um *n* saltou no lugar, derrubando a cabeça do Rhys. — Eu posso ser presa por roubo mesmo se alguém me der permissão pra pegar a coisa?

— Se você usar dessa permissão com desonestidade, sim. — Oliver entrou no modo advogado total. Eu amava o Oliver Advogado Total, mesmo às duas da manhã numa delegacia aleatória na fronteira com o País de Gales. — A lei especificamente diz "apropriar" e não "apropriar indevidamente", e o precedente foi estabelecido em 1971 quando um taxista que pegou dinheiro da carteira de um turista foi condenado por roubo porque, apesar de o turista ter permitido que ele pegasse o dinheiro, a quantidade de dinheiro pega excedia qualquer taxa razoável.

Ana com um *n* cerrou os olhos.

— Por que você sabe tanta coisa sobre roubos?

Sentindo uma onda repentina de orgulho, dei um abraço possessivo no Oliver.

— Porque ele é advogado.

— Advogado de tribunais superiores — Oliver acrescentou gentilmente. Eu sabia a diferença, só que eu achava o termo "advogado" legal o suficiente sem precisar explicitar que ele usava peruca e toga no trabalho. — E, mais especificamente, sou um advogado criminal nada *sexy* que lida com esse tipo de crime. Passo muito menos tempo dizendo "Meu cliente não pode ser considerado culpado porque os sinais desta torre de celular provam que ele estava a quinze quilômetros de distância do local" e muito mais tempo dizendo "Minha cliente não é tecnicamente culpada pelo roubo porque, apesar de ter saído do restaurante sem pagar, ela só adquiriu a intenção de fazer isso depois de já ter comido a refeição, portanto, no momento em que a apropriação desonesta ocorreu, a comida em questão não estava mais em posse do restaurante".

Ela piscou.

— Você diz muito isso?

— Muito mesmo, juro. Como eu disse, não sou do tipo glamoroso de advogado. Jovens que saíram sem pagar a conta são grande parte da minha base de clientes e "só é roubo se você decidir não pagar antes de comer" é uma tecnicalidade bem conhecida.

Rhys abriu um sorriso largo que dava a entender que ele tivera a ideia mais brilhante de todas. O tipo de sorriso que ele abria muito mais do que devia.

— Isso não é uma tecnicalidade — disse ele. — É um truque pra vida. Nós nunca mais precisaremos pagar para irmos a um restaurante!

— Isso não é um pouquinho antiético? — apontei.

— Verdade, mas pense em quanta batata frita você poderá comer de graça! — A expressão do Rhys me dizia que ele estava pensando exatamente naquilo. Um dia, quero que alguém olhe para mim do jeito como ele estava olhando para as batatas fritas grátis hipotéticas. Apesar de que, sinceramente, às vezes o Oliver me olhava assim.

— Bom — disse Oliver, com o tom de um homem determinado a pelo menos *tentar* colocar o gênio de volta na lâmpada —, você provavelmente acabaria no tribunal e, mesmo se vencesse o caso, o tempo, o esforço, e os honorários dos advogados custariam bem mais do que as batatas fritas a longo prazo.

Rhys, genial como sempre, continuou tranquilão.

— Você diz isso porque não sabe quantas batatas fritas eu consigo comer.

— Se você comer batatas fritas o suficiente para cobrir os custos de uma batalha jurídica — observou Oliver —, isso pode contar como evidência de que você tinha a intenção de não pagar antes de consumir a refeição.

— Isso me parece um ciclo meio esquisito. — Ana com um *n* tirou um dos tênis e balançou os dedos do pé para se distrair. — Você já soltou alguém usando esse argumento?

— Algumas vezes.

Ela estremeceu.

— Isso não é meio... desonesto?

Oliver estava acostumado com aquilo — tão acostumado que havia até comentado a respeito no nosso primeiro encontro de mentira. Agora, aquilo me deixava um pouquinho na defensiva em relação a ele, mas eu sabia que Oliver poderia se defender sozinho.

— Entendo como pode dar essa impressão — disse ele. — Mas... bem, pegando um exemplo recente, tempos atrás eu "soltei alguém" por este exato motivo. Não posso entrar em detalhes, mas o caso que apresentei mostrava como minha cliente e o namorado dela só tinham formado a intenção de sair sem pagar depois de se frustrarem com os funcionários que persistiam em errar o gênero dela. Ela admitiu que não era a coisa certa a fazer, mas estava furiosa na hora e achou o processo de levar o caso ao tribunal profundamente traumático. Eu não acredito que ser acusada de roubo teria a transformado numa pessoa melhor. Não acho que prendê-la ou multá-la teria protegido outras pessoas. Então, não, eu não acho que fui desonesto.

Ana com um *n* não pareceu se convencer. As pessoas geralmente não se convenciam.

— Mas, se é assim, a defesa não deveria ser "ela teve um bom motivo" em vez de "ela decidiu comer antes de decidir que não iria pagar pela comida"?

— Talvez. — Oliver deu de ombros. — Só que aí viveríamos num mundo onde a lei diz que você tem permissão para cometer crimes se achar que tem um bom motivo. Mas quem decide o que é um bom motivo? É a mesma questão do "é apenas chá". Se a lei disser que roubo só conta como roubo se você se apropriar algo de valor monetário significativo, a lei estaria dizendo que roubar uma xícara de chá de uma pessoa pobre é um crime menos sério do que roubar um vinho caro de uma pessoa rica, e isso não me parece muito justo. — Ele suspirou. — Não tenho ilusões em relação ao nosso sistema legal, posso te garantir. Ele possui muitas falhas estruturais, e erros judiciais sempre acontecem, nas duas direções. Mas é o melhor sistema que temos, e os problemas que ele tem geralmente não são os problemas que as pessoas *acham* que ele tem.

— Enfim — me aproximei e toquei o ombro dele, em partes por afeto e em partes querendo me tranquilizar —, *nós* estamos bem, não estamos? Não vamos nos tornar, tipo, Os Sete Ladrões de Chá ou alguma coisa do tipo, né?

Oliver balançou a cabeça.

— Para a nossa sorte, uma das grandes falhas estruturais do nosso sistema legal é que, por sermos um grupo de pessoas brancas de classe média a caminho de um casamento exclusivo da alta sociedade onde suspeito que pelo menos um dos convidados será um juiz da alta corte, a situação está ao nosso favor.

Bem, que alívio. Num jeito meio reconheça-seus-privilégios. Claro que eles não precisavam nos *acusar* de nada e nos segurar ali para que chegássemos atrasados no casamento de Alex e Miffy mas, levando em conta que a festa seria uma extravagância burguesa repleta de aristocratas e arisbabacas, talvez chegar atrasado fosse uma vantagem.

Por um tempo, ficamos sentados em silêncio contemplando nosso destino. Então, Rhys disse:

— Sabe o que eu não entendo?

— O que você não entende? — perguntou Ana com um *n* para que ninguém mais precisasse perguntar.

A expressão perplexa no rosto do Rhys seria cômica se não fosse tão sincera.

— Não entendo por que Charlie nos deu o endereço da casa de outra pessoa.

22

Eles poderiam nos manter ali, segundo Oliver, por vinte e quatro horas. E eu estava começando a achar que eles usariam todo aquele tempo quando escutei uma comoção titânica vindo de algum lugar dentro da delegacia.

— Completamente inaceitável — disse uma voz que não reconheci.

— O que você esperava desta parte do país? — disse outra voz, uma que eu reconheci mas não sabia de onde. — Cheio de galeses e irlandeses malditos por toda parte.

— Vai com calma, Randy. — Aquela era *sim* uma voz que eu reconhecia. Era o Alex Twaddle. — Tem um camarada galês que trabalha comigo e ele é gente *finíssima*.

Merda. A voz ofensiva do meio era o juiz Mayhew. Nós tínhamos nos conhecido no clube do Alex alguns anos atrás e ele sempre me parecera o tipo de ignorante incompetente que eu torcia para que não tivesse muito poder judicial. Ainda assim, se existisse um bom momento para conhecer um juiz amigável — bom, não amigável, mas inclinado para ficar do seu lado — com o hábito de intimidar pessoas era quando se estava numa delegacia sob acusações pendentes de invasão criminosa de propriedade e Grande Roubo de Chás. Os três homens chegaram na nossa sala de espera, onde Alex nos cumprimentou todo radiante enquanto o juiz Mayhew foi direto até o policial de plantão e começou a gritar.

— Bom, *olá*, cavalheiros e cavalheiras — disse Alex enquanto, ao fundo, um juiz furioso que já havia passado da idade de se aposentar cuspia obviedades na cara de um servidor público infeliz. — Fiquei sabendo que vocês arrumaram confusão com a polícia local. Que loucura, né? Mas daqui a pouco tudo estará resolvido.

— E se esse país ainda não virou um *canil* — o juiz Mayhew estava dizendo —, nem você, nem qualquer um *parecido* com você irá trabalhar como agente da lei novamente...

— Por falar nisso — continuou Alex como se nada barulhento e perturbador estivesse acontecendo —, vocês já conheceram o meu...

— Nunca ouvi uma desculpa tão esfarrapada para um oficial não uniformizado em todos os meus anos de...

— ... Futuro sogrão? — Ele olhou em volta e quando ninguém disse *Sim, a gente vive se encontrando para comer foie gras e jogar baralho*, ele continuou. — Pessoal, este é o pai da Miffy, Douglas Lettice, o conde de Coombecamden. Futuro sogrão, esse é o pessoal.

Acenamos para o conde com uma série de "ois" incertos e "milordes" contidos, sem sabermos quanta formalidade era esperada, levando em conta as circunstâncias.

— Neste exato momento, Deus é minha testemunha... — continuou o juiz Mayhew atrás da gente. Ele não parou nem para respirar.

— Que prazer em conhecê-los — disse o conde. Ele era um homem baixinho com sobrancelhas proeminentes e cabelo grisalho. Pelo tom de voz, não dava para saber se nos conhecer era de fato *um prazer* ou não. Ele tinha aquele jeito aristocrata de falar que fazia com que tudo o que ele dizia soasse como obrigação e favor. — Assim que este pequeno contratempo...

— O problema é a falta de respeito, a absoluta falta de respeito...

— ... For resolvido, sugiro que nos acompanhem até a Mansão Lettice, onde teremos o prazer de lhes acomodar.

Me recostei na cadeira.

— Porra, muito obrigado. — Então, me dei conta de que tinha dito *porra* na frente de um conde e me senti esquisito. Daí me dei conta de que tinha acabado de "me colocar no meu lugar" com aquela reação de classismo internalizado por ter dito uma palavra feia na frente de um homem cujo único diferencial era ter antepassados distantes que foram amigos do rei, e me senti ainda mais esquisito. — Desculpa, é que eu achei que iríamos dormir no ônibus.

— Jamais permitiríamos isso. — O conde olhou para o juiz Mayhew do outro lado da sala. — Já terminou, Randy?

— Quase. Só estou dando um conselho para este patife.

O conde de Coombecamden assentiu graciosamente.

— Poderia finalizar um pouco mais rápido, meu jovem?

— Vou falar com seus superiores — concluiu o Juiz Mayhew.

E foi assim. Oliver, como sempre, estava certo. Independente das limitações do sistema britânico de justiça criminal, elas com certeza não pesavam para o lado de pessoas que andavam com a nobreza.

O ônibus, no fim das contas, tinha sido deixado na cena do crime. Bom, na cena do delito. Bom, na cena do incidente que provavelmente jamais veria um registro oficial porque nunca fomos oficialmente acusados de nada e porque um racista nervoso chegou e mandou todo mundo nos soltar. Mas a polícia foi muito tranquila em relação a tudo e deu uma carona para o Rhys buscar o ônibus, então todos embarcamos e seguimos o conde até a Mansão Lettice.

Alex insistiu em ir com a gente, argumentando que seria "pura curtição" — provavelmente porque ele nunca havia andado de ônibus antes —, mas na verdade... Bom. Não foi. Claro que estávamos felizes e gratos por termos saído da delegacia depois de uma estadia de várias horas, mas, de certa forma, terminar uma viagem de quatro horas com meia xícara de chá e um mandado de prisão não tinha deixado o grupo num clima de pura curtição.

— Aliás, Luc — disse Alex —, tenho uma piada pra você.

Sério? Meu dia iria acabar daquele jeito?

— *Você* tem uma piada pra *mim*?

— Já passou da hora, né? Da minha vingança e coisa e tal. Afinal de contas, eu me saí muito bem com todas as piadas que você me contou ao longo dos anos. Contei algumas delas para a Miffy quando nos conhecemos e ela adorou. Contei uma para o conde quando fui pedir a mão da filhota em casamento também.

Eu não ia perguntar qual. Eu não ia perguntar qual.

— Qual?

— Aquela dos pedaços de asfalto.

Eu não ia perguntar por quê. Eu não ia perguntar por quê.

— Por que essa?

— Bom, ele gosta de pedalar, então ele gostou de ser uma piada sobre ciclofaixas. Tive que explicar o jogo de palavras pra ele, acredita? E ele concordou comigo que, enquanto piada, não era lá essas coisas, mas como era uma anedota inocente, não iríamos te culpar.

— Ah — eu disse. — Obrigado?

— Enfim. — Alex juntou as mãos e sorriu. — Aqui vai minha piada. — Ele pigarreou. — O que um pirata romano diz?

— Eu não sei, Alex. — Pensei que seria justo manter o papel de bom ouvinte de piada. — *O que* um pirata romano diz ao chegar na Inglaterra?

— *Summus*.

Todos riram, exceto eu. Porque eu tinha estudado em colégio público. O irritante era que eu provavelmente seria capaz de entender o motivo da *suposta* graça pelo contexto. Quer dizer, era uma piada de pirata. Só existiam dois finais possíveis para uma piada de pirata, e um deles era uma tentativa de subverter o final original. Ainda mais irritante, era ter sessenta por cento de certeza de que pelo menos uma outra pessoa do grupo estava no mesmo barco que eu mas me abandonara por crueldade para que eu fosse o único a não rir, como um plebeu analfabeto e sem senso de humor.

— Rhys — perguntei. — Por que essa piada é engraçada?

Ainda mantendo os olhos fixos na estrada, Rhys deu de ombros daquele jeito que me fazia conseguir imaginar a expressão dele com toda a clareza.

— Não sei, mas todo mundo estava rindo, então achei que seria uma boa me juntar ao grupo. Além do mais, *summus* é uma palavra engraçada. Soa um pouco sexual.

— Não soa *nada* sexual — protestei. — Ninguém diz "Ei, mozão, eu quero fazer um summus com você. Quero te summuzar a noite inteira".

Ana com um *n* virou o pescoço para me encarar.

— Você ficaria chocado com todo tipo de esquisitice que eu recebo nas minhas DMS.

— Quer saber? — eu disse para ela. — Acho que eu não ficaria *nem um pouco* chocado.

Alex estava começando a ficar cabisbaixo.

— Você não disse o que achou da minha piada.

Eu não sabia ao certo o que dizer.

— Acho que não sou o público-alvo.

— Sério? — Alex parecia perplexo. — É muito simples. Veja bem, *summus* é a primeira pessoa do plural do verbo *ser*...

— Ou seja, *are* em inglês é *summus* em latim — respondi. — Sim, essa parte eu entendi sozinho.

— Então por que você não riu?

Por que eu não tinha rido? Acho que, em termos de metalinguagem, eu *tinha entendido* a piada. Que merda, por que toda conversa com Alex terminava com a sensação de que o problema era *comigo*?

— Acho que... acho que para rir, você precisa entender a piada meio... meio que por instinto?

— Ah. — Alex assentiu. — Faz sentido. Moral da história: preste mais atenção nas aulas de latim.

— Eu nunca tive aulas de latim.

Por um momento Alex não disse nada, e depois ele soltou uma risada mais autêntica do que qualquer uma que ele já havia soltado após ouvir uma piada minha.

— Ah, aprendeu sozinho então. Essa foi boa.

— Não, eu nunca aprendi... Deixa pra lá, tenho uma piada pra você também.

Alex saltou no lugar.

— Boa! Manda ver!

— Qual é o queijo favorito dos piratas?

— Não sei — respondeu Alex, como sempre. — Qual *é* o queijo favorito dos piratas?

— P*arrr*mesão.

E lá veio ele. O silêncio mortal.

— P*aaaarrrrrrrr*mesão — repeti.

— Por que piratas gostam de parmesão? — perguntou Alex com uma inocência quase bíblica.

Afundei a cabeça nas mãos.

— Alex, você *acabou de me contar* uma piada onde a associação implícita entre piratas e a sílaba *arr* é o motivo da graça.

— Sim, mas parmesão não começa com *arr*, começa com *par*.

— *Par* é um substituto válido — insisti.

— Ele tem razão — Rhys concordou. — Eu sempre digo *par* quando estou imitando piratas.

Por um momento, Alex pareceu estar processando e, depois, ele assentiu.

— Bom, neste caso, considero a piada excelente, e você pode atribuir minha falta de risada à minha dificuldade de entender por instinto.

Ana com um *n* se virou para trás no banco do ônibus.

— Qual é o queijo favorito do Godzilla? — perguntou ela.

Barbara Clench virou o pescoço no banco da frente.

— Eu não sei — disse ela. — Qual é o queijo favorito dos dinossauros?

— Gorgonzilla — respondeu Ana com um *n*, fazendo uma imitação surpreendente de um dinossauro enorme com bracinhos minúsculos.

Eu ri daquilo. Achei que mereceu. E todos também acharam. Bom, todos, exceto o Alex.

— Eu achei que ele só comia radiação.

— Mil perdões — disse Alex enquanto nos levava por um corredor de carpete felpudo cercado por retratos de uns desgraçados ricos e mortos. — Mas eu e Miffy precisamos de quartos separados; não posso ver a noiva antes do casamento e tal. Nós já pegamos as duas melhores suítes e, obviamente, tem um monte de familiares aqui neste fim de semana, então teremos que colocar vocês num lugar um pouquinho abaixo do padrão.

Antes de conhecer o Oliver, ficar num lugar um pouquinho abaixo do padrão era basicamente meu jeito de viver a vida.

— Não se preocupe. E muito obrigado por, hum, você sabe. Nos resgatar e tudo mais.

Empurrando uma porta, Alex nos guiou para dentro.

— Ah, não foi nada. É sempre um prazer ajudar um parceiro. Além do mais, foi bom para me manter ocupado. Estou empolgado demais pra amanhã e tal, mas isso deixa a gente meio tenso.

O quarto abaixo do padrão acabou sendo muito melhor do que dormir num ônibus e, até onde eu lembrava, um pouquinho melhor do que dormir na maioria das casas onde eu já havia morado durante a vida.

Era um quarto da... Bem, diferente do Oliver, eu não sabia a qual era ele pertencia. Alguma-coiseano, sendo "alguma-coisa" o nome de um rei e/ou rainha, mas isso não ajudava em muita coisa. Edwardiano? Elisabetano? Alguma coisa ali no meio. Velho e chique é onde estou querendo chegar. Janelas grandes. Cama com mosquiteiro. Lareira de verdade.

— Imagino que deixe mesmo. — Era o Oliver, mantendo a conversa enquanto eu me esforçava ao máximo para não cair de cara no objeto macio mais próximo. — Casamento é um passo importante para qualquer pessoa.

O problema do Oliver ser uma boa pessoa era que, enquanto eu soltaria um grunhido qualquer e esperaria o Alex ir embora, ele demonstrou interesse, então Alex se sentou numa poltrona com ar de alguém que chegou para passar a noite. Ou, naquele caso, passar as primeiras horas da manhã.

— Sim. Bom, me pareceu a coisa certa a fazer. Afinal de contas, ela é uma garota excepcional de uma família excepcional. Não podia deixar mamãe e papai passarem a vida inteira achando que sou homossexual. — Ele fez uma pausa. — Sem ofensa.

Por um lado, foi um pouquinho ofensivo. Por outro, era a véspera do casamento dele e nós o arrastamos da cama para nos tirar da cadeia. Então, se existisse um momento ideal para deixar passar, era aquele.

— Mas você sabe — Oliver parecia terrivelmente sincero — que, mesmo se você fosse, não teria problema, certo?

Alex riu.

— Ah, é claro que não teria. Afinal de contas, estamos no século vinte. Um dos melhores amigos do meu pai é homossexual, e recebe um baita apoio de todo mundo, especialmente da própria esposa.

— Hum — eu disse. — Não é meio esquisito pra ela?

— Não vejo por quê. Muitos caras têm outros interesses. Papai é simplesmente pirado por locomotivas a vapor.

Me arrependi muito de não ter me jogado de cara em alguma superfície macia.

— Beleza, mas presumindo que você esteja falando de alguém exclusivamente homossexual, e não de algo no espectro bissexual, acho que seria bem diferente de alguém que curte meios de transporte?

— Claramente você nunca foi casado com um entusiasta de ferrovias.

— Não — protestei. — Mas gostaria de me casar com alguém que fosse atraído por mim.

Franzindo o cenho, Alex tentou beber um gole de um copo de conhaque que não estava ali.

— Essa é uma visão muito limitada do casamento. Claro, se você vai passar o resto da vida com alguém, é mais importante que essa pessoa seja, você sabe, o tipo certo de pessoa.

— Quê? — Massageei minha têmpora discretamente. — Tipo, pertencer ao tipo certo de clubes e usar o tipo certo de chapéu em Ascot?

Alex piscou.

— Mas é óbvio.

— E você... — Oliver interveio gentilmente — sente que Miffy é o tipo certo de pessoa?

— É claro que sinto — exclamou Alex. — O pai dela é um conde, tenha dó! E a família dela quase não tem histórico de hemofilia.

— Isso não é um pouco... eugenista? — perguntei.

Alex abriu um sorriso vago para mim.

— Obrigado. A gente tenta. Papai escolheu mamãe porque o vovô disse que precisávamos de gente alta na linhagem.

— Se é assim, tenho certeza — Oliver colocou a mão no ombro de Alex para acalmá-lo — de que vocês serão muito felizes juntos e tudo dará certo amanhã.

O que notei no olhar de Alex enquanto ele levantava a cabeça para encarar Oliver não era vulnerabilidade exatamente, porque isso devia ter desaparecido dos genes dele junto com a hemofilia e a baixa estatura, mas uma versão burguesa de vulnerabilidade.

— Obrigado — disse ele. — Gentil da sua parte. — E então, com ar de novas resoluções, ele se levantou num salto. — Nem sei o que está me preocupando, na verdade. Afinal de contas, trouxemos um exército de pessoas para termos a certeza de que tudo correrá bem. A família Twaddle pode não saber consertar copiadoras, mas nos casamos direito há séculos, e não é agora que vamos começar a errar nisso. — Por um momento, ele pareceu inquieto. — É só que, você sabe, eu sou idiota demais. As chances de fazer alguma idiotice são altas.

— Você vai se sair bem — disse Oliver. — É só andar em linha reta, repetir o que te mandarem repetir, e dizer "sim" sempre que te perguntarem alguma coisa.

— A não ser que — parei brevemente a massagem nas minhas têmporas — a pergunta seja *Você ama outra pessoa?*

Alex se virou em direção à porta.

— Bom, espero que isso não aconteça. Me parece uma coisa bem cretina para se perguntar a um camarada no dia do casamento dele.

— Tem razão. — Suspirei. — Não sei o que eu estava pensando.

23

Assim que o Alex saiu do quarto, fui me jogar de cara numa superfície macia.

— Não acredito — eu disse, me afundando no colchão macio e tentador — que eu preciso estar de pé para uma festa de casamento daqui a três horas e meia.

Oliver se sentou ao meu lado.

— Duvido que esta seja a primeira vez que você chegou em casa no início da manhã, tomou um banho e logo em seguida foi trabalhar, receber um sermão, ou cumprir qualquer obrigação social.

— Eu tinha vinte e poucos anos naquela época.

— Você mal saiu dos seus vinte e muitos.

— Eu tenho trinta. Sou um homem velho. Não consigo mais lidar com esse estilo de vida insano, emocionante, cheio de campos alagados e roubos de chá. — Afundando meu rosto ainda mais fundo na roupa de cama, gemi como um burro zumbi.   Além do mais, sabe quando você se molha, daí se seca mas não fica completamente seco? Minha calça está entrando na bunda de um jeito esquisito.

Ele alisou meu cabelo.

— Você está muito sexy agora.

— Estou. Estou usando minha calça sexy. É por isso que ela está entrando na bunda.

— Então imagino que sua bunda esteja pedindo um cuidado especial.

— Nada de tapa hoje — resmunguei. — Estou com muito sono.

Ele fez uma pausa. E então, disse:

— Acho que eu devia ter um bigodão cafajeste pra poder dizer melhor a frase seguinte, mas acho que a gente devia tirar essas roupas molhadas.

Tentar imaginar Oliver com um bigodão de cafajeste era... algo que fez meu cérebro acordar rapidinho e começar a tirar a camiseta.

— Você veio entregar pizza? — perguntei. — É tamanho gigante?

— Sim. — Oliver usou sua voz mais rouca, ou seja, rouca pra caralho. — Cheguei pra te entregar a pizza de linguiça tamanho gigante que você pediu. E também, meu pênis.

Meu jeans estava agarrado às minhas pernas de um jeito que, nos filmes, poderia até parecer atraente, mas na vida real era apenas pegajoso. Tentei me chacoalhar para fora da calça de um jeito sensual, mas acabei me embolando numa mistura de jeans e lençóis.

— Acho que você não tem vocação para ator pornô.

— Tem certeza? Acho que o perfil de "advogato" me cai bem. Meu filme de estreia se chamaria *Jurisfodência*.

— Que tal *Habeas Pernas*?

— Esse seria a continuação. — Os olhos dele se alinharam... às minhas pernas abertas. — Falando nisso, essa calça é mesmo muito pequena.

— Obrigado. Eu queria poder te dizer que estava planejando umas safadezas pro casamento mas, na verdade, não tinha nenhuma outra calça limpa em casa.

— Devo admitir — disse ele. — Imaginei isso mesmo.

Caramba. Aquele era o problema de relacionamentos longos. Você acaba conhecendo a outra pessoa bem demais.

— Sendo fruto de planejamento ou da necessidade — Oliver continuava me encarando —, eu gostei do mesmo jeito.

Ele me puxou para um abraço. Um meio abraço. Tipo um abraço mais adulto, onde uma das mãos dele deslizava para continuar mostrando como ele tinha gostado da minha cueca. E como gostou. Ele ainda estava vestido, tendo tirado apenas a jaqueta, então ele estava profissional casual e eu estava garoto de programa chique. Então rolou o clima. Não necessariamente um clima ruim, mas um bem específico que me deixaria desconfortável se eu estivesse com qualquer outra pessoa que não fosse o Oliver.

— Você está muito gelado — disse ele, me esfregando. Uma esfregada do tipo "seus braços e ombros estão com frio". Não do tipo divertido.

Só o Oliver era capaz de se preocupar mais com meu bem-estar do que com a minha bunda.

Dei de ombros.

— Tô bem. Quer dizer... Você pode me esquentar, se quiser.

Infelizmente, Oliver continuou obcecado em garantir que eu não morresse congelado como um celibatário da era vitoriana.

— Quer que eu ligue a banheira?

A questão era: eu não precisava que Oliver ligasse a banheira para mim. Eu era perfeitamente capaz de ligar a banheira. Mas... era gostoso, não era? Ser bem cuidado.

— Acho que... seria ótimo.

Ele tirou a colcha da cama e enrolou em mim — o que mudou um pouco a vibe de garoto sexy e safado para menino de rua faminto resgatado por um cavalheiro gentil —, antes de desaparecer no banheiro. De lá, ouvi o som dos sapatos do Oliver se movendo com eficiência sobre o piso, junto com o barulho de gorgolejo de um encanamento do começo do século vinte. Por fim, caminhei até lá e, com zero surpresa, descobri que até os quartos abaixo do padrão na Mansão Lettice eram equipados com o tipo de banheira em que os senadores romanos trepavam com seus namorados.

— Nossa — eu disse, encarando Oliver através do vapor. — Você deve me amar muito mesmo.

Oliver me encarou de volta, com o cabelo arrumado ganhando cachos por causa do calor.

— Bom, eu amo. Mas eu fiz algo em particular para deixar isso óbvio?

— Você preparou esse banho para mim — expliquei. — E nem sequer mencionou o desperdício de água.

— Bom... é *de fato* um desperdício de água, mas no contexto atual acho que você pode se permitir um banho de banheira. Além do mais — ele abriu um sorriso que mostrava como o Oliver Safado ainda não tinha ido embora —, acho que você merece alguns banhos.

— Quer dizer que eu não tomo banho? — protestei.

— Quero dizer que juntando sua falta de vontade de lavar a louça com os banhos que você pula *de vez em quando*, você já economizou água o suficiente para se dar ao luxo só desta vez.

Tirei o edredom, tirei as calças e desci pelos degraus de mármore até a água quente, borbulhante e levemente aromatizada.

— Eu lavo tudo. A louça e a mim mesmo. — Pausei. — Não ao mesmo tempo. Porém, pensando melhor, isso ajudaria *muito* a economizar água.

— Tem razão. — Oliver cedeu. — Eu te julguei injustamente. Acho que ainda estou traumatizado com aquela vez em que você deixou um prato na sala por uma semana.

— Você também deixou.

— O prato era seu. — Ele cruzou os braços. — Eu estava esperando pra ver se você se tocava.

— Nem era um prato sujo. Só tinha usado pra colocar um sanduíche nele.

— Mesmo assim. Lugar de prato é na cozinha. Nos armários. Não na sala de estar.

Me estiquei na água, boiando um pouquinho — o que, sinceramente, me pareceu esquisito. Eu mal conseguia esticar as pernas na maioria das banheiras comuns.

— Ser casado com você vai ser assim?

— Eu *sou* assim. — Notei um tom defensivo inesperado na voz dele. — Então, creio que sim?

Eu basicamente só estava provocando, e no começo eu achei que ele também estava, mas em algum momento acabamos caindo numa discussão frequente.

— Desculpa pelo prato — eu disse. — Eu genuinamente meio que... parei de notar. Mas não vou fazer isso de novo. E, sabe, você pode sempre dizer: "Luc, arruma essa merda". Ou melhor — fiz minha melhor imitação de Oliver, que não chegava nem perto do original —: "Lucien, por gentileza, recolha suas parafernálias".

Os lábios dele tremeram.

— Eu não falo assim.

— Às vezes, fala um pouco assim, sim. Além disso, ainda estou chateado porque você disse que eu nunca tomo banho.

— Eu não disse que você nunca toma banho. Só apontei que, às vezes, você pula um dia.

— Todo mundo pula um dia — insisti. — É saudável. Para a oleosidade natural e outras coisas. Não é como se eu ficasse fedendo... ai, meu Deus, eu fico fedendo? Você me diria se eu estivesse fedendo, não diria? Se bem que você não me avisou sobre aquele prato.

Ele abriu o primeiro botão da camisa.

— Sim, eu te avisaria se você estivesse fedendo, o que nunca aconteceu. Só estava tentando fazer uma leve referência ao fato de que, às vezes, você... — aquela não era uma pausa boa — não se interessa muito pela rotina.

— Quem se interessa pela rotina? É rotina. O nome já diz tudo. — Joguei água na direção dele, fazendo com que ele saltasse para trás. — Aliás, você vai ficar parado aí criticando meus hábitos pessoais enquanto eu tomo banho?

Aquilo o fez corar.

— Claro que não. Eu... eu vou te deixar terminar em paz.

— Eu estava insinuando que você pode vir tomar banho comigo, se quiser.

Ele hesitou, com aquele olhar meio ansioso, meio esperançoso com o qual ele encarava sobremesas de vez em quando.

— Essa banheira é gigante — continuei. — Quantas banheiras gigantes nós teremos a oportunidade de usar nas nossas vidas?

— Se a gente quiser, provavelmente muitas?

— Nem vem, Oliver. Estou sozinho aqui e... você sabe... *molhado.*

Lucien, eu...

— Você vai economizar água — interrompi. — A ética exige que você tome banho comigo.

— É só que... — Ele hesitou novamente. — Falando sobre rotina, eu não tenho ido à academia ultimamente e, bom, a iluminação aqui é bem intensa.

Ah. Juntando aquilo e a situação do prato, eu não estava no caminho certo para ganhar o prêmio de Namorado Mais Sensível. A questão era: Oliver já estava fazendo terapia havia dezoito meses, e apesar das sessões terem ajudado em muitas coisas, era uma situação de dois passos para a frente, um passo para trás. Tipo, ele chegara num ponto em que não frequentava mais a academia obsessivamente todos os dias e parara de tratar a comida como uma inimiga, mas se preocupar menos com o corpo noventa por cento do tempo o deixara mais autoconsciente nos outros dez por cento. Quer dizer, ele continuava sendo de longe a pessoa mais em forma que eu já havia visto na vida, mas o problema em adquirir um transtorno alimentar na busca de um padrão de beleza impossível era que, ao se livrar de uma coisa, você abria mão da outra.

— Oliver — eu disse. — Você não precisa fazer nada que te deixe desconfortável. Mas você é o homem mais incrível, lindo e gostoso com o qual eu já tive permissão para fazer coisas depravadas. E eu acho que isso nunca vai mudar. Mesmo quando estivermos casados e nós dois pararmos de tentar e você tiver, tipo, setenta e cinco anos e pelos no nariz.

Ele ficou horrorizado de leve.

— Eu nunca terei pelos no nariz.

— Bom, eu continuarei apaixonado por você mesmo se tiver. Agora, vem cá. — Tentei sinalizar que, apesar de aquático, aquele era um espaço seguro. — Entra na banheira.

Tirando os sapatos e as meias, ele se aproximou e ficou agachado na beirada do degrau.

— Eu sei que você não vai me julgar. Só que acho muito difícil eu não julgar a mim mesmo.

Eu tentava ser sensível com as questões de autoimagem do Oliver, tentava mesmo. Mas, no fim das contas, ele era de um jeito e eu era de outro e, às vezes, era difícil me lembrar de que, quando ele se menosprezava, ele não estava me menosprezando por tabela. Ainda assim — e aquilo era algo que eu jamais teria feito um ano antes —, às vezes, quando você quer que alguém confie em você, precisa confiar na pessoa primeiro. Então eu me levantei, deixando a água escorrer pelo meu corpo como uma Vênus de quinta categoria, dei um passo à frente e o beijei, segurando a gola da camisa dele enquanto pressionava nossos lábios com força e urgência.

Tentando dizer coisas que eu não sabia como dizer. Pedindo para que ele acreditasse que eu o amava, o desejava, e que ele sempre seria lindo para mim.

Quando eu finalmente o larguei, ele estava todo desgrenhado, corado e...

— Lucien, agora eu estou todo molhado!

— Se é assim — eu disse —, melhor você entrar na banheira logo.

Dei o que imaginei ser uma puxada de brincadeirinha no braço dele, mas não calculei direito todas os fatores envolvidos, como gravidade, equilíbrio e mármore molhado. Oliver só teve tempo suficiente para se balançar e soltar um "Puta que p..." antes de cairmos para trás dentro da banheira, jogando água para todo lado.

Por sorte, ela era funda e larga o bastante para que não morrêssemos.

Oliver voltou à superfície num borrão de tecido molhado e bolhas. Felizmente ele estava rindo e não bufando, reclamando ou apontando como, por pouco, ele não tinha aberto a cabeça.

— Isso foi muito... muito você, Lucien.

— Foi um acidente.

— Exatamente.

Tirei um momento para admirar o Oliver com uma camisa branca semitransparente grudada em todas as partes do corpo dele em que eu, conscientemente, também gostava de ficar grudado.

— Só pra deixar claro. Isso aqui — fiz um retângulo no ar para enquadrar o corpo inteiro dele — está me deixando muito tentado.

— Obrigado. — Ele parecia envergonhado. — É, hm. É bem desconfortável, na verdade.

— Tenho uma solução.

Ele ainda parecia envergonhado.

— Primeiro me beija de novo.

Na minha cabeça, eu nadaria até os braços dele como uma sereia, cheio de sedução e mistério. Mas eu não passava de um ser terrestre. Então, fui meio tropeçando, meio me arrastando para a frente, quase o derrubando de novo até, finalmente, juntar meus lábios aos dele.

Ainda bem que nós tínhamos muita prática naquilo — no beijo, não em mergulhar numa banheira neoclássica na casa de campo de um conde — e, depois de uns ajustes na posição do nariz, nos encaixamos em uma das poucas rotinas que faziam sentido para mim. O mundo derretia com a sensação familiar da boca do Oliver tocando a minha. O sabor e o calor dele, o jeito como ele sempre começava me beijando com cuidado — como se quisesse deixar óbvio que eu era precioso — antes de se perder

numa urgência intensa. Daí ficávamos intensos e perdidos e desesperados um pelo outro.

Mesmo depois de dois anos. Quando, certamente, já deveria parar de
ser daquele jeito: tudo, sabe como é, intenso e tal. Sinceramente, às vezes
eu ainda me assustava. E não porque da última vez em que eu permitira
me aproximar tanto de alguém acabei me machucando muito, mas porque eu *nunca* havia me permitido me aproximar tanto assim de alguém.
Eu nem sabia que era capaz.

Até conhecer o Oliver. Pois me apaixonar por ele tinha me deixado
indefeso.

Aproveitei a oportunidade para tentar abrir a calça dele no meio do
beijo. E, mais uma vez na minha cabeça, o movimento teria sido delicado
e sensual. Só que, na prática, um cinto molhado era um saco de abrir e
botões molhados não deslizavam com facilidade. Eventualmente acabei
conseguindo, mas quase me afoguei e perdi toda a dignidade no processo.

— Tudo bem? — perguntou Oliver com uma risada enquanto eu voltava para a superfície todo ofegante.

Cuspi metade da água da banheira.

— Tô ótimo. Quem precisa de pulmões?

Ele ainda estava rindo quando me beijou de novo e, por um momento,
nos beijamos como se fôssemos participantes do *De férias com o ex*, só que
sem as câmeras e os barracos. A água nos embalava de um jeito meio
mágico e eu me senti leve como bolhas de champanhe, boiando com Oliver sobre a espuma.

Recostado na borda da banheira, deixei que ele flutuasse nos meus
braços por um tempo.

— Não acredito que, daqui a alguns meses, seremos nós — eu disse.

— Não somos nós agora? — perguntou ele.

— Não, quer dizer... Estaremos nos casando. Não numa catedral, é
claro, e também não vamos hospedar os convidados num palácio como
este, mas... enfim.

Ele ficou quieto. Quieto demais.

— Me parece meio surreal, né?

Mesmo tarde da noite, mesmo pelado e coberto de sabão, dava para
ver que ele estava tenso.

— Tá tudo bem?

— Sim, é só que... — Por um tempo ele parou por ali, me deixando especular todas as possíveis continuações. — Acho que num mundo ideal, meus pais não estariam fazendo tanto caso.

Dei de ombros.

— Fodam-se eles.

— Pra você, é fácil falar. — Ele se virou de lado e olhou para mim. — E eu sei que, *em parte*, você está certo, mas isso não deixa as coisas mais fáceis.

Sim, aquele era o problema. E, provavelmente, *sempre* seria o problema.

— Vai dar tudo certo — tentei. — Semana que vem nós iremos almoçar com eles e eu *prometo* fazer meu melhor pra conquistá-los de volta.

— Obrigado, mas... eles não são pessoas muito fáceis de conquistar.

O que também era um problema. Na verdade, era o mesmo problema.

— Eu sei. Mas vou tentar. Porém, se não der certo, tenho o direito de poder voltar para a estratégia do *foda-se*.

— Isso me parece justo.

Ele voltou a relaxar apoiado em mim e, por um momento, parecia que podíamos ficar para sempre naquele lugar quentinho e mágico onde todos os nossos problemas pareciam sem peso, como a espuma. Porém, pouco a pouco, a água esfriou e meus dedos dos pés ficaram feios e enrugados. Então, escalamos os degraus de mármore ainda mais escorregadios em busca de toalhas. Por um lado, lamentei ter de ver o Oliver tirar a camisa transparente e grudada, mas o corpo por baixo dela, mesmo com todas as inseguranças dele, fez tudo valer a pena. Acariciei o peito dele, causando arrepios, antes de o enrolar na toalha. Normalmente, Oliver se secava de forma rápida e eficiente, se esfregando como se estivesse lixando um banco, mas naquela noite — ou, creio eu, naquela manhã — o tempo, ou o banho, ou os beijos o pegaram de jeito, porque ele parecia feliz em se secar devagarzinho, do meu jeito favorito.

Enrolados na toalha, caminhamos de volta para o quarto, onde o que parecia ser um preocupante nascer do sol atravessava as janelas.

— Que horas são? — perguntou Oliver, piscando.

Peguei o celular em cima da mesa e dei uma olhada.

— Você não vai querer saber.

— É hora de tentar dormir ou de aceitar que vamos virar a noite?

— São quinze pras tanto faz.

— Ah. — Ele tirou o cabelo molhado da testa. — Devo admitir que virar a noite nunca foi minha estratégia favorita.

Eu não diria que, para mim, era uma estratégia. Era mais o jeito como as coisas tendiam a acontecer.

— O truque é aguentar mais uma hora quando você quiser muito, muito ir pra cama.

— Só por curiosidade — uma onda de fadiga atravessou o rosto do Oliver —, essa hora é agora?

Para mim, não era, mas eu suspeitava que ela poderia chegar a qualquer momento.

— Mais ou menos. Precisamos arrumar um jeito de distrair um ao outro.

Ele riu.

— Posso preparar outro banho.

— Pensa no desperdício de água.

— Seu jeito de se distrair é me provocar?

— Está dando certo. — Sorri.

Outro problema de se virar a noite era que o tempo parecia passar muito mais devagar. Olhei ao redor do quarto procurando por qualquer coisa que pudesse nos manter ocupados. Não poderia ser a cama porque aquilo era a receita certa para passarmos o casamento do Alex dormindo. Infelizmente, apesar do ambiente extremamente luxuoso, havia poucas opções de entretenimento. Acho que quando se pode tocar um sino e pedir para que um mordomo traga um pavão vivo e te toque uma punheta a qualquer momento, não há muito sentido em manter um tabuleiro de damas por perto.

Finalmente, meus olhos chegaram na lareira, que continuava crepitante e lançando sombras alaranjadas sobre o que eu acreditava ser um tapete persa.

— Oliver? — eu disse.

Ele deu um salto.

— Sim, estou acordado. Estou superacordado.

— Oliver — repeti.

Ele cerrou os olhos, preocupado.

— Você está fazendo sua cara de tive-uma-ideia-inapropriada.

E eu tive. Tive mesmo.

— Está vendo aquele tapete ofensivamente luxuoso perto daquela lareira ofensivamente bonita? Aquela é uma lareira de verdade com, tipo, fogo?

— Eu faria muitas coisas por você, Lucien, mas provocar um incêndio já é demais.

Como Oliver sempre mantinha seu sono muito regulado, eu nunca o via tonto daquele jeito. E, sinceramente, era meio fofo. Eu o encarei.

— Ai, meu Deus. De onde você tirou *incêndio* como uma ideia de distração para nos manter acordados?

Uma pausa.

— Sei lá. Seja gay, cometa crimes?

— Eu estava pensando numa coisa mais... Seja gay, faça sexo? Sabe, no tapete, na frente da lareira. Porque estamos aqui e acho que vamos nos arrepender se não fizermos.

Mais uma pausa.

— Você quer — perguntou ele devagar — fazer amor comigo na frente da lareira?

— Sim. — A resposta saiu mais agressiva do que eu imaginava. — Com carinho. Lentamente. Ao som de violinos.

— Bom, eu estou muito cansado, então acho que isso conta como "lentamente". E apesar de eu ter certeza que existe um quarteto de cordas em algum lugar nesta mansão, não acredito que estejam aptos para este trabalho.

— Beleza. — Tirei minha toalha e me posicionei da maneira mais sedutora possível no tapete. — Só, sabe como é, faz amor comigo. Faz muito amor comigo.

E Oliver, parecendo bem mais acordado do que estava minutos antes, atravessou o quarto para me alcançar. Ele se ajoelhou e colocou o corpo em cima do meu, enquanto eu levantava o braço para envolvê-lo. No fim das contas, a coisa toda da lareira foi melhor do que eu imaginava. A luz pintava nossos corpos de dourado com listras sombreadas, e o calor nos cobria de um jeito gostoso, como um cobertor.

Não vou mentir, foi sensual pra cacete.

— Ah, Lucien — murmurou Oliver.

E eu olhei para ele, cansado demais e feliz demais para esconder minha sinceridade.

— Eu te amo.

Então. Pois é. Aquilo aconteceu.

Oliver, uma lareira e um tapete macio. Provavelmente a coisa menos a minha cara que eu já havia feito, e eu estava cem por cento de boa com aquilo.

24

Eu não sabia ao certo o que esperar da Catedral de Coombecamden. Por um lado, era uma catedral, e catedrais geralmente são todas emperiquitadas. Por outro, Coombecamden era um buraco no fim do mundo, apenas considerada uma cidade por causa de umas convenções religiosas de 1540.

Então, fiquei impressionado e decepcionado ao mesmo tempo quando seguimos para a festa de casamento luxuosa na cidade — ou no que se passava por uma cidade, já que a maioria do espaço era só área rural, assim como boa parte das cidades inglesas — e chegamos numa torre com estrutura gótica, que não era exatamente uma Abadia de Westminster, mas também não era uma igrejinha paroquial qualquer.

— Beleza, fera da arquitetura — eu disse, me aproximando do Oliver, que estava olhando pela janela do micro-ônibus com um interesse genuíno que eu era cínico demais para demonstrar. — O que me diz?

— Acho que deve ser uma mistura — disse ele. — Parece que foi feita no período medieval e foi recebendo adendos ao longo dos séculos até chegar na era vitoriana.

Lancei um olhar incrédulo para ele.

— E como você sabe disso?

— Na verdade, não sei — admitiu ele. — Mas quando uma cidade pequena possuiu uma catedral anglicana grande assim, ela geralmente é antiga. Caso contrário, ela teria sido construída num lugar mais importante. E como ela não foi reduzida a uma igreja nos séculos subsequentes, deve ter sido alterada ao longo dos anos. Se nos enfiarmos aí por trás, capaz de encontrarmos estátuas profanas dos tempos da Reforma.

Tentando não deixar minha disposição ir embora antes da hora do almoço, fiz algo contra o ombro dele que com certeza não era um dengo.

— Você vai *mesmo* se enfiar aqui por trás?

— Num casamento, seria um pouco rude.

Estacionamos na rua em frente à catedral e Rhys nos colocou para fora. Assim que desembarcamos, me dei conta de como o ônibus verde da CACA destoava dos outros carros do casamento. Ele estava enfiado no meio de uma fileira reluzente de Rolls-Royces, Bentleys e Daimlers, como um tijolo que tivesse sido atirado na vitrine de uma joalheria e houvesse parado entre anéis de diamante e colares de pérolas.

Conforme os convidados chegavam e começavam e entrar na catedral, nós não paramos exatamente de nos destacar. Eu tinha imaginado que nos camuflaríamos de boa. Rhys estava num estilo meio desleixado chique, Ana com um *n* estava fabulosa, e até mesmo Barbara Clench ficara bem num vestido azul bem sofisticado com mangas floridas. Mas nenhum de nós vestia roupas que custavam o preço de uma casa de família, nem chapéus da largura dos ombros, nem aquelas calças cinzas com riscas de giz que eram feias pra caralho mas que homens ricos tinham a obrigação de vestir em ocasiões formais.

Aliás, *obrigação* parecia ser a palavra do dia. Lá no fundo, eu estava esperando por alguma catástrofe terrível no casamento do Alex, porque catástrofes terríveis eram a trilha sonora da vida dele. Mas parecia que eu tinha subestimado a inércia institucional da classe alta. Claro, Alex derrubava chá na lista de doadores, agendava duas reuniões no mesmo horário e prendia a gravata na gaveta de um armário onde nem existiam arquivos dele. E, claro, os colegas e membros do círculo social dele poderiam presidir o colapso da economia do país e a deterioração acelerada da nossa rede de segurança social. Mas aquele era um *evento social*, e tudo daria certo houvesse o que houvesse, ou todo o sistema não serviria de nada.

Nos deixamos levar pela multidão. Nossa mesa ficava a quilômetros de distância da cerimônia, provavelmente para não respingarmos classe média acidentalmente no casal feliz. E assim que os convidados tomaram seus lugares — o que levou um bom tempo, pois "os convidados" eram basicamente todos os londrinos dos condados domésticos, mais a gente —, Alex fez sua entrada. Ele estava... de alguma forma, ele estava com a mesma aparência de sempre. Havia algo no Alex que fazia com que, mesmo vestindo um terno de três peças, um lenço azul brilhante e uma cartola de cetim, o "alexismo" dele sempre acabava brilhando mais. Ou talvez fosse o oposto. Talvez, de alguma forma, Alex estava *sempre* vestindo um lenço azul brilhante e uma cartola de cetim.

Após fazer a longa caminhada até o palco — na minha mente, Oliver me cutucou com o cotovelo e disse *Até o altar, Lucien. Estamos numa catedral* —, houve uma breve pausa antes que Miffy fizesse a entrada dela. E foi significativamente mais pomposa. Pensando melhor, eu nem sei por que Alex estava tão empenhado em não vê-la antes da cerimônia porque o vestido — e os cinco outros que ela deveria vestir ao longo do fim de semana — provavelmente já havia aparecido à exaustão no Instagram e em várias revistas de moda. Sendo sincero, ele merecia aparecer, porque era uma obra prima de grife, feita de seda e renda, moderno sem ser popular, atemporal sem ser exagerado, e com uma cauda que dizia *Sai da frente. Eu ocupo espaço e estou pouco me fodendo*, mas sem se estender até a porta como a da Bridget.

Ao lado do conde, Miffy caminhou até o altar como, bem, como uma princesa. Não como uma princesa de conto de fadas ou de filme. Como uma princesa de verdade, do mundo real. Ou seja, como uma pessoa incrivelmente rica cumprindo um papel social que ela fora preparada a vida inteira para cumprir.

Ao chegar no altar, ela levantou o véu primoroso e o deixou pendurado para trás. E eu pedi a Deus, o que era meio inapropriado considerando o contexto, para que a cerimônia fosse curta. Porque eu já estava no meu limite de preces e/ ou agradecimentos.

— Um casamento — começou o vigário, ou, pelas roupas, o bispo em pessoa — é um dos grandes momentos da vida, um tempo de comprometimento solene e também de boas novas, festa e alegria. São João nos conta como Jesus compartilhou um momento assim em Cana...

Ai, não. Quinze minutos de cerimônia e já estavam contando aquela história sobre Jesus e as pessoas que não se deram ao trabalho de contratar um bufê decente. Acho que eu havia me esquecido, ou me forçado a esquecer, como uma cerimônia religiosa poderia ser tão centrada em Deus. E por mais que eu achasse o casamento com-todas-as-cores-do-

-arco-íris-em-todo-lugar-o-tempo-todo do Miles e do JoJo um *pouquinho* exagerado, aquilo ali era *bem mais* esquisito. Quer dizer, estávamos sentados numa catedral medieval enquanto um homem de chapéu triangular lia um livro de dois mil anos atrás.

— Que a graça do nosso Senhor Jesus Cristo — disse o bispo —, o amor de Deus e a comunhão do Espírito Santo estejam convosco.

— E também convosco — literalmente todo mundo ecoou.

Porra. Ninguém me disse que teria participação da plateia. Como filho de duas lendas do rock dos anos oitenta, minha infância não teve muitas idas à igreja. E, por trinta anos, eu tinha estado de boa com isso. Mas, naquele momento, eu estava me sentindo naqueles sonhos em que você descobre que está numa peça em que todo mundo sabe as falas menos você. E além disso, você está pelado.

Felizmente, eu não estava pelado. Infelizmente, o bispo continuava falando.

— Deus é amor, e aqueles que vivem no amor, vivem com Deus, e Deus vive neles.

E então, do nada, por alguma mágica cultural inexplicável, todo mundo começou a entoar em coro mais uma vez. *Não sei o que graça não sei o que lá Espírito Santo sei lá o que em adoração não sei o que lá.* A única parte que eu estava confiante de que iria acertar foi o *amém* no final, mas nem isso.

— Na presença de Deus — continuou o bispo. — Pai, Filho e Espírito Santo, nos reunimos aqui — que merda, ainda estávamos na parte do nos-reunimos-aqui — para testemunhar o casamento de Alexander Antony Fitzrovia James Twaddle e Clara Isabella Fortescue-Lettice, rezando para que Deus os abençoe, para que compartilhemos sua felicidade e celebremos seu amor.

Como aquilo tudo era possível? Eu não teria me importado, mas nunca havia visto a menor evidência de que Alex fosse remotamente religioso. Então, toda aquela pompa e todas aquelas teologias estranhamente específicas sobre a união de um homem com sua esposa sendo a mesma coisa que a união entre Jesus e a Igreja me soava como um ritual vazio. Só que não, era muito pior. Naquela *catedral*, parecia um ritual de celebração ao poder e ao establishment e à ortodoxia. Já tinha ouvido dizer que a Igreja no Reino Unido era o Partido Conservador rezando, mas até ver um idiota ricaço se casando com a filha de um conde na frente de um bispo de verdade, eu não tinha ideia do quão literal aquilo poderia ser.

Volta, vigário drag, você está perdoado!

Quando chegamos na parte em que o bispo falava "Primeiro, devo perguntar se alguém aqui presente tem algum motivo pelo qual estas duas pessoas não podem se casar legalmente, fale agora...", eu estava meio tentado a me levantar num salto e gritar *Ele não pode se casar com ela porque já é casado comigo*, só para dar um fim a tudo aquilo. Mas fiquei na minha porque, apesar das aparências e dos anos de prática, eu não era um *completo* babaca.

Então, vieram os votos. Que pelo menos não incluíram aquela parte bizarra sobre *honrar e obedecer*, porém fiquei decepcionado ao descobrir que tinha mudado o *Eu aceito* para *Eu irei* e ainda mais decepcionado ao perceber que a cerimônia não terminaria com um *Pode beijar a noiva* como nos filmes, e sim com mais participação da plateia. O bispo perguntou a toda a população de Sloane Square e a um grupo de esquisitos que trabalhavam numa instituição de caridade de insetos comedores de cocô se nós apoiávamos o casamento de Alexander e Clara, agora e nos anos futuros, e todos entoamos em obediência que sim, iríamos apoiar.

Sinceramente, foi meio nojento. E nem estou falando da parte sobre Deus e tal. Era o jeito como todo mundo partia do pressuposto de que aquilo era... universal. De que todos concordávamos com aquela ideia única do que um casamento deveria ser.

E quando eu achei que estava acabando, tome mais Bíblia. E não era aquela parte de boa tipo amar-é-legal e Jesus-é-do-bem. Era a parte da Carta-de-São-Paulo-aos-Efésios. A parte de somos-o-corpo-de-Cristo-e--mulheres-devem-se-sujeitar-aos-maridos. E ninguém pareceu notar aquilo ou se importar com como aquilo era totalmente incompatível com a cena que estava se desenrolando bem na frente deles. Porque não apenas a Miffy era perfeitamente capaz de cuidar da própria vida e da própria carreira, mas também o Alex era a última pessoa a quem alguém deveria se sujeitar, já que ele era — e até ele próprio reconhecia — um grande idiota.

Por fim, nos deixaram sair e nós nos juntamos ao restante dos convidados, conversando educadamente na frente da catedral, enquanto o sr. e a sra. Twaddle-Fortescue-Lettice posavam para uma sessão de fotos infinita. Só depois, finalmente, tivemos permissão para retornar aos nossos veículos.

Eu nunca fiquei tão feliz ao entrar num micro-ônibus em toda a minha vida.

Recostando a cabeça no Oliver, tentei não ficar inconsciente de imediato.

— Ainda bem que essa porra acabou.

— Sério? — Ele me encarou. — Eu achei bem legal.

Aquela não era a resposta que eu esperava.

— Legal? Foi Jesus e heteronormatividade do começo ao fim.

— Bom, sim — ele concordou. — Mas a maioria dos casamentos é assim. É a tradição.

Eu não estava certo de que *É a tradição* poderia ser a justificativa perfeita que o Oliver acreditava ser.

— Você não acha essas tradições meio, sei lá, lavagem cerebral?

— Por que acharia? — Ele deu de ombros, meio desanimado. — Não sou religioso, mas a maioria das pessoas que se casam em igrejas também não é.

— Não. — Eu provavelmente estava cansado demais para ter aquela conversa, porque minha voz saiu mais afiada do que eu pretendia. — Mas você *é* gay.

— Não sei o que isso tem a ver. — Ele sabia. Eu sabia que ele sabia. Ele só não queria admitir porque estava entrando no modo Oliver defensivo palestrinha.

E eu deixaria passar. Eu deixaria passar. Eu deixaria pa...

— Mas você não se sente desconfortável ao ouvir um cara falando que basicamente "Deus disse que casamento foi feito para ser entre homem e mulher e sempre foi assim, e assim sempre será"?

Ele deu de ombros de novo, de um modo ambíguo e irritante.

— Acho que só estou acostumado com cerimônias tradicionais usando uma linguagem um pouco mais arcaica. Afinal, eu trabalho de capa preta e peruca branca.

— Sim, mas — comecei, só que não sabia como continuar porque o que eu imaginei que seria apenas uma conversa sobre comiseração mútua acabou se tornando rapidamente um debate com sérios riscos de se tornar uma briga.

Uma briga que eu não queria ter porque preferia evitar brigar num micro-ônibus na frente dos meus colegas de trabalho.

Ana com um *n* virou para trás do banco dela.

— Concordo com o Luc nessa. Todo esse papo de Deus-Jesus-mulher--submissa me dá nojo mesmo sabendo que, para a maioria das pessoas, são só palavras.

Oliver pareceu estar analisando tudo como se tivesse acionado aquele seu modo estou-ponderando-tudo-segundo-éticas-muito-complexas, modo que eu não sabia ao certo se queria que ele acionasse.

— Eu entendo o que vocês dois querem dizer — ofereceu ele. — E reconheço que posso estar generalizando por conta das minhas experiências antigas, mas há algo reconfortante em ir num casamento que se parece com os casamentos que eu frequentava quando criança.

Dizendo assim, fazia muito mais sentido. Se tinha uma gente que abraçava os casamentos-batizados-funerais-e-tudo-mais aos moldes anglicanos, eram os Blackwood. Só que, às vezes, eu gostaria de saber quais valores do Oliver eram verdadeiramente *dele* e quais ele herdara dos pais.

— E não te incomoda saber que o nosso casamento literalmente *não pode* ser assim?

Eu deveria ter formado aquela frase de um jeito mais suave, visto que o Oliver estremeceu visivelmente.

— Claro que incomoda. Mas isso só significa que eu gostaria que a Igreja fosse mais compreensiva. Não seria legal saber que um casal gay pode se casar numa cerimônia tradicional, caso eles queiram?

— Como uma frequentadora assídua da igreja — interferiu Barbara Clench do banco de trás (é *óbvio* que ela era uma frequentadora assídua da igreja) — eu ficaria muito feliz de ver um casal gay se casando na nossa igreja. O que *me* chateia são pessoas que querem um casamento religioso mesmo sem nunca frequentar as missas.

— Essa é complicada. — Oliver se virou para encará-la, e percebi uma mistura de alívio e frustração, ou seja, ele não estava mais irritado por eu ter deixado no ar a possibilidade de ele ser um "gay péssimo", e havia se perdido numa espiral sem fim de racionalização abstrata. — Por um lado, entendo que se eu fosse religioso, me sentiria assim também. Por outro, acho que uma das características de termos uma Igreja estabelecida é que os rituais do cristianismo anglicano acabam sendo parte da cultura secular. Até porque a Igreja tem seu próprio membro do parlamento.

Acabei pendendo para o lado do alívio, e me interessando pelos meandros das estruturas governamentais.

— A Igreja tem um membro do parlamento?

— O Segundo Comissário de Propriedades da Coroa — respondeu ele. — Também os Lordes Espirituais da Câmara Alta. A igreja não é apenas uma religião neste país, é um governo.

Olhando daquele jeito, toda a estrutura do país parecia bem fodida.

— Isso me parece errado.

— Ah, você acha, é? — Rhys estava seguindo com cuidado um carro supercaro na nossa frente, mas ainda assim tinha a força de vontade para participar de um debate sobre a Constituição britânica. — Agora tente viver num país que vocês, ingleses desgraçados, basicamente dominaram. Me diz o que você acha. — A voz dele ganhou um leve tom de escárnio. — Sem ofensa.

— O problema — observou a dra. Fairclough, que, como sempre, passou o tempo todo olhando pela janela — é que formular um sistema de governo equitativo é impossível fora das espécies eussociais. E os únicos mamíferos eussociais são duas subespécies de rato-toupeira.

Ficamos naquele silêncio típico que se seguia às observações da dra. Fairclough. Então, Oliver, aproveitando a oportunidade para transformar uma conversa desagradável numa conversa bizarra, perguntou com curiosidade:

— Quais espécies de rato-toupeira?

— O rato-toupeira pelado e o rato-toupeira da Damaralândia.

Ana com um *n* estremeceu involuntariamente.

— Ratos-toupeiras são os piores animais.

— Bem, o que você esperava — disse Barbara Clench — de um bicho que tem o nome de dois tipos de praga?

— Na maioria das métricas objetivas — comentou a dra. Fairclough —, humanos são, de longe, os piores animais, exceto em termos de habilidade de sobrevivência em ambientes diversos. — Ela fez uma pausa. — Porém, nesses termos, somos possivelmente inferiores às nossas floras intestinais.

Considerando que a alternativa era brigar com o Oliver sobre umas merdas complexas que eu não queria discutir, me joguei com tudo na conversa.

— Ratoupeira versus Florintestinal parece nome daqueles filmes de monstro bem ruins.

— Quer saber? — disse Rhys, empolgado. — Eu assistiria.

Mais uma pausa. E então, para a surpresa de todos, dra. Fairclough fez uma segunda contribuição.

— Não sei como ratos-toupeiras poderiam lutar contra suas próprias floras intestinais, e se eles estivessem lutando contra uma flora intestinal humana, teriam que entrar dentro de pessoas para fazer isso.

Todos nós contemplamos aquela imagem.

Ana com um *n* estava começando a ficar com aquela cara de onde--foi-que-eu-me-meti, comum entre as namoradas do Rhys momentos depois de nos conhecer.

— Caralho. Isso é assustador de verdade.

— Você acha — perguntou Rhys, com o ar de um homem prestes a destruir seu próprio relacionamento — que eles entrariam pelo umbigo ou se arrastariam bunda adentro?

25

A parte do meu cérebro que estava caindo de sono e, portanto, fazendo conexões aleatórias que não teriam sido feitas em outro momento, levantou a importante questão: por que se chamava *recepção* se só acontecia *depois* do casamento?

Pelo menos tiveram a decência de dar ao grupo da CACA uma mesa própria, assim, conseguimos ignorar os demais convidados durante boa parte da refeição. Aquilo também dava a eles o poder de nos ignorar, o que era até melhor, considerando todo o debate de rato-toupeira/ umbigo--bunda.

A comida, pelo menos, era excelente, e como aqueles eram os ricos desgraçados tradicionais, e não os ricos desgraçados moderninhos, as porções eram generosas. Porém, não havia uma grande quantidade de opções veganas, então Oliver precisou se contentar em roubar um pouquinho da salada de entrada dos outros, o que era bom para aqueles que — como eu e Rhys — achavam que vegetais num evento como aquele eram apenas um golpe para te manter longe da comida boa de verdade.

O discurso do pai da noiva também me agradou. Porque foi curto e direto ao ponto: o orgulho da família, uma historinha divertida da infância, a felicidade em incorporar a riqueza dos Twaddles nas propriedades dos Fortescue-Lettice (essa última parte foi mais implícita do que dita diretamente). O discurso do Alex, ao contrário, foi... nada curto e nem um pouco direto.

— Bom — disse ele, perdendo um pouco o equilíbrio na ponta dos pés. — Como é bacana ver uma festa tão bacana cheia de gente tão bacana e... Jesus, estou falando "bacana" demais, não estou? Enfim, obrigado, sogrão, pelo seu discurso lindo, lindo, e obrigado, sogrão e sogrona, por criarem uma garota tão incrível como a Miffy. Quer dizer, Clara. A gente só chama ela de Miffy para abreviar. Onde eu estava mesmo?

Por mais que eu tivesse achado a cerimônia uma lavagem cerebral, precisava admitir que havia algo divertido em assistir o Alex se atrapalhando durante o discurso de noivo. Por sorte, ele não tentou nenhuma piada, embora com aquele público, aquela do *summus* teria feito um puta sucesso. Depois de Alex, chegou a vez do irmão dele, Cornelius, que todos chamavam de Connie, e que contou *sim* algumas piadas — pelo menos eu supus que fossem piadas, porque as pessoas riram. Mas eram o tipo de piada que só tem graça se você estudou num colégio interno para rapazes ou, em alguns casos extremos, se assistiu a uma partida específica de polo dez anos atrás.

Se aquele fosse um casamento normal, os discursos seriam seguidos por danças numa vibe meio discoteca, com a música tocada por um DJ meia-boca com um corte de cabelo horrível, ou — grandes chances — seriam seguidos pela playlist de alguém no Spotify conectada a um laptop. Como aquele *não era* um casamento normal, não havia dança, só uma interação de leve, e a música era clássica e ao vivo. Aparentemente, Oliver estava certo sobre o quarteto de cordas e, pensando bem, fiquei feliz por eles não terem me visto transar. Aliás, um deles tinha sobrancelhas bizarras pra cacete.

No fim das contas, virar a noite, assistir a uma missa enorme e comer uma refeição gigante era a receita ideal para ficar inconsciente. Então, quando senti que estava escorregando em cima do Oliver como uma stripper que superestimou suas habilidades no pole dance, me esforcei para cerrar os lábios, firmar o quadril, me levantar e socializar. Bem mais lento do que o comum — ele também estava mortinho de cansaço —, Oliver se levantou para me acompanhar, e nós demos uma volta no salão, cumprimentando educadamente desconhecidos que não tinham o menor interesse na gente.

Como de costume, Oliver era muito melhor naquela merda do que eu, conseguindo soltar umas duas ou três frases de conversa fiada com os burgueses mais acessíveis antes de seguirmos em frente.

— Não sei como você consegue interagir com essa gente — eu disse enquanto saíamos de uma conversa breve com uma parlamentar e o marido investidor dela. — Não temos nada em comum com eles.

Oliver deu de ombros, cansado. Ele estava fazendo aquela coisa que algumas pessoas fazem quando estão em lugares cheios, ficando todo animado e extrovertido quando alguém olhava e curvando o corpo para conservar energia assim que paravam de olhar.

— São só pessoas, Lucien.

Me escorei na sobra de uma pilastra para me esconder de um grupo de aristocratas que eu estava meio que criticando.

— Eu sei. Mas... Sei lá. Às vezes parece que você prefere esse bando de cuzões do que a galera do casamento do Miles.

— Devo admitir — disse ele, massageando as têmporas. — Prefiro estar numa casa histórica agradável para o casamento de um homem amigável e inofensivo que já encontrei mais de uma vez do que num túnel cheio de música alta e elementos culturais que nunca entendi. Não acho que eu esteja errado nessa situação.

De um lado, ele não estava. De outro — e talvez fosse culpa do sono e de ter sido quase preso e da chuva e do campo cheio de bosta de vaca líquida, mas eu sentia um misto complicado de exaustão e impaciência.

— Eu não estou dizendo que você está *errado* — comecei, apesar de achar só um pouquinho que ele estava —, mas aquelas pessoas eram meio que, sabe como é, a minha turma?

— Elas *já foram* sua turma — Oliver corrigiu, e eu não estava no clima para ser corrigido. — Sua turma é a Bridge e o Tom, Priya e os James Royce-Royce. E, bom, eu.

Quando ele articulou as coisas daquela forma, tudo me pareceu muito... muito pequeno de repente. Não que eu não amasse meus amigos — óbvio que eu amava meus amigos —, mas eu sempre senti que meus amigos representavam, de alguma forma, uma conexão com algo maior.

— Acho que eu só... Ainda me sinto confuso por você ficar de boa com uma cerimônia que celebra um Deus no qual você não acredita, papéis de gênero que não fazem mais sentido desde 1950, e uma versão de casamento da qual você literalmente não pode fazer parte. — Respirei fundo; aquilo estava ficando bem mais intenso do que eu tinha imaginado. — Mas ficou todo assustado com uma cerimônia que celebra a sua real identidade.

— Lucien. — Assim como eu, Oliver estava um pouco fora de controle, e, assim como eu, estava se escondendo atrás da pilastra para impedir que o que se tornara, inegavelmente, uma briga acabasse respingando no resto da festa. — Não sei ao certo o que você espera de mim. Fomos ao casamento de uma pessoa que você odiava e você, claramente, queria que eu odiasse também. Daí eu odiei. E agora que estamos no casamento de uma pessoa de que você gosta, estou tentando amenizar o clima. E isso parece estar te chateando.

Ai, não. O problema era eu, então? Provavelmente sim. Quer dizer, sejamos sinceros, na maioria das vezes o problema era eu.

Só que, peraí. Naquela ocasião, correndo o risco de estar errado porque ter noção nunca havia sido meu ponto forte, eu tinha certeza de que o problema *não era* eu. Sim, sendo justo — e quem quer ser justo no meio de uma briga? —, Oliver até que poderia usar a cartada do só-estou-fazendo-o-que-você-pediu para algumas partes do casamento do Miles. Mas ele sabia o quanto eu amava massacrar gente rica, e se ele estivesse mesmo tão comprometido a ficar do meu lado, teria se juntado a mim.

Respirei fundo.

— O que está me chateando — aquele parecia um bom momento para esclarecer as coisas — é que você parece ser naturalmente atraído por um estilo de vida pelo qual eu sinto repulsa, e naturalmente repelido por um estilo de vida que me atrai e... é uma bosta perceber isso quando se está prestes a casar com a pessoa.

— Você está exagerando. — Normalmente, Oliver não era tão direto assim mas, até aí, eu normalmente não estava tão cansado. — Se interpretei a situação de maneira errada, peço desculpas, mas só estou tentando te ajudar. Afinal de contas, todos esses casamentos foram de amigos *seus*.

Nem fodendo que ele iria se safar daquilo.

— Dá pra parar com essa coisa de eu-só-estou-tentando-te-ajudar? Porque ou você está de palhaçada com a mi...

— Eu não estou de palhaçada com você, Luci...

— Ou você está de palhaçada com a minha cara — continuei sem dar tempo —, o que seria bem ruim, ou você tem opiniões próprias e continua fazendo aquilo *que eu achei que você já tinha parado de fazer* de ficar tentando fazer seja lá o que os outros esperam que você faça.

— Eu não...

Não adiantou de nada. Eu estava furioso.

— E agora parece que você quer que nosso casamento seja super-tradicional cheio de sinos e incenso, sem nenhuma iconografia queer porque você é tão inseguro de si mesmo que arco-íris te deixam desconfortável.

Eu tinha passado. Tinha passado *significativamente* dos limites.

— Eu não acredito — disse Oliver muito calmo, numa voz que eu nunca havia escutado antes — que o fato de eu não me sentir pessoalmente representado por uma série de símbolos inventados por um grupo muito específico de americanos no final dos anos setenta e popularizado por ativistas e pelo capitalismo global me torne *inseguro de mim mesmo*.

Parte de mim queria pedir desculpas porque estava óbvio que eu o havia magoado. Mas também, com ele fazendo aquela coisa de sou--advogado-e-falo-direitinho, não achei que eu estava de todo errado. E, infelizmente, conforme eu sabia por experiência própria estando dos dois lados da história, *Sinto muito mas eu estou certo* nunca acabava bem.

— Não foi isso que... — eu tentei.

— Foi isso sim — respondeu ele. — Agora, se me dá licença, vou dar uma volta por aí.

Soltei um barulho confuso porque o que mais eu poderia dizer? *Não, fica* soava controlador e carente, mas *Beleza, pode ir* soava birrento pra caralho. Além do mais, sempre que nós brigávamos — o que não acontecia com frequência — era eu quem dava um fim à discussão e precisava de um tempo ou, em casos extremos, precisava me esconder num banheiro. E eu não tinha noção do quão péssimo era estar do outro lado.

Eu deveria ter ido atrás dele. Só que, não, melhor não, porque parte de ser adulto num relacionamento adulto era confiar na outra pessoa. Então, apesar da voz irracional na minha mente me dizendo *Se você não for atrás dele agora, ele vai perceber como você é um merda e terminar tudo*, consegui acreditar mais nos dois anos que passamos juntos do que naquela bagunça de sentimentos que normalmente dominava minha tomada de decisão.

Pegando uma das muitas taças de champanhe grátis, tentei parecer uma pessoa absolutamente tranquila que estava se divertindo no casamento e, só por acaso, calhava de se encontrar sozinha naquele momento. E não alguém que não havia dormido durante a noite e tinha acabado de brigar com o namo... Merda. Noivo.

Aguentei por honráveis dez minutos antes de decidir que já havia me sacrificado demais para os deuses da maturidade, podendo voltar a ser carente de novo.

Infelizmente, o processo de encontrar o Oliver envolvia procurar por ele, o que envolvia não olhar direito por onde eu andava, o que envolvia evitar por pouco esbarrar num convidado, e não evitar de forma alguma derrubar champanhe em cima dele.

— Ai, merda. Me des... — foi tudo o que consegui dizer antes que o juiz Mayhew se virasse como a própria Medusa, me fuzilando com o olhar.

— O que diabos — rugiu ele — você pensa que está fazendo?

De todos os juízes da alta corte em todos os casamentos do mundo, eu tinha que esbarrar justo nele.

— Me descul...

— Não é o bastante. Você está sendo pago para fazer um serviço. Faça direito.

Durante o segundo e meio que eu levei para entender que, *óbvio*, ele tinha achado que eu era um garçom, ele decidiu que já tinha me dado tempo o bastante para responder e continuou.

— E então? Vai ficar aí parado? O que tem a dizer para se defender?

— Eu *já* me desculpei — protestei.

O juiz Mayhew continuava me encarando.

— E *eu* disse que pedir desculpa não é o bastante. Esse é o problema da sua geração. Vocês não escutam, não pensam, não se importam com nada além de si mesmos.

— Eu estava procurando o meu namorado... — Eu soube, no momento em que as palavras saíram da minha boca, que aquela era a coisa errada a dizer.

— Ah, *agora eu entendi*. — Ele cruzou os braços, desafiador. — Você acha que só porque é um tipo de *minoria protegida* pode se safar da responsabilidade pelo seu maldito emprego. Bom, trago *novidades*, meu rapaz. Não é assim que as coisas funcionam. Sei que vocês acham que merecem um passe livre porque podem ir correndo aos prantos atrás da Comissão de Direitos Humanos e que eles farão seus problemas desaparecerem. Bom, sinto muito mas no *mundo real*...

— Eu sou um convidado, juiz Mayhew. — Eu tentei ser educado, mas também com um tom de quem não estava no clima para aquela merda. — Sou amigo do Alex e nós já nos encontramos antes. Várias vezes, inclusive.

— Que nada. Um camarada direito como o Twaddle jamais se misturaria com gente do seu nível. Agora me diga quem é o seu supervisor, ou... *Foda-se.*

— Ou o quê? Eu não trabalho aqui. E da próxima vez que nós nos encontrarmos, você nem sequer irá se lembrar desta conversa, então, até onde eu entendi, não tenho mais motivos para ficar aqui aguentando esse papo de merda.

O rosto do juiz Mayhew foi ganhando tons furiosos de vermelho.

— Em toda a minha vida — disse ele. — Eu *nunca* vi...

— Tá bom, tá bom. Agora, se me dá licença, não tenho tempo pra isso agora.

Acho que devo ter derretido o cérebro do juiz Mayhew, porque ele simplesmente ficou parado ali, bufando. Teria até sido meio satisfatório se não fosse a exaustão e a tristeza tomando conta de todos os meus sentimentos. Entregando minha taça de champanhe meio vazia para alguém que, *esse sim*, trabalhava no bufê, saí do salão sem arrumar briga com mais nenhum babaca maligno.

Eu não era o único convidado no terraço, apesar da garoa leve que chegara para selar o casamento de Alex e Miffy com o espírito britânico mais puro e impecável. Oliver saíra até o jardim central e estava caminhando sem rumo por um daqueles labirintos com grama na altura da canela que deve ter sido moda num momento breve da história onde as pessoas decidiram que ter um labirinto de arbustos era um pouco exagerado, mas ainda não haviam entendido que era possível, por exemplo, não ter labirinto nenhum. Meio correndo, meio caminhando, fui atrás dele. E apesar de ainda estar um pouquinho chateado com ele, a dor genuína nos olhos dele quando eu ignorei o caminho do labirinto porque passar por cima das barreiras era mais fácil foi tão Oliver que eu não consegui continuar aferrado ao rancor.

Por um momento, encaramos um ao outro no meio daqueles mini-arbustos inúteis.

— Me desculpa — exclamei. — Eu não sei lidar muito bem com... — fiz um gesto expansivo — ... isso.

A expressão do Oliver estava menos aliviada do que eu gostaria que estivesse.

— Sim, percebi. Mas, tendo noção de que posso estar simplificando demais uma questão complexa, você sabe que seus pais são muito mais ricos que os meus e, provavelmente, do que muita gente nesta festa, não sabe?

Ah, então ainda estávamos naquele clima? Talvez eu devesse tê-lo deixado sozinho por mais um tempo.

— Oliver, eu te pedi desculpas. Não disse *Por favor, me encoraje a me dar conta dos meus privilégios*.

Ele suspirou.

— Tem razão. Me perdoa. Eu... — Ele suspirou de novo. *Porra*. Foi um suspiro duplo. Aquilo não terminaria bem — Quer dizer, estamos num casamento, e estamos noivos, iremos nos casar em breve, e você vem me dizer que eu tenho homofobia internalizada.

Bom, aquilo era digno de um suspiro duplo.

— Não foi bem isso que eu disse.

— Foi sim.

— Tá bom, mas... — Tentei sorrir mas acabou parecendo uma careta. — Uma vez eu te disse que você tinha distúrbio alimentar, e você achou bem romântico.

Ele não sorriu de volta.

— Não é a mesma coisa e você sabe muito bem.

Assenti, me sentindo péssimo num novo nível.

— Eu sei. E, mais uma vez, me desculpa.

Ficamos em silêncio por um tempo, Oliver procurando pela solução do labirinto, e eu acompanhando o ritmo dele enquanto pegava o atalho do caminho reto.

— Acho que — disse ele, por fim — a parte mais difícil é que eu não sei se você está certo ou errado. Ou o que significaria se você estivesse certo. Ou se estivesse errado.

Ofereci mais uma careta.

— Que bom que você tá vendo aquela terapeuta.

Ainda assim, ele não sorriu de volta.

— Hum — murmurei, concluindo (como devia ter concluído bem antes) que não daria para sair daquela briga só com piadinha —, o que isso significa? Tipo, pra gente?

Oliver parou e me olhou nos olhos. Os dele estavam num tom cinza-escuro e cheios de tristeza. *Eba*. Eu era um lixo.

— Não sei muito bem. Mas acho que não significa nada pra *nós*. Acho que só significa alguma coisa pra *mim*.

— Tudo bem. — Me senti mal por ficar aliviado ao descobrir que aquilo era um problema do Oliver, e não um problema da gente nem um problema meu. Mas fiquei aliviado mesmo assim. — Então... o que isso significa para você?

Ele suspirou pela terceira vez.

— Que você tem razão. Que bom que tenho uma terapeuta.

— E... e... o casamento? — Ai, meu Deus, Oliver estava tendo uma grande crise emocional. E eu estava todo tipo *Ai, mas e o meu dia especial?* Eu estava me tornando um "monstronoivo".

— No fim das contas — murmurou Oliver —, isso só deve facilitar as coisas. Você tem suas preferências, e eu... Eu estou questionando as minhas.

— Quê? — Quase tropecei num arbusto decorativo. — Não. Não é isso que eu queria que acontecesse. Eu só queria... tipo, sei lá. Um arco de balões nas cores do arco-íris. E não te fazer ter uma crise de identidade.

Finalmente ele sorriu.

— Se te ajuda, acho que a crise de identidade já devia ter acontecido há um bom tempo. Porém, devo dizer que um arco de balões nas cores arco-íris continua me parecendo algo *tenebroso*.

— Decorações de mesa escrito *Ele & Ele*?

— Eca.

— Canudos com piroquinhas rosé-gold?

Oliver riu.

— De mau gosto, falocêntrico, cisnormativo e o tipo de coisa que se usa numa despedida de solteiro, não num casamento.

— Um quadro personalizado com dois anjos se abraçando, mas os anjos têm seu rosto e o meu.

Aquilo me garantiu um olhar preocupado.

— Isso foi muito específico.

— Achei na internet esses dias. É *bem* fofo. De um jeito meio kitsch, sabe?

— Sabia que a palavra *kitsch* veio de...

Eu sabia, estávamos namorando havia dois anos e ele já tinha me contado aquilo antes.

— Sim, sim, vem da palavra *volkitsch*, que era parte central da ideologia nazista. Gosto de pensar que o termo foi ressignificado. Tipo *bicha*, entre nós.

Oliver cruzou os braços.

— Sabia que dizer que está ressignificando alguma coisa não te dá exatamente o direito de ressignificar essa coisa ou de garantir que a coisa foi ressignificada?

Soltei um suspiro também.

— Sim. Eu sei. — E depois, como eu ainda estava um pouco balançado com o quão longe a briga havia ido, me peguei perguntando com a voz carente. — Quer dizer que... nós estamos... de boa?

— Sempre — disse ele.

Então ele passou por cima do labirinto para me beijar.

Alguns dias depois, Oliver tentou me acordar delicadamente com a seguinte frase:

— Fiz rabanada.

Só que, primeiro, eu não estava dormindo. Só estava deitado em pânico absoluto. E, segundo, certeza que ele estava querendo me subornar. Era o dia em que iríamos ver os pais dele, e como qualquer pessoa normal, eu não *queria* ver os pais dele.

— Algumas coisas não podem ser melhoradas com rabanada — eu disse. — Você está estragando rabanadas por associação.

— Bom, eu posso jogar fora se...

— Não. — Saí das cobertas e agarrei o prato. — Não. Eu como. Mas quero que você saiba que estou comendo *sabendo* que isso aqui é suborno.

Oliver parecia levemente culpado. Como bem deveria estar mesmo.

— Prefiro pensar nisso como um gesto carinhoso pra você, porque eu sei que você fará algo carinhoso por mim.

— Sim, esse é literalmente o significado de suborno.

— Não, suborno é contingente. Suborno vem com expectativas. Isso aqui veio depois de você concordar em fazer uma coisa que eu te pedi, então, legalmente, é só um presente de agradecimento.

Mal-humorado, mastiguei a rabanada superdeliciosa, tentando não demonstrar o quão superdeliciosa ela estava. Mas estava *realmente* deliciosa. *Droga.*

Oliver pigarreou.

— Embora eu adore ficar te olhando fazendo beicinho e/ ou comendo minha comida, temos que nos apressar um pouquinho.

Limpei o restinho de xarope de bordo no prato com o último pedaço de rabanada e o levei lentamente até a boca.

— Temos tempo de sobra. Desde que você se contente com a camisa que está vestindo e não decida experimentar sessenta e cinco outras camisas idênticas antes de partirmos.

— Lucien. — Havia um tom de alerta na voz dele. — Você sabe como a relação com os meus pais é complicada. E eu lido melhor com eles se estiver confiante em termos de aparência e pontualidade.

Talvez ele até se sentisse assim. Mas eu nunca tinha visto nenhuma evidência de que aquilo ajudava em alguma coisa. Mesmo assim, concordei com aquilo. *Aquilo*, no caso, era uma viagem até Milton Keynes para convencer Miriam e David Blackwood a 1) irem ao casamento do filho deles e 2) não arruinarem tudo. Só que com mais jeitinho para que eles não se sentissem "atacados". Claramente, seria um desastre. Mas Oliver e eu tínhamos nos comprometido com a ilusão mútua de que daria certo. Ou de que, no mínimo, valeria a pena tentar.

— Vou ter que pedir desculpas, não vou? — perguntei, depois de tomar banho, me vestir e colocar o cinto de segurança no carro que alugávamos com tanta frequência que, praticamente, já era nosso. Nas outras ocasiões em que eu não tinha conseguido evitar Miram e David, eu só não mencionava nada e deixava os dois voltarem a fingir que eu não existia o mais rápido possível. Mas agora era diferente. Era sobre *construir pontes*, seja lá o que isso significasse.

— Não vou te pedir para se desculpar — respondeu Oliver com uma ambiguidade fatal. — Mas, sinceramente, talvez eles esperem por isso.

Apesar de serem dez e vinte da manhã e de eu ter ido dormir cedo, eu já estava cansado.

— Quer dizer, creio que eu tenha mandado eles se foderem no aniversário de casamento dos dois, o que provavelmente foi um pouquinho agressivo.

— Foi um gesto muito encantador, porém não me ajudou em muita coisa.

— Bom, me desculpa — ainda bem que Oliver gostava de me ver fazendo beicinho, porque eu estava fazendo muito —, mas não sei falar como um advogado.

Oliver virou com destreza na avenida B502.

— Sim, mas você não conhece nenhuma outra expressão que não seja *vão se foder*?

— É foda, mas não — respondi.

E Oliver deveria estar muito tenso, porque nem uma risadinha de pena ele soltou.

— Olha. — Apoiei a mão sobre o joelho dele com carinho. — Eu sei que estraguei as coisas no começo. E, pensando melhor, eu queria poder desfoder meu jeito de falar. Mas, tipo, eu te amo, não aceito ver outras pessoas te tratando mal e não vou dizer que foi errado da minha parte te defender.

Um rubor leve tomou conta das bochechas do Oliver.

— É claro que não foi errado.

— E você vai ficar bem se... — perguntei meio sem jeito. — Quer dizer, se eu não foder com tudo, e ainda assim a gente ficar numa situação foda ou continuar fodido e...

— Espero — Oliver me lançou um sorriso seco do banco do motorista — que isso seja você tirando todas as fodas do seu organismo.

— Será uma zona livre de fodas, prometo. Mas, na verdade, acho que precisamos nos preparar para a possibilidade de que o dia termine com os seus pais decidindo não ficar do nosso lado.

— Estou ciente dessa possibilidade — disse Oliver com um tom relutante. — Porém prefiro falar disso apenas se for o caso.

— Tá bom. Só... — Mas parei. Porque, afinal, o que eu poderia pedir? Eu sabia o que *queria* pedir: para que ele me prometesse que ficaria bem, a despeito do que acontecesse, e que eu não acordaria na manhã seguinte numa cama vazia com o Oliver todo vestido dizendo *Sinto muito, não posso fazer isso*. Mas não seria um pedido justo.

Os olhos do Oliver avistaram os meus no espelho retrovisor.

— Só o quê?

— Nada. Desculpa.

E por mais que não fosse comum Oliver deixar as coisas para lá, naquele momento nós dois estávamos tentando confiar um no outro.

Acho que precisávamos confiar.

— Podcast? — ofereci, tentando ajudar; mas, com o pedido de casamento, a compra da aliança e a confusão envolvendo os pais, eu não sabia direito o que Oliver estava ouvindo no momento.

Ele balançou a cabeça.

— Melhor não. Tudo bem se eu dirigir em silêncio?

— Claro — respondi. Afinal, o que mais eu poderia dizer? Quer dizer, não estava tudo bem. Não porque eu estivesse desesperado para ouvir um podcast, mas porque o Oliver não querer ouvir um era algo que me preocupava muito. Escutar documentários e mistérios dramatizados era o mais perto que ele chegava de relaxar. Então, eu odiava saber que, naquele momento, ele estava se sentindo de um jeito que nem *This American Life* seria capaz de acalmá-lo.

Não era de surpreender que Miram e David Blackwood tivessem insistido em levar o filho vegano a um restaurante com exatamente *uma* opção vegana no cardápio. Depois que Oliver pediu uma salada supernutritiva e eu pedi a mesma coisa em solidariedade masoquista, os pais torturaram o garçom por um tempo — David exigindo um filé com uma lista muito específica de instruções de preparo e Miriam, educada porém inabalável, insistindo que eles preparassem um risoto de vegetais que não existia no cardápio.

Assim que tudo foi resolvido, para a satisfação deles, nos sentamos em silêncio até David finalmente dizer:

— Então vocês vão se casar, certo?

— Sim — respondeu Oliver, soando muito mais calmo do que a tensão no maxilar demonstrava. — E gostaríamos que vocês estivessem presentes.

Miriam, conferindo se os talheres estavam limpos, soltou o garfo.

— É claro que nós vamos, querido. Isso nunca foi uma questão. Só queremos nos certificar de que você está tomando a decisão certa.

Considerando que os Blackwood pareciam determinados a falar como se eu não estivesse presente, comecei a desejar não ter ido no fim das contas.

— Eu já disse que estou certo. — A voz do Oliver ficou mais calma e o maxilar mais tenso. — Isso não está em questão.

— Mas se casar... — protestou Miriam — quando se é assim tão jovem...

Oliver encarou um pedaço de pão por um bom tempo.

— Sou mais velho do que vocês eram quando se casaram.

— Isso não é sobre nós — disse David, previsível. — As coisas são diferentes para a sua geração.

— Além disso — acrescentou Miriam —, é diferente quando se trata de... de... — ela gesticulou na intenção de comunicar *pessoas gays* sem ter que falar as palavras — homens. Homens não são como mulheres. Você tem necessidades diferentes.

Eu queria perguntar quais necessidades eram essas, exatamente. Mas eu não estava ali para confrontar essencialismo-de-gênero-barra-homofobia-causal, estava ali para apoiar o Oliver. Então, fiquei quieto.

— Você não entenderia isso — continuou Miriam com seu "héterosplaining" —, mas mulheres precisam de comprometimento.

— Já homens — interveio David — são cachorros.

Oliver ergueu os olhos que haviam passado a maior parte da conversa encarando as mãos.

— Já namorou muitos homens, pai?

Houve um silêncio muito perturbador. A pior coisa sobre David Blackwood — de uma coleção extensa de coisas ruins — era que ele se parecia um pouquinho com o Oliver. As mesmas feições levemente quadradas, os mesmos olhos acinzentados que, nele, nunca pareciam delicados. Era como um vislumbre do futuro se eu acabasse casando com uma pessoa horrível por acidente.

— Imagino que você esteja pegando esse jeito *dele*. — David nem sequer se deu ao trabalho de olhar para mim.

Gosto de pensar que o fato de eu não ter respondido, de forma alguma, conte como uma das sete coisas mais nobres que eu fiz na vida.

— Me desculpe — disse Oliver rapidamente.

O que não era exatamente a pressa em me defender que eu estava esperando. Mas, novamente, estávamos ali pelo nosso casamento e não pelo meu ego, e irritar David Blackwood antes do prato principal seria uma péssima estratégia.

O silêncio desconfortável durou apenas o tempo até a comida chegar. Então, Miriam soltou:

queijos artesanais, então estava confiante de que conseguiria arrumar os ingredientes sem dificuldade. Além do mais, qualquer mercadinho vendia metade daquelas coisas. Parte de mim estava preocupado com o leite de amêndoa ser antiético, mas eu não conseguia lembrar o motivo ou se estava confundindo com o óleo de palma, então decidi que, segundo a perspectiva do Oliver, ao menos seria melhor do que leite de vaca.

No fim das contas, o ingrediente que mais me deu trabalho foi o "pão dormido firme" porque eu não tinha ideia do que aquilo significava e eu não queria que a minha rabanada desmanchasse na panela. Mas por algum motivo, quando eu perguntava nas lojas "o quão firme é o seu pão dormido?", as pessoas achavam que eu estava de brincadeira. A internet me disse que eu deveria usar brioche, mas também me dizia que brioche não era vegano a não ser que fosse de uma marca específica, e aquela marca só fazia pão de hambúrguer. No fim das contas, acabei pegando o de massa azeda, pensando que se um pão que serviria para agredir um intruso durante uma invasão não fosse "firme" o bastante, nada seria.

De volta ao apartamento, tomei a precaução extremamente sensível e madura de abrir todas as janelas e retirar as baterias do alarme de incêndio. E depois, mão na massa. Para a minha felicidade, a primeira parte da receita era basicamente "jogue tudo menos o pão numa tigela e coloque a tigela na geladeira", e eu superconseguia fazer a aquilo. Quer dizer, sim, eu provavelmente coloquei canela demais porque derrubei a colher, mas até aí, canela era um daqueles ingredientes que nunca são demais. Tipo, sei lá, gengibre ou alho. Ai, meu Deus, eu tinha herdado as habilidades culinárias da minha mãe...

Como se aquela conclusão não fosse terrível o bastante, me dei conta de que, apesar de ter sido bacana eu comprar um pão caro e tal, isso significava que ele não vinha fatiado. E a frase "a melhor coisa inventada desde o pão fatiado" era um bom clichê por um motivo. No fim das contas, acabei cortando o pão em dez pedaços irregulares que sob nenhuma circunstância poderiam ser chamados de "fatias". Havia o pedaço da ponta, que tinha a dimensão aproximada de um plug anal. O pedaço seguinte era grosso como meu dedão na parte de cima e mais fino que minha faca de pão na parte de baixo. Daí mais dois pedaços que eram praticamente migalhas; uma fatia mais ou menos decente que por algum mento sem saber o que fazer. E na falta de um botão verde enorme escrito *Aperte aqui para consertar seu namorado*, fiz faxina.

Limpar não me trazia a mesma sensação virtuosa de paz que trazia para o Oliver, mas era legal saber que, quando ele acordasse, estaria num espaço habitável para humanos, e não numa combinação de cesto de roupa suja e lixeira.

Quando terminei, ele ainda não havia acordado, em parte porque a limpeza tinha dado muito menos trabalho do que da outra vez em que tentei faxinar o apartamento inteiro, em parte porque, como eu disse, ele estava mal. Porém, estava chegando no ponto em que eu achei que ele talvez pudesse querer comer alguma coisa, mas ao abrir minha geladeira, descobri que não havia nada ali que não estivesse vencido mais de seis meses atrás, ou fosse de origem animal, ou, num número vergonhoso de casos, ambas as opções.

Havia um vidro de picles — porque geladeiras reproduzem vidros de picles espontaneamente sem que ninguém precise comprar —, só que eu não achava que aparecer ao lado do Oliver na cama dizendo *Oi, meu amor. Sei que seu pai morreu e que você está lidando com muitas emoções complicadas, mas eu trouxe picles pra você* era o tipo de atitude carinhosa e/ ou romântica de que ele estava precisando no momento.

Então, tive uma ideia genial. Eu faria rabanada para ele. Para mostrar que aquele era um relacionamento onde havia, tipo, espaço para nós dois sermos tanto o fazedor quanto o comedor de rabanada. Então, me lembrei que meu plano continha duas pequenas falhas: primeiro, eu era um péssimo cozinheiro; e segundo, os principais ingredientes da rabanada eram leite e ovos.

Mas, quer saber? Foda-se. O que importava era a intenção, e existia uma versão vegana para tudo. Após deixar um bilhete para o Oliver dizendo *Fui ao mercado, não fugi para me tornar um cowboy, volto logo*, saí de casa em meio ao ar fresco de um meio-dia de novembro.

A receita que procurei no Google às pressas enquanto descia as escadas até a rua pedia sementes de chia, néctar de agave e leite de amêndoas, e eu não tinha a menor ideia de onde encontrar aquilo tudo. Por sorte, eu morava em uma daquelas área de Londres onde é impossível dar vinte passos sem tropeçar numa loja de comida orgânica ou numa banca de motivo era gorda no meio e fina nas pontas; e o resto era composto de pedaços, triângulos e caroços que eu esperava (talvez ingenuamente) que se mantivessem inteiras na frigideira.

Quando o tempo de geladeira requisitado passou, peguei minha massa e comecei a molhar o pão. A receita sugeria vinte a trinta segundos para cada lado, mas deixei molhar um pouco mais só para garantir. Algumas das fatias mais finas, ou as partes finas das fatias grossas, desmancharam todas de uma vez, mas acreditei ter rabanadas o suficiente para um café da manhã razoável.

Uma por uma, transferi as fatias de pão molhado para a frigideira e, conforme a receita mandava, fritei cada lado por três a quatro minutos, ou até ficarem douradas. Ou, de maneira mais realista, até ficarem brancas em umas partes e queimadas como carvão em outras. No final, acabei jogando duas no lixo, comi uma para me certificar de que eu não estaria alimentando o Oliver com algo envenenado, e empilhei o resto do jeito mais atraente que consegui em um prato.

Foi mais ou menos nesse momento que eu percebi que não tinha comprado nenhuma cobertura, então peguei mais um pouco do néctar de agave e despejei em cima das fatias de um jeito meio artístico. Beleza, não exatamente *artístico*, porém apresentável. Então, atravessando as nuvens de fumaça que eu *quase* consegui manter apenas na área da cozinha, e torcendo para não estar fedendo a leite de amêndoa carbonizado, fui surpreender Oliver com café da manhã na cama.

Ele estava exatamente onde eu o havia deixado, embolado no edredom, num tipo de sono que eu conhecia bem: o sono de alguém que não queria estar consciente, mas cujo corpo já havia acordado.

— Fiz rabanada — murmurei.

Ele piscou, meio desorientado.

— Você fez o quê?

— Fiz rabanada... — Por algum motivo, minha voz soou como um pedido de desculpas.

— Lucien, isso foi muito fofo da sua parte, mas você sabe que rabanada não é vegana.

— Óbvio que eu sei. É cheia de leite de vaca e ovos de galinha. Mas eu usei substitutos. Porque sou incrível e você tem sorte de me ter na sua vida.

— Você é, e eu tenho, mas... — ele deu uma olhada na minha oferta literalmente queimada. — Isso me parece meio ambíguo.

Me agachei na beirada da cama.

— Bom, você precisa comer. Mas eu entendo se não quiser comer isso.

Se ajustando para ficar sentado, ele escolheu a fatia menos horrorosa de rabanada e comeu com coragem.

— Sinceramente, dentre todas as coisas que você já cozinhou para mim, essa é a menos pavorosa. Algumas mordidas estão até bem gostosas.

Decidi levar como elogio.

— Também fiz café — eu disse. — E esse, com certeza, eu fiz direito.

Por um momento, ficamos sentados em silêncio, dividindo minha rabanada mais ou menos boa e o café bom de verdade. Oliver parecia estar um pouquinho melhor do que na noite anterior, ou seja, ele parecia a versão zumbi de si mesmo em vez da versão fantasma. Ele estava apoiado numa pilha artística de travesseiros, com o edredom até o peito, comendo o café da manhã atrasado/ almoço antecipado com um aumento visível de energia. Em algum momento num futuro próximo, ele poderia até mesmo conseguir se levantar.

— Entãããão... — dentre todos os jeitos de começar a conversa, um *então* arrastado era páreo para *Oi, você já considerou trocar seu provedor de internet?* — você quer... conversar? Ou não conversar? Ou sair para dar uma volta? Ou ficar na cama? Ou que eu vá embora? Ou...

— No momento, o que eu mais quero é que você pare de listar opções.

Respirei fundo.

— Desculpa. Como você está?

— Não muito bem. Meu pai morreu.

Beleza, aquilo poderia ser um bom sinal porque ele teve forças para ser sarcástico. Ou um mau sinal porque aquela era a resposta que eu daria e eu era um babaca.

— Para de me imitar e fala sério. Você não precisa se abrir comigo, mas isso foi algo importante e eu estou preocupado com você.

— Me desculpe por te deixar preocupado, Lucien. E eu vou ficar... vai ficar tudo bem.

— Eu sei — respondi. — Mas, obviamente, não está tudo bem agora. E eu sei que você não gosta de... — tentei expressar de modo gentil e por meio de mímica algo como *você não gosta de sentir que não está atendendo as expectativas irrealistas impostas pelos seus pais, sendo que um deles está morto agora* através de mímica. — Mas eu te amo mesmo quando você está... — minhas mímicas gentis se esgotaram — um lixo.

Ele riu.

— Adorei o papo motivacional, Lucien. Já considerou se voluntariar como conselheiro de luto?

— Só quis dizer que tá tudo bem ser um lixo comigo. Assim como eu sou um lixo com você o tempo todo.

— Você sabe que isso não é verdade. — Ele me encarou com o olhar de quem parecia estar dizendo umas doze coisas diferentes ao mesmo tempo. — Algumas das rabanadas até que estavam comestíveis. Além do mais, não estou com você pelas suas habilidades culinárias, nem pela sua higiene pessoal. Estou com você porque me sinto melhor ao seu lado, como nunca me senti com outra pessoa. E às vezes eu queria ser mais parecido com você.

— Bem — envergonhado pela sinceridade dele, cutuquei a elevação no edredom onde imaginei que estava o joelho do Oliver —, eu não quero que você seja ninguém além de si mesmo. Então — finalmente meu cérebro, meu coração e minhas neuroses entraram em sintonia —, se isso significa que você precisa lidar com esta situação sozinho, eu entendo e estarei aqui à sua espera.

Com o cuidado mais "oliveresco" de todos, ele colocou o prato na mesa de cabeceira.

— A verdade é que eu não acho que estou lidando com isso muito bem.

— Não sei se esse é o tipo de coisa com a qual é possível lidar muito bem. Acho que as pessoas só sentem o que precisam sentir e dão um jeito de continuar vivendo.

— Sim, mas... — os olhos dele foram tomados por uma tristeza sombria — acho que o que eu mais tenho sentido é raiva.

— Isso me parece bem normal — comentei.

— É normal sim. Porém, não é um estado de espírito muito útil quando se está organizando um funeral e tentando dar apoio à própria mãe.

— Cadê o Christopher? Ele não pode ajudar?

— O Christopher — disse Oliver, com uma pontada de frustração — está no Afeganistão. Ele volta para o funeral, mas não antes disso. E eu estou tentando não ficar magoado com ele mas, neste momento, isso me parece muito típico dele.

Subi os pés para a cama e cruzei as pernas.

— Quer saber? Que tal desenharmos um círculo em volta deste quarto e combinarmos que, aqui dentro, você pode ser amargo, ressentido e cruel o tanto quanto quiser? Ninguém vai se magoar, ninguém vai ficar sabendo, e eu não vou te julgar porque eu jamais te julgaria e também porque sou uma pessoa horrível de qualquer forma.

Oliver ficou quieto por tanto tempo que eu pensei que nem o poder místico do círculo do desabafo poderia vencer a necessidade que ele tinha de dar aos outros o benefício da dúvida. Então, ele respirou fundo como se estivesse terminado os cem metros nado borboleta.

— Eu sei que a profissão do Christopher é importante e ajuda muitas pessoas, mas não deixa de ser incrivelmente conveniente quando se trata de nunca estar aqui quando é preciso. E, se eu o conheço bem, acho que ele escolheu esta carreira especificamente para ficar a milhares de quilômetros de distância da família, com o máximo de frequência possível. E isso não é algo que eu inventei, é a mais pura verdade, porra! Ele fez isso a vida inteira: os feriados que passava com os amigos quando tinha dezesseis anos, o ano sabático que ele tirou, o ano que passou estudando em Edimburgo, até a porra do Médicos Sem Fronteiras. Se existisse uma medalha para o altruísta mais egoísta do mundo, Christopher venceria, só que não apareceria na cerimônia pra buscar.

Acho que Oliver ficou mais sem fôlego do que sem motivos para continuar reclamando. O discurso de o-Christopher-não-presta o deixou até um pouco corado. E eu me senti meio mal pelo Christopher porque, apesar de tudo o que o Oliver disse provavelmente ser verdade, se eu tivesse pais como os Blackwood, também teria me inscrito no MSF. E pelo que a Mia havia me dito na única vez que nos vimos, eles também precisavam aguentar o comportamento de merda dos pais do Oliver.

— Ai, meu Deus. — Oliver apoiou a testa nos joelhos. — Eu sou uma pessoa horrível.

Me aproximei e apoiei a mão nas costas dele.

— Tudo bem, eu deveria ter esclarecido melhor as regras do quartinho do ódio. Ninguém aqui pode te julgar, incluindo *você mesmo*.

Os ombros do Oliver caíram, e ele fez um som como se quisesse chorar mas não conseguisse.

— É tanta coisa. Ele passou a vida inteira fugindo e eu passei a vida inteira lidando com as coisas das quais ele fugia, e nunca fui bom o bastante, e nunca serei bom o bastante, e agora nem tem mais como eu ser bom o bastante porque nosso pai morreu.

Por um momento, só fiquei acariciando o Oliver na esperança de dar a ele algum tipo de conforto.

— Olha — eu disse, finalmente —, lembra do que eu disse sobre aqui ser um espaço sem julgamentos? Bom, vou te dizer umas coisas bem bregas agora, e você não pode rir nem contar pra ninguém.

Ele virou o rosto em minha direção.

— Vou me esforçar, mas depende do quão bregas serão as coisas.

— Certo — continuei. — Sei que seus pais te criaram de um certo jeito, mas, puta merda, você não pode viver a vida tentando ser bom o bastante para os outros. Você precisa ser bom o bastante pra você mesmo. Aliás, só pra deixar registrado, você é bom o bastante pra mim.

— Lucien, Lucien, Lucien. — Não dava para saber se ele estava falando com tom de carinho ou de julgamento. — Isso foi excepcionalmente brega.

Revirei os olhos para rebater o deboche.

— Às vezes a verdade é brega e as breguices são verdadeiras. Isso é só um dos jeitos de a realidade ser uma bosta.

Ele fez uma pausa breve.

— E... você tem certeza de que... tá tudo bem? — ele perguntou.

— O quê?

— Eu dizer essas coisas. Não quero te convencer de que você está prestes a casar com um babaca reclamão.

— Você não está sendo um babaca reclamão. — Voltei a fazer carinhos reconfortantes nas costas dele. — Essa merda toda está mexendo muito com você. Mexeria com qualquer pessoa.

Ele soltou uma risada vazia.

— Mexeria com qualquer pessoa em circunstâncias similares. Mas devo dizer que "Oi, sou eu! Meus pais influentes cujo capital cultural e literal me deu vantagens significativas que eu não mereci e que a maioria das pessoas não consegue ter e ao qual na maior parte do tempo eu não dou valor não me deram apoio emocional algumas vezes" não é exatamente a maior tragédia do mundo.

Eu estava começando a sentir que tinha feito as jogadas erradas e de que na próxima rodada, independente do que eu dissesse, Oliver iria vencer.

— Oliver. Eu entendo que isso é complicado, mas você está me forçando a ser brega de novo ou a cagar na cabeça do seu pai morto, e eu não quero fazer nenhuma das duas coisas.

— É o quartinho do ódio, lembra? — Oliver fez um gesto circular. — Pode fazer os dois.

— Tá bom, beleza. A parte brega: sua dor importa, mesmo que outras pessoas tenham passado por coisas piores. A cagada na cabeça do seu pai morto: o que seus pais fizeram foi muito mais do que "falta de apoio emocional às vezes". Eles foram uns idiotas que te fizeram se sentir inadequado a vida inteira. *E foram meio homofóbicos.*

— Bom — disse Oliver —, pelo menos agora eu só tenho que lidar com uma delas.

Arregalei os olhos.

— Parece que alguém está mesmo se aproveitando do quartinho do ódio, não é mesmo?

— Como você já deve ter notado, Lucien — algo quase parecido com um sorriso surgiu nos lábios dele —, eu raramente faço as coisas pela metade. Além do mais, minha mãe tem sido uma pessoa difícil o bastante para compensar pelos dois.

Me aproximando dele, esperei Oliver se soltar de vez.

— Obviamente eu simpatizo com a dor dela. E é natural que ela esteja tendo tanta... dificuldade para lidar com a morte do meu pai. Mas além de esperar que eu organize tudo, ela também quer me culpar por tudo. Pelo crematório não ter horário disponível, pelo Christopher não estar no país, e é claro, pela própria morte do meu pai. — Ele fez uma careta. — Ela não chegou a dizer diretamente que ele morreu porque eu o peitei naquele almoço. Mas já deixou isso implícito várias vezes.

Soltei um barulho nervoso esganiçado.

— Hum. Você sabe que ela está, tipo, errada, né?

A pausa que veio em seguida foi bem maior do que gostaria.

— Sei sim. Porém, não vou mentir, é complicado quando suas últimas palavras para alguém que morreu foram "Vai se foder".

Aquela afirmação ficou no ar por um tempo, como se nenhum de nós soubesse o que fazer com ela.

— Sinto muito — eu disse, por fim, caindo no clichê de sempre.

— Não precisa. — Oliver deu de ombros. — Apesar de eu, é claro, me arrepender de não ter tido uma reconciliação com ele antes... antes de... enfim, antes de isso se tornar impossível, eu me arrependendo mais mesmo é de não ter dito aquilo tudo anos atrás.

Aquela afirmação também ficou no ar por um tempo.

— Exagerei? — perguntou ele.

Balancei a cabeça.

— Nem um pouco. Quer dizer, fico feliz que você não esteja se sentindo culpado.

— Ah, mas eu me sinto culpado também. Só espero que passe logo.

Havia um tom de finalidade na voz dele. E creio que era assim que se lidava com o luto: você sentia até se acostumar.

Oliver ergueu os ombros como quem tenta mostrar que está se recompondo.

— Enfim — ele continuou —, considerando o quão brilhantes estão os preparativos para o nosso casamento, acha que pode me ajudar a organizar um funeral também?

31

— David Blackwood — disse Oliver — foi um marido carinhoso, um pai dedicado e uma fera do golfe. Sempre lembraremos dele como um homem justo e generoso, apesar de um pouco impaciente de vez em quando. Lembro de quando eu tinha mais ou menos catorze anos, e fomos a um restaurante em Berkshire, e o cardápio estava todo em francês e — ele adotou uma postura relaxada meio ensaiada —, bem, qualquer um que conheceu meu pai sabe que idiomas *não eram* o forte dele. Então, quando ele pediu o que pensou ser um filé bovino e o garçom trouxe peixe, o pobre coitado ouviu uma reclamação daquelas. É claro, o gerente foi muito educado e se desculpou e, pelo que eu lembro, nós ganhamos uma garrafa grátis de vinho como pedido de desculpas. Me lembro com clareza de chegar em casa, pesquisar e descobrir que *filet de flétan* significava *filé de linguado*, ele olhou bem nos meus olhos e disse: *Bom, fica a lição, Oliver. Sempre vale a pena lutar para conseguir o que quer.*

"E aquela foi... a lição que ele sempre tentou passar para os dois filhos. E é assim... — uma pausa, e eu não conseguia dizer se ele estava mesmo com a voz embargada ou se sabia fingir muito bem — é assim que eu sempre me lembrarei dele. Como eu acredito que ele *desejaria* ser lembrado. Como uma força da natureza. Um homem que lutou pelo que acreditava, que exigiu respeito e sempre recebeu. Mesmo que, às vezes, isso viesse às custas de um peixe inocente. — Mais uma daquelas pausas para risadas. — Ele foi um homem provedor, cuidador e um exemplo, e eu posso afirmar que nem eu nem o Christopher seríamos os homens que somos hoje sem as orientações dele. E, por falar no Christopher, passo a palavra para o meu irmão, que lerá o poema favorito do David, "Se".

Uma pausa.

— E aí? — Oliver me encarou. — O que você achou?

— Bom, eu acho? — Eu não sabia o que dizer.

Oliver franziu o cenho. Então, começou a zanzar pelo meu apartamento. Ele passara bastante tempo zanzando na última semana.

— Bom? É o elogio fúnebre do meu pai. Não pode ser apenas bom.

— Quer dizer — tentei —, talvez você possa contar uma história diferente? Essa que você leu faz seu pai parecer meio babaca.

— Não para as pessoas que estarão no funeral do meu pai. — Oliver se curvou de um jeito que era quase um suspiro. — Ele mesmo contava aquela história o tempo todo. E se eu deixar essa história de fora, o tio Jim vai falar depois de mim e perguntar por que eu não contei a história do linguado.

Cruzei as pernas no sofá.

— Oliver, você não precisa fazer isso.

— Preciso sim. Um funeral é como um casamento. Não dá para dizer *Foi mal, peguei um resfriado, divirtam-se!*

— O elogio fúnebre, Oliver. Você não precisa falar nada. Tem o vigário, o tio Jim, o Christopher. Seu pai não irá embora sem receber uma homenagem.

— E você não acha — Oliver franziu o cenho — que se o vigário, o Christopher e o tio Jim falarem coisas e eu for o único a não falar nada, não ficará parecendo algo muito pessoal?

— As pessoas irão achar que você está triste demais. — Tentei fazer contato visual com ele. — De qualquer forma, parecerá uma homenagem respeitosa.

— Minha mãe nunca me perdoaria, mesmo se acreditasse em mim. E Cristopher nunca acreditaria em mim, mesmo se me perdoasse.

Essas coisas de funeral eram complicadas. Não a parte logística. Essa era bem direta, talvez porque aquele não precisava ser o dia mais feliz de ninguém. Mas aquele jogo constante de políticas emocionais — onde eu queria apoiar o Oliver e o Oliver queria apoiar a família dele, e a família do Oliver queria que ele subisse num palco e mentisse na cara dura sobre como David Blackwood fora um cara excelente — era desgastante. Principalmente porque eu sempre sentia que estava perdendo.

— Beleza — eu disse. — Mas você pode pensar em si mesmo também.

— É um discurso de três minutos. — Naquela altura, eu não sabia mais se ele estava tentando me convencer ou convencer a si mesmo. — São três minutos da minha vida inteira.

Sentei em cima das minhas mãos para não começar a gesticular de nervoso.

— Não é assim que experiências negativas funcionam. E você é um advogado. Não precisa que eu te ensine nada disso.

— Muito bem colocado, mas isso não é um trauma, é uma inconveniência. Vou dizer algumas coisas que não são exatamente o que eu sinto, porém, para me dar algum crédito, não acho que o discurso inteiro seja estritamente falso...

— Sim. — Era impossível não interromper. — Dá pra tirar várias interpretações daquela parte sobre "nós não seríamos os homens que somos hoje" e tal.

Oliver assentiu, meio animado.

— Obrigado. Que bom que você notou. Mas, de qualquer forma, só preciso ficar de pé e fingir por um momento muito breve que meu relacionamento com meu pai era bem menos complicado do que realmente foi. Isso é o que todo mundo faz em todos os funerais que já aconteceram.

Eu olhei para ele, ali de terno preto e gravata preta. Ele estava com aquela expressão levemente cansada que ele sempre exibia depois de ter passado mais tempo do que era mentalmente saudável na academia.

— Mas as pessoas também não dizem que funerais são, tipo, para os vivos? E você está... vivo.

— Sim. — Ele assentiu. — Assim como todo mundo.

— Sim, mas não existe tipo um... — tirei as mãos de debaixo da bunda para imitar uma balança — enfim, você está fazendo algo que te machuca muito mas que pode ajudar outras pessoas um pouquinho, como doar sangue mas no caso é como doar todo o seu sangue. E, sim, você pode até salvar a vida de umas duas pessoas, mas você vai acabar morrendo. E se você der um pouquinho do seu sangue... — de repente, me dei conta de que estava no meio de uma analogia que nunca fez parte da vida da maioria de nós — ... a quantidade que você tiver permissão para doar...

— Então — disse Oliver —, no meu caso, a quantidade é zero, pelo menos até mudarem as leis.

— Beleza, ignorando a política homofóbica do sistema de saúde e minha dificuldade em elaborar um exemplo decente, me responda honestamente, pra mim e pra você mesmo, como você vai se sentir ao fazer este discurso?

Ele ficou em silêncio por um tempo. Depois, se sentou ao meu lado.

— Sinceramente, Lucien, vou me sentir péssimo. Ainda estou tentando entender o que o meu relacionamento com meu pai foi ou o que significou, então colocá-lo numa caixinha bonita, com um lacinho bonito e um cartãozinho bonito dizendo "Marido carinhoso, pai dedicado" está... — ele perdeu a fala, mas voltou rapidamente — ... fodendo com a minha cabeça.

— Imagino — respondi. — É uma coisa difícil demais para ser obrigado a fazer. E é por isso que estou te dizendo, pela última vez, que se você quiser desistir, você pode.

— Mas...

— Sem "mas". — Levantei o dedo indicador e o balancei no ar. — Blá-blá-blá família blá-blá-blá expectativas. Mesmo com tudo isso, se te faz mal, é isso o que importa.

Oliver soltou um suspiro carregado de tantas emoções diferentes que, se eu quisesse, poderia até organizá-las em ordem alfabética, começando com *abalado* e terminando com *zangado*.

— Sinto muito, Lucien. Queria ser corajoso ou egoísta assim mas, ironicamente, não fui criado desse jeito. E estou trabalhando nisso, mas meu pai ainda me fez o favor de morrer no meio do processo, e não no fim. Então, cá estou eu, fazendo o que esperam que eu faça, porque, aqui e agora, não consigo me imaginar fazendo qualquer outra coisa.

— Dito isso — respondi, apertando as mãos dele com força —, eu te apoio cem por cento. — Eu não disse *mesmo quando você não apoia a si mesmo* porque não era o que ele precisava ouvir. Além do mais, vindo de mim, teria sido muita hipocrisia.

— Se você me apoiasse cem por cento — Oliver disse, com os lábios tremendo — não estaria indo ao funeral do meu pai com o mesmo terno que você usou no casamento do seu colega de trabalho.

Eu tinha, de fato, apenas um terno, sem contar com o azul que aluguei para o casamento azul e rosa da Bridge.

— É uma peça versátil. Reaproveitar é o jeito mais ético de se vestir. — Ao me levantar, lancei uma expressão de superioridade moral. — Sabe quantos litros de água potável são usados para produzir um par de calças sociais?

— Não — disse Oliver, parecendo (como era de imaginar) curioso. — Quantos?

— Bom, eu também não sei. Mas aposto que são muitos. — E minha tática para animar o Oliver terminava por ali porque, se não saíssemos logo, chegaríamos atrasados.

Ou pelo menos, não chegaríamos cedo o bastante para agradar o fantasma de David Blackwood.

Modéstia à parte, nós tínhamos mandado muito bem em termos de organização. Talvez porque desde o começo estivesse bem claro quantos arcos de balões nas cores do arco-íris deveria haver (no caso, zero). Curiosamente, aquele seria meu primeiro funeral. Os pais do meu pai nunca foram muito presentes, o que fazia sentido, porque ele era igualzinho; o pai da minha mãe foi a mesma coisa; e a mãe da minha mãe continuava vivíssima no sul da França, preservada aos noventa anos por uma dieta que consistia em azeite de oliva e vinho tinto. De certa forma, considerando como eu estava pouco me fodendo para David Blackwood, aquele seria o primeiro funeral menos traumático a que eu poderia ir. Com exceção do pequeno detalhe: as chances de o evento destruir a saúde mental do meu namorado eram altas.

Era um daqueles dias fechados de inverno, em que o céu parecia estar de mau humor, puto demais até mesmo para fazer algo decente e chover. Vários convidados perambulavam pelo jardim e pelo lado de fora do prédio principal, como um bando de marionetes discretamente nervosas. O lance com os funerais era o seguinte: ou você ficava desesperado pela perda de alguém que era muito próximo da pessoa, ou ficava entediado e sem jeito porque não era, mas laços de sangue ou amizade te obrigavam a estar ali.

Além do mais, o crematório era esquisito demais. Era basicamente um jardim bonito com uma fábrica especializada em despejo de cadáveres e uma capela ecumênica na frente. E, dando o devido crédito, eles se esforçavam muito para disfarçar o aspecto despejo-de-cadáveres do lugar, mas a chaminé industrial enorme entregava tudo, e eu não conseguia tirar os olhos dela. Outro aspecto industrial da experiência no crematório era que — e eu não digo isso com desrespeito — entrava um pacote atrás do outro. Ou seja, havia apenas uma janela de cinco minutos entre o fim da última cerimônia e o começo da nossa. Então, enquanto Oliver corria lá dentro para, sei lá, cumprimentar o vigário, abraçar a mãe, ter sua camisa criticada em nome dos velhos tempos, eu fiquei lá fora tentando guiar um bando de pessoas que não me conheciam e não tinham motivos para me ouvir, até uma capela na qual elas não queriam entrar para uma rápida voltinha.

Acabei não fazendo muitos amigos, mas o contrário teria sido esquisito. E, depois de um tempo, Mia chegou lá para me ajudar porque aquele, aparentemente, era o trabalho dos cônjuges. Ou talvez ela só quisesse fugir do restante da família do marido.

No geral, fiquei orgulhoso por conseguirmos levar todo mundo para dentro e caminharmos até nossos assentos na primeira fileira bem a tempo. Uma das pessoas habilmente tranquilizadoras que trabalhavam no crematório fechou as portas e... enfim, era hora do show.

Havia algo naquela capela que me trazia uma calma esquisita, provavelmente porque ela fora projetada para acalmar pessoas de um jeito esquisito. As cadeiras eram relativamente confortáveis, com um tom neutro de azul, e tudo à nossa volta era tranquilo e delicado, tornando quase possível ignorar o pequeno vão com uma cortina e um caixão bem na frente.

Assim como num casamento, o vigário é que deu início a cerimônia, porém, em respeito ao secularismo da família Blackwood, decidiu reduzir ao mínimo o papo sobre Deus e focar as lembranças da vida de David Blackwood. Ou seja, o trabalho, a família, o golfe e o apoio incansável ao partido conservador local.

Meu cérebro queria muito tecer comentários constantes sobre aquilo tudo numa espécie de mecanismo de defesa, mas eu estava a uma cadeira de distância da Miriam, que chorava delicadamente, então achei, sinceramente, que eu não devia ser tão babaca assim.

Ao meu lado, Oliver ficava cada vez mais tenso, as mãos com as juntas esbranquiçadas apertando os joelhos.

— Você não precisa fazer isso — sussurrei. — Diga ao vigário que está muito triste. Ele deve ouvir essa o tempo todo.

Oliver curvou a cabeça até bem perto de mim.

— E-eu não consigo.

— E agora — disse o vigário, no que me pareceu ser uma voz treinada para funerais —, convido o filho mais velho do David, Oliver, para dizer algumas palavras.

Tentei agarrar a mão dele como se ele tivesse escorregado de um penhasco e aquela fosse minha última chance de salvá-lo. Mas, como estávamos num funeral, e a força que o puxava era uma convenção social e não a gravidade, não consegui.

Tomando o lugar do vigário, Oliver tirou uma pilha de cartões do bolso e pigarreou.

Tentei lançar lasers de eu-te-amo-e-estou-aqui-com-você pelos olhos, já morrendo de medo de como aquilo iria magoá-lo.

O silêncio conseguiu ficar ainda mais profundo conforme o tempo passava.

O vigário deu um tapinha tranquilizador no braço dele.

E então, Oliver ajustou a postura, fixou o olhar no fundo da capela e começou a falar.

32

— David Blackwood — disse Oliver — foi um marido carinhoso, um pai dedicado e uma fera no golfe. Sempre lembraremos dele como... como...

Ele olhou para os cartões.

— David Blackwood — disse Oliver — foi um marido carinhoso, um pai dedicado e...

Ele olhou para baixo de novo. Então, levantou a cabeça. Os olhos dele passearam pela plateia, parando em mim por um segundo antes de se fixarem num ponto neutro.

— David Blackwood — disse ele — foi um homem complicado, e minhas últimas palavras para ele foram "vai se foder".

A parte boa de a família do Oliver ser extremamente britânica de classe média era que ninguém sabia como reagir, então todos ficaram parados em silêncio completo.

— Queria que não tivesse sido assim — Oliver continuou. — E creio que isso seja óbvio. Afinal, quem quer que as últimas palavras para o próprio pai sejam "vai se foder"? Mas acho que não é tão óbvio assim que, apesar de eu sentir muito pela morte dele... espero que ninguém aí esteja pensando que eu não sinto muito pela morte dele. Puta merda, eu sou um advogado de defesa criminal vegano, coisas que meu pai jamais aprovou mas, de forma geral, não acredito que a morte seja capaz de resolver nada. Outra coisa que meu pai desaprovava... ele era a favor da volta da sentença de morte por enforcamento, já que aparentemente isso daria um jeito nos crimes cometidos com facas, na economia e, se me lembro bem da última conversa que tivemos sobre o assunto, na imigração.

"Mas meu ponto é: apesar de sentir muito pela morte dele. E essa talvez seja a parte que surpreende as pessoas (e, mãe, você, sobretudo, me desculpe se isso a surpreende): estou muitíssimo feliz por ter mandado meu pai se foder. Como eu disse, David Blackwood foi um homem complicado. Inclusive, uma das perguntas que ando me fazendo é se ele, caso tivesse sobrevivido, também estaria feliz por eu tê-lo mandado se foder.

"Acredito que se ele vivesse de acordo com os princípios que ensinava, ele estaria sim. Afinal, assim como o enforcamento, ele também defendia o direito de falar o que se pensa — quando era ele falando, no caso. Quando eram os outros, não muito. E de defender aquilo em que se acredita — mais uma vez, aquilo em que ele acreditava, não necessariamente o que os outros acreditavam. Mas espero que os dois pesos e as duas medidas que ele aplicava a essas virtudes quando se tratava dos seus empregados, dos meus professores, de vendedores, garçons, da maioria dos amigos dele e dos inúmeros parceiros românticos meus e do meu irmão, não se apliquem aos próprios filhos dele. Gosto de imaginar que talvez um dia, depois que um ou dois anos tiverem se passado, ele teria apertado minha mão e dito: 'Quer saber, Oliver? Eu bem que mereci'. Porque, no meu ponto de vista, sim, ele mereceu.

"E, novamente, eu não quero... Não quero que ninguém pense que eu odiava o meu pai. Ou que eu desejava que algo ruim acontecesse com ele. Quando digo que ele foi um homem complicado, estou falando sério. Ele não era bom nem mau, não estava sempre certo nem sempre errado — apesar de ele, pessoalmente, discordar disso — e também devo mencionar que agora só posso falar sobre o David Blackwood que eu conheci, que não é o mesmo David Blackwood que minha mãe ou o que tio Jim conheceram. Pode até ser parecido com o David Blackwood que o Christopher conheceu, mas não será exatamente o mesmo.

"Pessoas são assim. Acredito que... que, de certa forma, somos todos complicados: homens, mulheres, pessoas não binárias. E, falando nisso, se tem uma coisa que eu fiz hoje que deixaria David Blackwood furioso de verdade é reconhecer que pessoas não binárias existem bem no meio do funeral dele. 'Pra que essa palhaçada de politicamente correto, Oliver?', ele teria dito. 'E a questão dos banheiros femininos?'

"Onde eu estava mesmo? Como vocês devem lembrar, meu rascunho original deste discurso começava com "David Blackwood foi um marido carinhoso, um pai dedicado e uma fera no golfe", e todas essas coisas são verdadeiras. Bom, exceto a parte do golfe. Ele era bem ruim, na verdade. Então, quando digo que ele mereceu, e aqui falo — caso vocês tenham esquecido — da vez em que eu mandei ele se foder, acho que não foi bem isso que eu quis dizer. Pelo menos não do jeito que soou. Acho que eu quis dizer que ele precisava ouvir isso e eu precisava dizer isso. Porque meu pai me sustentou, cuidou de mim e me deu apoio, mas também me diminuiu, fez piadas constantes a respeito da minha sexualidade enquanto também se ofendia com qualquer menção mínima ao fato de ele ser homofóbico, e demonstrava sua reprovação como um... desculpem, geralmente quando estou discursando no trabalho, chego bem mais preparado, então eu não tenho uma analogia pronta aqui de cabeça. Mas eu passei a vida inteira com nojo das crenças dele, apavorado pelo escárnio dele, e desesperado para que ele pensasse coisas boas a meu respeito.

"Entretanto, curiosamente — ou não, sei lá — nunca duvidei que ele nos amasse. Acho que foi isso que dificultou tanto as coisas. Porque tudo que ele fazia, tudo o que dizia, cada alfinetada sobre a minha carreira, cada piada maldosa sobre sexo anal — me perdoem, acabei de dizer *sexo anal* no funeral do meu pai, acho que não dá pra retirar o que disse, então, é isso —, tudo vinha de um lugar que, para ele, se parecia com afeto. E como ele era orgulhoso e teimoso, e essas são qualidades que eu vejo em mim mesmo e valorizo em mim mesmo e, de certa forma, sou grato a ele por elas, meu pai nunca chegou a pensar — ele jamais seria capaz de pensar — que se ele ao menos escutasse... se escutasse uma única vez qualquer voz que não fosse a dele... ele veria que...

"E é aí que eu fico sem palavras. Porque nem sei o que eu queria que ele visse, não mesmo. Acho que eu queria que ele percebesse como era um homem complicado. E que eu também era um homem complicado. Que eu e Christopher já nascemos complicados. Que eu não era apenas uma versão dele que tinha dado errado.

"Claro, talvez ele soubesse disso tudo. Talvez eu apenas não soubesse que ele já sabia. E ele não sabia que eu não sabia, então nós perdemos trinta anos das nossas vidas. Ou talvez ele estivesse pouco se fodendo.

Talvez tenha morrido decepcionado de verdade porque seu filho mais velho era uma bicha.

"A questão é: não tem como eu saber. E acredito que é por isso que eu digo que ele mereceu. Acredito que, na verdade, *nós* merecemos. Que em algum ponto das nossas vidas teríamos que nos reconciliar gradual e educadamente, fosse nos tornando estranhos um para o outro, fosse eu o mandando se foder. Porque eu esperava — e nunca vou saber se eu estava certo, e talvez só esteja projetando em retrospecto uma coisa que eu disse no calor do momento — que não desse para fugir de um "vai se foder". David Blackwood era um homem complicado, e era o tipo de homem que só escutava o que queria escutar. Mas um "vai se foder" em alto e bom som... achei que isso o pegaria de jeito. Ou, se não pegasse, ao menos eu saberia.

"Qualquer um que conheceu o David — esse é o tipo de coisa que se diz num funeral, não é? *Qualquer um que conheceu o David* — sabe que ele foi um homem de declarações fortes. Neste mundo, as coisas são o que são e não temos como questionar, mudar ou negar isso. Imagino que isso explique por que ele se sentia tão ameaçado pela ideia de existirem pessoas não binárias, embora jamais tivesse conhecido uma. Ele acreditava no que acreditava e, como Thomas Jefferson, considerava suas crenças verdades absolutas. Ele foi um homem complicado, porém, no coração, foi um homem de certezas.

"Por isso é tão estranho pra mim, estranho e um pouco dolorido, que aqui, no final da vida, ele tenha deixado, ao menos pra mim, apenas perguntas. Se ele não tivesse, com sua típica mania de ser do contra, falecido de um ataque cardíaco poucas semanas depois de eu finalmente ter seguido seu conselho — e tio Jim, você ficará muito orgulhoso de saber que aprendi esse conselho com a história do linguado — e ter decidido ir atrás dos meus interesses e lutar por eles, talvez eu soubesse se nós dois poderíamos quem sabe... ter...

"Mas eu não sei. E nunca vou saber.

"E a morte é assim mesmo, não é? Um monte de coisas que nós nunca saberemos.

"Porém, a verdade é que não consigo deixar de imaginar que se eu tivesse mandado meu pai se foder dez anos atrás, estaríamos numa situação muito melhor hoje. E talvez eu fosse capaz de subir aqui, na frente de todos vocês, e fingir que meu pai era simples. Embora ele não fosse. Porque ninguém é.

"Aliás, é impossível não notar que eu concluí este discurso longo e — devo admitir — bem enrolado sobre meu relacionamento complicado com David Blackwood questionando, mais uma vez, se o problema sempre fui eu.

"Acho que, em muitos aspectos, eu sou como o meu pai. Mas esse não é um deles. Ele jamais se questionaria a respeito disso. Com ele, tudo era bem direto: "Oliver, você precisa criar juízo e parar de inventar desculpas". Acho que isso é mais uma ironia, um homem tão obcecado com responsabilidade pessoal e, ainda assim, tão insistente em colocar a culpa em todo mundo. Até mesmo no linguado. Mas creio que ele não enxergava contradição nenhuma nisso. *Faça o que eu digo*, *não faça o que eu faço*, e por aí vai.

"E, de certa forma... não é que funcionou? Porque, no final das contas, eu gosto de quem eu sou. Gosto de ser, pelo menos, o tipo de pessoa que consegue mandar o pai se foder e também o tipo de pessoa capaz de aceitar que deveria ter dito isso bem antes ou permanecer calado. Meu pai era um homem de certezas, mas acho que sou feliz sendo um homem de questionamentos.

"Vez ou outra me pego pensando que, quando uma pessoa morre — quando uma pessoa *complicada* morre, ou até mesmo quando uma pessoa ambiguamente *horrível* morre, não que eu acredite que existam pessoas ambiguamente horríveis de verdade —, quem fica pra trás deve se perguntar: 'Eu sou assim *apesar* desta pessoa ou *por causa* dela?'. E, na maioria das vezes, a resposta é um simples *sim*.

"Sinto muito pela morte do meu pai. Sinto muito que nós nunca poderemos terminar a conversa que começou quando eu mandei ele se foder. Vou sentir saudades dele, como sei que todos nós sentiremos. Mas mesmo com toda a saudade, com todo o amor que senti por ele e com toda a certeza que tenho de que ele me amou, continuo parado aqui na frente de todos vocês sentindo que só há uma coisa que posso dizer com confiança. A única coisa que eu sei que é verdadeira e justa sobre alguém que não está mais aqui para se defender: David Blackwood foi um homem complicado.

"Agora, presumindo que ainda haja tempo, tive a mesquinharia de pedir ao Christopher que preparasse a leitura de 'Se'. Era o poema favorito do nosso pai, porque, porra, como não seria?"

Saindo detrás do púlpito, Oliver caminhou meio balançado até a cadeira. Então, ele apoiou a cabeça sobre as mãos e, em silêncio, começou a chorar. Eu o envolvi com os braços e o puxei para perto enquanto Christopher assumia a posição.

— Se és capaz de manter a tua calma — começou ele com um ressentimento palpável — quando todo mundo ao teu redor já a perdeu...

33

— Minha mãe nunca vai me perdoar — disse Oliver.

Estávamos sentados no muro do lado de fora do crematório enquanto o resto dos presentes se dirigiam à recepção que aconteceria na casa dos Blackwood. E eu até queria tranquilizá-lo, mas ele provavelmente estava certo.

— Nunca se sabe... As pessoas podem nos surpreender às vezes, não?

— Acho que fui eu quem acabou de surpreendê-la da pior maneira possível. — Piscando, ele secou os olhos que continuavam um pouco tristes. — Não sei onde eu estava com a cabeça.

— Bom... acho que foi uma combinação de luto, frustração e confusão, o que é bem comum na maioria dos funerais.

— Sim, mas eu não precisava *falar* pra todo mundo. — Ele apoiou a cabeça nas mãos. — Quer dizer, onde já se viu? Quem vai para o funeral do próprio pai e faz um discurso incoerente sobre como, na verdade, ele não era uma pessoa boa?

— Você preferiria — perguntei, numa tentativa infeliz de amenizar o clima — ter feito um discurso coerente sobre como ele não era uma pessoa boa?

Ele levantou a cabeça.

— É óbvio, eu sou advogado.

— Criminal — corrigi. E aquilo, pelo menos, mereceu um pequeno sorriso.

Mas não durou muito tempo. Oliver abaixou a cabeça novamente.

— Me sinto um idiota.

— Pois não deveria — respondi. — Foi muito corajoso da sua parte.

Quer dizer, eu estava achando que as opções eram: discurso ou nenhum discurso. Mas você, surpreendente como sempre, escolheu a porta que dizia *Monólogo improvisado sobre paternidade e perda*.

Oliver soltou um grunhido envergonhado atrás das mãos.

— Você não vai conseguir me fazer rir dessa situação, Lucien. Fiz uma coisa horrível.

— Beleza. Um. — Levantei o dedo indicador. — Você sabe que toda vez que diz que eu não vou conseguir te fazer rir, eu aceito o desafio, mesmo no meio de um funeral. Dois, você não fez uma coisa horrível. Você só fez... uma coisa. E, sim, foi uma coisa um pouquinho ousada e eu não acho que vai se tornar uma tradição da família Blackwood. Mas você precisava dizer aquilo, e pelo menos algumas pessoas naquela capela precisavam ouvir.

Ele levantou a cabeça de novo.

— E é por isso que eu faço terapia.

— E — continuei — você pode falar com ela sobre isso na terça que vem.

— Não sei como vou continuar vivendo. Quer dizer — ele completou rapidamente —, não digo isso de um jeito suicida. Mas de um jeito meio não-sei-como-continuarei-a-viver-sem-dignidade-e-tal.

Passei o braço pelos ombros dele.

— Ei, eu vivi sem dignidade por séculos. É uma qualidade muito superestimada.

Ele desistiu e soltou uma risada.

E, porque era o funeral do pai dele e Oliver havia acabado de passar por um momento intenso e traumático, não gritei BUM! *Venci o desafio!* Em vez disso, continuei:

— Olha, o que eu penso é o seguinte: Sim, você poderia ter subido lá e feito o elogio fúnebre que a sua mãe queria, mas a troco de quê? De dizer uma mentira no seu último discurso sobre o seu pai?

— Isso é melhor ou pior do que meu último discurso sobre o meu pai ser uma série de críticas?

— Como você mesmo disse, ele mereceu.

— Sim, mas aquilo foi só um truque de retórica.

Dei uma apertadinha nele.

— Bom, acho que viemos enterrar David Blackwood, e não louvá-lo.

— Lucien — para a minha tristeza, ele parecia surpreso —, isso foi uma referência a Shakespeare?

— Ei, eu fiz uma eletiva de literatura inglesa na faculdade. Em parte, admito que foi porque achei que seria uma matéria fácil. Mas tive que ler *Júlio César*. Ou melhor, li esse discurso em específico porque achei que iria cair na prova.

Rindo, ele virou o rosto para mim e me beijou gentilmente de lábios fechados.

— Eu te amo. Te amo muito mesmo.

— Também te amo — respondi. — E estou muito orgulhoso de você. Acho que você fez algo... que precisava fazer. E foda-se o que os outros pensam. — Fiz uma pausa. — Mas, só pra deixar claro, quando eu morrer, quero o lance todo de ele-era-perfeito-sem-defeitos, tá bom?

— Você está tão certo assim de que vai morrer antes de mim?

— Você faz esse monte de palhaçada pra cuidar do corpo, tipo passar fio dental, fazer exercícios, comer vegetais sem ser obrigado...

— Verdade. — Ele arqueou a sobrancelha para mim. — Por outro lado, agora eu tenho histórico de infarto na família.

Me encolhi. Aquele era o tipo de piada que só parentes próximos podiam fazer. Principalmente no meio de um funeral. Olhando ao redor do pátio, notei que a maioria das pessoas já havia ido embora, e nós provavelmente precisávamos ir também.

— Você está... — comecei — se sentindo bem para ir à recepção?

Antes que Oliver pudesse responder, notei que uma das pessoas que *continuava* ali era Christopher, que estava saindo do crematório e marchando em nossa direção com Mia atrás dele com cara de quem não queria ser companhia de ninguém.

— Que *porra* foi aquela, Oliver? — perguntou ele no momento em que chegou perto o bastante para ser ouvido.

Oliver levantou a cabeça. Em sua defesa, ele parecia estar arrependido de verdade.

— Me desculpa, Christopher, não foi planejado.

De alguma forma, Christopher não pareceu se tranquilizar.

— Não estou nem aí se não foi planejado, foi egoísta pra caralho. Você parado lá com aquele discurso todo "Nooossa, não é esquisito que tenha uma convenção social segundo a qual não falamos merda sobre quem morreu no meio do funeral?", como se fosse um *stand-up* de 2006. — Ele não estava exatamente gritando. Os Blackwood não eram uma família gritalhona, eram uma família cujo monopólio do grito era controlado com firmeza por um homem que havia morrido. — E eu tive que subir depois e ler a porra de um poema do Kipling feito um babaca só pra todo mundo poder fingir que aquela coisa estúpida e egoísta que você fez nunca aconteceu!

Aquilo era o completo oposto do que a autoestima do Oliver precisava naquele momento. Ele abaixou a cabeça.

— Eu sinto muito. Muito mesmo.

— Era só *um discurso*, Oliver. A porra de um discurso pra todo mundo seguir com a vida, e agora lá vou eu tentar impedir a mamãe de ter um surto.

E, em algum lugar, a parte do Oliver que finalmente estava pronta para confrontar o próprio pai saiu do banco de reserva. Literalmente, de certa forma, porque ele se levantou, ajustou o terno e disse:

— Entendo que você esteja chateado...

— Nem começa com essa...

— Não, Christopher. — Oliver estava calmo e frio, de um jeito que me dava medo ou tesão, dependendo do contexto. Ali era meio a meio. — Infelizmente, vou começar *sim*. Porque não foi só um discurso, foi? Foi o discurso e a organização do funeral inteiro. E ficar com a mamãe por uma semana depois que o papai morreu, uma semana que em boa parte, caso você não saiba, eu passei tentando entrar em contato com você sem sucesso só pra *avisar* que nosso pai tinha morrido, porque ela não conseguia. Assim como foi no Natal, e no Natal passado, e no outro também. Como foi no aniversário de sessenta anos da mamãe, no de sessenta do papai, no funeral do tio-avô Benjy. E todas as outras vezes que você simplesmente não pôde comparecer porque, na primeira oportunidade possível, saía correndo pra outro lado do mundo.

Christopher cruzou os braços, mas — admito, minha torcida era enviesada — era o tipo de defesa que se faz quando se sabe que a outra pessoa tem razão.

— Ah, claro, sua teoria brilhante de que eu passei cinco anos na faculdade de medicina, passei pela residência e agora trabalho para uma das organizações internacionais de saúde mais prestigiadas do mundo só pra que *você ficasse com os nossos pais.*

— Não duvido do seu comprometimento com a profissão. — Oliver continuava mantendo a calma, mas por pouco. — Mas será que você pode pelo menos *uma vez* admitir que as consequências do seu estilo de vida internacional foram o que causou...

— Não vou admitir porra nenhuma — Christopher rebateu. Parecia que os dois não estavam no clima de permitir que o outro terminasse uma frase. — Você saiu de casa dois anos antes de mim, conquistou independência financeira antes de mim, e não teve que aguentar os dois tomando conta do seu casamento *e* da sua vida de casado, fazendo sua esposa se sentir um lixo por...

— Me desculpa. — Oliver abriu o sorriso mais educado do mundo para o irmão. — Você vai mesmo dar um sermão no seu *irmão gay* sobre como é difícil lidar com a opinião dos pais sobre seus relacionamentos românticos?

Por um momento Christopher ficou sem resposta, provavelmente porque não tinha mais o que dizer.

— Isso foi golpe baixo.

— Foi, é? E o impacto da homofobia velada dos nossos pais pra cima de mim, em algum momento foi inconveniente pra *você*?

— Vai se foder, Ollie, eu nunca... eu sempre... vai se foder.

Por fim, Mia nos alcançou. Ela nem estava tão longe assim, mas considerando as vozes alteradas e os gestos intensos, ela não estava na maior pressa para se juntar ao grupo.

— Já esclareceram as coisas?

— Christopher acabou de mandar um "vai se foder" pra mim — disse Oliver. — Então, não.

Mia suspirou.

— Christopher, você prometeu.

— Ele deu a cartada gay — protestou Christopher.

Me encolhi.

— Podemos, por favor, não dizer "cartada gay"? É uma coisa meio

argumentos-da-extrema-direita-para-decidir-quem-deve-morrer-numa-
-fogueira.

Por algum motivo, sempre pareceu mais fácil para os irmãos Blackwood se reconciliarem com os cônjuges do outro do que entre si, e Christopher continuou a tradição.

— Desculpe, Luc. Quer dizer... vamos parar de competir para ver
quem sofreu mais e aceitar que há boas chances de que crescer deve ter
sido uma merda pra nós dois.

— Mas não foi isso que eu acabei de fazer? — disse Oliver, provocando.

Christopher fez uma carranca.

— Você fez um discurso inteiro sobre como a sua infância foi uma
bosta.

— E a sua também — Oliver apontou, com um nível de pedantismo
que eu não considerei muito bem pensado naquela circunstância. — Não
achei que seria justo falar em nome de nós dois.

— Você poderia ter me consultado.

— De novo, não foi planejado.

— Ou... — por um momento, o olhar de Christopher pareceu com o
que o Oliver dava quando eu estava sendo particularmente teimoso — você
poderia ter falado comigo em algum momento nos últimos *trinta anos*.

— Eu até poderia, mas você estava... — Oliver começou. E então,
parou. E tentou de novo: — Desculpe, estou tentando ser razoável aqui.
— Ele respirou fundo, com ar de vou-articular-um-pensamento-
-complexo. — Não era fácil pra mim quando éramos mais novos. Nada
do que eu fazia era bom o bastante para os nossos pais, já você...

— Já eu *o quê?* — Christopher perguntou.

— Ah, nem vem, você sempre foi o filhinho de ouro.

Ao ouvir aquilo, Christopher soltou uma risada seca e curta, como
um latido.

— Ah, sério *mesmo?*

— Você tem noção de quantas vezes eles me lembravam de que suas
notas A+ eram melhores que as minhas?

— Tenho sim. — Christopher abriu um sorriso meio desafiador,
meio sarcástico.

— Isso porque na minha época não *existia* A+. Eu tirei as melhores notas que consegui tirar.

A metade sarcástica sumiu, mas a metade desafiadora ficou ainda mais desafiadora.

— E eu *não*. Eles me infernizaram por só tirar A em matemática até meu terceiro ano da faculdade de medicina.

Mia deu meio passo para a frente. Ela parecia estar prestes a puxar uma das últimas seis varetas numa partida de pega-varetas.

— Será que é *possível* — disse ela —, assim, só *possível*, que seus pais tenham feito vocês dois acharem que eles gostavam mais do outro filho?

— Não — Christopher e Oliver responderam ao mesmo tempo.

— Toda vez que eu falava com eles — Oliver continuou, um pouco mais rápido que o irmão — era sempre *Christopher* vai ser médico, *Christopher* tem uma namorada incrível, *Christopher* disse a coisa mais interessante do mundo a última vez que nos falamos.

— *Oliver* nunca volta pra casa tão tarde num dia de semana — Christopher rebateu. — *Oliver* é obediente, *Oliver* tem tempo pra gente.

— Bom, eu *tinha mesmo* — Oliver respondeu. — Em vez de passar o tempo todo fazendo mochilão, turistando, correndo por aí com meus amigos. Amigos sobre os quais, por sinal, eles adoravam comentar a respeito. — Ele voltou a imitar a voz dos *pais*. — Quase *nunca* vemos o Christopher, mas um rapaz tão jovem *precisa* de liberdade, ainda mais ele, que é tão *popular*.

Mia me lançou um olhar de desespero, e eu fiz o melhor para me intrometer.

— Gente — tentei. — Um de vocês é advogado, o outro é médico. Os dois são espertos *demais* para acreditarem numa merda dessas.

— Que merda? — perguntou Christopher, e, para o meu desespero, ele parecia realmente não saber. — O Ollie aqui fazia *tudo* que eles queriam, então quando *eu não fazia*, minha vida virava um inferno.

Oliver fez uma careta de deboche. Ele de fato *fez uma careta*. Era como se eu estivesse namorando o vilão de uma peça de época. Aquele determinado a roubar a mina de estanho do protagonista.

— Quer dizer, você fazia o que dava na telha, e ainda assim eles achavam que o sol só brilhava por sua causa, e eu precisava me esforçar em dobro só pra conseguir metade do...

— Não acredito que você está dizendo uma coisa dessas...

— Mia! — gritei por cima da voz dos irmãos Blackwood. — Quer fugir comigo? Eu sei que sou gay, mas acho que consigo dar um jeito nisso.

Entrando no meio do Christopher e do Oliver de propósito, Mia segurou minha mão.

— Sim, vamos pra Paris!

Christopher olhou na nossa direção.

— O que vocês dois estão fazendo?

— Estamos trocando vocês — Mia explicou. — Porque vocês dois são péssimos.

— Quer dizer — acrescentei —, os dois já estão com vinte e muitos/ trinta e poucos anos, e continuam falando sobre notas da escola.

Um breve silêncio seguiu. Não do tipo esse-homem-tem-razão- -vamos-ficar-de-boa. Mais do tipo final-de-tiroteio.

Por fim, Oliver respirou fundo, com seu clássico ar de diferente-de- -você-eu-sou-calmo-e-maduro.

— Talvez a gente tenha se exaltado um pouco. Christopher, entendo que o que eu fiz hoje te pegou desprevenido. E, num mundo ideal, eu deveria ter te avisado com antecedência.

Ele estava tentando fazer as pazes, mas Christopher não parecia muito a fim de paz.

— "Eu deveria ter te avisado com antecedência"? Isso é o melhor que você consegue fazer?

— Eu não deveria ter te pedido para ler "Se"? — Normalmente, eu amava as piadas meio secas do Oliver, mas aquele não era o momento.

— Que, sabe... se fosse pra ter coragem de confrontar o... o *completo babaca* do nosso pai... — no momento em que as palavras foram ditas, algo saiu de dentro do Christopher Blackwood, algo pequeno, claro, mas ainda assim, algo — talvez você devesse ter feito quando ele estava *vivo*. Quando isso poderia pelo menos ter *alguma* utilidade pra nós dois.

Algo similar, igualmente pequeno, pareceu mudar no Oliver também.

— Eu não planejei nada disso.

— Eu sei que não. É só que... porra — Christopher puxou os pró- prios cabelos, frustrado —, me arrependo muito, muito mesmo de ter que falar disso porque não quero de jeito algum validar aquela sua palhaçada, mas lembra do que você disse sobre como a pior parte de tudo é que você nunca vai saber o que teria mudado se você tivesse peitado as merdas que ele fazia e tal?

— Infelizmente não me lembro — Oliver admitiu. — O discurso passou pela minha cabeça como um borrão. Mas me lembro disso como algo que eu *gostaria* de dizer.

— Bem, como você acha que *eu* me senti escutando aquilo? — De novo, um tom desafiador tomou conta da voz do Christopher. Mas, por trás daquilo, havia um tom de súplica. — Você não acha que eu queria saber como a porra da *minha* vida teria sido se você tivesse me defendido pelo menos *uma* vez antes de você completar *trinta anos*?

Oliver ficou imóvel, do jeito como ficava quando estava muito irritado ou devastado.

— Eu não sabia que você precisava ser defendido.

— Eu sei que você não sabia. — Christopher curvou os ombros e, com uma rigidez que o fez parecer mais velho por um instante, se sentou no lugar onde Oliver estava sentado.

— Eu... — Oliver disse, por fim — acredito que não fui um irmão muito bom. Peço perdão.

Levantando o braço, Christopher esfregou as mãos nos olhos, como se ainda não soubesse se iria chorar ou não.

— Com toda a sinceridade, achei que me sentiria melhor ao ouvir isso.

— Se te consola — Oliver tentou —, achei que me sentiria melhor depois de mandar o papai se foder.

— Bom — Christopher deu de ombros, sem esperanças —, obrigado por dizer mesmo assim. Acho que eu fui um irmão meio merda também.

Mia pigarreou.

— *Ou* vocês tiveram pais zoados e a culpa não é de nenhum de vocês dois.

A gangorra da recriminação e da autorrecriminação ficou parada bem no meio. E, por um momento, parecia que os irmãos Blackwood poderiam descer do brinquedo. Talvez até mesmo ir embora do parquinho. Mas até aí, nem tudo podia ser consertado com uma única conversa. Por fim, Oliver disse:

— Me desculpe por ter estragado o funeral.

Christopher parecia estar perdido em pensamentos, então Mia concluiu dando de ombros.

— Eu não diria que você *estragou*. Foi mais interessante do que a maioria dos elogios fúnebres. Além do mais, metade da capela nem estava prestando atenção e a outra metade secretamente sabia que você estava certo.

— Isso é muita generosidade da sua parte — respondeu Oliver com a modéstia instintiva.

— Calma lá. — Mia levantou a mão. — Não estou dizendo que foi o melhor discurso do mundo. Só que *nem todo mundo* que ouviu te achou um completo babaca.

— Ainda assim, é muita generosidade — observou Christopher, levantando a cabeça com um sorriso contido.

Oliver tentou abrir algo parecido com um sorriso.

— Não fode, Chris.

O céu, que estava fazendo ameaças passivo-agressivas de chuva o dia inteiro, finalmente abriu uma brecha, e uma garoa leve começou a cair sobre o pátio. E por um momento ficamos sentados ali, molhados e tomados por uma catarse sinistra. Porém, apesar de Oliver ter soltado uma tonelada de verdades no funeral do pai, as obrigações sociais ainda não haviam terminado. Então, me levantei num salto e tentei apressar nosso pequeno grupo a marchar na direção dos carros.

— Anda logo! — eu disse a eles. — Estamos perdendo a festa da morte.

— Acho que chamam só de recepção, ultimamente — disse Mia, pegando Christopher pela mão.

Enquanto caminhávamos para longe do crematório, Oliver se virou para o irmão.

— Aliás, até quando você fica na cidade?

Christopher respondeu com um olhar levemente suspeito.

— Até semana que vem, mais ou menos.

— Nós poderíamos... Quer dizer, se você quiser, marcar de se ver de novo? — Não era muito bem uma sugestão, mas a voz do Oliver parecia ter uma ponta de esperança.

Depois de um momento, Christopher assentiu.

— Seria ótimo.

Nós quatro caminhamos num silêncio confortável pelo jardim florido e nem-tão-parecido-com-uma-fábrica-de-cadáveres do crematório onde, naquele momento, o corpo de David Blackwood estava se transformando em cinzas. Se eu estivesse num clima poético, diria que a chuva estava chorando por todos nós. Mas estávamos no Reino Unido. A chuva era só mais um fato da vida. Como os impostos. E outras coisas mais.

34

Recepções de funerais eram um saco. Se funerais eram mais fáceis que casamentos porque ninguém esperava que as pessoas curtissem o evento, recepções eram ainda piores porque meio que se esperava, sim, que as pessoas aproveitassem. Quer dizer, não precisava ser tipo os Munchkins recebendo a Dorothy em Oz, mas numa vibe meio "em meio à morte estamos vivos; o falecido gostaria de nos ver alegres" e tal. E aquela era uma vibe bem específica. Uma vibe bem específica que já seria difícil de ser mantida no melhor dos casos, mas que se tornava ainda mais difícil quando o falecido na verdade era meio babaca e todo mundo sabia disso.

E era praticamente impossível manter a tal vibe quando o falecido era meio babaca, todo mundo sabia disso e o filho mais velho dele tinha anunciado em voz alta que o cara era meio babaca e que todo mundo sabia disso, e agora, cinquenta pessoas estavam reunidas ali, compartilhando não apenas o luto como a determinação em fingir que aquele discurso nunca tinha acontecido. Para o Oliver, aquele evento consistia em se fazer de sonso enquanto andava pela casa dos pais cumprimentando homens com um aperto de mão, beijando mulheres nas bochechas e dizendo "Sim, foi uma perda terrível, tão inesperada" umas doze vezes por minuto.

Por fim, ele e a mãe chegaram a um ponto em suas rotas individuais onde não dava mais para se evitarem sem admitir que estavam evitando um ao outro.

Oliver apertou minha mão de um jeito que demonstrava, no mínimo, pânico.

— Mãe... — ele começou.

Ela ficou na ponta dos pés e plantou um beijo delicado na bochecha dele.

— Oliver, meu bem, não esqueça de pagar o bufê.

Ele piscou vagarosamente.

— Fiz a transferência bancária ontem. Deve cair nas próximas vinte e quatro horas.

— Obrigada. — E, assentindo tão devagar quanto a piscada do Oliver, Miriam Blackwood foi embora.

— Quer dar uma volta? — sugeri, porque dava para sentir o Oliver tremer ao meu lado.

Ele não disse sim nem não, mas me deixou levá-lo para fora. Os Blackwood tinham um jardim muito bonito, mas eu não tivera muitas oportunidades para admirá-lo da última vez em que estive ali. Não é como se eu fosse arrumar oportunidades agora, com aquela garoa, o fato de que eu estava numa recepção pós-funeral, e o estresse que Oliver estava radiando como se fosse uma aura de lixo. Eles também eram classe média o bastante para terem um gazebo, o que me pareceu um bom lugar para usar de abrigo dois-em-um: para fugir da chuva e da obrigação social.

— E ela querendo saber se eu paguei o bufê... — disse Oliver com amargura enquanto nos sentávamos em um dos pequenos banquinhos.

— Poderia ter sido pior — comentei. — Ela poderia ter dito "Você é horrível e arruinou o funeral do seu pai".

— Eu teria preferido isso. — Ele passou a mão pelo cabelo. — Mas pelo jeito ela deve estar guardando essa bomba para jogar em alguma discussão futura.

Apoiei a mão no ombro dele.

— Se te ajuda, eu também estou.

Aquilo o fez soltar uma risada suave.

— Da próxima vez que você vier com *Lucien, você deixou uma caneca suja na mesa de novo*, eu posso responder *Sim, mas pelo menos eu não arruinei o funeral do meu pai*.

— Ah. — Ele passou o braço por trás de mim. — Nossa vida juntos será uma maravilha. — Ele fez uma pausa. — Se você ainda quiser isso, é claro.

— Isso o quê? — perguntei. — Deixar a caneca suja na mesa?

— Ter uma vida juntos. — Mais uma daquelas pausas tensas. — Eu sei que tudo tem estado... intenso demais. Que, talvez, eu tenha estado intenso demais.

Revirei os olhos, mas, como eu estava de lado, não serviu de nada.

— Oliver. Fazer com que seja conveniente pra mim estar com você não é seu trabalho. Assim como não é meu trabalho fazer com que seja conveniente pra você estar comigo. O que é bom, porque se fosse, eu já teria sido demitido há um tempão.

— Estar com você é... é... — ele ficou sem palavras por um tempo que se arrastou demais. — Às vezes eu não sei o que eu faria sem você. Mais uma vez — ele completou apressadamente — digo isso não de um jeito suicida...

— Sabe — respondi —, estou ficando cada vez mais preocupado com a sua necessidade de esclarecer isso o tempo todo.

— Sou um advogado. Esclarecer coisas é o meu trabalho. E o que estou querendo dizer é que, óbvio, eu saberia viver sem você porque, por mais maravilhoso que você seja, gosto de pensar que nosso relacionamento não é codependente. Mas eu não quero. Minha vida é muito mais interessante ao seu lado, e você me torna uma pessoa pior.

— Hum. — Me aprumei. — Obrigado?

— Isso soou... Mais bonito na minha cabeça.

— Como você disse na sua cabeça? — perguntei. — Você acabou de dizer que eu te torno uma pessoa pior. Tipo, "menos boa".

— Pensei que seria meio... engraçadinho. Tipo o humor wildiano.

— Como você consegue ganhar algum caso? Você chega no tribunal e diz *Este cara merece ir pra cadeia... Brincadeirinha, gente!*

— O que eu quis dizer... — Oliver estava usando a voz de você-está--sendo-malvado-comigo-mas-no-fundo-eu-gosto, que era diferente o bastante da voz de você-está-sendo-malvado-comigo-e-eu-não-gosto--nem-um-pouco, para evitarmos qualquer mal-entendido — é que eu passei muito tempo seguindo regras que nunca questionei, e você me faz questionar. Eu jamais seria capaz de fazer o que fiz hoje se não fosse por você, e eu não deveria ter feito aquilo, foi um erro terrível, mas sou profundamente grato por ter conseguido fazer.

— Ah! — eu disse, tentando não derreter feito geleia e escorrer com a chuva. — Quer dizer que eu sou o diabinho ajudante no seu ombro, é?

Oliver assentiu.

— Solícito de um jeito intermitente.

— Vou aceitar esse elogio.

Era inapropriado dar uns beijos numa recepção de funeral, mesmo que tecnicamente estivéssemos do lado de fora da recepção, num gazebo molhado, então trocamos um abraço demorado. E eu fiquei envergonhado de verdade por estar dando um abraço demorado, mas às vezes tudo o que nos resta é abraçar demoradamente.

Estávamos em mais ou menos oitenta por cento da duração do abraço demorado quando, para o meu desespero, avistei o tio Jim atravessando o jardim em nossa direção.

— Pegou pesado com o velho, hein? — ele disse/ gritou dos degraus.

Oliver e eu nos desabraçamos e o encaramos. Não era só pela intrusão, mas também pelo choque de ouvir alguém admitindo que o Elogio Fúnebre Inapropriado da Perdição havia ocorrido mesmo. Como sempre, Oliver se recompôs bem mais rápido do que eu.

— Sinto muito, tio Jim. Sei que ele era seu irmão e... me desculpe.

Tio Jim deu de ombros.

— Foi uma coisa bem besta de se fazer, eu diria.

— Sim. — Oliver concordou, emburrado.

— Mas mesmo assim — tio Jim continuou —, você tem razão. Ele mereceu.

Eu não estava esperando por aquilo, e Oliver parecia estar tão desorientado quanto eu.

Subindo no gazebo, tio Jim puxou uma cadeira de ferro e se sentou na nossa frente.

— Pra ser sincero contigo — disse ele —, eu também queria ter tido os colhões pra mandar seu pai se foder. E seu avô também, inclusive.

— Eu não chamaria de *colhões* — Oliver respondeu. Considerando sua audiência, ele não acrescentou que o termo era inapropriado, sexista e cisnormativo, e associava um órgão genital a força emocional, mas dava para ver que ele estava pensando em dizer aquilo. — Cheguei num ponto em que o que eu sentia era... bem, acho que já expliquei meus motivos de maneira bem demorada.

Tio Jim assentiu.

— Explicou. Explicou sim. Às vezes chega a hora, não chega? A hora em que você tem que tomar uma decisão. Se impor ou passar a vida inteira sendo tapete dos outros. — Do nada, ele soltou um suspiro tão pesado que eu pensei que iria abalar o telhado da nossa cabaninha, nos obrigando a sair correndo dali se não quiséssemos pegar garoa. — Olhando para trás, acho que tomei a decisão errada.

— Eu sempre achei que vocês dois se davam bem. — O tom de voz do Oliver era cuidadoso, como alguém que se aproxima de uma borboleta sem querer assustá-la.

— Ah, mas nós nos dávamos bem. Melhores amigos a vida inteira. Quer dizer, ele era meu irmão mais velho. Como eu poderia *não* achar que ele era o cara?

— Você chegou a conhecer ele? — sugeri, sem conseguir me segurar. Tio Jim riu.

— Eu gosto de você, Luc. Na verdade, pensando bem, acho que essa coisa toda de mandar os outros se foderem começou com você, não foi?

Não parecia existir uma resposta certa para aquilo.

— Não sei se eu diria isso...

— Você *me* mandou ir *me foder*, se me lembro bem. Como parte do grupo, quero dizer.

— Acho que você foi tipo um efeito colateral — sugeri.

Dando de ombros sem prestar atenção, tio Jim seguiu em frente.

— Mas, sim, éramos próximos. Como uma dupla de ladrões. Mas o problema dos ladrões é que eles não são especialmente famosos por serem legais uns com os outros.

Ele caiu num silêncio melancólico, e eu repassei tudo o que sabia sobre David e James Blackwood. Eles sempre me pareceram aqueles homens mais velhos durões, criados para não enxergarem diferença entre humor e crueldade. Tinha uma vibe meio chefão e ajudante, com certeza. E, talvez, isso fosse tudo o que era preciso saber. Afinal, quem tinha mais medo do valentão da escola do que o melhor amigo do valentão da escola?

— Ele era um homem bom, o nosso pai. — Tio Jim parecia estar falando mais para si mesmo do que para qualquer outra pessoa. — Honesto, trabalhador, não levava desaforo pra casa. Fez com que David e eu corrêssemos atrás de boas carreiras, que nos dessem uma vida boa, e sou grato por isso. David também era.

Se inclinando para a frente, Oliver fez o que pôde para se envolver na conversa.

— Eu não o conheci tão bem assim.

— Não. Ele não era do tipo carinhoso. Era a favor dos netos, mas não se importava com eles.

— Eu me lembro — disse Oliver, com a voz ficando um pouco distante também. — Ele parou de nos dar presentes de aniversário no momento em que completamos dezesseis anos.

— Velhos o bastante pra se sustentarem — tio Jim concordou. — E David era exatamente como ele. Não tão... antiquado, é claro. Mas tinha muitos dos mesmos valores. Nenhum dos dois tinha tempo pra preguiçosos. Ou fracotes. Ou mulherezinhas.

Eu não sabia muito bem aonde aquela conversa estava indo, mas um destino *possível* começava a ser traçado em meio à chuva e às lembranças diante de mim.

— Meu pai já fez com que você se sentisse uma mulherzinha? — perguntou Oliver, que parecia estar vendo a mesma possibilidade que eu. Uma possibilidade que, infelizmente, fazia sentido para um homem solteiro de sessenta e poucos anos que passara a vida inteira na sombra de um irmão mais velho que não perdia tempo com quem não aprovava.

— Eu me inspirava nele. — O fato de o tio Jim não ter respondido à pergunta do Oliver não passou despercebido por nenhum de nós. — Tentava ser como ele. Mas não conseguia.

— Talvez isso seja até bom — Oliver apontou. — Não sei se ele era o tipo de homem que as pessoas devem imitar.

Tio Jim estava encarando fixamente o horizonte.

— Sabe quando dizem que não dá para colocar cabeça de velho sobre ombros de jovem? Você entendeu isso bem mais rápido do que eu.

— Aprendi com quem veio antes, tio Jim — ofereceu Oliver, com uma gentileza desnecessária.

Mais um silêncio demorado seguiu. A chuva fina no telhado soava como um saco de arroz infinito sendo despejado numa panela que, por algum motivo, nunca ficava cheia.

Por fim, tio Jim se virou para nós.

— Ele me flagrou uma vez, sabia? Na escola. Eu lembro... que ele não disse nada. Mas o olhar dele... Quer dizer, em defesa do homem, naquela época aquilo só havia se tornado legal poucos anos antes... Acho que nunca superei. Daí veio você... Bom, ele não disse nada também. Pelo menos não pra mim.

— Pra mim — a voz do Oliver era impossível de tão gentil, muito mais gentil do que a minha seria numa conversa com um homem que fez tantas piadas às custas do Oliver na última vez que nos vimos. — Ele disse: "Só não vai começar a usar vestidos". E minha mãe disse: "Mas e a aids?".

Tio Jim soltou mais um suspiro de balançar o gazebo.

— Pelo menos foi alguma coisa. Mas enfim, é tarde demais agora. Ele se foi e eu estou...

— Vivo? — Oliver completou para ele.

— Velho — tio Jim corrigiu. — Sou um velho gordo e careca que deixou tudo passar. Desde a chance de mandar meu irmão se foder, até... todo o resto.

Torcendo para não ofender ninguém, e na esperança de que aquilo fosse um momento para toda a comunidade LGBTQ+, e não especificamente para os Blackwood, meti meu bedelho.

— Bom — eu disse —, acredito que seja mesmo tarde demais pra mandar o David se foder, a não ser que você queira falar com as cinzas dele. Mas quanto a... todo o resto... Ainda dá tempo.

Tio Jim soltou uma risada.

— Ah, é? E o que eu faço? Compro uma daquelas calças de couro com um buraco na bunda e saio desfilando pelo parque St. James?

E *lá estava* o tio Jim que conhecíamos e odiávamos.

— Se você quer saber — disse Oliver com um nível de paciência que me deixava maravilhado e preocupado ao mesmo tempo —, eu nunca usei calças de couro com um buraco na bunda na vida, com todo o respeito a quem usa. A maioria das pessoas prefere ir à caça na internet hoje em dia. Ou no parque Hampstead Heath, se preferir.

— Eu ainda não... — tio Jim começou, mas aparentemente não sabia como continuar, então, deixou o pensamento no ar.

Oliver se levantou, e se agachou na frente do tio.

— E nem precisa. Não existe um jeito certo — Ele olhou para mim. — Ou um jeito errado de ser quem você é. Se você é feliz sendo...

— Um solteirão gordo e careca com mais de sessenta anos? — Jim sugeriu.

— Se está feliz com sua vida deste jeito — Oliver continuou, ignorando as opiniões autodepreciativas de Jim —, não precisa mudar. Mas se quiser... explorar as alternativas, saiba que elas *existem*.

Tio Jim olhou para Oliver.

— Não existem, Oliver. Não na minha idade.

— Existem aplicativos — sugeri.

Oliver assentiu, concordando.

— E clubes, se for mais a sua praia. O mundo está mudando muito para homens mais velhos, mudando para melhor.

— Pode ser... — pelo olhar do tio Jim, parecia que ele estava pensativo de um jeito que eu nunca havia visto. — Ainda assim, não estou acostumado com mudanças.

— É claro. — O tom do Oliver era muito cuidadoso. — Desde que você entenda que nada precisa acontecer do dia para a noite, e que você não precisa estar num relacionamento pra ser...

— Não — disse tio Jim. — Não diga em voz alta. Eu... — ele se levantou num salto — belo discurso hoje. Deu tudo o que o seu velho precisava. O que ele merecia.

Então, ele deu meia-volta e retornou para a casa.

PARTE CINCO

OLIVER DAVID BLACKWOOD
& LUCIEN O'DONNELL

A Sala Verde, Camden
26 de março

35

— Pelo amor de Deus, Lucien. — A sala de estar linda e organizada do Oliver estava (tinha estado desde o Natal) um caos de cartões, diagramas, fichários e calendários. Eu até tentei provocar o Oliver, falando sobre a pegada de carbono que aquilo tudo deixaria, mas a brincadeira não acabou muito bem. — Não estou pedindo muita coisa, mas a esta altura você já deveria ter contratado a banda.

Estremeci e me encolhi.

— Eu sei. Ia fazer isso na semana passada. Mas é que... tem certeza de que não é melhor contratarmos um DJ? Seria muito mais barato, e eu acho que ninguém se importa de verdade com música ao vivo.

— Já tivemos essa conversa. — A voz do Oliver estava sendo tomada por um tom de cansaço. Ele já estava cansado fazia um bom tempo. — E concordamos que...

Daquela vez, não deixei passar.

— Eu não diria que *concordamos*. Acho que discordamos e depois paramos de falar sobre isso, e você acabou achando que eu tinha cedido.

Oliver jogou as mãos para o alto, o que era doze vezes mais extravagante do que qualquer gesto que eu o vira fazendo antes de falarmos em casamento, e que agora tinha se tornado o tipo de coisa que ele fazia o tempo inteiro.

— Tá bom, a gente contrata um DJ. Não tem problema em termos um músico fracassado de cinquenta e pouco anos tocando rock de tiozão numas caixas de som minúsculas a noite inteira.

— Sabia que bons DJs existem? — apontei. — Posso pegar recomendações com a Priya, se você achar melhor.

Trazer outras pessoas para o assunto, conforme aprendi, era um jeito razoável de acalmar o Oliver. Era uma coisa meio pavloviana, a ideia de uma plateia colocava em ação os instintos de o-que-os-vizinhos-vão-achar dele.

— Gosto muito da Priya — disse ele. — Mas você não acha que o gosto dela é um pouquinho alternativo demais?

— É um casamento gay, Oliver! — lembrei pelo que parecia ser a milionésima vez. — Não adianta tentar deixar a cerimônia menos alternativa porque, aos olhos da lei e da maioria da sociedade, já somos alternativos *só pelo fato de existirmos*. — Movendo uma pilha de papéis enquanto tentava mantê-los na ordem, me sentei no sofá. — Além do mais, não é como se a Priya não tivesse noção das coisas. Ela não indicaria alguém que tocaria trash metal lésbico durante os votos. Além do mais, existe algo *errado* em termos um DJ tocando trash metal lésbico?

Oliver levantou a cabeça do lugar onde estava sentado, no tapete.

— Sim. O fato de que seria *trash metal*. Não vou me casar ao som de trash metal, lésbico ou não. Não acho que isso seja uma falha de caráter, e sim uma preferência bem razoável.

— Beleza. Vou contratar um quarteto de cordas.

— Eu não disse *contrate um quarteto de cordas*. Pode contratar o que você quiser.

Tentei revirar os olhos sem o Oliver notar; não deu certo.

— O que eu *quero* é economizar um pouco, chamar um cara que tenha um laptop, e não precisar usar meu conhecimento inexistente em música para escolher um entre os nove grupos idênticos de caras vestindo coletes e tocando covers de músicas do Ed Sheeran no único casamento que teremos na vida. Principalmente porque a gente nem gosta do Ed Sheeran.

— "Photograph" até que é legalzinha.

— "Photograph" é legalzinha coisa nenhuma! — gritei. — Nenhuma música do Ed Sheeran é legalzinha. Não acredito que vou me casar com alguém que acha "Photograph" legalzinha.

Oliver jogou as mãos para o alto *de novo*.

— Você vai se casar com alguém que, de vez em quando, consegue resistir ao impulso hipster de desgostar de coisas populares!

— Eu gosto de muitas coisa populares. — Minha cabeça estava começando a doer. Conversar com meu namorado estava me dando dor de cabeça de verdade. — Só que nenhuma delas é feita por homens ruivos metidos.

— Lucien. — Tocando a testa como se ele também estivesse com dor de cabeça, Oliver riscou um item da lista dele. — Contrate. Uma. Banda. Não me importa qual banda, mas contrate uma banda.

— Beleza. Você prefere a Shine, a Harvest Moon ou a Ulysses?

— Qual parte do *não me importa* você não entendeu? — Oliver rosnou.

— Você não acha — perguntei — que não se importar com a banda que vamos contratar é uma atitude *um pouquinho babaca*?

— Não faz *sentido* eu me importar. O casamento é daqui a três semanas. A escolha agora é entre *com banda* ou *sem banda*.

— Ou um dj! — apontei.

Houve uma pausa e, depois, Oliver se virou e me encarou como se não me reconhecesse.

— Ai, meu Deus, esse era o seu plano desde o início, não era? Nós concordamos com a banda...

— Não concordamos.

— Você disse que iria contratar uma...

— Você *me mandou* contratar uma.

— E depois você simplesmente enrolou até ser tarde o bastante para que as coisas fossem feitas do seu jeito. E isso, Lucien, é exatamente o tipo de coisa que o seu pai faria.

Era mesmo, mas aquilo era elogio vindo do sr. Do-meu-jeito-ou-de--jeito-nenhum.

— Ah, beleza, claro, sou *eu* quem está agindo feito o próprio pai agora. Porque essa sua atitude exaltada, controladora, patriarcal e *heteronormativa pra cacote* não me lembra ninguém!

Uma das questões mais complicadas do meu relacionamento com o Oliver era que, em momentos de raiva, nossas reações eram completamente opostas. E agora Oliver estava reagindo à base de raiva, o que, para ele, significava ficar muito tenso e calmo.

— Não é *heteronormativo pra cacete* — disse ele — não querer se casar num bar.

Aquela era outra discussão antiga, outra que tínhamos deixado de lado; até ele inventar do nada que eu havia concordado com ele.

— Não era um *bar*, era um salão de eventos vintage com um bar adjacente, e eu achei bem legal. *Você*, por outro lado, queria se casar numa sala de banquetes vitoriana cheia de fotos de homens brancos mortos.

— Primeiro — Oliver começou a contar nos dedos —, era elisabe-tana. Segundo, me parece um pouco conveniente e hipócrita reclamar sobre fotos de homens brancos mortos quando, tanto eu quanto você, somos homens brancos. Terceiro, aquela locação ficava em Gray's Inn, e tinha um significado pessoal pra mim porque é uma sociedade de advo-gados da qual faço parte. E, quarto, nós não escolhemos este lugar tam-bém, então eu nem sei do que você está reclamando.

Derrotado, me joguei para trás e, quando fiz isso, meu braço esquerdo perdeu o controle e bateu na pilha de papéis que eu não queria bagunçar quando me sentei, derrubando tudo no chão num mar de post-its e ano-tações escritas à mão.

Oliver ficou imóvel.

— Lucien — disse ele, com a voz mais controlada possível. — Sinto que sua presença aqui não está ajudando.

— Ah, me desculpe. — Se o instinto de raiva do Oliver era ficar super-calmo, o meu era ficar superultrassarcástico, coisa que provavelmente era bem menos madura, mas provavelmente mais saudável a longo prazo. — Meu envolvimento no *nosso* casamento está se tornando um inconve-niente?

— Agora você está agindo feito...

— Nem ouse dizer que estou agindo feito uma criança, ou eu me levanto e vou embora agora.

Oliver me lançou um olhar frio e distante que eu já havia visto algu-mas vezes antes mas nunca imaginara que veria sendo direcionado a mim.

— Neste momento, talvez isso seja a coisa mais prática a fazer. Deixa comigo, Lucien. Quando você voltar, já terei terminado tudo.

Ele nem precisou pedir duas vezes. Havia séculos que eu não fazia uma bela saída dramática.

Então fiz uma saída dramática.

*   *   *

A saída foi tão dramática que acabei indo parar na casa da minha mãe.

— Luc. — Ela abriu a porta com um olhar confuso que, rapidamente, se tornou preocupação. — Ai, não. O que houve? Você descobriu que o Oliver viaja no tempo aleatoriamente e vocês dois foram próximos a vida inteira mas só agora você começou a perceber?

— Peraí — eu disse. — Você anda assistindo *Doctor Who* ou lendo *A mulher do viajante no tempo*?

Ela deu de ombros.

— Um pouquinho dos dois. De formas diferentes, ambos são homens horríveis.

— *Doctor Who* é uma mulher agora.

— Ai não, Luc, olha o spoiler! Ainda estou naquele que usa uma echarpe grandona. Enfim. — Ela deu um passo para o lado. — Melhor você entrar. Infelizmente, eu não sabia que você estava vindo, então não preparei meu curry especial.

Eu a segui até a sala de estar, que sempre tinha um ar de Judy e cães desesperados mas, naquele momento, não havia nenhum um nem outro.

— Acho que vou sobreviver.

— Você tem que comer alguma coisa, *mon caneton*. Alimentação é importante depois que se passa por um choque.

— Só pra esclarecer — eu disse, adotando uma posição meio jogada de lado no sofá —, estou em choque porque briguei com o Oliver sobre o casamento. Não porque ele é um viajante no tempo. Entendido?

— Olha — minha mãe se sentou ao meu lado e puxou a mesinha de centro em nossa direção —, fico feliz de saber que você veio até aqui para falar sobre qualquer coisa, mesmo que não seja sobre o Oliver ser um viajante no tempo, mas se for assim, preciso que você seja útil para variar e me ajude com este quebra-cabeça.

Encarei a mesinha de centro, que estava cheia de pequenos conglomerados de peças que formavam partes de uma imagem, muitas delas de cabeça para baixo.

— O que você está fazendo?

— Quebra-cabeças são bons para pessoas da minha idade. Ajudam a não ter Alzheimer.

— Entendi, mas... — eu continuava encarando, ignorando a suspeita de que eu era o Oliver daquela situação — por que você não começou pelas bordas?

— Por que eu faria isso?

Para a minha vergonha, tive que pensar antes de responder.

— Todo mundo começa pelas bordas. Assim, fica mais fácil para... para... É mais eficiente. — Ai, meu Deus, eu *era* o Oliver. Ou talvez fossem os quebra-cabeças. Será que, lá no fundo, todas as pessoas eram um Oliver que só precisam de uma imagem desmontada dos Moomins para trazê-lo à tona?

— Não — disse minha mãe com firmeza. — Eficiente seria não picotar a imagem toda. Montar quebra-cabeça não é sobre eficiência, é sobre a jornada.

Eu a encarei.

— O quebra-cabeça de verdade são os amigos que fazemos no caminho?

Ela me encarou de volta.

— Não, Luc. Um quebra-cabeça é um quebra-cabeça. Seus amigos são seus amigos. Não dá pra ser amigo de um quebra-cabeça. Do que você está falando?

— É só uma frase que as pessoas dizem às vezes.

Uma luz de compreensão sobre o que eu estava dizendo brilhou nos olhos dela.

— Ah, *bon*. Se é assim, sim. É sobre fazer, como dizem, amizade com o quebra-cabeça. E ninguém é exatamente eficiente quando faz amizade com um quebra-cabeça. Agora — o tom dela ficou mais leve —, me ajude a ficar amiga desse quebra-cabeça porque estou empacada. — Ela cerrou os olhos para os pedaços espalhados de Moomins. — Estou procurando a última peça com o chapéu do Mooming Pai.

— E você não acha que seria melhor começar pelas... — mas deixei para lá. E comecei a procurar no meio das novecentas e vinte e seis peças que restavam do quebra-cabeça uma que continha algum fragmento de uma cartola de Moomin.

Em defesa da minha mãe, era um processo bem relaxante. Quer dizer, acho que não fiz amizade com o quebra-cabeça. Mas consegui conhecer bastante dele.

— Então — disse minha mãe, segurando uma peça contra a luz como se quisesse verificar que não era falsificada —, o que houve entre você e o Oliver?

Obviamente, aquilo era complexo, e toda história tem dois lados, e minha mãe gostava de nós dois e, se eu quisesse receber bons conselhos, deveria explicar a situação do jeito mais justo e imparcial possível.

— Ele só foi um babaca — expliquei. — Ele está sendo um babaca há meses.

Minha mãe fez uma pausa enquanto finalizava com cuidado o cesto de frutas da Moomin Mãe.

— Tem certeza? Porque você sabe que eu te amo, mas, se tivesse que adivinhar quem é o maior babaca entre você e o Oliver, eu normalmente não escolheria o Oliver.

— Obrigado. E... e... eu tenho sido totalmente razoável. Já ele se tornou uma espécie de rolo compressor do casamento.

Outra pausa enquanto minha mãe ou pensava sobre o que eu havia acabado de dizer ou se distraía com crianças esquisitas de olhos azuis.

— Casamentos são complicados e festas de casamento são complicadas, mas o mais importante é que festas de casamento não são o casamento em si.

— Tem certeza? — perguntei. — Porque você conhece aquele ditado: Se o rolo compressor do casamento me amassa uma vez, a culpa é dele, mas se o rolo compressor do casamento me amassa a vida inteira, a culpa é minha.

— Não gostei desse ditado tanto quanto o de *fazer amizade com o quebra-cabeça* — minha mãe disse e suspirou. — Entendo que você esteja preocupado, mas você e Oliver já estão juntos há mais de dois anos, e nunca foi assim antes...

— Na verdade — admiti —, ele sempre foi assim. Mas eu achava que gostava disso.

— E agora não gosta mais?

Tentei encaixar uma peça da cartola no lugar mas, no fim das contas, a peça era um pedaço da bunda de um gato.

— Parece diferente agora. Tudo está tão... Sei lá.

— Ele também acabou de perder o pai — minha mãe apontou. — Isso pode ser bem difícil.

— Sim, mas... mas... sinto que isso nos aproximou. Tipo, se alguma coisa tinha o poder de nos separar, era isso, e não separou. Então, por que está tudo uma merda agora?

Minha mãe colocou o braço ao redor de mim para me consolar.

— É difícil comentar sem saber que tipo de merda é. Existem vários tipos diferentes de merda, e todas elas são merdas por motivos distintos.

— É meio que... — tentei organizar meus pensamentos mas sem sair do tema, era como tentar pregar merda na parede — nós estamos discutindo tipo... o tempo todo sobre todas as coisas sabe? E nós nunca fomos assim. E hoje de manhã tivemos uma briga intensa como *nunca* tinha acontecido antes, e nem se colocassem uma arma na minha cabeça eu saberia explicar o *motivo* da briga, mas é que... Será que as coisas serão assim? A vida de casado será assim?

Com a frieza de sempre, minha mãe deu de ombros.

— Provavelmente não. Provavelmente *organizar eventos grandes e importantes com muitos convidados, regras e expectativas com outra pessoa* sempre será assim. E não se faz isso o tempo todo.

— Nós mandamos bem no funeral — apontei.

— Não é a mesma coisa. Era o pai dele, então Oliver tinha o direito de ser... como eu disse mesmo? Um rolo compressor, se quisesse.

— Acho que o Oliver não entendeu essa parte — respondi, meio triste.

Minha mãe se virou e olhou para mim. Havia uma expressão de interrogação no rosto dela, que me deixou bem dividido.

— Tem certeza de que você *explicou* pra ele?

— Bom, acho que sim.

— Porque o Luc que eu conheço não é do tipo de garoto que se deixaria ser excluído do próprio casamento.

Gentileza da parte dela. O Luc que *eu* conhecia se deixaria ser excluído até do próprio funeral. Só que, se o Oliver estivesse me excluindo para poder criar o casamento heteronormativo dos sonhos dele, imaginei que ele estaria mais... feliz com a coisa toda.

— Não sei bem se a questão é essa — eu disse. — Estou envolvido, nós dois estamos... Só que já não parece a gente, sabe?

— Ah. — Minha mãe parecia astuta. — Muitos chefs na cozinha, talvez. Estão estragando o molho.

— Nem tem tantos chefs assim. Tipo, sei que o clichê dos casamentos é um monte de gente metendo o bedelho em tudo. Mas, normalmente, quem faz isso são as famílias. Minha família é você, e a do Oliver nem está falando com ele, então a culpa é só nossa. Nós dois estamos fodendo nosso próprio molho.

Houve um longo silêncio. A astúcia da minha mãe se intensificou.

— Luc. — Ela franziu o cenho solenemente. — Por que tem um lobo de peruca nessa imagem?

— Foi você quem comprou um quebra-cabeça dos Moomins. Os únicos Moomins que eu conheço são o de cartola e aquele outro. Agora, podemos voltar para o molho de casamento catastroficamente cozido demais?

— Achei que uma distração te faria bem. — Ela encaixou um pedaço do lobo-de-peruca no lugar. — Quanto ao molho/ casamento, bem, você chegou a pensar que talvez, só talvez, nem todo prato precise de molho?

Me virei para ela.

— Do que você está falando?

— Bom, por exemplo, tem um restaurante chinês muito bom no vilarejo ao lado, eles fazem um tipo de chilli seco com frango no alho que é muito gostoso.

— Não, quer dizer, qual é a metáfora sobre eu e o Oliver?

Por um momento, minha mãe pareceu chateada de verdade por ter sido arrancada das lembranças do chilli seco com frango no alho.

— O que eu quero dizer, *mon caneton*, é que você e o Oliver podem não ser um tipo de casal bom em, bem, em ser casado.

Por dentro, me encolhi todinho. A comparação era óbvia.

— Tipo você e o meu pai?

— Não, Luc. — Minha mãe me encarou como se eu fosse um garoto de seis anos dizendo que gatos são feitos de pão de mel. — Seu pai e eu não éramos ruins em sermos casados, o problema era que ele era um saco de bosta, mentiroso e infiel que só pensava nele mesmo.

— Mas se nós não somos bons em sermos casados, no que poderemos ser bons?

Outra clássica dada de ombros da minha mãe.

— Em não serem casados? Afinal, vocês nem precisam ser, na verdade.

Senti um gosto amargo na boca, uma mistura de salada orgânica e bile. Por um momento, Miram Blackwood surgiu na minha mente dizendo *Não entendo por que pessoas gays querem tanto se casar*. Me recostando no sofá, me afastei um pouco da minha mãe. De repente, tudo ficou desconfortável, e eu não estava acostumado a me sentir assim na casa dela.

— Isso... — meu estômago estava revirado de emoções, e eu não gostava da sensação. — Isso não é uma coisa legal de se dizer.

— Por que não? — ela disse, parecendo chocada de verdade.

Minha pele formigava de um jeito que eu não associava à casa da minha mãe.

— Porque isso... Isso é o que pessoas tipo os pais do Oliver dizem. *Por que vocês querem se casar? Não é como se vocês pudessem ter filhos.*

— Ah, Luc. — Ela não se aproximou, sempre foi muito boa em respeitar meu espaço pessoal, mas a linguagem corporal dela se desarmou na hora. — Eu não quis dizer nada do tipo. Só que tem pessoas que são muito boas juntas, mas não são boas com casamentos, ou com a vida de casadas. Olha a Judy, por exemplo. Ela já teve muitos namoros, sempre muito felizes, mas os casamentos nunca duraram.

Tentei me acalmar.

— Mas isso não é porque a maioria dos maridos dela acabava sendo assassinado ou desaparecendo misteriosamente no meio de Dartmoor?

— Ah, não seja assim. Isso só aconteceu duas vezes.

Enquanto me recuperava do susto breve do tipo meu-Deus-minha--mãe-é-uma-homofóbica-enrustida, me dei conta de que ela estava tentando me reconfortar. E então, percebi que ela só estava fazendo aquilo porque talvez eu fosse idiota demais para me casar.

— Mas... mas... — gaguejei —, mas todo mundo é casado. Minha melhor amiga é casada. O idiota do meu ex é casado. O que isso diz sobre mim, sobre nós dois, se formos os únicos incapazes de fazer um casamento dar certo?

— Sei que não ajuda muito — minha mãe voltou para o lobo-de-
-peruca —, mas acho que isso só significa o que você quiser que signifique.

Só de vingança, devolvi a peça da cartola do Moomin Pai para a pilha
de peças soltas.

— Tem razão, mãe. Não ajuda mesmo. Porque o que significa pra
mim agora é que eu sou um fracassado que não consegue dar certo nem
com um cara incrível como o Oliver.

Minha mãe suspirou.

— Você sabe que eu amo o Oliver e acho que ele é ótimo pra você,
mas ele também é, e não tem como negar, uma bicha difícil.

— Mãe! — gritei.

— Tá tudo bem. Estou usando o termo de forma ressignificada.

— Eu nunca deveria ter te ensinado isso.

— O que eu quero dizer é — ela deu de ombros, depois pescou a
peça da cartola que eu tentei esconder — que vocês dois têm seus problemas. E isso não tem a ver com fracassar, nem com ele. Tem a ver com
o que é certo para os dois.

— Bom — eu disse numa voz superdecidida e nem um pouco irri-
tada —, o melhor pra mim no momento é ir pra a porra da minha cama.

E, pela segunda vez naquele dia, dei a mim mesmo uma saída dramática de mimo.

36

Como sempre fui preguiçoso demais para tirar qualquer coisa do meu quarto antigo (com exceção de um pôster da banda do meu pai que pendurei e arranquei pelo menos umas três vezes), as paredes eram meio que um museu das coisas das quais gostei durante a vida. Começando com o pôster dos cento e cinquenta e um Pokémons originais, de quando eu tinha uns dez anos, passando por um do Cary Grant, da fase de cinema clássico que tive aos doze anos, quando quis me sentir mais adulto. Havia um cartaz de *O Segredo de Brokeback Mountain* da época em que "dois cowboys trepam uma vez, daí um deles morre" era o auge da representatividade na mídia geral se você não fosse velho o bastante para assistir *Queer as Folk*. Aliás, eles nem eram cowboys de verdade; passavam a maior parte do tempo vigiando ovelhas. Coisa que, por ter crescido num lugar onde vigiar ovelhas era a coisa mais empolgante para fazer numa noite de sexta-feira, não era a fantasia escapista que eu esperava que fosse.

Fiz uma careta para o Cary Grant enquanto tentava ignorar a ideia de que eu tinha uma quedinha por homens bonitões com cara de sério havia mais tempo do que eu imaginava. E me parecia estranho deitar na minha cama de criança pensando nos meus problemas de adulto. Porque nada era mais adulto, nem em termos de eufemismos-sobre-sexo, nem em termos de ser-realista-sobre-boletos-e-responsabilidade, do que se estressar com o próprio casamento.

E, puta merda, como eu estava estressado. Era tudo confuso e impossível. Porque eu amava o Oliver e queria ficar com ele, tipo, para sempre; mas, quanto mais eu pensava, mais forte ficava aquele sentimento difícil de definir (nem tão cansado, nem tão assustado, nem tão qualquer coisa) de que estávamos fazendo tudo errado. É claro, eu sentia que estava fazendo tudo errado desde... bem, a minha vida inteira. Quando eu era novo e cheio de uma autoconfiança que veio sabe-se lá de onde, eu tinha certeza de que estava arrasando e qualquer um que não arrasasse só sofria de um trágico caso de Não Ser Eu. Mas aí o Miles aconteceu e, de repente, me dei conta de que o jovem confiante que eu fora não sabia de porra nenhuma, e depois de muitos anos, lá estava eu, melhorando pouco a pouco mas, ainda assim, sempre ciente de que eu só fingia que sabia o que estava fazendo. Mas até mesmo para os meus padrões, o casamento estava vibrando com uma enorme energia do tipo eu-estou-fazendo-tudo-errado.

Meu pedido de casamento tinha acontecido quase sem querer. Por pouco não deixei de comprar a aliança devido a um homem mais ou menos grosseiro numa joalheria bem mediana. Os pais do Oliver tinham ficado tão aterrorizados que fizeram a coisa toda parecer mais um protesto do que uma festa, e depois um deles literalmente caíra morto, dando à situação um série de implicações complexas que eu ainda não havia entendido completamente. E agora, estávamos nos bicando por causa de detalhes pequenos com os quais nenhum de nós dois se importava.

Mas, falando sério, o que estava rolando? Como uma coisa tão insignificante poderia se tornar uma batalha na qual você estaria disposto a morrer? Porque no fim das contas, se o Oliver quisesse uma banda, beleza, poderíamos chamar uma banda. Contrataríamos a Blue Honey ou a Felicity ou a Corkscrews, e não faria diferença nenhuma já que aquele continuaria sendo a porra do dia mais feliz das nossas vidas porque era isso que ele deveria ser.

Só que, quanto mais eu pensava, mais ficava *determinado* a contratar um DJ. Porque eu não queria quatro homens de cardigã, ou três caras e uma mulher surpreendentemente atraente, cantando uma versão ska punk de "Thinking Out Loud" durante nossa primeira dança de casados. Sobretudo porque o Oliver não sabia dançar, e aquilo tornaria a versão ska punk de "Thinking Out Loud" a *nossa música*. Merda. Estávamos juntos já fazia quase três anos e nem sequer tínhamos a "nossa música". Ou pior, nós até tínhamos, só que era o podcast *This American Life*. Nossa primeira dança aconteceria ao som de Sarah Koenig contando uma série de pequenos casos de um tribunal em Cleveland.

Para ser sincero, talvez aquele fosse um bom argumento contra a ideia do DJ. Porque o cara perguntaria *E aí, que tipo de música vocês curtem?*, eu teria que dizer "Bem, o *meu* pai tem uma banda que eu odeio, e *este aqui* escuta podcasts de terror engraçadinhos e mídias narrativas sobre assuntos políticos complicados".

Talvez minha mãe tivesse razão. Nós não éramos bons em sermos casados. Talvez, considerando o fato de que nós — como o planejamento do casamento estava provando — não tínhamos nada em comum e que tínhamos começado a namorar literalmente por causa de uma brincadeira, éramos o tipo de casal que nem deveria estar junto.

Meu celular tocou. Era o Oliver, e eu não estava num bom momento para falar com ele, então deixei ir para a caixa postal. Atitude que, novamente, não indicava nada de bom sobre o meu relacionamento. Aposto que o James Royce-Royce nunca deixava as ligações do James Royce--Royce caírem na caixa postal. Aposto que a Bridge nunca deixava as ligações do Tom caírem na caixa postal. Aposto que o príncipe Harry nunca deixava as ligações da Meghan Markle caírem na caixa postal. Aposto que o príncipe Charles nunca deixava as ligações da Camila Parker Bowles caírem na caixa postal, se bem que ele provavelmente deveria ter feito isso, pelo menos durante os anos oitenta.

Merda, a gente acabaria tendo que terminar. Seríamos obrigados a contar para todas as pessoas legais que haviam confirmado presença meses atrás — porque o Oliver começou a mandar os convites antes do Natal — que, na verdade, depois de pensar melhor, não iríamos nos casar no fim das contas e, além do mais, estávamos terminando o relacionamento porque havíamos decidido de comum acordo que a outra pessoa era um lixo e que agora estávamos disponíveis, caso houvesse interesse de alguém. Não que alguém devesse se interessar, pelo menos não por mim, já que eu tinha um emprego de merda e não sabia fazer rabanada.

Então, eu encheria a cara, apareceria na casa do Miles e do JoJo e imploraria para o Miles me aceitar de volta ou, no mínimo, me chamar para um sexo a três.

Beleza, havia uma possibilidade bem pequenininha de eu estar começando a surtar.

Meu celular vibrou. Não olhei para a tela.

Vibrou de novo. Não olhei de novo.

A vibração e o não-olhar-para-a-tela continuou até eu não ter mais energia para não olhar.

Lucien, sei que você está chateado, mas eu estou na porta do seu apartamento, dizia a primeira mensagem.

Se você está aí dentro me avisa, dizia a segunda.

Ou, se não estiver, me avisa onde você está, dizia a terceira.

Não precisa me avisar exatamente onde você está. Tudo bem se você precisar de privacidade.

Eu entendo.

Mas estou preocupado que alguma coisa possa ter acontecido.

Não que eu ache que você não saiba se cuidar sozinho.

Mas enfim...

Desculpa, isso soou um pouco dramático, escrever meu fluxo de pensamento.

Mas, bom, recentemente tenho tido um histórico bem ruim de discutir com pessoas e elas morrerem imediatamente.

E racionalmente eu sei que não foi isso que aconteceu.

Pelo menos é bem improvável que seja isso que tenha acontecido.

Mas estou preocupado que tenha acontecido mesmo assim.

E eu sei que não é problema seu, nem culpa sua.

Mas se você puder só me responder e dizer se está tudo bem.

Quando estiver pronto.

Desculpe estou sendo pegajoso.

Responda no seu tempo.

Só estou preocupado.

Lucien?

Tá tudo bem?

Lucien estou muito preocupado.

Desculpa. Não quis agir assim. Leve o tempo que precisar.

Lucien?

Eu não deveria ter respondido **oie sou um assassino, peguei o celular do luc ele está morto**, mas respondi.

Também não deveria ter continuado com **aposto que agora você se arrependeu de não ter escolhido o dj**. Mas fiz isso também.

Lucien isso não tem graça

quem é lucien eu sou um assassino

Por um momento, pensei ter ido longe demais. Mas, por fim, Oliver respondeu com um Então como você sabe do DJ?

luc me contou, respondi, **enquanto eu estava assassinando ele.** Apertei em "Enviar", e imediatamente completei com **ele disse oh não se ao menos o oliver tivesse deixado eu chamar um dj, eu não teria caminhado até esse beco escuro onde estou sendo assassinado nesse momento.**

Meu celular tocou. E, desta vez, eu atendi.

— Me desculpa, eu disse coisas que te magoaram. — Era uma mistura de três vozes do Oliver: séria, secretamente feliz e um pouquinho arrependida. — Mas, por favor, não finja que foi assassinado.

As palavras *principalmente considerando que meu pai acabou de morrer* pairaram no ar. E o fato de que elas continuaram não ditas era um sinal de que estávamos num momento um pouco melhor do que estávamos algumas horas antes.

— Desculpa. — Deitei na cama e fechei os olhos. — Por isso e por, você sabe, ter dito umas coisas bem cruéis também. Acho que esse lance todo de casamento está me deixando muito...

— Eu sei. — Oliver fez o melhor que pôde para tentar demonstrar compreensão pelo telefone e eu captei pelo menos uma parte. — Imagino que você esteja na sua mãe.

— Sim — respondi. — Vou... vou passar a noite aqui, tudo bem? Porque me parece meio escroto bater na porta dela e dar o fora quando me é conveniente. Além do mais, sendo sincero, eu não estava *cem por cento* certo de que não voltaríamos a brigar caso eu voltasse para casa.

Oliver assentiu de uma forma meio audível.

— Tem razão. Já está tarde. Vou sentir sua falta, é claro.

— E eu a sua. — E não era mentira, eu sentiria mesmo. Sentiria saudade do calor dele, do ritmo estável da respiração dele no escuro. Do jeito como, às vezes, a gente rolava cada um para um lado naturalmente durante a noite, e Oliver sempre acabava rolando de volta para perto de mim. As ocasiões especiais em que nós dois acordávamos com tesão e o trabalho ainda parecia uma obrigação distante. Não que isso continuasse acontecendo com muita frequência.

Mas, naquele momento? Eu não sentiria falta de muitas outras coisas. Tipo as quase-brigas e os quase-acordos, e os fantasmas constantes das coisas quase-ditas. Às vezes parecia que um de nós estava traindo o outro, só que não era um de nós, eram os dois, e estávamos nos traindo com nosso próprio casamento.

— O que você vai fazer? — perguntei, mais alto do que deveria.

Oliver suspirou.

— Bom, eu estava pensando melhor e acho que você tem razão. Não faz sentido contratarmos uma banda se não encontrarmos uma da qual um de nós goste de verdade.

Não era disso que eu estava falando, mas tudo bem.

— Beleza. Tipo... Obrigado.

— Mas também acho — Oliver continuou — que DJs são um pouco, desculpa por dizer isso, bregas.

Em defesa dele, eu também achava. Mas meu medo era cortar toda a breguice do nosso casamento e, com isso, cortar toda a diversão. E dali a cinquenta anos estaríamos sentados numa daquelas casas de idosos, lembrando de um passado que poderia ter acontecido com qualquer pessoa.

— E daí? O plano então é não ter música? Todo mundo de pé, conversando no maior climão? Ou você acha melhor arrumarmos um daqueles tabuleiros gigantes de twister?

— Se você quiser mesmo um twister gigante, não vou discutir.

— Oliver, foi uma piada. Eu não quero brincar de twister gigante no meu casamento.

Um silêncio de ranger os dentes emanou do outro lado da linha.

— Desculpa. Eu estou... me esforçando aqui. Sei que provavelmente posso estar soando como um...

— Como um rolo compressor de casamentos? — sugeri.

— Não sei se eu diria dessa forma, mas... sim. — Outra pausa. — Acho que eu só quero... só quero que tudo seja perfeito para os dois.

Perfeito não era uma palavra boa para o Oliver. Na verdade, ela quase arruinou nosso relacionamento uma vez. Mas, de certa forma, escutá-lo dizendo a palavra era meio que um alívio porque significava que... que, na verdade, o problema ali era com ele. E era um problema que eu sabia mais ou menos como consertar. E era muito mais fácil pensar naquilo do que pensar em como eu estava me sentindo, ou na possibilidade de minha mãe estar certa.

— Beleza. — Respirei fundo. Eu era capaz daquilo. Não era impossível. Nós daríamos um jeito. — Talvez você esteja pensando demais nisso, não?

— Estou ciente disso — disse ele, um pouco frio.

— E acho — continuei — que você está confundindo "perfeito para nós" com "perfeito". O casamento *perfeito* é em junho, nas igrejas onde você cresceu, com música ao vivo e flores que combinam com os vestidos das madrinhas. O casamento *perfeito para nós* envolve eu e você e as pessoas importantes, num local capaz de receber um número razoável de convidados e músicas de que nós gostamos sendo tocadas por...

Dava para ouvir o Oliver relaxando.

— Um músico fracassado que diz coisas tipo "Essa daqui é para quem é das antigas"?

— Sim. Ou, sei lá, um laptop. Ou, se você quiser, posso pedir ao Rhys para chamar o coral masculino de novo.

A respiração do Oliver estava se acalmando, o que era um bom sinal.

— Na verdade, eu estava pensando, e se você achar que estou sendo meio rolo compressor pode falar, mas pensei que seria legal se nós montássemos uma playlist e, talvez, pedíssemos para que cada convidado contribuísse com uma música.

Na prática, meu medo era o Alex contribuir com o hino da marinha de Eaton e a dra. Fairclough contribuir com uma palestra de duas horas sobre formigas, mas a ideia parecia...

— Parece perfeito! Perfeito pra nós.

— Então vou mandar os pedidos de música. Obrigado por ser tão... sinto muito, Lucien, sinto muito mesmo.

— Eu também. — Achei que seria melhor retribuir, embora tivéssemos diagnosticado formalmente que o problema era do Oliver. E o problema era *mesmo* do Oliver. Meus anos carregando bagagens de trauma e me odiando não tinham nada a ver com aquilo. — Amanhã de manhã eu volto pra... qual é o próximo item da lista?

— A Bronwyn quer finalizar o cardápio.

Ah, sim, aquele era o outro Grande Acordo. Teríamos um bufê completamente vegano. Mas um de que eu gostasse, apesar de secretamente querer uma opção com hambúrguer. Porque, diferente da banda, aquilo era *importante*.

— Bom, eu estou longe de ser um especialista. Mas tendo aquelas sementinhas temperadas, eu fico feliz.

Ele estava sorrindo.

— Ela vai chegar aqui meio-dia.

Afe. Eu teria que acordar cedo.

— Nos vemos amanhã — eu disse. — Te amo.

Ele mandou um "também te amo" e nós desligamos. Então, fiquei deitado na cama me perguntando por que eu não estava mais feliz. Quer dizer, nós tínhamos resolvido a questão da música, encontrado um meio-termo que era *de fato* um meio-termo, em vez de algo que nenhum de nós queria. Oliver havia se desculpado, e eu também, um pouquinho menos que ele, coisa que — de acordo com o Estatuto dos Casais Brigados de 1974 — significava que eu vencera.

Mas, puta merda, eu iria me casar. Eu iria me casar com um homem incrível que eu amava. Legalmente, depois de anos de luta. E, sim, minha mãe tinha tentado fazer aquela coisa que mães fazem quando você é escolhido por último na educação física, dizendo que nem todo mundo é bom em tudo. Mas aquilo era o meu relacionamento, não uma partida de queimada. Não dava para ignorar tudo, tipo, "Bom, nunca vou precisar disso na minha vida mesmo".

Não. Aquilo era a porra do meu casamento. Eu tinha planejado aquilo, eu merecia, e ele aconteceria a qualquer custo.

37

Escolher um padrinho de casamento era uma questão complicada. Porque você não ia querer ser gênero-normativo, mas se revertesse demais os papéis, acabava sendo gênero-normativo do mesmo jeito, só que na direção oposta. Para o Oliver, tinha sido bem simples. Bem, meio simples, porque ele chamara o Christopher. O que, por um lado, era óbvio (já que aparentemente chamar o irmão era algo tradicional), mas por outro tinha sido bem difícil (porque, depois do funeral, a relação de Oliver e Christopher havia chegado a um ponto em que aquele era o convite razoável a se fazer). Mas os dois estavam se esforçando e estavam, pouco a pouco, construindo uma relação na qual eles poderiam acabar gostando de verdade um do outro.

Eu não tinha a mesma opção. Só tinha um monte de amigos e todos eles, cada um à sua maneira, não serviam para a função. Tom era meu ex e, tecnicamente, mais amigo da Bridge do que meu, dois fatores que tornavam tudo esquisito. Os James Royce-Royce vinham em pacote, seria injusto convidar um e não o outro. Eu me recusava a convidar qualquer um dos meus colegas de trabalho, o que me deixava com Bridge e Priya. E Bridge *deveria* ser minha escolha principal porque eu tinha sido dama de honra dela e precisava retribuir o favor. Só que alguma coisa na Bridge não gritava *padrinho de casamento* para mim.

Ela era minha melhor *amiga*, mas quando eu pensava num padrinho, pensava em alguém que eu procuraria na hora que precisasse superar um término desastroso. Ou para beber absinto comigo às três da manhã. Ou para desabafar sobre como era injusto ver nossos amigos formando casalzinho enquanto éramos jovens, livres, solteiros e superinfelizes. E essa pessoa... com certeza era a Priya.

Além do mais, quando liguei para a Bridge para dar a notícia boa ou ruim, ela estava no meio de uma puta crise no trabalho porque o autor aclamado de *Estou fora do escritório no momento. Favor encaminhar qualquer avanço na tradução para o meu e-mail pessoal* desaparecera da noite para o dia nos arredores do Memorial de ovnis Ängelholm, deixando apenas um manuscrito de trinta e oito páginas, uma fita cassete da ópera *Akhnaten*, do Philip Glass, e um bilhete dizendo *Para a mais bela*.

Então, sim, a Priya tinha aceitado. Ou, pelo menos, não havia mandado eu me foder. E estava fazendo um ótimo trabalho. Para começo de conversa, ela me ignorou completamente quando eu disse que queria uma despedida de solteiro sem gênero específico bem pequena e intimista e, em vez disso, organizou uma festa de arromba na galeria de arte de um amigo. Ela até arrumou um arco de balões nas cores do arco-íris, mas me avisou que ao fim da festa iríamos atirar nele com arminhas de pressão porque, nas palavras dela: "Eu te amo e respeito suas escolhas, mas arcos de balões são bregas pra caralho".

Enfim. Era o *meu* arco de balões brega-pra-caralho, e eu ficaria embaixo dele o máximo possível. Ou, pelo menos, por alguns minutos porque, no fim das contas, ficar embaixo de um arco de balões sozinho não era tão divertido quanto eu imaginava.

De qualquer forma, todo o resto ia maravilhosamente bem. O que não deveria me surpreender, já que a Priya era maravilhosa — mas eu nunca diria isso em voz alta; ela poderia acabar achando que eu gostava dela ou qualquer coisa assim. A galeria era um daqueles galpões vitorianos reformados o bastante para que fosse usável, mas sem perder aquela sensação de que o dono ficava te cutucando na costela a cada cinco minutos, dizendo *Ei, olha só aqueles tijolos expostos e as janelas autênticas. Eles são superdestoantes, não acha?* A exposição ativa no momento mostrava um monte de artistas queer com trabalhos que eu adorava saber que existiam, porque faziam com que eu me sentisse parte de uma coisa cultural importante, mas que particularmente não entendia porque, no fim das contas, arte queer continuava sendo arte. E eu continuava sendo plebe.

Junto com a arte, havia também bebidas, música, luzes e muita gente. Metade das pessoas eu conhecia, e a outra metade a Priya é que conhecia e tinha trazido para que eu me sentisse muito mais descolado do que realmente era. E, falando sério, estava funcionando. Tudo estava legal demais. Eu era o tipo de pessoa dando uma despedida de solteiro super-queer, supermoderna, super-sem-gênero-específico, cheia de pessoas empolgadas numa locação empolgante, organizada pelo padrinho de casamento lésbico mais empolgado de todos. E o homem com quem eu iria me casar teria odiado tudo. Bom, sendo justo, talvez ele tivesse gostado da parte artística.

Por um tempo, fiquei apenas flanando, bebida na mão, desfrutando da relevância momentânea, aceitando abraços e felicitações de amigos, conhecidos e estranhos. Era como se eu tivesse vencido alguma coisa, o que, pensando por uma perspectiva romântica, eu meio que tinha. Num determinado momento, encontrei Priya escondida numa alcova, ao lado de um mural que retratava *O nascimento de Vênus* com um gay gostoso e pelado. Ela estava com Theresa e Andi, numa conversa intensa com alguém que imaginei ser a dona da galeria — uma mulher alta de cabeça raspada, que parecia estar no ramo da arte por tempo suficiente para não dar a mínima para nada.

— Obrigado pela minha festa — eu disse, numa empolgação atípica.

— Tanto faz — Priya respondeu. — Você sabe que eu acho casamento uma bobagem. Mas, se te faz feliz, beleza.

— Cheia de nuances, como sempre — observou Theresa, que trocara seu visual acadêmico chique por um vestido preto de festa e, ainda assim, tinha conseguido fazer com que eu me sentisse atrasado para a palestra.

Priya, entretanto, estava vestida como Priya, as botas com cadarço de arco-íris e tudo.

— Ei, não é à toa que eu trabalho com mídias visuais.

— E apesar de eu *concordar no geral* que essa bobagem patriarcal deveria ter acabado na Idade das Trevas — comentou Andi, uma mulher intensa com cabelo loiro-quase-branco penteado para trás, vestindo uma daquelas regatas que só um tipo muito específico de pessoa consegue usar e ficar bem —, isso aqui não acaba sendo algo importante na luta pela igualdade? Quer dizer, eu não quero casar com elas — ela fez um gesto circular indicando as parceiras —, mas acho que deveríamos *poder* nos casar.

A dona da galeria mostrou uma aliança.

— Mulher casada aqui e, sinceramente, adoro.

— Todo mundo contra mim. — Priya revirou os olhos. — Aliás, Luc, essa é a Abena. A dona do lugar.

— Obrigado — eu disse a ela por impulso. — A locação é realmente muito boa.

— Não é uma locação, colegas. — Ela não pareceu ofendida, mas sim como se quisesse provar um ponto. — É uma galeria. Mas, seja sincero, você estaria aqui se não tivesse uma festa acontecendo?

A frieza dela estava começando a passar para mim.

— Não...?

Ela assentiu de forma vingativa.

— Faça um favor aos artistas. Tente dar uma olhada em algumas das obras. E se acabar entornando bebida em alguma, você compra.

Dei uma olhada no *O nascimento de Vênus* gay e tentei pensar em algo positivo para dizer.

— Bom, essa aqui é... legal?

De repente, desejei que Oliver estivesse ali comigo. Ele teria algo a dizer sobre um cara pelado dentro de uma concha, e sobre como era, tipo, um comentário sobre a natureza da beleza como constructo social... ou qualquer coisa assim.

— É tipo — tentei — um comentário sobre... tipo, a natureza da beleza como um constructo social.

Priya apoiou a mão no meu ombro.

— Luc, a gente se conhece há dez anos e a coisa mais construtiva que você já disse sobre alguma obra de arte minha foi "Nossa, que grandona". E, ainda assim, isso foi mais construtivo do que o que você acabou de dizer.

— Então não é... o que eu acabei de dizer? — perguntei.

— Ah, provavelmente é sim — comentou Theresa, dando um gole delicado em sua taça de prosecco. — Mas é bem esquisito dizer isso em voz alta.

— É arte — disse Priya. — Não um jogo de palavras cruzadas. Não precisa ter *uma resposta*. É sobre o que ela te faz pensar e como faz você se sentir.

Encarei o pênis pequeno do Vênus gay.

— Estou sentindo que tenho opiniões inadequadas sobre arte.

Andi sorriu.

— Sim, porque arte também tem a ver com isso. Com fazer a gente se sentir mal por não ter estudado no colégio certo.

— Eu estudei na porra de um colégio público — Priya declarou. — Assim como você.

— Sim. — Cruzando os braços, Andi encarou Priya com dureza. — Depois eu fui trabalhar num bar enquanto você foi para a faculdade de arte.

Priya a encarou de volta de um jeito que parecia muito mais tensão sexual do que eu me sentia confortável em admitir.

— Por que eu ainda namoro você?

— Porque eu sou ótima na cama — Andi respondeu.

— Ai, você também? — Soltei um grunhido. — Vocês transam de fato ou só ficam dizendo uma pra outra como são ótimas na cama?

Theresa fez um gesto de eu-nem-conheço-essa-gente com a mão livre.

— Só ignora, Luc. É o jeitinho delas.

Andi e Priya seguiram fazendo o lance das encaradas sexuais uma para a outra, esquentando o clima. Me virei para Abena.

— Você também está começando a sentir que estamos segurando vela?

— Mais ou menos — disse ela.

Nos retiramos do cantinho do clima de pegação, e como Abena já havia notado que eu não entendia bulhufas de arte, foi embora. Fiquei livre para procurar por rostos conhecidos na festa. Avistei James Royce--Royce e James Royce-Royce, sem o bebê para variar, de pé ao lado de Tom e de uma estátua de papel machê cinza sentada com o queixo apoiado na mão. O corpo dela era coberto com aquelas marcas de contagem e, aos pés, havia uma pilha do que me pareceriam ser sementes de cerejeira.

— Bom — James Royce-Royce estava dizendo —, isso é bem melancólico, não acham?

Me aproximei e abracei os três.

— Ah, não. Eu estava conversando com a Priya e ela deixou bem claro que eu não entendo nada de arte.

Com um sorriso, James Royce-Royce colocou um braço amigável ao redor de mim.

— Não se preocupe, Luc, meu querido. Nenhum de nós entende.

— Aparentemente — respondi — é sobre o que a obra te faz pensar e sentir.

James pensou e sentiu por um momento.

— O que estou pensando é: será que ficaria bonito no meu restaurante? — Ele se virou para o marido. — Sabe, bem ao lado da porta da cozinha.

— Quente demais — disse James Royce-Royce. — E úmido demais. O papel ficaria encharcado.

— Deve ser... — James Royce-Royce girou a mão no ar como se estivesse batendo um suflê, presumindo que suflês eram batidos — envernizado, ou algo assim. Aposto que não haverá problema. E seria legal ter um souvenir da despedida de solteiro do Luc.

— Essas peças estão à venda? — perguntou Tom, que estava ocupado no celular enquanto os James Royce-Royce debatiam compras de arte.

Me virando, procurei por Abena na galeria.

— A dona está bem ali. Pergunta pra ela.

Antes que qualquer um de nós pudesse se mexer, Tom levantou os olhos do celular de novo.

— É a Bridge — disse ele, para a surpresa de zero pessoa. — Ela vai chegar daqui a pouco. Se atrasou porque mandaram um dos estagiários para o Memorial de ovnis de Ängelholm para procurar pelo autor desaparecido, e agora ele desapareceu também.

Aquilo parecia algo normal para quem já estava acostumado com a rotina da Bridge.

— Enfim, docinho — James Royce-Royce apertou meu braço —, já parou para pensar que você está oficialmente se juntando ao grupo entediante dos casados?

— E o quão entediante vai ser? — perguntei.

— Bom — disse Tom com um sorriso —, ainda estou na fase da lua de mel, então, nem um pouco.

James Royce-Royce continuou me abraçando enquanto se virava para encarar outra pessoa.

— Você se casou com a nossa Bridget. Posso prever uma série de problemas no seu futuro, mas tédio nunca será um deles. — A expressão dele ficou levemente melosa. — Na minha experiência, Luc, a vida de casado é maravilhosa. E, é claro, agora que nós temos o Baby J, todo dia é uma nova aventura.

Jesus amado. Estávamos prestes a ouvir a última aventura. Eu estava numa festa, celebrando o fim da minha solteirice enquanto um dos meus amigos casados nos presenteava com histórias sobre seu bebê.

— Pensando bem — James Royce-Royce continuou —, é melhor começarmos a chamá-lo de Criança J agora.

James Royce-Royce balançou a cabeça.

— Não, sem problemas. Estamos usando *baby* como um diminutivo afetuoso, e não como referência a um estágio de desenvolvimento humano específico.

— Não precisa ser tão literal, querido. Eu só estava fazendo uma piada. — James Royce-Royce me soltou, pegou o celular e começou a deslisar o dedo pela tela. — Ontem ele fez uma torre com três blocos de montar, usando o azul, o vermelho e o roxo, o que já mostra um bom senso estético natural. Agora estamos na torcida pelos quatro blocos.

Ele nos mostrou a torre. Depois, a torre com os blocos numa ordem levemente diferente. Depois, uma versão anterior da torre, com apenas dois blocos. Nenhuma das torres me distraiu do fato de que o Diminutivo Afetivo J continua parecendo um goblin.

— Nossa — eu disse —, como ele é... esperto.

E, mais uma vez, desejei que Oliver estivesse comigo. Porque ele conseguia dizer coisas como aquela sem soar sarcástico.

— Pode zombar, Luc O'Donnell — declarou James Royce-Royce. — Mas, daqui a alguns anos, será a sua vez.

— Na verdade — eu disse —, não quero me gabar, mas acho que consigo empilhar três blocos agora mesmo.

Colocando a mão na cintura, James Royce-Royce conseguiu fazer beicinho com os olhos.

— Você sabe muito bem do que eu estou falando. Você e Oliver já devem ter conversado sobre isso.

Mas que inferno...

— Já deveríamos?

— Vocês vão se casar. É claro que já deveriam. E se um de vocês quiser e o outro não?

Ai, não. E se um de nós quisesse e o outro não? E se *eu* quisesse? E se eu não quisesse? A gente mal conseguia entrar num acordo sobre banda ou DJ, imagine só a decisão de viver com ou sem bebê! Minhas opções eram: refletir com calma sobre o conselho sensível que eu estava recebendo de um bom amigo ou ficar na defensiva pra caralho.

— Ah, beleza — eu disse. — Imagino que vocês dois sabiam *todos* os planos e objetivos e esperanças e sonhos um do outro antes de se casarem.

— Claro que sabíamos — James Royce-Royce estava se esforçando muito para não parecer horrorizado e falhando miseravelmente. — Casamento é um comprometimento sério, Luc. É pra sempre.

Me contorci.

— Será que é mesmo? Divórcio tá aí pra isso. Além do mais, uma hora um dos dois vai morrer.

— Quer saber? — disse Tom. — Se esses forem seus votos de casamento, eu te respeito pra caramba.

— Esses não são os meus votos. — Falando nisso, eu provavelmente deveria terminar de escrever meus votos. — Só quis dizer que dá pra ir resolvendo as coisas no caminho e não adianta se planejar demais.

O outro James Royce-Royce pegou o marido pela mão e o puxou para longe com gentileza.

— Vai ficar tudo bem — disse ele. — Cada um tem um jeito de fazer as coisas.

— Mas — James Royce-Royce estava protestando —, mas... mas...

— Olha o Baby J — James Royce-Royce colocou o celular do James Royce-Royce na altura dos olhos do James Royce-Royce.

James Royce-Royce se derreteu visivelmente.

— Olha esse rostinho. Essa carinha mais linda. Sinto tanta falta dele. Você também sente, James?

— Bom — James Royce-Royce estava mais impulsivo do que nunca —, eu passei o dia inteiro com ele, e nós só estamos há duas horas fora de casa. Então... não.

Fomos interrompidos pelo tec-tec de um sapato de salto alto batendo no chão de cimento e um grito:

— Luuuuuuuuc. Desculpa o atra... Aaaah! Fotos novas do Baby J?

— Essa é minha despedida de solteiro, Bridge! — resmunguei. — Era pra gente estar celebrando o fim da minha juventude selvagem. E não o...

Tarde demais. James Royce-Royce enfiou o celular embaixo do nariz da Bridge e ela estava encarando a tela, hipnotizada.

— Olha — disse ele. — É o Baby J.

Bridge uniu as mãos.

— Ai, meu Deus! Ele está enorme! Cresceu tão rápido!

— Cresceu mesmo. Está grandão. Lembro de quando ele ainda era do tamanho de um robalo médio.

— Que específico — comentei.

Mas fui ignorado. Porque, claro: bebê.

— Esse é ele... — James Royce-Royce continuou. — Bom, na verdade, não sei o que ele está fazendo com esses pedaços de fruta de plástico, mas creio que seja algo avançado. Deve estar agrupando as frutas por tamanho e cor.

James Royce-Royce cerrou os olhos para o celular.

— Sinceramente, acho que ele só está lambendo mesmo.

— Isso é avançado — James Royce-Royce insistiu. — Ele está usando todos os sentidos para dar saltos cognitivos independentes.

Se aproximando do clube do bebê, Tom colocou os braços ao redor da Bridge.

— James, você anda lendo aqueles livros de paternidade de novo?

— É importante se manter informado.

Bridge soltou outro gritinho.

— O que ele está fazendo aqui?

— Está sentado — James Royce-Royce explicou.

— De um jeito extraordinário — James Royce-Royce acrescentou.

Eu tive a sensação de que aquilo continuaria por um bom tempo. E encarei como um sinal de crescimento pessoal não ter sentido o desejo de competir pela atenção dos meus amigos com um garotinho de dois anos que nem estava presente. Ou, talvez, eu apenas soubesse que iria perder.

Numa tentativa de parecer sofisticado e familiarizado com o ambiente, dei uma volta ao redor da escultura, tentando mostrar que eu estava apreciando a obra num nível emocional e intelectual.

— O que você achou? — perguntou um estranho que estava por perto.

Apesar de não ter saltado no lugar, dei um leve pulinho de quem fora flagrado sem entender a arte.

— Hummmm... — *Merda, merda, merda.* — A questão da arte — balbuciei — é que ela não é feita para ser interpretada. Ela deve, tipo, te fazer pensar e sentir.

Ele cruzou os braços, como quem não caía naquele papo furado.

— Então, no que ela te faz pensar e o que ela te faz sentir?

Como James Royce-Royce estava roubando meus amigos, decidi roubar a crítica dele.

— É um pouco melancólica. E meio... meu Deus, creio que dizer que ela é *crua* seja algo bem clichê para definir uma obra de arte. Mas, tipo, a escolha dos materiais. E o jeito como a escultura está tipo... mal se aguentando.

— Também é bem nervosa — disse o rapaz. Ele era pequeno e esguio, com uma barba leve por fazer sujando o maxilar.

— É? — Cerrei os olhos.

— Bom, eu estava nervoso quando fiz.

— Ah, caralho! — Lancei um olhar descarado para ele. — Não vale roubar assim. Já é difícil ter opiniões sobre arte sem o artista do seu lado rindo de tudo.

— Eu não estou rindo. Você estava olhando para a minha escultura. Pensei que poderia estar interessado.

— Ah, sim. Você entendeu tudo errado. Quer dizer — continuei rapidamente ao perceber que havia soado bem rude —, aposto que sua arte é ótima. Eu que sou péssimo em cultura. Se eu fosse um iogurte, e-eu não seria um iogurte.

Ele abriu um sorriso lento e astuto.

— Nossa, você também é péssimo em fazer analogias.

— Sou péssimo em muitas coisas — respondi.

— Agora você já está se gabando. — Os olhos dele encontraram os meus.

Abri a boca e fechei rapidamente. Aquilo estava, pouco a pouco, entrando na zona do flerte. E por um lado, a situação era legal e afirmativa de um jeito estranho, principalmente porque, pensando melhor, em nenhum momento eu pensei em perguntar se ele pretendia vender histórias sobre mim para os jornais. Mas por outro lado...

— Hum... Eu não quis... Só para não passar a impressão errada, eu estou noivo.

Ele riu. E eu me senti lisonjeado porque ele também pareceu um pouquinho desapontado.

— Ah, sim, você é o Luc. Eu deveria ter adivinhado quando você disse que não entendia nada de arte.

— Ei, tem pelo menos umas quatro pessoas aqui que são tão ignorantes quanto eu.

— Posso ir flertar com elas, se você quiser — disse ele.

— Não. Todo mundo casado. Melhor continuar comigo. Ou, sei lá, conversar com literalmente qualquer pessoa.

— Bom. — Os lábios dele voltaram a formar aquele sorriso diabólico. — Acho que já conheço bem essa galera daqui. Então, a não ser que você queira voltar para os seus amigos casados, estou de boa.

Soltei um grunhido.

— Por favor, não me obrigue a voltar para lá. Eles estão olhando fotos de bebê, e dois deles estão tentando financiar uma casa.

— Nossa, que despedida de solteiro, hein?

— Ei! — Dei uma cutucada de leve nele. — Não critica minha festa. Aliás, eu não sei seu nome, o que é meio rude, já que você sabe o meu.

— Eu sou artista — ele respondeu. — Tenho permissão pra ser rude.

— Nossa, você é mesmo amigo da Priya, não é?

Ele riu.

— Desculpa. Me chamo Tyler.

— E essa... — apontei meio sem jeito para a escultura — essa é uma arte que você fez.

— É sim — ele confirmou. — Uma arte que eu fiz. Uma arte crua, nervosa e melancólica que eu fiz.

— O que estava te deixando cru, nervoso e melancólico?

Ele deu de ombros, como se estivesse zombando de si mesmo.

— A Clínica Tavistock.

— Ah — eu disse, finalmente entendendo uma obra de arte —, é por isso que... Isso são calendários?

— Sim. Honestamente, é uma obra de arte de protesto bem birrenta, mas ter que esperar quatro anos e meio para uma consulta inicial é sacanagem.

Me encolhi meio como quem diz esse-é-um-problema-enorme-que--eu-não-posso-ajudar-a-solucionar-de-forma-alguma.

— Sinto muito. Isso é... uma merda.

— Não se preocupe. Eu esperei, consegui meu diagnóstico, esperei de novo, fui encaminhado para um endocrinologista. Finalmente comecei o tratamento com testosterona.

— Eba! — tentei.

— E, por sorte — Tyler acrescentou — não sou casado, então não tem ninguém que possa bloquear minha transição legalmente! Foi mal. Estátua nervosa. — Ele apontou para si mesmo. — Ainda tô meio puto.

— Se te ajuda — me inclinei de leve —, você é gato, livre e solteiro. E se tem uma coisa que eu aprendi com a Priya é que fazer arte nervosa sempre te dá uma vantagem.

Ele assentiu.

— Sim, só preciso aprimorar esse lance de não dar em cima do cara comprometido no meio da despedida de solteiro dele.

— Se quer saber — eu disse —, eu supertoparia se eu não estivesse noivo. Mas, até aí, se eu não estivesse noivo eu provavelmente seria um babaca que se odeia e nosso papo seria uma merda.

— Então eu prefiro você noivo, não sendo um babaca que se odeia.

Peguei duas taças de... Na verdade, já havíamos extrapolado o orçamento do prosecco, e estávamos no território do vinho gasoso não identificado.

— E a papos não merdas.

— Aos papos não merdas! — Tyler ecoou, erguendo a taça.

— E adequados para pessoas comprometidas! — acrescentei.

Ele assentiu.

— Eu estava pensando no seguinte: a gente podia beber, dançar, flertar de leve sabendo que nada vai acontecer, e você pode fazer críticas toscas de arte enquanto eu dou risada da sua cara.

— Esse tipo de noite — ergui minha taça — é muito a minha cara.

38

Foi ideia minha voltar ao Quo Vadis — o restaurante onde tivemos nosso desastroso primeiro encontro — em algum momento antes do casamento. E, naquela época, o dia após nossas despedidas de solteiro me pareceu uma boa. Além do mais, agendar qualquer coisa naquele momento era quase impossível porque significava planejar um evento dentro do planejamento de outro evento. Nossa vida se resumia a logística.

Infelizmente, eu tinha presumido que nossas despedidas de solteiro seriam bem tranquilas e terminariam antes da meia-noite. A do Oliver foi: ele saiu para jantar com os amigos, leu alguns capítulos de *Real Life*, e foi dormir. Eu, pelo contrário, bebi como não bebia havia anos, dancei até amanhecer com um monte de artistas, tomei café da manhã no... não lembro, fui deixado no meu apartamento por desconhecidos gentis, e acordei às três da tarde com o rosto cheio de marcas das almofadas do sofá onde, aparentemente, eu tinha desmaiado.

Ou seja, eu estava de ressaca e atrasado para um encontro emocionalmente importante que eu mesmo tinha sugerido quando meu pai ligou.

Se eu estivesse com a cabeça no lugar, nem teria atendido a ligação dele, principalmente porque, da última vez em que conversamos, ele fez mais uma promessa vazia e depois ligou o foda-se para mim. Mas, como já disse, eu estava atrasado e de ressaca.

— Você está com câncer? — perguntei. — Na verdade, mesmo se estiver, eu não ligo.

— Estou bem — ele me disse, como se eu tivesse feito uma pergunta séria sobre a saúde dele em vez de ter deixado implícito o quanto eu não dava a mínima se ele estava vivo ou morto. — Obrigado por perguntar.

— Eu não perguntei.

Ele fez uma pausa breve.

— Estava dando uma entrevista para a NME hoje, e me perguntaram o que eu vou fazer para o seu casamento.

Ao virar na esquina da Dean Street, tive que parar porque entrar num restaurante atrasado, de ressaca e no meio de uma ligação já era demais.

— Não sei, pai. O que você vai fazer para o meu casamento?

— Bem — uma pausa ainda menor —, isso depende você.

Eu até diria que aquilo era o mais puro suco de Jon Fleming, mas tudo o que Jon Fleming fazia era o mais puro suco de Jon Fleming. E, até onde eu sabia, ser desse jeito era o segredo para alcançar o nível da fama do meu pai.

— Desculpa, mas você quer ir ao meu casamento?

— Pensei que você iria querer minha presença.

— Desculpa, mas você quer ir ao meu casamento mas também não quer dizer que quer ir ao meu casamento porque tem a maturidade emocional de um... de um... de um completo otário?

— Se você não me quiser presente, eu entendo. Imagino que você ainda tenha muitos sentimentos complicados.

Ah, foda-se. Lá vinha ele com o mesmo papo de sempre, só que desta vez eu não tinha o Oliver ao meu lado para enfrentá-lo, mas tudo bem.

— Na verdade — eu disse. — Meus sentimentos são bem simples.

Para começo de conversa, eu estava cem por cento certo de que aquilo era cem por cento sobre ele pensando que seria uma boa jogada de marketing ser visto no casamento do filho gay, e zero por cento sobre qualquer outra coisa.

— Imagino que seja difícil para a sua mãe também — Jon Fleming lamentou. Ele *lamentou*.

E, por um breve momento, consegui até vislumbrar a entrevista: *É óbvio que eu adoraria ter ido ao casamento do Luc, mas a Odile poderia se desestabilizar.* Tentei organizar meus pensamentos, o que foi difícil considerando o horário em que eu tinha ido dormir na noite passada.

— Você está me dizendo que eu preciso te convidar para o meu casamento ou você vai falar merda sobre a minha mãe nos tabloides?

— Claro que não. — Ele soou ofendido, do jeito que pessoas detestáveis sempre soavam ofendidas quando confrontadas sobre seus comportamentos detestáveis.

Bem, que merda. Por um lado, eu sabia que minha mãe sabia cuidar de si mesma. Afinal, ela *já cuidava* de si mesma havia anos, a ponto de ter se tornado uma especialista e tanto em não dar a mínima para os outros. Por outro lado, um lado menos racional, eu sempre odiei quando as minhas merdas acabavam respingando nela. Mas eu era capaz de fazer aquilo. Eu era uma pessoa forte e independente, e poderia lidar com as provocações do meu pai.

— Tem certeza? — perguntei. — Porque me pareceu que é isso *sim* que você está dizendo e... enfim, não se esqueça que meu noivo é advogado.

Tecnicamente, é claro, ele não era esse tipo de advogado. Eu só estava contando com a inabilidade do Jon Fleming de prestar atenção em qualquer coisa que não fosse ele mesmo, para que ele não percebesse.

— Nunca tive muito tempo para advogados — meu pai respondeu. E, talvez eu estivesse imaginando, mas ele soou mais reservado do que soaria se tivesse de fato feito uma ameaça vazia.

— Sim, mas advogados são como a gravidade — eu disse. — Não importa se você tem tempo pra eles, o que importa é que eles têm tempo pra você. E se você começar *mesmo* a contar para tabloides qualquer coisa sobre a minha mãe que possa ser considerada, sabe como é, caluniosa, então eu saberei exatamente com quem conversar. Inclusive — decidi testar minha sorte —, eu até conheço um juiz importante ou até dois.

Do outro lado da linha, Jon Fleming fez um barulho contemplativo. Ele não soou exatamente irritado — era preciso muito mais do que uma ameaça de processo para irritar Jon Fleming —, mas uma das qualidades mais úteis do meu pai era um tipo bem específico de apatia. Se fama ou dinheiro estivessem em jogo, ele era imbatível. Mas, para todo o resto, ele sempre escolhia o caminho mais fácil para conseguir o que queria, e se algo parecesse minimamente difícil, ele abandonava esse algo, como tinha feito com seu casamento e seu filho.

— Eu só te liguei — disse ele, por fim — para ver se você me queria no seu casamento. Mas se você não quiser — ele fez uma pausa irritante —, a escolha é sua. E eu a respeito.

— Está decidido.

E, com isso, desliguei. De certa forma, aquela fora a melhor conversa que eu já tive com meu pai. Mas, contra ele, era impossível vencer. Só dava para fazer a derrota parecer menos horrível. Então, apareci para meu encontro muito especial e emocionante com meu noivo que eu amava, cansado, de ressaca, atrasado e mentalmente esgotado por ter lidado com um cuzão.

Oliver já estava na mesa, provavelmente havia um bom tempo. Era a mesma mesa em que tínhamos nos sentado quase três anos antes, e ele vestia o mesmo terno com riscas de giz — incluindo o relógio de bolso, que desde então eu percebi se tratar de uma das tentativas astutas dele de ter um estilo pessoal que apenas se disfarçava de conformidade.

— Ai, meu Deus. — Meio sentei, meio me joguei no banco. — Sinto muito. As coisas saíram do controle ontem à noite.

Uma das sobrancelhas do Oliver tremeu de um jeito cruel que eu não esperava.

— Estou sabendo.

Merda, era igualzinho nosso primeiro encontro. Eu estava um lixo e Oliver estava irritado.

— E pra completar — continuei —, quando eu estava chegando aqui, meu pai me ligou.

Oliver descongelou rapidinho.

— Você está bem?

— Sim. Tudo bem. Ele queria ir ao casamento pra provar como é um ótimo aliado. Eu mandei ele pastar.

Normalmente, Oliver ficava feliz quando eu enfrentava meu pai. Mas, normalmente, ele também tinha um pai.

— Lucien — ele começou. E então parou. E tentou de novo: — Eu... eu tenho certeza que você tomou a decisão certa. Mas, no momento, não deixo de pensar que, se tudo der certo, só teremos um casamento na vida. E também na maioria dos casos, só se tem um pai.

Era um bom argumento. Só que o argumento era sobre ele, não sobre mim. E agora ele precisava que eu fosse sensível e tal. Pobrezinho. Acenando para o garçom, pedi literalmente toda a água disponível, e depois voltei a atenção para o Oliver.

— Sinto muito mesmo que o seu pai não possa, sabe, ir ao casamento. Mas seu pai não é o meu. E o meu, com certeza, não deveria ir.

— Sei como é — disse Oliver, com o ar de quem, de fato, não sabia como era.

— Olha. — Estiquei o braço sobre a mesa para segurar a mão dele. — Eu estava lá no funeral. Eu ouvi... tudo. Entendo que deve ser uma dor de cabeça e tanto ter todas essas perguntas sobre quem era o seu pai e o que ele poderia ter sido pra você, e não ter essas respostas.

Meu Deus. Oliver estava mordendo o lábio e os olhos dele foram de delicados para chorosos, mas não de um jeito fofo. Eu não apenas estava atrasado e de ressaca no nosso encontro superespecial e emocionante, como também iria fazer o Oliver chorar num restaurante chique.

— Mas a questão é — acrescentei, provavelmente rápido demais — que eu tenho estas respostas sobre o Jon Fleming. Você estava lá quando eu recebi essas respostas. Quando alguém te descarta como um álbum velho no momento em que descobre que não tem câncer, você descobre tudo o que precisava saber sobre a pessoa. E uma destas coisas que você descobre é que não quer a presença do seu pai no seu casamento.

Oliver piscou rapidamente.

— Claro. É só que... é o nosso casamento, e eu acho importante que nenhum de nós olhe para este dia com arrependimentos.

— Acredite, nós dois nos arrependeríamos de convidar o Jon Fleming.

— Tenho certeza que sim. Acho que eu estava falando mais... no geral.

— Também já estou em paz com o fato de que não teremos um DJ.

Ele abriu o tipo de sorriso que se abre mais porque é esperado do que por vontade.

— E você também está em paz com...

— Com a locação? — perguntei. — Com a ausência de um arco de balões?

— Com tudo que o arco de balões representa.

Ai, não. De novo isso. A gente já não tinha resolvido essa questão?

— A esta altura, Oliver, eu nem sei mais *o que* o arco de balões representa. Exceto ar preso e discussões.

— Tenho me perguntado isso também — disse ele. — E você não acha que o arco representa, bom, isso aqui?

Ele me passou o celular pela mesa, que estava aberto no feed da Bridge no Instagram. E apesar de as três fotos mais recentes serem o que ela estava lendo atualmente, o café da manhã dela e uma casa com a porta cor-de--rosa em Knightsbridge, havia umas vinte fotos da minha despedida de solteiro. Muitas delas eram minhas. E, em algumas, eu estava com o Tyler.

Olhei do celular para o Oliver, e então para o celular de novo. Não acredito que ele...

Merda.

Senti a bile do pânico começar a subir pela garganta.

— Olha, ele é só um cara que eu conheci na festa. A gente estava se divertindo, e ele sabia que eu era comprometido, e eu fui para casa sozi...

— Eu sei, Lucien. E confio em você. Se não confiasse, não estaria me casando contigo.

Beleza. Ufa. Aquilo me tranquilizou.

Mas o que não me tranquilizou foi que ele continuou falando.

— É só que... você parece feliz.

— Eu... o quê?

Enquanto eu pensava numa resposta mais elaborada, o garçom apareceu com uma jarra bem grande de água.

— Gostariam de fazer o pedido? — ele perguntou.

O que me lançou num tipo diferente de pânico, porque eu não havia olhado o cardápio, e não conseguia ouvir um "Gostariam de fazer o pedido?" sem completar mentalmente com "E, se não, por que não?".

Oliver, é claro, estava com outras neuroses.

— Só mais uns minutos, obrigado.

Claramente, eu precisava voltar na parte do você-parece-feliz. Mas eu não sabia se queria porque aquilo só poderia significar duas coisas. Ou meu namorado/ futuro marido tinha ciúmes da minha felicidade, o que era péssimo, ou ele achava que eu não conseguia ser feliz com ele, o que era pior ainda. Então, em vez disso, pisquei meus cílios para ele numa tentativa descarada de distraí-lo e mandei um:

— Quer escolher meu pedido?

Ele arqueou a sobrancelha.

— Se você quiser, sim, apesar de ser o sanduíche de enguia de novo. E nem pense que eu não notei você desviando do assunto.

— Que tal — sugeri — eu desviar por enquanto e quando eu estiver fortalecido com um sanduíche de enguia a gente pode, sei lá, ter uma conversa séria.

— Muito bem. — Oliver desapareceu atrás do cardápio com um entusiasmo que eu torci para ser amor pela comida e não desejo de evitar falar comigo.

Espiei por cima do cardápio, tentando fazê-lo olhar para mim.

— Eu ficaria feliz em comer um prato vegano com você.

— Não precisa.

— Não, mas eu posso.

— Mas você quer? — ele perguntou de um jeito que possuía camadas.

Aquilo era tão típico do Oliver. Eu tinha desviado do assunto, ele tinha aceitado meu desvio, e agora ele voltava para o assunto do mesmo jeito.

— Essa não é uma pergunta justa. Porque você também não quer, mas faz isso por achar que é o certo a fazer. E eu acho que você, geralmente, está certo sobre as coisas certas... mas sou ruim em te imitar.

— Você sabe que eu não gosto de impor meus valores a outras pessoas.

Merda, aquilo continuava sendo uma metáfora, né? Minha ressaca estava cruel demais para metáforas.

— Não é sobre você impondo valores. Mas nós estamos juntos há um bom tempo e as pessoas mudam as outras, isso é normal. E, a não ser que as pessoas sejam babacas, isso é bom. — Engoli meu terceiro copo d'água. — Eu nunca serei vegano do jeito que você é vegano. Mas isso não significa que eu sinta que estou "perdendo alguma coisa" quando vamos num restaurante legal e, às vezes, eu peço salada.

Ele parecia, finalmente, estar pensando a respeito. E quando perguntou:

— Você está com vontade de salada hoje? — Eu tive noventa por cento de certeza de que ele estava falando sobre a comida.

— Que tal — nossa, eu era maduro pra cacete! — se entrarmos num acordo? Eu gostaria de comer a enguia de entrada, só pra lembrar os velhos tempos. Mas te acompanho num prato principal vegano.

Os lábios do Oliver tremeram.

— Então, eu faço o pedido pra você, mas você me diz o que pedir?

Sorri para ele, entendendo minha própria metáfora.

— O melhor dos dois mundos, não acha?

Aquilo parecia melhor. Com certeza as coisas estavam melhorando. Consegui não vomitar na cesta de pães, Oliver quase sorriu, e lá estávamos nós no restaurante do nosso primeiro encontro, sem nenhuma conversa desconfortável.

Pelo menos até eu colocar o último pedaço de sanduíche de enguia na boca.

— Lucien. — Era como se alguém tivesse apertado um botão e colocado Oliver no modo sério de novo. — Preciso conversar sobre a noite de ontem.

— Eu te disse que não aconteceu nada.

— E eu te disse que esse não é o problema.

A bile do pânico estava de volta.

— Oliver, não precisa *existir* um problema. Foi uma noite só. Eu perdi a linha, dormi até tarde, cheguei aqui com dor de cabeça, e sinto muito por isso.

— Mas tem certeza que você... — Oliver começou. E parou de novo. — Enfim, não precisa ser só uma noite se você... se você não quiser que seja.

Peguei meu copo d'água.

— Sinceramente, não sei se eu aguentaria mais uma dessas.

— Não, mas... você deixou bem claro que... que valoriza esse jeito de se expressar?

Ai, puta merda, viu?

— Um arco de balões é só um arco de balões. Não significa nada, só que eu gosto de arcos de balões e você não.

— Não acho que isso seja verdade, e acredito que você também não. E me preocupa ver como está sendo difícil criarmos um casamento que represente nós dois, igualmente.

Aquela deveria ser uma noite só nossa. Uma noite especial para os dois. Nossa última noite especial. E tudo o que fizemos foi conversar sobre o meu pai e sobre as merdas do casamento.

— Oliver, eu estou cansado dessa porra de casamento.

Eu disse alto demais, com muita ênfase.

— E você não acha — disse Oliver com calma — que essa é uma afirmação bem reveladora para se fazer uma semana antes de se casar?

— Não é sobre o casamento. É sobre... — agitei as mãos — todo o resto. Eu quero ficar com você do jeito como sempre foi, antes de tudo ser lugares numerados e lembrancinhas de mesa e nunca saber se um de nós está sendo um cuzão com o outro.

— O que me preocupa é que talvez nenhum de nós esteja sendo.

Eu o encarei do outro lado da mesa.

— Só você mesmo para achar isso preocupante.

— Muito pelo contrário. — Ele continuava fazendo aquela coisa racional de parecer desapegado quando as coisas ficavam um pouquinho intensas demais para ele. — Se um de nós estiver sendo um cuzão, tudo seria simples. A pessoa só precisa parar de ser um cuzão, e nós ficaremos bem. Mas se nenhum dos dois estiver sendo um cuzão, isso implica que que talvez nós tenhamos, e me perdoe pela expressão forte, incompatibilidades fundamentais.

Em outro contexto qualquer, eu teria achado engraçado o jeito como ele chamou *incompatibilidades fundamentais* de "expressão forte".

Aquele — nosso encontro especial e emocionante onde eu cheguei atrasado e de ressaca — não era outro contexto qualquer.

Então, fiquei apavorado pra caralho.

39

— Que tipos de incompatibilidades fundamentais? — eu perguntei, com certeza sem guinchar um tanto. — Porque parece que você está dando muita bola pra esse arco de balões. O que, imagino, é bem apropriado para uma estrutura feita de bexigas.

— Não é — disse Oliver com a boca tensa — a porra do arco... — Ele parou abruptamente enquanto o garçom nos servia a torta de ervilha e fava. — Muito obrigado. — Então retomou com a mesma rapidez. — ...de balões!

— Eu sei, eu sei. É o que... — fiz aspas no ar bem exageradas — "o arco de balões representa". Ou seja, não deveria ser nada. Oliver, são só balões, porra!

Oliver respirou fundo. Eu tive a sensação de que a resposta dele seria bem lógica e cheia de palavras difíceis. O que era triste, porque normalmente eu achava muito gostoso quando o Oliver ficava todo lógico e cheio de palavras difíceis.

— Eu entendo que você queira que isso seja simples, Lucien. Mas não é. Ao longo do ano passado, você disse algumas coisas pra mim que me fizeram refletir bastante, e eu preciso saber se as minhas conclusões são aceitáveis pra você, principalmente se iremos passar nossas vidas juntos.

Por um momento, apoiei minha cabeça, que a essa altura estava pulsando, nas mãos.

— Isso é uma briga de casal ou um testemunho num tribunal?

— Creio que você não saiba ao certo o que é um testemunho.

Justo.

— Mas — ele continuou — estou tentando deixar isso o mais claro possível. Porque não quero que qualquer mal-entendido faça um de nós dois cometer erros.

— Você não é um erro — respondi, com menos afeto do que as palavras sugeriam. — Mas estou começando a acreditar que talvez você ache que eu sou um.

— A questão não é essa. Eu só quero conversar sobre... sobre como eu estou me sentindo. Eu acho.

Me aprumei no banco e espetei a torta cheio de ressentimento.

— Sobre como você está se sentindo a respeito dos arcos de balões nas cores do arco-íris?

— Em essência, sim. — Ele soltou um suspiro ansioso. — Porque, de certa forma, você está certo. Eu nunca vou saber de verdade se as imagens da cultura LGBTQ me deixam tão desconfortável porque fui criado num lar onde todas elas eram vistas de forma negativa ou se é porque eu simplesmente não me sinto incluído nessas imagens. Ou, inclusive, se é porque tenho preocupações legítimas sobre as origens e a comercialização cada vez maior destas imagens. E, sinceramente, não sei se tem um jeito de desembaraçar essas coisas.

Aquilo estava se tornando o completo oposto do jantar romântico que eu havia previsto.

— Beleza. Bom pra você, sei lá.

— Eu só quero que você... entenda.

Ele estava me olhando do mesmo jeito que me olhou quando me contou pela primeira vez que trabalhava com defesa criminal. E aquilo me deixou... me sentindo estranho. No geral, era um estranho bom. Tipo, mesmo depois de três anos com o Oliver, minha mente e meu coração ainda não entendiam como alguém poderia se importar tanto com o que eu penso. Abaixei o garfo. Porque, de repente, eu não queria, tipo... sabe como é...

— Entender o quê? — perguntei.

— Que eu nunca serei... que eu nunca vou expressar a minha identidade do jeito que você expressa a sua. E embora... — a boca dele se curvou num sorriso seco — isso não seja a coisa mais simples do mundo, não é uma falha na pessoa que eu sou. É só o meu jeito de ser.

Eu achei que já *tinha* entendido aquilo. Mas, até aí, estava na cara que eu tinha passado para o Oliver a impressão contrária, e Oliver era muito mais esperto do que eu.

— E-eu entendo — tentei. — É só que, às vezes, isso não entra na minha cabeça.

— É aí que está o problema. Eu não sei se quero ser algo que não entra na sua cabeça.

A conversa parecia cruzando a fronteira de um território muito sério. Com uma placa dizendo "fim-de-relacionamento" e "cancelamento-de--casamento em potencial". Então, resolvi chutar o balde.

— Beleza, mas eu acho que já é tarde demais pra isso.

— Nossa, agora me sinto bem mais tranquilo. — Ele estava com um olhar malicioso, mas parecia estar me escutando.

— Não é bem assim. É só que... você sabe que seu jeito de pensar nas coisas é diferente do meu. De pensar na vida, na lei. Porra — espetei um pedaço de torta e balancei no ar. — Até mesmo na comida. Eu não *quero* estar num relacionamento com alguém com quem eu sempre concordo.

— Não sei se ser vegano é a mesma coisa que encarar minha identidade de um jeito que você não consegue acessar.

— Será que não? — perguntei, esperando que a minha atitude de "pegar ou largar" terminasse com ele pegando, e não largando. — Não é como se ser gay, o tipo de gay que não veste arco-íris nem vai nas paradas...

— Eu vou nas paradas, Lucien. Só tenho problemas com festas, não com protestos.

— Beleza, mas, tipo, não acho que ser gay seja mais importante para você do que... — gesticulei formando um círculo pequeno no ar —, enfim, todo o resto. Tipo, você se *importa* com as coisas. Com muito mais coisas do que eu me importo. E isso não significa que você esteja decepcionando o outro lado. Isso só faz com que você seja um... um quebra--cabeça de mil peças dos Moomins com um lobo de peruca no meio.

Oliver me lançou um olhar vazio. Que eu provavelmente merecia.

— Foi mal. Minha mãe começou a gostar de quebra-cabeças do nada e acho que dos Moomins também? Eu deveria apenas ter dito que você é complicado, mas todas as peças juntas formam uma imagem legal.

Ele pensou naquilo por um bom tempo. E depois, desistiu.

— Obrigado, eu acho?

— Oliver, eu sinto muito — tentei de novo. — Nunca quis que você sentisse que eu acho, sei lá, que você está sendo gay, sabe, do jeito errado. Ou que você precisa ser como eu. Do mesmo jeito que você não acha que eu preciso ser como você. — Uma pausa. — Pelo menos, eu espero que você não ache. Porque, se achar, você está ferrado.

— Eu nunca quis que você fosse qualquer coisa além de você mesmo — disse Oliver imediatamente, porque ele também era muito melhor em ser tranquilizador do que eu.

— E eu também não quero que você seja qualquer coisa além de você mesmo — respondi. — Então, estamos de boa.

Ele não estava me dando a carinha de estamos-de-boa. Estava me dando a carinha de talvez-estejamos-de-boa. O que já era melhor do que a carinha de estamos-fodidos, mas não muito melhor.

— Minha preocupação é que isso funcione na teoria mas, na prática, *você* sendo *você* e *eu* sendo *eu* pode não funcionar.

Merda.

— Como assim? E se você mencionar a porra do arco de balões mais uma vez, eu juro que...

— É você quem fica falando do arco de balões. Mas este *é sim* um exemplo apropriado. Se nos casarmos embaixo de um arco de balões nas cores do arco-íris, estaremos negando quem *eu* sou, mas caso contrário, se não nos casarmos embaixo de um arco de balões nas cores do arco--íris, estaremos negando quem *você* é. E embora isso seja uma questão muito trivial, essas coisas podem ir se acumulando. E, a longo prazo, podem acabar virando uma catástrofe.

— Até agora, isso não aconteceu — apontei.

— Não, mas o casamento pode mudar as coisas. É por isso que as fotos da sua despedida de solteiro me chatearam tanto. Você estava feliz nelas, mas era uma felicidade que eu jamais poderia compartilhar contigo e, bom, acho que eu só queria me certificar de que você sabe que se quiser ir atrás dessa felicidade, eu... enfim, eu não vou ficar no seu caminho.

Puta que pariu. Ele estava dificultando muito as coisas.

— Desculpa, mas você está me dando um pé na bunda porque eu me diverti numa festa em uma galeria queer?

— Não estou dando pé na bunda nenhum. — Ele pegou o garfo, encarou a torta, e soltou o garfo de novo. — Acho que só estou... dando a você uma chance pra me dar um pé na bunda. Se você... agora que você...

— Agora que eu o quê? — perguntei, ainda no volume errado para aquele tipo de restaurante.

Ele fez uma pausa. Oliver estava respirando de um jeito muito, muito cuidadoso. E os olhos dele estavam cinza, gelados.

— Quando nós nos conhecemos — continuou ele, obstinado —, você estava, nós dois estávamos, mas você principalmente... num momento bem ruim. E, às vezes, a pessoa de que você precisa quando está passando por um momento ruim, não é a pessoa com quem você quer estar quando... quando o momento ruim passa.

Eu literalmente fiquei boquiaberto. Por sorte, eu havia bebido um gole d'água, então minha boca estava vazia.

— Que porra é essa? De todas as coisas que eu esperava que dessem errado esta noite, você mandando essa de *eu te curei e agora estou te libertando* nem passou perto de entrar na lista.

— Eu não quis dizer que... — Oliver perdeu as palavras, parecendo envergonhado como deveria estar. — Mas é que... — ele se encolheu; de novo, num contexto diferente, teria sido fofo — eu vi aquelas fotos de você tão feliz, vivendo no momento, fazendo coisas que, realisticamente, você não costuma fazer quando está comigo. E e-eu acho que isso mexeu com a minha cabeça.

— Mexeu pra caralho. — Chutei a perna dele por baixo da mesa, super de propósito. — Eu estava feliz naquelas fotos porque estava numa festa pra comemorar que vou me casar com o homem que eu amo. Você, no caso. Seu bobo. Boboca. Seu bobalhão.

Ele começou a corar. Corar de verdade.

— Sim. Bom. Acho que, falando desse jeito, faz sentido. — Por mais impossível que parecesse, ele ficou ainda mais corado. — Você... você é um homem fascinante, Lucien. E poderia estar com alguém igualmente fascinante, vivendo uma vida interessante e glamorosa. Em vez de, sei lá, qualquer coisa que eu possa te oferecer. Que é, por comparação, uma vida bem simples e ordinária.

Minha cabeça estava latejando. Eu a apoiei por um momento sobre a mesa, o que talvez fosse desrespeitoso com a experiência de jantar do restaurante, mas eu estava no meio de um momento só meu.

— Só pra registrar, e eu nem acredito que você está me fazendo disser isso, mas eu sempre te achei fascinante pra caralho.

— Tem certeza? — Ele tossiu de leve. — Porque, no momento, só me sinto alguém com quem você discute sobre guardanapos e DJs.

Aquilo era verdade. Mas não parecia ser justo admitir.

— Sim, mas... é algo temporário. É coisa de casamento. Não é uma coisa *nossa*. — Meu Deus, eu esperava mesmo que fosse uma coisa de casamento e não uma coisa nossa. Levantei a cabeça novamente. — Oliver, não vou mentir, eu me diverti muito ontem à noite. Mas só porque quando eu vivia aquele tipo de vida antes, eu era infeliz e me odiava, sempre tentando provar alguma coisa para um mundo que estava pouco se fodendo pra mim. — Estendi a mão para segurar a dele, e ele permitiu, com aquele anel de noivado medíocre que eu tinha comprado cintilando entre nós dois. — Basicamente, essa foi a primeira vez na década em que eu fui para uma festa para... me divertir. E eu gostei, talvez estivesse até precisando disso, mas também precisava voltar pra casa, pra você. Quer dizer, simbolicamente. Porque, óbvio, voltei para o meu apartamento e caí de cara no sofá.

Oliver entrelaçou os dedos nos meus.

— Não quero tirar nada de você. Ou te transformar em alguém que você não é.

— Eu nem sei quem eu sou — respondi. — Acho que ninguém sabe. E estar com você, pra mim, não é fazer uma concessão. É... é o que eu quero. Senão, eu não teria feito aquela porra de pedido de casamento.

Oliver abriu um pequeno sorriso.

— Sim, foi um gesto e tanto.

— Eu sei! — Arrisquei sorrir de volta. — Eu nem sabia que era capaz dessas coisas. Devo te amar muito mesmo, só pode ser.

— Sim. Sim, deve mesmo. — O rubor voltou ao rosto de Oliver para o segundo round. — Me desculpe. Fui muito bobo esta noite.

Revirei os olhos.

— Não acredito que você tentou terminar comigo no Quo Vadis menos de uma semana antes do nosso casamento.

— O que você quer que eu faça? Acho que esse lugar ativa todas as minhas inseguranças.

— Na última vez em que estivemos aqui — eu o lembrei —, eu fingi que sabia falar francês só pra te impressionar.

— Na última vez em que estivemos aqui — respondeu ele —, eu estava certo de que você me detestava.

Eu encarei de um jeito tão meloso que era quase nojento.

— Eu nunca te detestei. E nunca vou detestar.

— Ah, Lucien. — Oliver usou sua voz mais rouca. — Você sempre diz as coisas mais românticas.

— Ei, poderia ser bem pior. Eu poderia ter te chamado de quebra-cabeça dos Moomins de novo.

Ele finalmente riu.

E, imaginando estar no caminho certo, decidi fechar com chave de ouro.

— Que tal a gente dividir um musse de limão de sobremesa?

— Seria maravilhoso — Oliver respondeu, se permitindo aproveitar o momento sem complicar as coisas. Ou, pelo menos, por meio segundo. — Ah, não. Acho que vai leite no creme.

Aproveitei aquele momento raro em que eu não estraguei a noite toda.

— Na verdade, quando fiz a reserva, comentei que esse foi o restaurante do nosso primeiro encontro e que pedimos musse de limão, só que de lá pra cá você se tornou vegano e eu perguntei se eles poderiam fazer algo diferente. E eles disseram que sim.

Os olhos do Oliver quase lacrimejaram mais uma vez.

— Lucien. — Ele engoliu em seco. — Isso foi... muito doce da sua parte.

Se eu fosse muito mais maduro, teria dito *Não foi nada de mais*. Se eu fosse um pouquinho mais maduro, teria dito *Tudo por você, amor*. Mas querer fazer alguém feliz tanto quanto eu queria fazer o Oliver feliz era um sentimento muito vulnerável para se ter no meio de um restaurante, então, só me encolhi todo envergonhado e disse alguma coisa que soou como "inereguynugh?".

Usando alguma mágica que eu nunca aprendera a usar, Oliver chamou o garçom com os olhos, comentou que o jantar estava delicioso e, depois, pediu o musse de limão com duas colheres para encerrarmos a noite. Eu já deveria estar acostumado com o Oliver sendo bom naquele tipo de coisa, mas... eu não estava. Sério, a única coisa que tinha mudado era que, em vez de me sentir inadequado, eu me gabava porque meu namorado — noivo! — era educado, cuidadoso, confiante e sabia como se portar num restaurante.

— Sabe que eu não vou te deixar usar esta colher, né?

Ele revirou os olhos como quem, no fundo, estava gostando.

— Quando que eu deixei isso virar um hábito entre nós dois?

— Desde que viemos neste restaurante — respondi — e você olhou para o musse de limão como se quisesse transar com ele. E eu dei a colherada na sua boca, então foi um ménage, e não voyeurismo.

— Eu não queria transar com o musse de limão. — Era a vez do Oliver de falar em voz alta no restaurante. Ele abaixou o tom. — Queria transar com você, só que você estava deixando bem claro que não havia possibilidade de aquilo acontecer.

— Bom — sorri para ele —, agora você conseguiu a mim e o musse.

— Mas um de vocês é apenas temporário.

Meu sorriso congelou.

— Você está falando do musse de limão, certo?

Naquele momento, o garçom retornou com a nossa sobremesa e duas colheres. Era tão lindo como da última vez, amarelo como o sol e tentador.

— Tem alguma coisa que você queira me dizer? — perguntei, de cara fechada.

O suspiro de cansaço/ afeição que o Oliver soltou provavelmente dizia muito sobre o nosso relacionamento.

— Sr. Musse, lembre-se do seu direito de defesa.

— Sim — rebati, usando meu conhecimento de abordagens policiais.

— Mas isso pode prejudicar sua defesa se deixar de mencionar qualquer comentário mais tarde, no tribunal.

Pegando o musse e uma das colheres, Oliver se virou de lado.

— Com licença, preciso deliberar com meu cliente.

— Por "deliberar" você quer dizer "comer" seu cliente? Tenho quase certeza de que você pode perder sua licença de advogado por isso.

— Posso dizer com confiança — Oliver afundou a colher no sr. Musse — que nenhum advogado perdeu a licença por comer um cliente.

— Porque isso é *permitido*? Ou porque nunca aconteceu?

— Acredito — disse Oliver, pensativo — que possa ser considerado uma violação de deveres agir pensando no que é melhor para o cliente. E, nesse sentido, é indicado não se comportar de maneira que diminua a confiança que o público deposita na profissão. Porém, tecnicamente, nunca houve um caso de teste sobre isso.

— Que bom que esse musse de limão é seu amante secreto, e não seu cliente.

— É mesmo?

Ele se debruçou sobre a mesa, me oferecendo uma colherada generosa da sobremesa que eu estava me esforçando para não chamar de "sr. Musse". Por sorte, meu apetite falou mais alto que a minha empatia. O que, pensando bem, explicava por que eu seria um vegano horrível.

Enfim, Oliver estava ridículo de tão lindo, os olhos prateados e delicados, as linhas de expressões firmes e, de alguma forma, delicadas. Me inclinei para a frente e, dizendo a mim mesmo que eu estava sendo sensual e elegante, e sem parecer nem um pouco como aqueles hipopótamos de plástico de jogos de tabuleiro, aceitei a colherada de musse de limão divino.

Mesmo considerando o fator nenhuma-vaca-foi-usada-aqui, o sabor era incrível.

Aimdsesqcicmoerhmmm!

— Como? — Oliver perguntou.

— Eu disse "Ai, meu Deus, esqueci como isso era bom!".

— Se eu estivesse com essa cara, entenderia o porquê de você achar que eu te traí com o musse.

Limpei o canto da minha boca.

— Ei, sua cara de comer sobremesa é muito mais traidora do que a minha cara de comer sobremesa.

— Logicamente — ele apontou —, nenhum de nós tem base para fazer essa comparação.

Puxando o doce para o meu lado da mesa, tomei controle da situação.

— Ou você fica reparando nos detalhes ou come o musse. O que prefere?

Ele abaixou o olhar, num arrependimento de brincadeira.

— Musse, por favor.

Apesar de a cara de comer sobremesa do Oliver ser sexy pra caramba, a cara dele de pedir sobremesa era sexy pra *caralho*. E por um momento, bem rapidinho, quase desejei que aquele fosse nosso primeiro encontro de novo. Quer dizer, não literalmente, porque tinha sido um desastre. Mas eu queria guardar aquilo. Aquele sentimento quase frágil de tudo ser o que tinha que ser, e não o que precisava ser para se tornar qualquer outra coisa.

Mas era assim que relacionamentos começavam. Não era assim que eles duravam. Era impossível viver só de musse de limão e rabanada. Em algum momento, seria preciso pensar, pensar de verdade, sobre o que se queria do futuro e o que aquilo significava. Seria preciso perguntar se a gente queria aquilo para sempre: se a resposta fosse sim, então deveríamos pensar no que fazer a respeito; e se fosse não, então o que diabos estávamos fazendo da vida?

Ou você está dentro ou fora. Ou se casa ou segue em frente.

E eu nunca quis seguir em frente. Oliver era a melhor coisa que já acontecera comigo, e eu não poderia deixá-lo desacontecer. Se aquilo significava discutir por causa de bandas ou de locações e fazer as pazes com a mãe dele ou citar a porra do arco de balões o tempo todo, bom... valeria a pena.

Tinha que valer a pena.

Porque, se não valesse, o que seria de nós?

40

A parte boa de se casar — quer dizer, tirando a parte de passar o resto da vida com a pessoa que se ama — era sempre ter alguma coisa para fazer. O que tornava bem difícil ter sentimentos complicados. Ou, colocando de outro jeito, tornava bem fácil evitá-los. E isso funcionou muito bem até a véspera do casamento.

Eu até fui para a cama cedo porque estava tentando ser responsável, mas tive que me levantar para vomitar. Depois voltei para a cama, mas tive que ir vomitar de novo. E, depois de vomitar pela terceira vez, liguei para a Bridge. Sendo a Bridge, ela atendeu. Mesmo às três da manhã.

— Luc? — ela disse, meio sonolenta mas fazendo o que melhor que podia. — Tá tudo bem?

Me deitei no chão do banheiro.

— Não. Eu não consigo parar de vomitar e acho que isso significa alguma coisa.

Ouvi o Tom murmurando pelo telefone. Depois, escutei ele indo para outro cômodo, prevendo corretamente que aquela seria uma chamada longa. Então, veio a voz da Bridge de novo.

— O que você jantou?

— Eu não jantei. Fiquei com medo de passar mal e acabei passando mesmo. Muito. E sinto que vou passar mal de novo, só que acho que nem tenho mais o que vomitar. Então estou só deitado e suando.

Bridge pensou por um momento.

— Tudo bem estar nervoso.

— Isso não é nervosismo, Bridge. É o meu corpo me avisando que algo está muito errado.

— Bom — ela pensou por mais um momento —, já tomou leite de magnésia?

Outra onda de náusea veio com tudo.

— Não. Algo está *emocionalmente* muito errado.

— Mas vai fazer bem pro seu estômago — ela insistiu.

Ainda meio tonto de seis jeitos diferentes e por seis motivos diferentes, rastejei até o armário do banheiro.

— Não tenho aqui. Tenho... — dei mais uma olhada — ibuprofeno e pomada para afta.

— Vou te levar alguma coisa. — Dava para ouvir ela saindo da cama.

— Não precisa. Não traz nada. Quer dizer, fica em casa, onde você mora com o seu marido, com quem você se casou.

O barulho do outro lado da linha sugeria que ela já estava se vestindo.

— Continuarei casada quando eu voltar. Você é meu melhor amigo há anos. Não é agora que eu vou te deixar na mão.

— Você não estaria me deixando na mão — respondi. — Só não permitiria que eu te arrastasse para fora da cama às três da manhã quando nós dois precisamos estar acordados daqui a quatro horas.

— Bom, se é assim, estou acordando mais cedo, só isso. É saudável. Saudável, feliz e *sábio*.

Abrir o armário esgotou minhas energias, então voltei a me deitar no chão e tentei aproveitar o geladinho dos azulejos. Infelizmente, não dava para aproveitar nada.

— Vou ficar bem. Deve ser só nervosismo. — Meu estômago borbulhou. *Meu Deus.* Será que o universo estava me punindo por ter desejado que o Miles se cagasse no meio da cerimônia dele? — Além do mais — continuei —, acho que preciso pegar um ar fresco.

— Eu pego ar fresco com você — Bridge gritou, entusiasmada até demais. — Podemos pegar ar fresco juntos.

— Por que? Acha que eu preciso de ajuda para carregar o ar?

Bridge soltou um ganido de vitória.

— Viu só? Você está sendo sarcástico. Significa que está melhorando. Ou seja, eu estou ajudando!

Eu não deveria ter ligado para ela. Ela nunca me deixaria passar as últimas horas antes do meu casamento vomitando sozinho no banheiro.

Não se eu pudesse passar esse tempo vomitando com ela do lado. Mas eu tinha entrado em pânico. Porque, pela manhã, eu iria me casar. E em vez de me sentir empolgado ou animado ou um pouquinho ansioso, eu estava me sentindo um informante naqueles filmes policiais dos anos setenta sendo afogado lentamente no cimento. E nem fazia sentido fingir que eu não sabia desde o começo que ela largaria tudo para vir correndo me ajudar.

Casada ou não ela era, afinal de contas, minha melhor amiga.

— Estou pedindo um táxi — disse Bridge do outro lado da linha. — Onde eu te encontro?

Grunhi e apoiei o rosto no chão do banheiro.

— Em qualquer lugar menos aqui. As paredes estão se movendo e tudo tem cheiro de vômito.

Pensando melhor, *em qualquer lugar menos aqui* não era algo muito útil a se dizer. Fato que ficou ainda mais aparente quando me arrastei até cair dentro de um táxi rumo ao nosso ponto de encontro combinado, no meio da Ponte do Milênio.

— Por quê? — perguntei, assim que cheguei perto o bastante para que ela pudesse me ouvir. — Você achou que pareceria emocionante me encontrar no meio de uma *ponte* tipo final de filme?

O cabelo loiro-claro dela esvoaçava ao vento.

— Talvez? Eu tinha *acabado* de acordar. Além do mais, uma coisa legal de estarmos numa ponte é que, se você passar mal, é só virar para o lado.

Não soube dizer se aquilo fez com que eu me sentisse melhor ou pior.

— E se eu cair no rio?

— Daí o casamento será a última das suas preocupações.

Apertando o casaco com mais força ao redor do corpo, me debrucei sobre a grade. Não porque eu tivesse a intenção de vomitar lá embaixo, mas porque estávamos presos numa ponte e não tinha muito mais o que fazer. A vista era esquisita, porque a cidade estava cintilando dos dois lados, mas o céu lá no alto e o rio lá embaixo estavam totalmente escuros e vazios. Tipo meu humor naquele momento.

— Acho que isso não é nervosismo — eu disse, finalmente. — Acho que é um caso de *Eu cometi um erro terrível*.

Bridge se aproximou e ficou ao meu lado.

— Ah, a cidade fica tão linda de noite — ela sussurrou.

— Bridge. Que parte do *Eu cometi um erro terrível* você não ouviu?

— A parte em que isso faz sentido.

— Eu não disse que faz sentido. — Cruzando os braços por cima do corrimão, me apoiei. — Eu só disse como estou me sentindo.

Por um momento, Bridge ficou em silêncio na ponte silenciosa.

— Você não ama mais o Oliver?

A ideia de não amar mais o Oliver nem sequer me causava vômito. Era simplesmente... intangível sob qualquer ângulo.

— Claro que eu o amo.

— Então, tudo vai ficar bem. — Bridge apoiou a mão no meu braço para me reconfortar. — Amar significa nunca ter que dizer "Ai, meu Deus, eu cometi um erro terrível".

— Não é assim que funciona, né? Você pode amar alguém e, ainda assim, se foder legal.

— Sim, mas como vocês se amam, vocês dão um jeito. Casamento é isso.

Afundei o rosto ainda mais na dobra dos cotovelos e soltei um barulho vergonhoso de quase-choro.

— É mesmo? Mesmo *mesmo*?

— Sim — disse Bridge com a mais pura confiança.

— Mas como você *sabe*? — perguntei. — E se não for? E se for, tipo, brigar o tempo todo, ou o outro te abandonando depois de três anos, ou algo que você nem pode fazer porque a lei diz que o seu relacionamento não vale, ou ficar o tempo todo competindo com seu ex e o marido novinho dele que vai ficar bem menos bonitinho conforme for envelhecendo, e daí ele vai descobrir que se casou com um otário, ou...

Bridge soltou um barulho confuso, mas curiosamente empático.

— Você não acha que está complicando as coisas um pouquinho?

— Estou? Como vou saber? Eu nunca tive que pensar sobre casamento antes. Quando que eu teria *tempo* pra pensar? No período supercurto entre meu casamento ser aprovado pela lei e meu namorado me vender pro jornal?

— Acho que o *ideal*... — Bridge se mexia meio desconfortável, com o casaco enrolado no corpo mesmo sendo uma noite de primavera bem amena — sabe, assim, o *ideal* teria sido você ter pensado pelo menos um pouquinho antes de, sei lá, pedir o Oliver em casamento?

Levantei a cabeça no meio de uma tentativa fracassada de fingir que eu não estava chorando.

— Caso você não tenha notado, Bridge, eu não sou o tipo de pessoa que faz as coisas de um jeito *ideal*. E agora estou paralisado porque vou me casar amanhã e não sei se quero me casar amanhã. Mas, se eu não me casar, vou destruir o único relacionamento bom que eu já tive e que provavelmente terei na vida.

— Mas você deve querer se casar, não? — Bridge tinha aquele tom esperançoso-porém-desorientado que ela sempre usava quando precisava lidar com ideias que não combinavam muito bem com o seu jeito de enxergar o mundo. — Caso contrário, você nem teria feito o pedido. Isso é só uma pulga atrás da orelha.

— Minha orelha não é o problema — respondi. — O resto de mim é que é. E acho que, quando fiz o pedido, não estava pensando direito no futuro. Só sabia que eu queria estar com o Oliver e não sabia como demonstrar isso pra ele.

Bridge estava me encarando de um jeito que eu nunca quis ser encarado pela minha melhor amiga.

— Como assim você não sabia como? — ela perguntou. — Você poderia ter dito "Eu te amo e quero ficar com você" ou... — ela ficou inspirada — ou feito um boquete. Homens adoram boquetes.

— Desculpa, mas você está dizendo que minhas opções eram pedir em casamento ou dar uma mamada?

— Não — Bridge disse com firmeza. — A primeira coisa que você deveria ter feito era dizer como se sente. E acho que você ter ignorado essa opção pode significar alguma coisa.

— Meu Deus. — Agarrei meu cabelo. — Eu... eu só não sou muito bom em expressar minhas emoções. Foi logo depois do casamento do Miles, eu estava num momento esquisito e é muito difícil estar com alguém há tanto tempo, com tudo indo muito bem e, tipo, não ter como mostrar ou provar isso — desabafei. — E, de qualquer forma, ele disse "sim". Que tipo de idiota diz "sim" para um pedido de casamento de uma pessoa famosa por ser autodestrutiva dois dias depois de ter acontecido o casamento do ex-namorado da tal pessoa?

— Sei lá — disse Bridge. — Acho que alguém que te ama, te apoia e quer estar ao seu lado haja o que houver.

Soltei outro grunhido. A única coisa me impedindo de chorar mais era que eu tinha passado tão mal que meu corpo não tinha mais fluidos.

— Eu sei. Que desgraçado.

Ela estava me lançando aquela expressão de para-de-besteira.

— Isso é sério, Luc. Você está falando sobre potencialmente terminar um relacionamento maravilhoso com um homem maravilhoso. Tem certeza de que não quer se casar ou você só está sendo, sabe como é, *você*?

Merda. Merda merda merda merda merda.

— Eu... acho que tenho certeza, Bridge. Tipo, tivemos uma noite muito legal no Quo Vadis...

— Ah, o restaurante do primeiro encontro de vocês! — Bridge gritou, batendo palmas. — Que romântico!

— Sim. — Percebi que eu estava segurando a grade com muita força, tanto para dar ênfase quanto para me sentir seguro. — O problema foi esse. Foi romântico, *sim*. Foi... — bem, na verdade a gente começou o jantar brigando, mas depois foi perfeito — enfim, foi ótimo. Foi a melhor noite que passamos juntos em séculos. E eu só queria poder voltar para aquele momento. Só que relacionamentos não funcionam assim.

Havia uma expressão de melancolia profunda nos olhos da Bridge, como se eu estivesse caindo numa nuvem de tristeza. Era a expressão que ela sempre usava quando tentava disfarçar que eu a havia decepcionado.

— Não, Luc. Não é assim.

— Eu estraguei a porra toda, não estraguei?

Bridge estava surpreendentemente quieta.

— Bridge? — chamei.

— Estou pensando.

— E...?

— Eu acho — disse ela lentamente — que você pode ter estragado a porra todinha.

Se houvesse um momento em que eu não queria que ninguém concordasse comigo, o momento era aquele.

— E o que eu faço?

Ela ficou quieta de novo. E depois:

— Acho que você tem três opções.

— Quais?

— Se casar mesmo assim, quem sabe? — ela sugeriu.

Meu estômago se agitou como o rio lá embaixo. E minhas mãos ficaram suadas na mesma hora.

— Não sei se quero. Próxima?

— Abandonar o Oliver no altar.

— Péssimo também. — Meu estômago continuava agitado e minhas mãos continuavam suando. — Espero que a terceira seja melhor.

— Hum... torcer para que os últimos meses tenham sido apenas um sonho?

— Estou torcendo — respondi. — Tá funcionando?

— Não sei. — Os olhos da Bridge ficaram arregalados e confusos. — Não sinto que estou dentro do sonho de alguém. Mas, também, como eu ia saber se estivesse, né?

— Existe uma quarta opção? — perguntei, desesperado.

— Posso tentar pensar em uma — Bridge se ofereceu, sempre solícita. — Mas como o plano do sonho foi o melhor que eu consegui bolar, pode levar um tempo e ser ainda pior.

Meu Deus. Eu tinha algo maravilhoso e tinha estragado tudo, como sempre.

— E se eu simplesmente fugir?

— Isso ainda conta como abandonar o Oliver no altar, só que sem a coragem de fazer isso na cara dele.

— Perfeito — eu disse. — Vamos ficar com essa.

Bridge me sujeitou ao seu olhar mais severo de todos.

— Eu sei que você jamais faria isso, Luc.

— Tem razão, tem razão. — Pausei. — E se eu forjar minha morte?

— Quatro meses depois do funeral do pai dele? Oliver não vai gostar muito.

Dei as costas para o rio e me sentei no chão, com a cabeça enfiada entre as pernas.

— Merda, o plano de torcer para ser tudo um sonho me parece bem promissor agora.

Em silêncio, Bridge se abaixou e se sentou ao meu lado.

— Bom, eu posso dar um tapão na sua cara, mas acho melhor você aceitar que isso tudo *é* real.

Ela estava certa. Uma pena, mas estava.

— Então, eu me caso sem querer me casar ou digo ao homem que eu amo, no dia do nosso casamento, que não quero me casar com ele.

— Sim.

— Merda.

— Sim.

Levantei a cabeça e ela olhou para mim. Às vezes eu achava que a capacidade de ter compaixão da Bridge era infinita, mas talvez fosse igual à minha capacidade de ser um idiota. Acho que, de várias formas, era a mesma coisa.

— Abandonar alguém no altar é algo bem escroto de se fazer, não é?

Bridge assentiu.

— E provavelmente... provavelmente ele vai terminar comigo? — Aquilo fez meu estômago se agitar num movimento novo e interessante, que eu preferia não ter descoberto que era possível.

— Não sei. E-eu acho que eu terminaria. — Ela franziu o nariz.— Quer dizer, se eu estivesse lá com o Tom na frente de todos os nossos amigos e o vigário dissesse "Você aceita esta mulher?" e o Tom dissesse "Não, mas a gente pode continuar ficando", eu não responderia por mim.

Suspirei.

— Acho que eu devia ter seguido a ideia da mamada, né?

— *Teria* sido bem mais simples. — Ela passou o braço ao meu redor. — Desculpa se parecer uma pergunta boba, por que você *não quer* se casar com o Oliver?

— Acho que — comecei, sem saber direito como continuar — é porque... eu e o Oliver... Ah, sempre foi assim... A gente não deveria dar certo.

— Ah, mas vocês dão sim! — Bridge insistiu. — Eu sempre *soube*.

— Você não sabia, só calhou de estar certa. — Suspirei. — A verdade é que não sei muito bem como ainda estamos juntos. Não é como se nosso relacionamento fosse frágil, é só que nós somos... uma coisa só nossa. E casamento é uma outra coisa. E eu não sei se essas coisas se encaixam.

— Você achava que o Oliver e você não se encaixariam, e estava errado.

— Eu sei. Mas isso não me parece certo, e estar com o Oliver sempre me pareceu certo.

— O casamento não precisa mudar nada — Bridge opinou. — É só uma festa e um pedaço de papel.

— Não é só isso, né? — eu disse. — É tudo que o casamento significa pra todo mundo que já se casou na história, ou que conhece alguém que já se casou na história, ou todo mundo que já escutou que não pode se casar na história. É uma coisa enorme que devora tudo, e eu acho que vai devorar o Oliver e a mim.

Bridge chegou mais perto de mim.

— Já pensou em dizer isso pra ele?

— Sim, e a hora de dizer isso seria literalmente qualquer hora antes de agora.

Ela fez uma expressão nervosa.

— Então só resta a opção dois?

— Não posso fazer isso. — A ideia de como aquilo magoaria o Oliver era como uma facada nas bolas.

— É um ou dois, Luc — disse Bridge, com uma irrevogabilidade gentil.

O que me fez perceber, bem atrasado, que não havia uma escolha a ser feita. Tinha que ser a opção um. Porque eu amava o Oliver e, sendo o babaca que sou, eu o pedi em casamento e, dando apoio às minhas palhaçadas como sempre, ele disse sim. A última coisa que eu poderia fazer seria abandoná-lo no altar.

Eu teria que ir até o fim.

41

O dia mais feliz da minha vida estava passando num borrão infeliz. Bridge me levou para casa às seis da manhã e Priya me buscou uma hora depois, fazendo questão de me dizer que minha cara estava um lixo. E estava mesmo. Oliver ficaria muito orgulhoso de se casar com aquele ser humano capenga, acabado e mal barbeado.

Depois, fui levado para uma sala lateral na Sala Verde — por que escolhemos um local que tinha várias salas mas, pelo nome, parecia que era uma só? —, onde me contive para não pular da janela ou me afogar no café enorme que Priya levou para mim na tentativa de me fazer reagir.

Meu cérebro estava vazio, com exceção de um letreiro que dizia *Isso é um erro terrível, isso é um erro terrível*. Mas já havíamos discutido na noite anterior: no vórtex de merdas que eu já havia feito na vida, aquela era a merda menos cagada de todas.

E nós ficaríamos bem. Tudo ficaria bem. Éramos um bom casal. A gente dava certo. Não éramos muito bons em organizar casamentos, mas, independente do que acontecesse com o Oliver, eu tinha cem por cento de certeza de que eu jamais faria aquilo de novo. Então, beleza. Eu tinha aprendido uma lição valiosa sobre o mundo e sobre mim mesmo.

Meu Deus. Eu ia vomitar.

— Lucien? — Escutei Oliver chegando por trás enquanto eu me agachava sobre uma lixeira, com uma cara de pré-vômito que devia estar verde. — Tá tudo bem?

— Super! — respondi. — Só deixei cair minhas... abotoadeiras.

— Você não está de abotoadeiras.

— Não, porque deixei cair.

— Sua camisa tem botões.

— Óbvio. — Me apoiei sobre os calcanhares. — Porque, se não tivesse, eu estaria com o peito de fora.

— Nas abotoadeiras.

— Ah, tá bom. — Claramente a coisa das abotoadeiras não estava dando certo, então mudei para outra estratégia de fingir que estava tudo normal. — Enfim, a gente não deveria se ver antes do... — finalmente, olhei para o Oliver e percebi que ele estava, de longe, pior do que eu. Eu não sabia se era para me sentir aliviado ou ofendido — ... mas e *você*? Está bem?

Oliver franziu os lábios. Depois, entrou na sala e fechou a porta.

— Sinceramente, não.

Merda, ele sabia. Ele sabia, caralho! Eu não sabia como, mas ele sabia da porra toda.

— Olha — soltei —, Oliver, não sei o que a Bridge te contou, mas deve estar fora de contexto.

Andando devagar e um pouco cambaleante, Oliver puxou uma cadeira e se jogou nela. Eu nunca o tinha visto tão acabado. Nem no funeral do próprio pai.

— Oliver — comecei, querendo entrar no modo de redução de danos, mas sem saber quais eram os danos e como reduzi-los.

— Lucien.

Não era exatamente uma resposta, porque eu não dissera nada direito. E não era exatamente uma interrupção porque eu não estava dizendo nada. Com sorte, nós poderíamos passar o tempo até a hora da cerimônia só dizendo os nomes um do outro em tons cada vez mais preocupantes.

Infelizmente, Oliver arruinou o plano apoiando a cabeça nas mãos e começando a chorar daquele jeito quieto e desesperado que as pessoas choram quando estão muito destruídas.

Eu ia matar a Bridge. Eu ia matar a Bridge com uma colher. Como ela pensou que aquilo ajudaria? A não ser que aquela fosse a opção quatro e, neste caso, eu literalmente tinha pedido por isso.

— Oliver — repeti, sem conseguir sair daquele transe de dizer nossos nomes. E como eu já estava mais ou menos de joelhos, me arrastei até ele torcendo para parecer carinhoso e não esquisito. — Vai ficar tudo bem. Eu te amo e quero ficar com você e estou pronto pra passar por isso ao seu lado.

Oliver soluçou.

— Por favor, para.

Ai, meu Deus. Ai, meu Deus. Eu tinha destruído meu namorado. Destruído meu namorado na manhã da porra do nosso casamento. Acariciei o joelho dele como se aquilo fosse ajudar de algum jeito.

— Olha, eu sei que às vezes eu sou meio complicado, que tenho minhas paranoias, mas estou com tudo nessa. Tudo *com você*.

Finalmente, Oliver levantou a cabeça. Os olhos dele estavam vermelhos e inchados — aparentemente ele tinha dormido tão pouco quanto eu. O que era estranho, considerando o terno que ele vestia, formal, meio vintage e impecável de um jeito que nenhum de nós parecia estar se sentindo.

— Estou falando sério, Lucien. Preciso que você pare.

— Mas eu só estou tentando te dizer que está tudo bem. Aconteça o que acontecer, nós...

— Eu não posso me casar com você.

Aquelas palavras não faziam sentido. Como faróis de trânsito na chuva. Como um borrão de cores que levavam um momento para mudar em tons de vermelho, amarelo e verde.

Não. Posso. Me. Casar. Com. Você.

Que.

Porra.

Era.

Aquela.

Eu passara a noite em claro preocupado com os sentimentos daquele babaca, e lá estava ele fazendo comigo exatamente o que eu havia decidido, com muita maturidade e compaixão, que jamais poderia fazer com ele. Me levantando num salto, peguei a lixeira e virei em cima da cabeça dele, enchendo o Oliver de confete, notas fiscais velhas, embalagens de chocolate e aquelas bolinhas de papel que caem das furadoras.

— Seu desgraçado. Desgraçado maldito.

— Sei disso — disse ele com dignidade demais para um homem que tinha uma embalagem de chocolate no ombro. — Sei que isso é egoísmo e que... — ele precisou parar porque sua voz embargou de novo, e eu (dadas as circunstâncias) senti zero empatia. Ou talvez um vírgula cinco, vai — e que... — ele continuou — eu provavelmente vou te perder.

Eu estava tentando segurar a raiva porque a alternativa era colapsar no chão numa poça de coração partido e sentimentos tristes.

— Sim, Oliver. Me abandonar no altar pode ter esse efeito sim.

— Sinto muito — disse ele, com a voz rouca. — Sinto muito mesmo.

Decidindo que evitar o chão era como adiar o inevitável, me embolei aos pés dele.

— Por que você não disse antes? — perguntei a ele. E a mim também.

— Porque eu te amo. E, entendendo completamente a ironia disso tudo — numa tentativa de manter a compostura, ele tirou uma etiqueta de papel da gola da camisa —, eu tinha medo de te perder.

Estava ficando difícil manter a raiva porque meu relacionamento estava se dissolvendo, Oliver estava destruído e eu, sejamos sinceros, estava sendo um puta hipócrita.

— Que bom que você percebeu a ironia — respondi. — Porque você escolheu uma estratégia bem esquisita.

— E nada efetiva — ele concordou.

Eu o entendia. Não podia admitir, mas eu entendia.

— E você não pensou nisso no momento em que eu te pedi em casamento?

— Como eu poderia pensar? — Ele me lançou um olhar meio devastado, meio suplicante. — Eu sei como foi difícil pra você fazer o pedido, sei o que aquilo significou. — Por um momento, ele parecia incapaz de continuar. Só ficou lá, sentado, respirando e triste. — Eu não queria te magoar.

— Sim. Chutei a lixeira e a observei rolando pelo chão, balançando com o restante do conteúdo no fundo. — Na teoria, foi uma bela atitude. Na prática, não muito.

— Sinto muito — ele repetiu. — Acho que eu não entendi o quão errado isso seria.

A última gota teimosa de raiva desceu pelo ralo. Porque parecia *mesmo* errado, e nós dois sabíamos. Eu só não sabia quem era pior: eu, por não ter feito nada, ou ele, por ter feito algo no último segundo possível.

— Não vou dizer que discordo, mas vou dizer que me abandonar no altar parece bem errado também.

Se levantando, Oliver pegou a lixeira e a devolveu com cuidado ao lugar certo. Talvez fosse a única coisa naquela sala que ele sabia como arrumar.

— Sei o quanto eu te magoei, Lucien. Mas — ele voltou para a cadeira — você prefere mesmo que eu me case com você? Mesmo sabendo que nós dois seríamos infelizes?

Imaginei o salão lotado lá fora, com nossos amigos, familiares e colegas de trabalho que eu preferia não ter convidado. Como eles estavam sentados lá, esperando que nós provássemos que nosso relacionamento era tão bom quanto o deles. E me lembrei da noite anterior, na Ponte do Milênio, com a minha melhor amiga, tentando não vomitar ao pensar na possibilidade de decepcionar o Oliver.

— Sim. — Aumentei o tom de voz, mas não o volume. — Porque essa é a coisa educada a se fazer. Quer dizer, eu também não queria me casar com você, mas estava decidido a ir até o fim porque sou uma pessoa incrível e não queria te envergonhar.

Uma pequena pausa.

— Como? — disse Oliver.

Socorro. Lá se ia minha moral.

— Nada.

— Você acabou de dizer — perguntou Oliver — que também não queria se casar comigo?

— A questão não é essa. A questão é que eu te amo tanto que estava disposto a casar mesmo assim.

Pescando seu lenço de bolso cuidadosamente escolhido, Oliver secou os olhos.

— Bom, me sinto lisonjeado. Mas é uma ideia pavorosa.

— Já terminar comigo no dia do nosso casamento é uma ideia brilhante pra caralho, né?

Levei meus joelhos até o peito e escondi o rosto no meio deles. Aquele era, tipo, o pior dia da minha vida. Pior até do que o dia em que passei na frente de uma banca de jornais e vi que todo o meu relacionamento com o Miles havia se tornado manchete nos tabloides. Pelo menos, naquela época, era claro quem era o vilão. Agora eu estava sendo abandonado no altar por um cara maravilhoso de verdade, e por motivos que eram...

Na verdade...

— Ei! — eu disse. — Peraí. Por que você *não quer* se casar comigo?

Ele me desafiou com o olhar.

— Por que *você* não quer se casar *comigo*?

— Ah, nem começa. — Balancei o dedo na frente dele. — Eu sou um *lixo*. É *óbvio* que eu vou questionar qualquer coisa que envolva o mínimo de compromisso. Mas você? Você *ama* responsabilidades! O que tem de errado comigo?

— Não há nada de errado com você. — Ele desapareceu de novo atrás do lenço de bolso, e ressurgiu levemente choroso. — Bom, na verdade tem muita coisa errada com você. Tem muita coisa errada com todo mundo. Mas minha vida é infinitamente melhor com você ao meu lado.

— E ainda assim... — tentei não soar amargo. Falhei miseravelmente.

— É casamento, Lucien. — Ele pausou por um longo momento. — Sei que você me acha muito... convencional. Já ouvi isso repetidas vezes.

— Não — protestei. — Nós já discutimos isso e concordamos que você é um quebra-cabeça dos Moomins.

— Então, considere isso parte da minha quebra-cabecice.

Naquele momento, a moça gentil e humanista que contratamos para fazer nossa cerimônia não denominacional e amigável para pessoas queer enfiou a cabeça na porta.

— Dez minutos, rapazes.

Eu e Oliver nos encaramos, apáticos.

— Beleza — eu disse a ela, dando o joinha menos convincente na história dos primatas.

O olhar dela passeou pelos papéis espalhados e pelos dois homens que continuavam chorando descaradamente.

— Tudo bem?

— Com certeza. — Minha voz saiu meio como um daqueles comerciais do governo nos anos trinta. — O que poderia não estar bem?

— Certo. — A moça gentil e humanista começou a se retirar às pressas. — Se precisarem de alguma coisa, estou na sala ao lado.

— Chata — disse Oliver num sussurro.

Me levantei do chão e fiz uma tentativa inútil de me arrumar.

— Bom. Acho melhor irmos até lá e contarmos para todo mundo que nosso relacionamento é uma piada.

— Lucien. — Oliver pegou meu punho com uma urgência inesperada. — Podemos... posso dizer uma coisa antes?

Sentir os dedos dele na minha pele era tão familiar que me torturava.

— Bom... você precisa mesmo?

— Sim.

Parte de mim queria dizer que não. Queria dizer que ele não tinha o direito de me pedir aquilo. Mas ele meio que tinha. Então eu dei de ombros.

— Você tem dez minutos.

Ele pareceu agitado por um instante, como se tivesse acabado de assumir um caso e o tribunal tivesse negado o recesso.

— Sobre o casamento e o... quebra-cabeça dos Moomins.

— O tempo está passando, Oliver.

— Sei que não gosto de arco-íris — disse ele numa pressa inacreditável —, mas isso não significa que eu me sinto representado pelos símbolos da heterossexualidade também. E eu sei que, tecnicamente, casamento não é uma instituição inerentemente heterossexual. A questão é que, para mim, é isso que parece. Sempre pareceu. E eu não sei como fazer o casamento... não ser assim. E nem acho que eu queira.

Aquilo já seria muita coisa para absorver mesmo se não estivéssemos numa contagem regressiva de oito minutos.

— Você amou o casamento do Alex e da Miffy. Você estava se sentindo *em casa*.

— Sim, porque eu não era parte dele. Eu só estava assistindo àquilo acontecer com outras pessoas. Eu gosto de ir ao cinema. Mas isso não significa que eu morra de vontade de ser ator.

Olhei para a porta. Depois para o Oliver de novo.

— Isso vai chegar a algum lugar? Ou você quer que minha última lembrança deste relacionamento seja uma palestra sobre os paradigmas sociais do casamento e blá-blá-blá?

— É isso que estou tentando dizer. — A pressão do Oliver no meu pulso ficou mais forte tão de repente que ele quase acabou me puxando para o colo dele. — Eu não quero que essa seja a última lembrança do nosso relacionamento. Ainda quero ficar com você. Eu quero *desesperadamente* ficar com você. Mais do que qualquer outra coisa que eu já quis na vida. Só não quero que seja dentro dos padrões de... dos... dos paradigmas sociais do casamento e blá-blá-blá.

Aquilo era a cara do Oliver. Ele não apenas queria me abandonar no altar e continuar comigo, como também queria que eu revisse todas as minhas visões de mundo ao mesmo tempo.

— Mas... mas nós estávamos prestes a nos *casar*. Não dá pra voltar de casados pra *namorados*. Não... não é assim que funciona.

— E é por isso — Oliver declarou — que casamento sempre me pareceu algo muito hétero. Porque presume que um relacionamento só é válido se seguir um padrão do qual, pela maior parte das nossas vidas, nós fomos excluídos.

A gente tinha tempo para aquela conversa? Cinco minutos restantes até nos casarmos seria tempo o suficiente para debater o papel do casamento entre pessoas do mesmo gênero dentro de um contexto mais amplo do que apenas a autoexpressão queer?

— Beleza. Só que agora nós *podemos* ser incluídos. Então será que não deveríamos, sei lá, *tentar* nos incluir?

Oliver deu de ombros.

— Para algumas pessoas, com certeza. Mas para mim, me parece um padrão que eu não criei e não posso controlar e que todos esperam que eu imponha sobre a minha própria vida.

— E é por isso que nós não podemos nos casar? — perguntei. Porque, por incrível que pareça, aquilo não me reconfortava muito. — Você me ama e quer ficar comigo. Só não quer fazer isso do mesmo jeito que quase todos os nossos amigos fizeram?

Ele se levantou, me trazendo para perto com uma puxadinha de leve no meu pulso. Não sei por que eu permiti (considerando que eu ainda estava um pouquinho irritado com ele), mas permiti.

— Isso é tão inimaginável assim?

— E-eu não sei. — Eu estava tão cansado e tão emotivo que meu cérebro começou a virar sanduíche de enguia. — E só tenho três minutos para decidir.

Eu estava encarando os números no meu celular, quando Oliver virou meu rosto para o dele, gentilmente.

— Lucien — disse ele com delicadeza. — Saiba que você é a coisa mais verdadeira que eu já ousei escolher pra mim mesmo. A única coisa que eu já tive que não foi definida pra mim por outras pessoas.

E, de repente, pelo segundo mais longo e mais curto da minha vida, eu não me senti mais cansado. Nem confuso ou assustado. Porque o Oliver me amava.

Oliver me amava de verdade. Daquele jeito que era só nosso.

— E... — minha voz estava um pouco trêmula — é por isso que você vai me abandonar no altar? Porque quer muito ficar comigo?

— Não é tão convencional, devo admitir. — Os olhos dele cintilaram com algo que poderia ser uma risada ou algumas lágrimas desgarradas. — Mas você também nunca foi uma pessoa convencional. E eu... talvez eu não seja tão convencional como achava ser.

— Você é um lixo — eu disse a ele.

— Ah, completamente. Mas sou seu lixo, Lucien. E sempre serei. Se... — ele hesitou, a boca firme se suavizando daquele jeito que parecia só meu — se você ainda me quiser.

Como alguém poderia não querer Oliver Blackwood? Diferente da Bridge, eu nunca tinha parado para pensar em como seria receber um pedido de casamento. Mas duvido que fosse melhor do que aquele momento.

— Tá bom — eu disse. — Já que você pediu com tanta educação, eu não vou me casar com você.

E acho que a falta de sono, o estresse do casamento e a coisa toda de não nos casarmos no fim das contas atingiram Oliver todos de uma vez. Porque ele me abraçou muito forte e começou a rir.

— Lucien O'Donnell, você me fez o homem mais feliz do mundo.

Ouvimos uma batida na porta, e a moça gentil e humanista voltou a enfiar a cabeça pela porta.

— Um minuto, rapazes.

— Já estamos indo! — Gritei com a cabeça enterrada no pescoço do Oliver.

Nem sei se chegamos a esperar um minuto, mas Oliver nos desembaraçou gentilmente, segurou minha mão e me levou para encararmos todas as pessoas que nós amávamos e que nos amavam e para as quais tínhamos causado uma inconveniência enorme sem motivo algum.

Minha mãe, Judy e Eugenie estavam na primeira fileira, e duas delas estavam fazendo um trabalho excelente em não lamber os outros convidados. O contingente dos Blackwood estava do outro lado: Mia, parecendo feliz de verdade por estar ali, e Miriam, com cara de expectativa social num vestido creme. Algumas fileiras atrás, avistei Bridge, com um chapéu enorme e chorando no ombro do Tom. Os James Royce-Royce, é claro, estavam muito mais interessados no Baby J do que em qualquer outra coisa que pudesse estar acontecendo ao redor deles. E, depois, só vi um borrão de carinho vindo de amigos de longa data, recém-conhecidos e colegas de trabalho que fizeram questão de comparecer.

Na frente do salão, nosso padrinho nos esperava: Priya, por conta da ocasião, estava com suas botas formais. E no momento em que nos avistou, me deu o sorriso mais estranho de todos, como se soubesse que alguma coisa estava rolando. Como se soubesse desde sempre.

Conforme entramos — meio sem jeito e adiantados, fora do ritmo da música — houve um silêncio repentino. Eu não havia me dado conta de quantas pessoas existiam na minha vida até todas estarem numa sala mais ou menos apertada me encarando e perguntando que porra era aquela que eu estava fazendo.

Minha mão amoleceu dentro da mão do Oliver. Fazer um casamento acontecer já tinha sido ruim o bastante. Eu não tinha ideia de como fazê--lo desacontecer.

— Obrigado por terem vindo — disse Oliver, como se fizesse aquele tipo de coisa o tempo todo. O que, juntando o funeral do pai, ele meio que fazia. — Sinto muito, mas eu e Lucien decidimos que casamento não é algo pra nós, e preferimos ficar juntos do nosso próprio jeito. Por favor, aproveitem a festa e curtam ao máximo o open bar!

E então nós corremos.

De mãos dadas.

Pelo corredor.

Atravessando a porta.

Saindo do salão.

Rumo à tempestade repentina que transformou a rua movimentada de Londres em... bom, tá legal, continuava sendo uma rua movimentada de Londres. Mas o asfalto estava brilhando e as gotas de chuva tocavam nossa música e eu estava nos braços do Oliver, nós estávamos rindo e nos beijando, e ao nosso redor, as pessoas abriam guarda-chuvas de todas as cores do arco-íris.

Perguntas e respostas: Alexis Hall e Cathy Berner

POR QUE VOCÊ DECIDIU RETORNAR AO UNIVERSO DE LUC, OLIVER E AMIGOS? ESSE SEMPRE FOI O PLANO?

Hmm, o plano definitivamente não era esse. Eu meio que cheguei num ponto da minha carreira em que consigo vender mais de um livro por vez para as editoras mas, no geral, gosto sempre de presumir que minhas histórias serão livros únicos até que se diga o contrário. Acho que a única exceção seria a série Arden St Ives, que foi vendida como uma trilogia.

Além do mais, não é tão comum vermos sequências diretas no gênero de comédia romântica. Então, sabe como é, poderia dar muito errado. Mas quem não arrisca não petisca, né?

No geral, tento escrever romances que me pareçam ter um arco completo — mesmo quando deixo os personagens com um final aberto em vez de um felizes para sempre. Porém, com Luc e Oliver, eu senti de verdade que havia mais histórias a ser contadas. Acompanhamos os dois crescendo muito no decorrer do primeiro livro, mas é claro que eles ainda têm um longo caminho pela frente, em termos de descobrirem quem são como indivíduos e qual é o lugar deles no mundo.

E, quando comecei a pensar a respeito, percebi que eu queria fazer algo muito específico com *Esse é pra casar*. Então... aqui estamos.

AO ESCREVER ESTA SEQUÊNCIA PARA *PROCURA-SE UM NAMORADO*, COMO VOCÊ DECIDIU QUAIS PERSONAGENS TERIAM MAIS "TEMPO DE TELA"? HAVIA PERSO-NAGENS COM OS QUAIS VOCÊ GOSTARIA DE PODER TER PASSADO MAIS TEMPO?

Como tanto *Procura-se um namorado* quanto *Esse é pra casar* são narrados pelo ponto de vista do Luc, os amigos dele acabam sendo mais centrais. Queria ter dado mais espaço para os amigos do Oliver neste livro (Jennifer e Peter aparecem brevemente e, se não me engano, Brian é mencionado), mas como o foco deste livro são casamentos e a maioria dos amigos do Oliver já é casada, não havia um lugar natural para eles.

ESSE É PRA CASAR SEGUE UMA ESTRUTURA BEM INTERESSANTE. VOCÊ JÁ TINHA ISSO EM MENTE ANTES DE COMEÇAR, OU DESENVOLVEU A HISTÓRIA ENQUANTO ESCREVIA?

Não. Desde o começo decidi que iria copiar na maior cara de pau *Quatro casamentos e um funeral*. Acredito que "uma estrutura bem interessante" seja um eufemismo para isso.

SEUS LIVROS SEMPRE TRANSITAM RÁPIDO ENTRE CENAS HILÁRIAS E COMENTÁRIOS SOCIAIS (UM ÓTIMO EXEMPLO É ANA COM UM N). VOCÊ MANTÉM ISSO EM MENTE ENQUANTO ESTÁ ESCREVENDO, OU ACONTECE NATURALMENTE?

Pode parecer que eu não sei o que estou fazendo, mas essas coisas surgem do nada. Quer dizer, eu acho que o jeito como o Luc e o Oliver enfrentam suas questões variadas e como elas se relacionam com as intersecções disso na identidade de cada um acaba sendo parte intrínseca dos personagens, portanto, parte da premissa também. Mas muitas outras coisas surgem por acaso.

Ana com um N é um bom exemplo disso. Tipo, de certa forma, ela apareceu como parte da personalidade do Rhys, que está sempre trocando de namorada e levando uma mulher diferente para os eventos da CACA. E, obviamente, eu não queria que essas pessoas fossem vazias; precisava dar à namorada do Rhys uma personalidade definida, uma história, uma visão de mundo.

Foi mais ou menos o que aconteceu com o Tyler também: queria que Luc olhasse para a arte durante a despedida de solteiro e tivesse uma interação saudável e cheia de flerte com um cara (para destacar as interações nada saudáveis que ele tivera no passado). E isso me fez pensar: "Que tipo de pessoa seria amigo da Priya?". Alguém descolado, interessante, artista e um pouquinho nervoso. E foi assim que o Tyler nasceu.

QUAL É A COISA QUE OLIVER E LUC TÊM EM COMUM NA GELADEIRA? (ESSE ITEM EXISTE?)

Margarina! É uma daquelas coisas estranhas que são, ao mesmo tempo, "bobeira aleatória que até pessoas que nunca cozinham compram para passar no pão" e "ingrediente muito útil e vegano".

SEUS FÃS CRIAM AS MELHORES FANARTS DO MUNDO? A RESPOSTA CORRETA É "SIM". O QUE VOCÊ ACHA DAS PESSOAS QUE CRIAM ARTE OU HISTÓRIAS BASEADAS NO SEU TRABALHO?

Sou muito privilegiado quando se trata da arte que os leitores compartilham comigo. É uma honra enorme sentir que você inspira esse tipo de coisa. No geral, fico muito feliz pelas pessoas que criam arte, histórias ou qualquer coisa baseada no meu trabalho (entretanto, como sempre, blá-blá-blá direitos reservados legalmente etc.). Sei que existem algumas fanfics escritas por aí também, mas obviamente eu não leio porque isso acaba sendo uma questão complicada. Acredito que não exista a mesma cultura de compartilhar fanfics como há nas fanarts, e se eu sair por aí pesquisando só vai deixar tudo meio desconfortável para todo mundo. Acho que a diferença é que arte é uma mídia diferente, então os tipos de trabalhos não irão competir, entrar em conflito nem nada do tipo.

QUAL É O SEU FILME FAVORITO DO RICHARD CURTIS?

Preciso escolher *Um lugar chamado Nothing Hill*. É a mais coerente das três principais comédias românticas, eu acho. Quer dizer, *Quatro casa-*

mentos e um funeral é icônico, mas tem suas falhas (tipo, o Hugh Grant e a Andie McDowell se encontram... três vezes, eu acho?) e *Simplesmente amor* é complicado num outro nível. Devo dizer que tenho um lugar especial no coração para *Questão de tempo* — só que o romance nesse filme é meio bagunçado porque usar viagem no tempo para namorar uma garota nunca vai deixar de ser bizarro. É quase como se a parte da comédia romântica fosse um elemento secundário ao que o filme realmente quer contar: a relação silenciosa e melancólica de um cara com o próprio pai (o pai em questão sendo o Bill Nighy deixa tudo melhor ainda).

O QUE VOCÊ PODE NOS CONTAR SOBRE A POSSIBILIDADE DE TERMOS MAIS LIVROS NESTE UNIVERSO?

Bom, não sei se posso contar. Mas os dois envolvem personagens secundários que aparecem rapidinho em *Esse é pra casar*. Em *The Amnesia Plot* (título provisório) temos a história do Jonathan, embora ele não seja o narrador: basicamente, eu sempre quis escrever um livro sobre amnésia porque é um tema muito legal, então este será meu livro sobre amnésia. E também, acidentalmente, meu livro de Natal, talvez? Porque, claramente, um livro de Natal escrito por alguém que é ambivalente a respeito de feriados será incrível demais! O próximo livro é a história do Tyler, da qual ainda não decidi direito como será o ponto de vista... na minha cabeça estou chamando de *Himbo de Bergerac* e é só isso que vou dizer. Não acho que vão me deixar chamar o livro de *Himbo de Bergerac*, mas queria que deixassem. (Quer dizer, na verdade, não. Tá, só um pouquinho, talvez).

CATHY BERNER, funcionária pública que virou bibliotecária e então livreira, trabalha na Blue Willow Bookshop, uma livraria independente na zona oeste de Houston, Texas. É conhecida por amar tudo que envolve o gênero romance — quando está falando sobre um livro do qual gostou muito, sua voz aumenta em tom e volume e ela começa a agitar as mãos. Ela lê romances desde a adolescência e sua paixão pelo gênero continua sendo a mesma. Siga-a no Instagram (@catberner) e no Twitter (@bibliopinions).

BLUE WILLOW BOOKSHOP é a livraria favorita do oeste de Houston, atendendo à comunidade maravilhosa de leitores com curadoria literária e eventos fantásticos com autores desde 1996. Siga nas redes sociais: @bluewillowbooks.

Agradecimentos

Reconhecendo o fato de que sempre escrevo os mesmos agradecimentos, gostaria de estender minha gratidão para: minha agente maravilhosa, Courtney Miller Callihan; a equipe fabulosa da Sourcebooks, especialmente Mary Altman, minha editora muito paciente, e Stefani Sloma, minha ainda mais paciente agente de marketing; minha assistente indispensável Mary (não confunda com a editora Mary); Elizabeth Turner Stokes, e suas capas fascinantes que, tenho certeza, são responsáveis por cerca de 90% das minhas vendas; e também o de sempre, família, amigos e tal.

Sobre o autor

Alexis Hall escreve livros no sudeste da Inglaterra, onde vive numa dieta composta inteiramente por chá e bolachas de chocolate. Você pode encontrá-lo em quicunquevult.com, no Twitter (@quicunquevult), no Instagram (@quicunquevult), e no Facebook (/quicunquevult).

TIPOGRAFIA Adriane por Marconi Lima
DIAGRAMAÇÃO acomte
PAPEL Pólen Natural, Suzano S.A.
IMPRESSÃO Gráfica Bartira, fevereiro de 2023

A marca FSC® é a garantia de que a madeira utilizada na fabricação do papel deste livro provém de florestas que foram gerenciadas de maneira ambientalmente correta, socialmente justa e economicamente viável, além de outras fontes de origem controlada.